山主之女

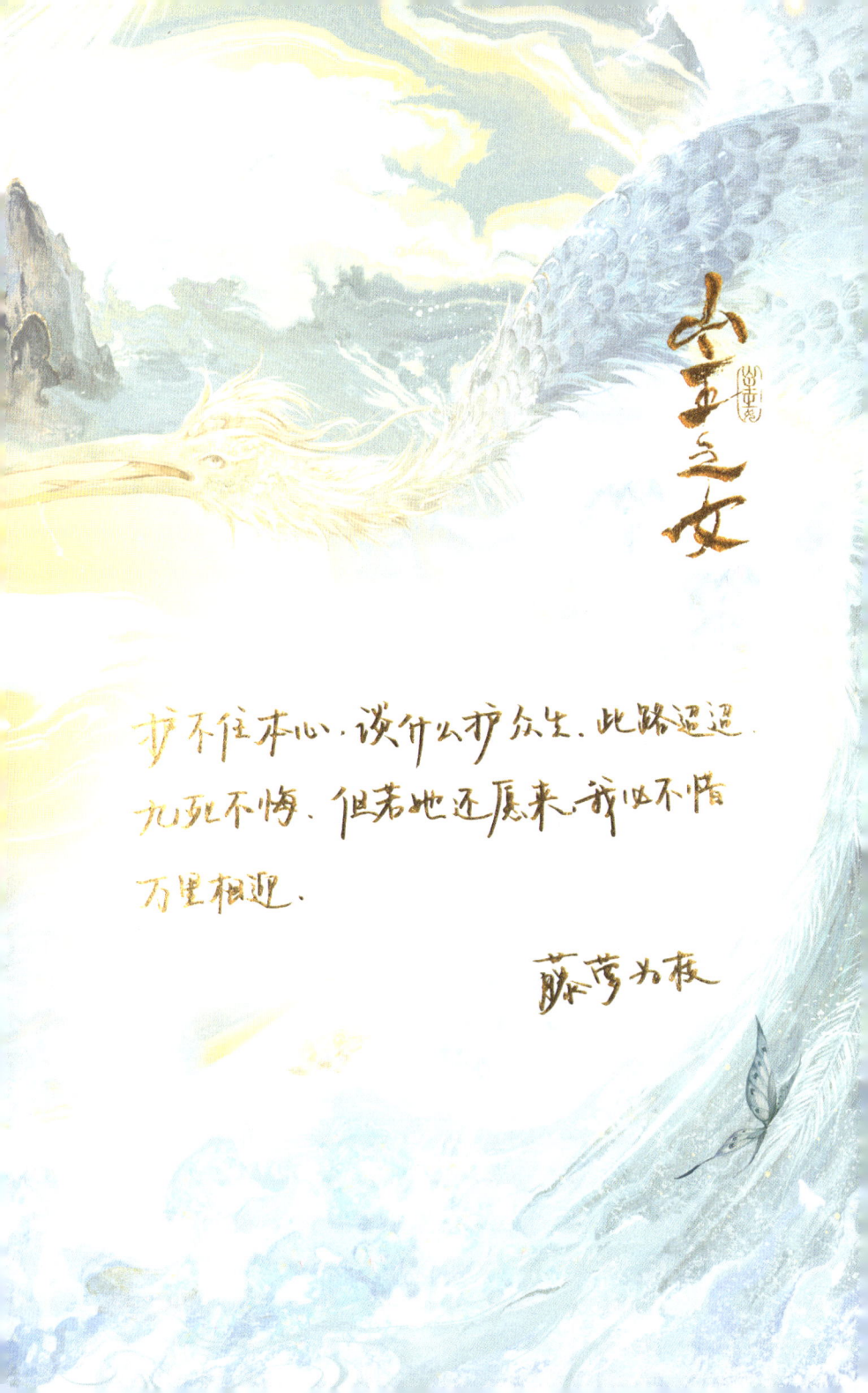

守不住本心，谈什么护众生。此路迢迢，九死不悔。但若她还愿来，我必不惜万里相迎。

藤萝为枝

藤萝为枝 —— 著

尘事之衣

图书在版编目（CIP）数据

山主之女 / 藤萝为枝著. -- 青岛：青岛出版社，2025. -- ISBN 978-7-5736-3247-0

Ⅰ. I247.5

中国国家版本馆CIP数据核字第20253XW990号

SHANZHU ZHI NÜ

书　　名	山主之女
作　　者	藤萝为枝
出版发行	青岛出版社（青岛市崂山区海尔路182号）
本社网址	http://www.qdpub.com
邮购电话	18613853563
责任编辑	方泽平
特约编辑	崔　悦
校　　对	李玮然
装帧设计	Briltain
照　　排	梁　霞
印　　刷	三河市良远印务有限公司
出版日期	2025年6月第1版　2025年6月第1次印刷
开　　本	32开（880mm×1230mm）
印　　张	10.5
字　　数	299千
书　　号	ISBN 978-7-5736-3247-0
定　　价	49.80元

编校印装质量、盗版监督服务电话 4006532017　0532-68068050

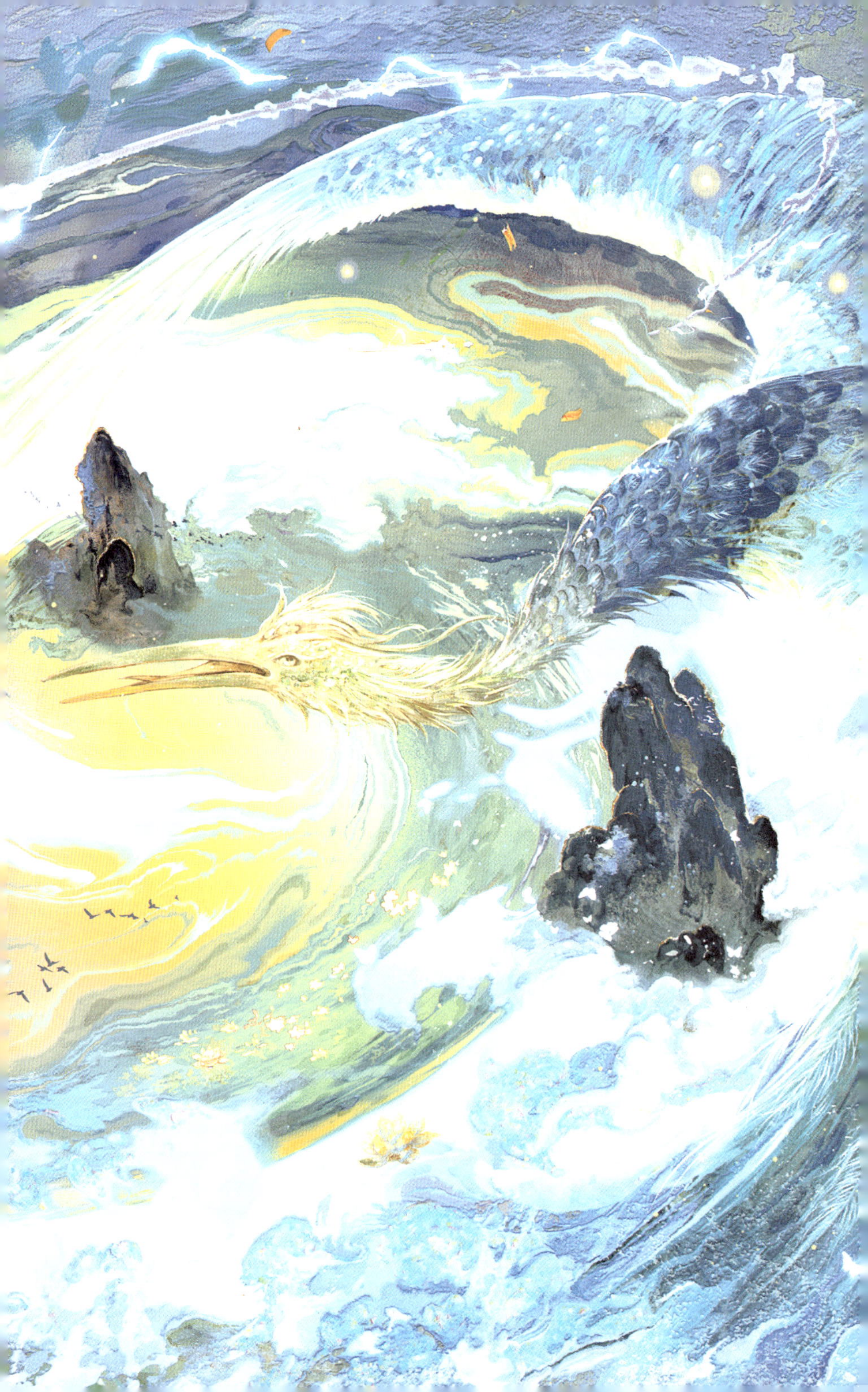

山主之女

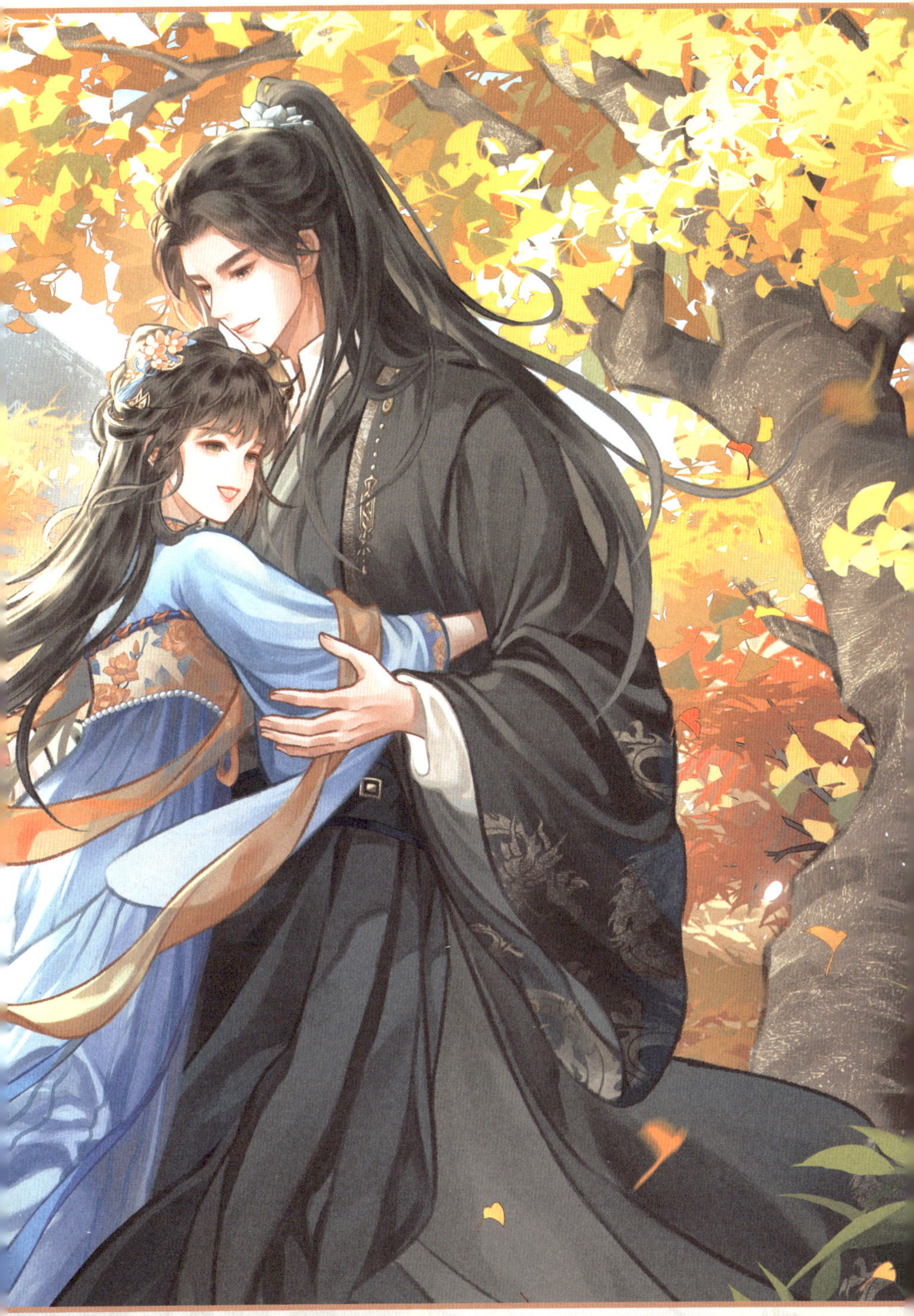

山主之女

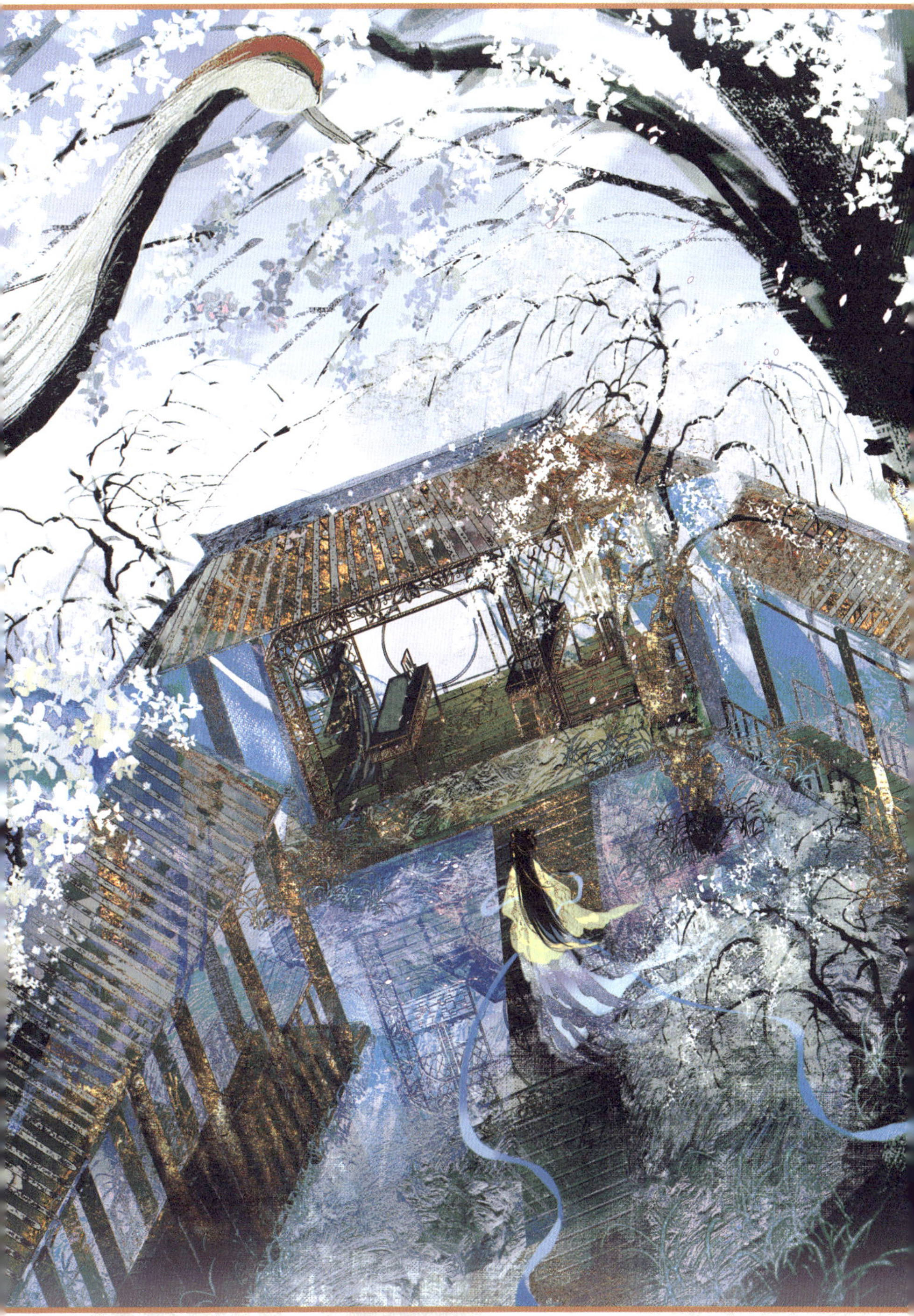

目录

第一章 佞臣所愿 —— 1

第二章 再赴旧路 —— 29

第三章 莲纹初绽 —— 57

第四章 餍境救赎 —— 84

第五章 情愫暗生 —— 111

第六章 汾河长夜 —— 152

第七章 花已双蝶 —— 181

第八章 未必献身 —— 219

第九章 此意缠绵 —— 245

第十章 冷硬之下 —— 279

第十一章 离光重逢 —— 307

第一章　佞臣所愿

湛云葳也没想到自己直到死前，反复惦念的竟然是那一日。

那是升平十四年的一个隆冬。

她坐在酒楼大堂里，目送一人赴极刑。

天地间一场大雪裹着邪气肆虐。无数人骂骂咧咧，一面进酒楼躲避，一面翘首以盼——囚车何时经过。

"这哪里是下雪，分明是下要命的刀子。"

"都怪那叛臣贼子！若非他犯下滔天罪孽，灵域怎会变成这样？"

"听说陛下让人押解他去天陨台，处以凌迟剔骨之刑。"

凌迟剔骨，便是将人血肉生生剔下，直到取出所有仙骨，受刑之人咽下最后一口气。

这样残酷的刑罚……

湛云葳捧着一杯清茶，望向窗外的大雪。

小二哥拿着托盘来到她面前："客官也是来看那位被处刑的吧？小店还有上好的位置，只需十枚灵石。"

她回头，小二讨喜的笑容僵了僵。

面前的人是个面容清秀苍白的少女，眼下横着一道旧伤，伤口约莫一指长，像在纯白的画布上残忍地拉出了一条血痕，又如右眼流下的血泪。

灵域几乎人人修行，更有改容换貌的丹药、符咒，少有容颜损毁者，除非是受了无法逆转、掩盖不了的伤。

少女神色平静，数出十枚灵石放在托盘上。

小二连忙收回视线，引着湛云葳上楼去："您这边请。"

傍晚将至，天幕暗灰，车辘辘声由远及近，盖过了酒楼内喧嚣的声音。

不知谁喊了一句："囚车来了。"

酒楼瞬间安静得可怕，所有人都探出身子看向那玄铁囚车。

人人都想知道，豢养阴兵、屠戮王族，颠覆了大半个王城的罪臣，到底长什么样。

二十四个黑甲卫手执长戟开路。

囚车中的人一身单薄白衣，形销骨立，琵琶骨被洞穿，周身贴满了禁制符咒。大雪中，白衣本该不明显，可他身上绽开的鲜血，如雪中大片红梅，着实太过醒目。

风雪模糊了他的面容，令人看不清楚他的模样。

大家唯独可以看出，他还很年轻，一条缎带蒙住了他的双眼，缎带上也是血痕。

"他瞎了。"不知是恶意还是古怪的喟叹声响起。

也不知谁先扔出了第一个砸他的东西，有尖锐的刺石、恶臭的兽果，甚至有人脱下鞋履……

其间还有凄切哭声传来："都是因为你，我夫君才惨死在邪物手中，你还我夫君！"

"我的弟弟，也永远回不来了，世间怎会有你这般铁石心肠的人？"

"你越家一百五十八条人命，又哪里够偿还？！"

囚车中的男子面色冷然，躲不开如大雪般密集的秽物——或许也没想过躲。

他的额头很快被砸破，但他身处苍茫大雪中，就像冰石雕成，不论什么东西砸向他，都像砸入了死水当中，不起一丝波澜。

反倒是押送他的黑甲卫被阻了路，大喝一声，维持着秩序。

有人不得不拉着自己的亲人："他的心冷着呢，越家那一百五十八个人被处刑之时，也没见他现身相救。总归这孽障是要死的，且就在这几日，我们也算报了仇。"

他的心冷着呢。

这句话，湛云葳过去不知听了多少次。

但那时，他还不是乱臣贼子，是杀邪祟的彻天府掌司，挡在灵域与渡厄城的壁垒前，造出许多令人惊艳的灵器，护卫着王朝与人间。

他的奶嬷嬷曾告诉她："他倒也并非这般凉薄，唯一那点儿温情，给了曲小姐和他那个哑巴姐姐，心里再容不得旁人。"

湛云葳远远望着那人。

她与他相处的时日甚少，她的脑海里一时竟然也不记得他到底长什么模样了。

她唯一记得的是他有一双锐利冰冷的眼眸，他垂眸看人时，眼神带着一股凉薄意味。

如今这双眼也瞎了，他的模样彻底模糊起来。

她压下复杂心绪，双指捏碎符咒，悄无声息地跟上了黑甲卫。

天色一点点黑下来。

大雪未停，囚车驶出繁华街道，行至丛林间，黑甲卫停下歇息。

谁也不想在大雪中押送犯人。

一个黑甲卫叹了一口气，止不住地抱怨："真是晦气，摊上这么个活儿。"

偏偏陛下还要这犯人游街示众，受尽屈辱而死。他们这些黑甲卫，也不得不在夹杂着邪气的大雪中走好几日。

"没办法，陛下恨他。"

这是所有人心知肚明的事。陛下仅有三子，三子却尽数死在越之恒手中，陛下恐怕恨不得生啖越之恒的血肉。

矮一些的黑甲卫疲惫地说道:"我去放个水。"

旁边的人皱了皱眉:"快些回来,别出岔子。"

矮黑甲卫哂笑道:"能出什么事?他的枷锁上有陛下的圣符禁锢,越家叛众已全部伏诛,他这样的人,难不成还有人劫囚?"

"你别忘了,他还有一位前夫人,万一那湛小姐对他还有感情……"

矮黑甲卫愣了愣:"不可能吧?不是说他那夫人,是他抢……"

"嘘,慎言,赶紧去。"

风雪愈大,矮黑甲卫走入林间,再回来时,黑甲卫又换了一轮班。

天色愈黑,回来的黑甲卫虽然仍是那张脸,右眼下却有一道抹不去的淡痕。

湛云葳掐着符咒,化作矮黑甲卫的模样,又用符咒遮盖住脸上的伤,回到了营地中。

她运气不错,有人递给她一个竹筒:"阿潭,去给那人送水,水沾沾唇留他一条命就行,别给他多喝。"

湛云葳应了一声,走向囚车中的那人。

黑甲卫休憩时能坐着,但他不能,他只能站在囚车之中。

许是过于疲累,或者太冷,他垂着头,露在外面的手指已经被冻得发红。

覆眼的缎带被寒风吹得飞舞,他明明安静得像一具死尸,却偏又多出一分说不出的张狂感。

湛云葳登上囚车,抿了抿唇,轻轻晃了晃他,刻意压着嗓子说:"喝水。"

五年未见,她还是第一次离这位罪孽满身的"前夫"这样近。

他身上的血腥气浓烈,夹杂着冰莲气味,几乎掩盖住了百姓砸过来的秽物的味道。

她第一次叫他,他并没有反应,她不得不避开符咒,再次敲了敲囚车:"醒醒,喝水。"

男子半响才有动静，抬起头来。他的双眼已瞎，湛云葳并不担心他认出自己。

他并没张嘴，仍是毫无生气的模样——

其实这很容易想通，陛下要他的命，留着他去受剜肉剔骨之刑，囊中水只会沾湿他的唇，他根本不必张嘴。

她心中对他并无太多怜意。

从一开始，两个人的立场便水火不容。五年前，她更是恨眼前这人心狠，将裴玉京生生逼入渡厄城，因而留下和离书，与这人再不相见。

这几年她又听说了他的残忍手段，种种罪孽，罄竹难书。

整个越家，她唯一有些好感的人，约莫只有他那位哑巴姐姐，可哑女儿年前已经死了。

湛云葳抬眸望向他，这些年她藏身在凡间，见过罪犯被处斩的画面，凡人行刑前，往往有一顿饱饭、一碗干净的水。

他纵然有千般不是，可也守卫了王城与人间多年。

她蹙了蹙眉，半响，趁无人注意，避开符咒掰开他的嘴，飞快地给他喂了一口水进去。

他咽下水，脸上却不见感激之色，反而冰冷地"审视"着她。若他双眼还能看见，眼里必定是猜忌的眼神。

她知晓此人性格多思，并不意外，念及自己的来意，说："我与你做个交易，你听听看可行与否？"

她说道："我听说越家有不少宝物，你告知我藏宝之地，我就给你个痛快，让你不必受剜肉剔骨之刑，如何？"

越家多出炼器天才，造就的宝物不知凡几。

她想要的东西是越家的长命箓，据说长命箓能活死人，肉白骨。

不错，湛云葳想救的人并非越之恒，而是蓬莱大弟子裴玉京。越之恒身上的符咒禁锢，由陛下亲手所设，她救不了越之恒。给他一个痛快倒是她拼一拼能做到的。

他照旧一言不发。

攻讦无法使他动容，免除酷刑也引诱不了他分毫。这样油盐不进的冰冷性格，令湛云葳忍不住蹙了蹙眉。

"我不骗你。"她以为他不信，正色道，"我可与你发下魂誓，若违此誓，神魂俱散。"

良久，久到湛云葳以为自己再没办法在他死前拿到长命箓之时，他突然开口。

"好。"他说，"不过免除酷刑不必，我要你做另一件事。"

湛云葳抬眸看向他："你说。"

他冷冷地说道："你先发誓。"

她心里冷哼，果然，讨厌的人永远都是这么讨厌。为了避免黑甲卫起疑，她不得不再次掐诀，以符咒障眼，发下魂誓。

虽然他瞎了，她却知道他的本事，不敢糊弄，发了个最毒的魂誓。

她咬牙说道："这下可以说是何事了吧？"

"我的灵丹，"他用平静的语气说着让人惊骇的话，"我要你替我转交给一个人。"

湛云葳没想到他这么疯，伏诛之前竟然将灵丹取了出来。

修士取灵丹，胜于忍受剖心之痛。

多少人宁肯魂飞魄散，也不愿受这样的苦。而得到他人的灵丹的人，辅以法器，甚至能将他人天赋化为己用，再不济，也能获得强大庇佑。

湛云葳知道，这人生来便觉醒九重灵脉，他的灵丹不知有多少人觊觎。

她忍不住揣测：他想把灵丹给谁？

哑女吗？可哑女已经死了。

那就只有那位曲姑娘了，能让他念念不忘，冰冷狠辣的心肠里留下些许温度的，或许也只有那个女子。

他抬起头，像是要透过眼前无尽的黑暗看向大雪尽头。

她从没想过，这一日会从他口中听到自己的名字。

"长琊山山主之女，湛云葳。"

湛云葳神色古怪，一时忘了该作何表情。

雪下得特别大，她无法透过眼前被冰雪模糊的脸看清他说这话时到底是什么神情。

林间传来骚乱动静，原来是被她打晕的黑甲卫被发现了。

"有人劫囚，抓刺客！"

她不得不立刻离开，靠着身上的符与法器，逃得很是狼狈。

混乱的局面里，她忍不住想，对越之恒来说，自己明明只是他报复仙山的筹码。那人是不是濒死神志不清，才会记混她与曲小姐的名字？

她身上带着大大小小的伤，逃离了那片山林。

一片雪色中，山林隐在雾气之后，天色将明。

湛云葳再看不到那囚车的影子，也看不见那个昔日煊赫一时的王朝鹰犬，如今却人人得而诛之的年轻叛臣。

寒鸦从她的头顶掠过，她蹙起眉，心里竟然隐约涌出一丝久违的茫然不解情绪。

她心知自己救不了他，也从没想过救他。三年道侣生涯间，两个人各有所爱，感情淡薄到都鲜少躺同一张榻。

纵然救不了这位恶名满身的"前夫"，但其实倘若她愿意，她也能为他做一些事，比如在他身上加一张不被留意的、取暖的符，或者替他擦去身上的脏污，抑或多喂他一口清水。

但这一生，从不情不愿地成婚、果决逃离，再到他受极刑惨烈死去，她自始至终什么也不曾为他做过。

第二日清晨，叛臣越之恒死在了天陨台上。

人人津津乐道，小巷中孩童欢欣鼓舞。

湛云葳循着越之恒给的线索，顺利找到了长命箓。那人的灵丹一并在她袖中，烫得她肌肤发疼。

湛云葳发现自己从未读懂他。

她不懂他当初为何选择成为王族鹰犬，亦不懂他如今为何背叛王庭。

她在人群间穿行而过，听王城中人对他抱怨谩骂。似乎没有一个人记得世上大半邪祟夺舍之祸，却也是由他平定。

风雪仍旧未停，前路未卜，坎坷难言。

湛云葳那个时候并没有想到，她后来虽然成功救回了裴玉京，却也失去了可贵天赋，变成了凡人。

她临死时不甘地咽下那口气之前，怀里那颗灵丹落了出来。

她望着它，想起那个叛臣原来已经死了两年。

人人说他凉薄卑劣，她也以为不幸成为他的夫人，想必日子难熬至极，但如今回忆起来，那竟然是她这短短一生中活得最鲜活肆意的几年。

窗外银月残缺暗淡。

湛云葳无力地合上眼，没有想到再睁开眼，竟然回到了十年前，回到了嫁给越之恒的那一年。

湛云葳有意识时，窗外乌鸦叫得凄切。

一滴温热的水掉落在她的脸颊上，有人正抱着她在哭。

湛云葳睁开眼，眼前一片漆黑。月光从窗外洒进来，她才看清自己身处什么地方。

这是一个地牢。

不大的空间里挤着好几个珠花散乱的女子，有老有少。众人靠在一起，神色委顿，有些人脸上甚至挂着泪痕。角落里坐着三个清秀少年，少年们也都神色低落。

这样的情况还算好，不远处的另一个牢房里的囚犯显然处境更糟糕。

他们被刑具穿过了琵琶骨，身上满是血痕。

这是一群觉醒天赋的灵修，关他们的人许是怕他们逃跑，不仅在地面上设了阵法，在牢房栏杆上也贴满了密密麻麻的符咒。

借着月光，湛云葳盯着眼前所有熟悉的面孔，一时有些发怔。

见湛云葳神情不对劲，抱着湛云葳的人焦急地抚上她的额："泱泱，还有哪里不舒服吗？"

湛云葳视线上移，看见了一张憔悴苍白的脸。

她张了张嘴，嗓音干涩地道："二婶？"

华夫人见她认得人，松了一口气，眼泪也落了下来："还好你没事，不然二婶得愧疚死……"

五月的夜里，诏狱森冷，唯有华夫人的怀里尚有一丝暖意。

丹田一抽一抽地钝痛，湛云葳脸色苍白。但也正是这样真切的痛苦告诉她，此刻她没有做梦。

她竟然在死后回到了升平六年。

她之所以记得这么清楚，是因为这一年发生了一件让灵域动荡的大事。

仙盟极力反对王朝诛杀邪气入体、尚未异变的平民，王朝的灵帝却也早就对仙盟不满，借着这个由头对仙山发了兵，决意灭仙山，夺神器。

仙山大败，只得无奈地带着神器"羲和剑"和重伤的仙盟少主撤离，保全最后的希望。

但自此，昔日辉煌的仙山不复存在。

这一场政变令人猝不及防，并非所有修士都成功撤离。当时来不及逃走的人，要么死在了灵山上，要么被带回了王朝关押起来。

如今牢房里的数人就是被关押的修士。

华夫人扶着湛云葳起身，将一旁碗里省下的水递到她的唇边："泱泱，来喝点儿水。"

清水入口，总算没那般难受了，湛云葳也终于有了精力回忆现在是什么情况。

一旁她的堂妹、华夫人的亲女湛雪吟哭声细弱："娘，你说大伯和裴少主会回来救我们吗？"

华夫人冷下神色，一听女儿讲话就来气："不知。你别问我，大不了就是一死。"

死又怕什么？他们修行时与天争都不怕，难不成现在还畏惧王朝的屠刀？

湛云葳知道一向好脾气的二婶为什么这样生气，二婶是恨铁不成钢。

灵域里大多数修士生来就是灵修，但往往万人中才会觉醒一个"御灵师"，可见御灵师有多珍贵。

如今的世道，灵气与邪气混杂，所有修士都可能被邪气侵蚀，当邪气入体，影子渐渐消失的那一刻，"入邪"之人渐渐就会被夺舍成为"邪祟"。

而御灵师虽然娇贵，身体没有灵修强悍，却能操控灵力封印甚至清除邪气，无异于灵域的希望与未来。

堂妹湛雪吟作为"御灵师"，天赋虽不算高，灵山的人却向来疼爱她。

平日里湛雪吟疏于修炼，还总是振振有词："有那么多灵修在，又轮不到我一个御灵师去渡厄城救人，我在灵山上能有什么危险？"

以至灵山被攻打的时候，这位堂妹毫无自保之力，抱着她刚出生的妹妹，哭着拽住湛云葳："堂姐救我！"

湛云葳数不清自己救了多少族人，灵气消耗殆尽，最后仅够自保，但堂妹怀里的婴孩才三个月大，哭得着实可怜。

湛云葳咬牙，接过湛雪吟怀中的婴孩，用最后的力气将婴孩送入了阵法之中。

后果便是，湛云葳自己与湛雪吟落入敌手。

湛云葳没什么后悔的，好歹救了自家族里的小妹妹，细细想来，一换一倒也不亏。

只湛雪吟被抓以后，一直哭到了现在，活似天塌了下来。湛云葳也不知她为什么这么能哭。

湛云葳被她哭得头痛欲裂，轻轻吸了一口气，出声道："别哭了，王朝不会杀御灵师，父亲和少主总会回来救族人的。"

湛云葳说的确实是实话，不过这个时候，父亲与裴玉京都身受重伤，命在旦夕。他们回王城救族人是几个月之后的事了。

湛雪吟听到还有希望，眼泪这才勉强止住。

但恐惧的氛围并未在地牢中散去多少，几乎整个仙盟的御灵师都被娇养着，平日里被保护得极好，还是第一次经历家破人亡的惨剧。

他们内心惶惶，忍不住想：就算不杀，也不可能一直关着，王朝会如何处置他们呢？

早先王朝不乏将犯了罪的御灵师指给权贵的情况。

御灵师珍贵，这些权贵大多不会苛待他们，但也有少数运气不好的御灵师，碰见狠辣残暴之人，日子过得生不如死。

面对未知的命运，人人心中凄惶。

湛云葳靠着华夫人，坐正身子，拍了拍二婶的手背以作安慰。

华夫人眼中险些沁出泪来。

她看着湛云葳长大，知道侄女心地纯善，感念湛云葳救下了自己刚出生没多久的幼女，又愧疚大女儿没用，害了侄女湛云葳。

华夫人心里痛苦难安，只觉得分外对不起还流落在外的长琊山山主。

湛云葳知道二婶愧疚，上一回为了帮助自己出逃，二婶甚至死在了诏狱里。

湛云葳出生就没有母亲，自幼得了二婶诸多照拂，从不后悔救下二婶的幼女。

如今再走一遍来时路，她不会让二婶出事。

湛云葳抬眸望去，没想到这样凄惨的光景下，窗外竟是一轮圆月。

圆月好，看上去就让人充满希望。

牢中的安静气氛并未持续多久，一阵脚步声打断夜的宁静。

来人声音上扬："灵山余孽都被关押在这里？"

外面的狱卒说："是，不知您是……？"

"三皇子殿下的灵卫，殿下命我来诏狱带一人前去审问。"

狱卒愣了愣："不知您要找谁？"

"长琊山山主之女，湛云葳。"

修士大多耳聪目明，来人又没刻意压低声音。话音一落，牢房里的众人都朝湛云葳看去，就连一向与湛云葳不对付的湛雪吟，心里也不禁有几分同情。

王朝的三皇子是个什么货色，灵山的人再清楚不过，那人跋扈残忍，极好女色。

明日才是王朝灵帝下谕旨的日子，三皇子却今晚就迫不及待地派人来了诏狱中，怀着什么样的龌龊心思，昭然若揭。

世人皆知，长琊山山主有一个爱之如命的女儿。她幼时便觉醒了令人艳羡的御灵师天赋，再长大一些，样貌出色，钟灵毓秀，王朝家喻户晓。

后来她与天生剑骨的仙盟少主裴玉京定亲，这也是灵域中的一桩佳话。

换作往日，由灵山执掌灵域的时候，湛云葳就是命定的灵域未来主母。

偏偏王朝气势一日盖过一日，将仙山压得喘不过气，如今仙山的处境更是凄凉。

在这种时候，湛云葳拥有美貌绝不是一件好事，这是一柄悬在她头顶的剑。

湛云葳感觉到婶婶身子僵硬，垂眸看着自己苍白的手背。此刻体内灵丹受到损伤，她动一下就疼。

门外那狱卒犹豫着说："明日陛下才处置这些余孽，今晚三皇子带人走，这于理……"

"你敢抗命？"

狱卒哪里敢，却也不敢直接让他把人带走。

三年前，诏狱并入了彻天府名下，如今归彻天府的掌司越之恒管。

彻天府本就是王朝人人惧怕的存在，想到那位诡谲、狠辣、无情的掌司，狱卒更是心里发寒，迅速在心中衡量——

得罪三皇子，他顶多是死，但如果越过彻天府的规矩办事，彻天府追究起来，那手段才是令人胆寒得求死不能。

湛云葳屏息凝神，也想知道这一回事情的走向会不会与曾经一样。

过了一会儿，狱卒说："这位爷且等等，小的这就按照名册找人。"

湛云葳知道，其他狱卒现在恐怕去通知彻天府的人了，自己今晚并不会被三皇子带走。

她松了一口气。

说来好笑，这点儿微薄的安全感，竟然是这一年彻天府的那个人给她的。

华夫人脸色苍白，看着姣美的侄女，良久，下了什么决心似的握住了湛云葳的手："泱泱，你得走，二婶这就送你走。"

湛云葳前世并不知二婶口中的办法是什么，后来才知道华夫人竟然以灵丹碎裂为代价，强开了诏狱阵法。

可怜华夫人一番真心，湛云葳最后却没能走掉。湛云葳实在太虚弱，王城又处处是追兵，她一早就注定无法离开。

这次，她不会让华夫人出事。

湛云葳扯了扯华夫人的袖子，说道："二婶，你放心。我还有一些符，待会儿出去了就想办法脱身。"

华夫人没有想过侄女会骗她，闻言松了一口气。

湛雪吟怯怯地靠过来："对不起……娘。对不起，云葳堂姐。"

她如今是真心后悔没有好好修炼了。

这回华夫人虽然还是冷着脸，却没有再呵斥赶走她。

湛云葳在一旁静静地看着这一幕，有些羡慕。

虽然湛雪吟一直羡慕湛云葳的天赋，羡慕湛云葳的婚事，但只有湛云葳知道，自己有多羡慕湛雪吟有一个这样好的母亲。

湛云葳想，她如果也有母亲，后来灵根破碎、父亲身亡、灵山强迫裴玉京另娶他人时，她的母亲一定会挡在她身前，给所有无耻之人一个耳光。

月色铺了湛云葳一身,许久,她沉默地收回了视线。

王城之中,银月高悬。

一行身着银莲纹墨袍的男子驭"青面鬼鹤"而下,打更的更夫急急避让。

那迎面落下的"青面鬼鹤",翅长数丈,几乎遮天。

这般狂风疾雨的架势,令更夫远远躲避,不敢多言。他知道,这是彻天府那群人追捕逃犯回来了。

这些个王朝鹰犬,莫说寻常百姓,便是王族贵胄往往也避着。

"青面鬼鹤"是彻天府的法器,被造成了巨鹤模样,面覆青石,口生獠牙,爪能杀人。

这群归来的人里,为首的青年墨发玉冠,微垂着眼眸,鼻梁高挺,棱角分明的脸上神色冷峻。

这人正是彻天府如今的掌司——越之恒。

越之恒摊开手,那长着獠牙的鬼鹤便乖巧地化作一枚玉扳指,落入他的掌心里。

彻天府中有人迎上来:"大人,您可算回来了。"

越之恒已经三日没休息,神色有几分倦怠与不耐烦:"王城又出事了?"

"这倒不是,而是诏狱那边递话说,三皇子殿下想要提审一个人。"

越之恒沉默了一瞬间,缓缓重复了一遍:"三皇子提审?"

虽然他语气没有波澜,身后的沉晔却莫名其妙地听出了几分嘲讽之意。

三皇子殿下,那个只知道流连花丛的草包。诛杀邪祟不敢去,攻打灵山也龟缩在最后面,如今竟然可笑地要求提审犯人。

他能审出什么?审出哪家姑娘最美貌吗?

越之恒一面往府里走,一面摩挲着手中的扳指。他眼眸狭长,眼下一点红痣，不笑的时候显得凉薄。

"他要提审谁？"

府卫小心地跟上他："三皇子说要提审长珧山山主之女，蓬莱裴少主的未婚妻，湛云葳。"

越之恒脚步越来越慢，最后停在了府邸的獬豸前。

麻烦。

府卫冷汗涔涔："诏狱那边寅时一刻来的人，如今已是寅时三刻……"

沉晔抬头，只见月色下，他们的大人回头看着那府卫，神色冰凉。

"你是说，没经过我的同意，人已经被带走了？"

湛云葳发现自己失算了。

不知为何，彻天府一直没有动静。皇子府的灵卫隐约意识到狱卒在拖延时间，怕有后患，最后越过狱卒，要强行将湛云葳带走。

华夫人死死挡在侄女身前，无论如何不肯退让。灵卫不耐烦，一脚踹在华夫人身上："滚开，疯婆子！"

御灵师的躯体本就脆弱，如今还被锁了灵力，华夫人受了这狠狠的一下，呕出一口血来，昏死了过去。

"娘！"湛雪吟爬过去抱住她，声音凄切地唤着。

这边动静这样大，另一个牢房里被锁困着的修士都被惊动了。他们遍体鳞伤，看见这一幕目眦欲裂："华夫人、大小姐！王族狗贼，尔等胆敢……"他们再愤怒也被囚困着，无法脱身。

湛云葳喉中涌上一股腥甜之气，心中愤怒，想回头看华夫人，却被粗暴地拖走。

不同于在狱中的寒凉，夜风带着仲夏的温度，没一会儿湛云葳额上就沁出一层薄薄的汗珠。她灵丹受损，本就伤重，此时腕间还戴着一个困灵镯，与凡人无异。

等在外面的皇子府灵卫说:"动作轻点儿,若还没送到府里就出了事,三皇子可不得发火?!"

毕竟谁都知道,三皇子惦记这位长琊山的小姐好几年了。

先前碍于她高贵的身份,她还有个天生剑骨的未婚夫,三皇子只敢在心里想想。如今仙门不复,昔日长琊山最珍贵的明珠暗淡蒙尘,只能沦为阶下囚任人宰割。

湛云葳被塞进一顶轿子中,压下唇间血气,强迫自己冷静下来。

王朝的夜晚天幕黑沉,像一只张开嘴等待吞吃人的巨兽。仔细一想,她就知道自己哪里出了错。

前世华夫人以命相搏,才打开地牢结界,换取她逃离诏狱的机会。湛云葳带伤在王朝的夜幕下逃了半个时辰,最后被归来的彻天府府卫困住,重新带回去关了起来。

今晚却不同,华夫人还活着,她也没能提前离开诏狱。

如果她没猜错,想必此刻彻天府的人因追捕仙门的漏网之鱼,还未归来。

想通以后,湛云葳沉下心,思量着破局之法。

升平六年之前,她作为长琊山山主之女、天生的御灵师,人生可谓顺风顺水。但升平六年之后,后半生颠沛流离,艰辛难言,她早已习惯了不相信任何人,只依靠自己。

此时她身无长物,最后一张符纸也在守山之时耗尽。

她只得将目光投向裙角,以指尖血为引。湛云葳在心中暗暗思忖,若一会儿发生冲突,自己在死前弄死三皇子的可能性有多大。

得亏这些灵卫自负,并未绑住她的手脚。

说来可笑,灵域人人仰仗推崇御灵师,恨不得朱甍碧瓦供奉着他们。邪气入体后,权贵们更是一掷千金,求御灵师救命。

然而因御灵师不够强悍,身躯脆弱如凡人,面对敌人不堪一击,这些灵修又从心底生出几丝轻慢态度来。

湛云葳心中倒并不绝望,人这一生,逆境比比皆是,只是难免觉得遗憾,她重来一回,偏偏出现在最难破局之时。

但她实在郁闷，只杀个三皇子，怎么想都不够赚。

这些平日懈怠的灵卫，甚至讲话都未避讳她："她是裴少主的未婚妻，身份不简单。我总有些担心，殿下这般行事，若彻天府那人知道了，恐有祸患。你们不是不知道那人的手段……"

另一个人笑道："怕什么？越家早已背离仙山，投靠王朝。那人再凶狠难对付，不过也只是陛下豢养的一条恶犬，难不成还敢和咱们殿下抢人？！"

"可我心里总有些不安。"

"放心吧，一会儿人入了府，我就不信彻天府的人敢闯皇子府邸。"

另一人想了想，心想也是。

寅时三刻，一行人到了三皇子府邸。

湛云葳被带下了车辇。

管家等在门口，有些昏昏欲睡。

这些年管家跟着三皇子，坏事没少干，美人也没少看，但一见到眼前女子，管家的瞌睡雾时醒了大半。

他不是没见过美人，但这般姿容的是第一次见。面前的女子身上染血，头发散乱狼狈，甚至连件像样的外衣都没有，但灯光下，她容颜清绝，一眼看去让人惊心动魄，宛如天人。

难怪三皇子宁肯冒着被灵帝陛下惩处的风险，也要在今晚把人带进府来。

湛云葳也在暗暗打量三皇子府的布局。

府中每隔十丈布有一阵，她若硬拼，撑不过一息。唯有月色下波光粼粼的湖，没有阵法加持，一路绵延至墙壁。墙那端，杏花早已开败，枝丫舒展伸到了墙外。

她盯着那湖看了一会儿，心里有了几分计较。

后背被人推了一把，湛云葳被推入一个被夜明珠照亮、奢靡精致的屋子中。

"回殿下的话，湛云葳带到。"

湛云葳定睛看去，眼前之人穿着一袭靛蓝色的蛟纹衣衫。灯光下的三皇子，容颜倒是生得端正，只不过他的眼神淫邪阴沉，惊艳与放肆地在她纤细的腰肢上扫视。

他放下手中茶盏，扬唇笑道："湛小姐，久违了，当日宫宴惊鸿一瞥，这些年，你可叫我惦记得好苦啊。"

他脸上含笑，眼里隐约带着几丝恨色。

当初宫宴上，他话都没与她说上几句，就被那裴少主用剑抵住咽喉，偏偏那裴玉京的剑气凛冽可怕，让自己狠狠丢了一次脸。

而今，她总算没了仰仗。

失了高贵的身份，没了父兄、未婚夫庇佑，明珠光华映照下，她长睫投下浅浅阴影，看上去苍白虚弱。

三皇子几乎想要大笑，不仅因心愿得偿，还因抢夺裴玉京的未婚妻的快意。

仙山玉树又如何？天生剑骨又如何？裴玉京现在还不知在哪个旮旯里等死！

三皇子心魂荡漾，看着眼前的湛云葳。

这是真正的仙门贵女，放在千年前，仙门强大之时，远比王朝的公主还要尊贵，作为皇子他也没有跪下求娶的资格。

偏生她又长得这么美，比他见过的所有女子都美。他再也按捺不住，朝她走去。

湛云葳看着他的笑容，心里一阵恶心："今夜之后，就不劳三皇子惦记了。"

三皇子皱眉，还没反应过来她这话是何意，胸前被打入一张符纸。

他只觉眼前一黑，身体失去了知觉。

晕过去之前，他看见眼前的少女抬手擦了擦朱唇上遭反噬染上的血迹。

明珠熠熠光华中，她浅栗色的眼眸被痛色侵蚀，痛苦神色却被她强压了下去。

三皇子第一次意识到，当年宫宴上就算没有裴玉京，没有她的父兄，她也不会被任何人欺辱。

他心里第一次后悔低估了御灵师的能力。

管家本以为今晚终于可以睡个好觉，然而当他刚下令关上府门时，朱红大门被人一脚踹开。

管家大怒："何人如此大胆？敢在皇子府放……"

后半截话，硬生生被他咽了回去。他的视线所及之处是一片精致的悯生莲纹，然而这悯生莲纹上，还沾着新鲜的邪祟血迹。

紫色的血明明看上去不祥恐怖，缀在来人的衣角上，却似洇开的凄绝美艳的花。

管家愣了愣，整个王朝的人皆知，只有一人会在衣衫上刻悯生莲纹，但并不为怜悯众生，只为止泛滥的杀意。

果然，管家抬起眼睛，看见一张再熟悉不过、令人畏惧的脸。

若非目睹此人近些年的手段，谁也不会将这样一个模样出色的人物与彻天府掌司联系起来。

管家不免有些畏惧，但多年仗势欺人，恶事做尽，让他心里尚有不少底气，想着此人再棘手恐怕也不敢在皇子府里动手。

"越之恒，你大半夜带人擅闯三皇子府邸，不把王族放在眼中，意欲何为？只要你速速离开，三皇子想来不会与你计较。"

他自认这番话说得相当宽容，却见彻天府众人闻言讥诮不已。

而他眼前的越之恒，也目露嘲弄之色地看着他。

下一瞬间，府中惊叫声连连响起，管家人头落地，到死，跋扈的神情还定格在脸上。

越之恒收回自己的法器，那是一条冰蓝色蛇形长鞭，说是鞭，细看却分成二十三节，每一节上刻着不同符文，其形诡谲。

他轻描淡写地杀了人，却开口："仙山逆党逃窜，越某担忧三皇子殿下安危,不得不入府搜查,多有得罪。"

他这话说得谦和有礼,甚至隐含笑意,两边的府兵却心生恐惧,如潮水般退开,眼睁睁地看着彻天府的人闯入府中,无人敢拦。

乌鸦掠过枝头,明月渐渐隐入云中。

灯火通明的皇子府在此时骤然亮起一束红光,正是符咒索引之气。

谁会在皇子府里引动符咒?

越之恒抬眸,神情若有所思,大步朝那处走去。

湛云葳在三皇子腰间找到了她想要的匕首。

这世道已是两个极端。边远郡县的平民衣不蔽体,提心吊胆地躲避邪祟,王族却生在温柔锦绣之中,用的匕首都嵌满了灵石。

窗外便是那片湖,只要她杀了三皇子,在被抓住前跳入湖中,兴许还有一线生机。

但这也是条不能回头的路,如果她今夜没有逃掉,王朝灵帝便不会像现在这样,因她是个御灵师而留她一命。

心念急转之间,湛云葳咬了咬唇,已经做下决定。她握住匕首,对准三皇子的丹田处刺了下去,却不料并未刺破三皇子的皮肤。

她眼前一只白皙修长的手握住了匕首,使她的匕首不得寸进:"湛小姐,谋杀皇子,不想活了?"

湛云葳抬起眼眸,从不曾想过,自升平十四年生死永别后,有一日自己会再次见到越之恒。

她已不记得他的模样,脑海里唯剩他被折磨得形销骨立后,仍旧平静猖狂的神情。

这样一个坏事做尽的人,灵丹却灼灼发烫,似要融化那场大雪。

此刻,她的记忆中他已然褪色的模糊容颜,在眼前逐渐变得清晰,取代了那场大雪,重新染上色彩。

那些后来剥夺他的生机的东西,此时通通还未加诸他身。

眼前这人看起来更加年轻,目光也比后来更加锐利,湛云葳记得，这一年的越之恒在王朝目中无人，风光无限，人人畏惧。

越之恒不容反抗地扣住她腕间的困灵镯，迫使她松手。湛云葳只觉手一麻，已经被他取走手中匕首。

他救下了三皇子。

她不由得望向这人，想起他后来被罗列的那些罪孽，其中就包括把陛下的子嗣杀得干干净净。

他明明比自己猖狂得多吧？

后来他想杀三皇子，如今却又偏偏要救。这样一个人，根本没有忠诚可言。

湛云葳对上越之恒的视线，才发现他也在打量她。

对他来说，这恐怕是他第一次见到她。

他眼里却并非三皇子那样的目光，也不带灵卫看御灵师的轻慢态度，他仅仅是在看一个不安分、麻烦他大半夜来寻的囚犯。

越之恒看了她一眼，便淡淡地移开视线，对着外面喊道："来人。"

沉晔带着彻天府的部下进来，越之恒吩咐道："捆了，扔回诏狱中去。"

湛云葳转眼就被捆得严严实实，被禁锢的身体隐约发疼。

她试着挣了挣，却发现彻天府捆人的绳子竟然是用来捆灵修的法器。

这样的捆法下，什么符咒、阵法，通通不好使。

"……"

来自越之恒的恶意太明显，她忍不住看了那人一眼。

万千灯火下，越之恒脸上没有半分异色，一眼也不曾看向被押走的湛云葳，仿佛八年后他将灵丹剜出于风雪中给她，从来只是她的一场错觉。

卯时，天将明，越之恒回府换了一件衣衫，便带着沉晔去王宫复命。

他掌心上添了一道新伤，空气中隐有些许血中带来的冰莲气息。

但越之恒并未上药，对此不甚在意。

沉晔跟了他多年，知道他对别人狠，对自己也狠，看一眼他的袖口沁出的点点血迹，不知道掌司大人痛不痛，反正沉晔看看那伤觉得挺深。

沉晔还是第一次见到那样的御灵师，心里有些惊奇。

他印象中的所有御灵师无不娇贵、脆弱，需要灵修好好保护，毕竟灵修都得靠御灵师们活命。

从没有人会教御灵师杀人，因此大部分御灵师连握刀都握不稳。

但昨晚那少女，如果他们去晚一点儿，她恐怕真的就成功杀死三皇子了！

虽说三皇子那草包死不足惜，但人是在他们彻天府的监管下被带走的，陛下追责，他们也脱不了干系。

"大人与那湛小姐是旧识？"沉晔到底没忍住，还是问了出来。他知道，大人对没有价值的东西一向懒得分眼神。

但昨日，越之恒注视那少女有好一会儿。

要说因为她长得美，那的确，沉晔不得不承认，裴玉京那未婚妻漂亮得出奇。但王朝历来不乏美人，官员也大多私德败坏，豢养男宠女姬者比比皆是，越之恒不好狎妓，好几次张大人送了美人来，大人都直接让张大人滚。

那就只有一种可能性，此女是大人的故人。

越之恒想起了多年前第一次见到湛云葳的情形。

她桃腮微粉，像三月开在枝头上的花，鸦黑长睫轻轻颤动着，一双水亮的眼带着浅浅的栗色。人不大，蹲下来看着他，神色严肃地问："你为什么偷东西？"

越之恒回答沉晔说："不算旧识。"

"不算"这两个字微妙，沉晔愣了愣："那可是有渊源？"

越之恒语调冷淡地嗤笑道："渊源？算是吧，她少时多管闲事，自以为是地打了我三下板子。"

沉晔险些呛着。

无论如何他也想不到，两个人竟是这样的渊源。他心中暗暗同情那位小姐，以掌司的歹……不是，细致性子，若这种小事都还记得，掌司指不定会报复回去。

待会儿就要决定这群御灵师的去处，掌司会提议陛下把她指给脑满肠肥的张大人，还是残暴不仁的李大人呢？

越之恒没管这属下在想什么。

他心中在思量一件正事：灵山一战后，众山掌门合力护着重伤的裴玉京，仿佛从灵域凭空消失了。

越之恒带着彻天府的人，用洞世镜在灵域找了四天，也没找到半分蛛丝马迹。

越之恒猜测，他们大概率去了人间。

按理说穷寇莫追，陛下也一向性子沉稳，这次却做了相反的决定。

越之恒知道灵帝这次为何沉不住气，无非是因为几年前司天监触动神谕的那一卦。

卦象一出，通天铃"丁零"作响，但后来知晓卦象之人陆续死去，死因不明，此事也就渐渐变成了秘密，鲜少有人提起那一卦到底占卜出了什么。

越之恒却从祖父口中知晓一二。

据说，那一卦曾书：能者既出，王朝颠覆。

放眼整个灵域，最贴合这样描述的人，莫过于蓬莱少主裴玉京。

此子天生剑骨，出生便天有异象，乃当之无愧的天之骄子。不仅蓬莱，整个仙盟都明白，他是仙门最后的希望。

裴玉京也不负众望，其人芝兰玉树：六岁入道，能闻天地禅音；十二岁比试，打败了自己族里的首席大弟子；二十岁诛杀泛滥邪祟，可谓十步杀一人，千里不留行。

这些年来，他修炼一日千里，放眼世间，成长速度无出其右。

这样的心腹大患，陛下自然不会让他存在。

因此在找到人前，越之恒知道陛下不会放弃，最后陛下恐怕还会迁怒他们彻天府。

他心里有几分烦，放眼整个王朝，如今能引出裴玉京和其余叛党的筹码，只剩下裴玉京的未婚妻湛云葳。

偏三皇子那个草包不知轻重，满脑子都是那些事。

湛云葳还是个杀也杀不得，拷打也拷打不了的娇贵御灵师。

越之恒垂下眼睑，掩住眸中思绪。

诏狱里，谕旨陆陆续续下来，年长御灵师被送去丹心阁，为王城"入邪"的权贵清除邪气。

年轻貌美的御灵师则比较倒霉，大多被指了婚，前路不明。

王朝并未杀地牢中的灵修。这倒不是陛下么仁慈，这些灵修大多是御灵师的血亲或者族人，活着一日，就能用来掣肘这些御灵师一日。

湛云葳的视线透过层层封印符咒，最后落在一个狼狈的男子身上。

那兴许是她的软肋——

男子被锁了琵琶骨，一身的伤，头发凌乱，有些看不清原本那张俊俏的脸。

一群灵修中，只有他是七重灵脉觉醒者，因此遭遇也最残酷，符咒几乎贴满了他的全身，不知道的人还以为这是上古符修镇压的僵尸。

前几日他昏迷着，安安静静的，从昨日王朝下雨开始，他清醒了过来，醒过来了却也不愿说话。

随着一个又一个灵修被带走，一直不说话的男子终于忍不住沙哑着嗓子开了口。

他不是很客气地说："湛云葳，你过来。"

湛云葳过不去，但还是尽量顺着他，在离他最近的地方站住："阿兄。"

"谁是你阿兄？别乱叫。"

饶是身处这样糟糕的境地，她仍是忍不住笑了笑，顺从地改口道："湛殊镜。"

湛殊镜是她父亲的养子。

他的母亲原本是青阳宗的掌门，后来他父母诛杀邪祟，都没能回来。

青阳宗一朝失去两位主事者，很快便没落了，长琊山山主便把他接回山来，当成亲生孩子抚养，更是嘱咐湛云葳要敬重他，把他当成亲兄长看待。

湛云葳却知道湛殊镜心里一直恨着父亲，因为那日号召众人去诛杀邪祟的，恰是长琊山山主。

显然，湛殊镜并不具备仙门中人自小被教导的"宽和"与"牺牲"精神，连带着对湛云葳也有怨气。

在湛云葳尚未觉醒御灵师天赋时，他总是偷偷欺负她，仿佛自己有多难受，就要让她也感同身受。

湛云葳从不告状，也不哭。

他如何欺负她，她隔不了多久，总会想到办法报复回去，次次气得湛殊镜牙痒痒。

她有时候想，兴许没有足够的忍让精神的自己，也和湛殊镜一样，是仙门中的异类。

她不似表面那样温煦听话，也不愿像所有的御灵师那样安稳地做王城锦绣。

她总想到灵域的另一头去，到所有御灵师都不敢前往的渡厄城去。

少时的湛云葳也从没想过，她眼中心胸狭隘、脾气古怪的湛殊镜，后来会背着身受重伤的她，咬牙说道："废什么话？若是今日救不了你，才显得我没用。"

一个明明怀着怨恨情绪的人，最后却为了保护湛氏族人战死。

她鲜少唤湛殊镜阿兄，后来他死了，她在梦里哭着拼命唤他，却见他一身血衣，踉跄往前，不曾回头看她。

湛云葳望着眼前鲜活的人，才发现原来上辈子短短的一生中，她一直在失去身边的人。

湛殊镜不知她心情多么复杂，咬牙说道："你把我杀了吧。"

湛云葳："……"说到底，人如果有病还是要从小治。

湛殊镜还在发病："谁要成你的拖累？你一个长琊山山主之女，嫁给王朝的狗贼，也不嫌恶心。"

湛云葳不想听他说疯话，打断他道："我想杀，但够不着。"

湛殊镜也不用脑子想想，两个人起码也得先在同一个牢房里，她才能杀他。

"……"湛殊镜也意识到了这点，只能不甘地闭嘴。

他虽闭了嘴，心里却莫名其妙地憋了一团火。

在他看不见的地方，湛云葳心想：阿兄，也总得让我为你做些什么吧。

前世她虽然也护着湛殊镜，却并不如现在这般心甘情愿。

两个人之间的平静氛围，终归还是被三日后姗姗来迟的王朝谕旨打破。

湛殊镜听到王朝要将湛云葳嫁给谁的时候，恨得双眼泛出冰冷之色，竟是越之恒那个冷血无耻的王朝鹰犬！

湛殊镜几乎忍不住想对湛云葳说：你杀了他！捅死那个人算了。

但他转念想到湛云葳恐怕会回答他：我也想，但杀不了。

没用的御灵师啊！

湛殊镜把话咽了回去。他大抵这辈子第一次觉得裴玉京如此顺眼，希望裴玉京尽快杀回王城。

但湛殊镜心里也清楚，越之恒那般冷血无情的人，主动提出娶湛云葳，或许正是因为要抓裴玉京。

湛云葳也这样想。她可不会自作多情地真以为越之恒喜欢她。

毕竟她曾听他的奶嬷嬷说过，他有心仪之人。

事实证明，后来她与他做道侣三年，也确实相敬如"冰"，感情淡薄。

这一场仲夏的雨仍在下,到了晚间,有人来带走湛云葳。

湛云葳忍不住回头看了一眼湛殊镜,他张了张嘴,想说许多话,想告诉她有机会就离开,别管他们,灵修皮糙肉厚,死不了。

最后他开口却说了一句:"要活着。"

湛云葳一瞬间心里酸楚。

许是他真的怕她想不开。昨日她还是裴玉京的未婚妻,过几日就要被迫与他人结为道侣,湛殊镜才会这样说。

纵然知道她骨子里并不像其他御灵师一样娇弱,湛殊镜却摸不准湛云葳心里对裴玉京有多少感情,这份感情又会不会让她犯傻。湛殊镜也并不知,那个凶名在外,一身罪孽的王朝鹰犬到底是个什么样的人。

湛云葳想,这一次,我会好好地活着的,活到黎明来临,百姓不用惶惶度日,灵域重新盛大的那一日。

越家老宅在汾河郡,离王城有一段距离。

湛云葳并没有被带到越府里,而是住进了彻天府。

一年到头,越之恒都在彻天府忙碌,鲜少回越府去,加上他没有成亲,便几乎住在彻天府里。如今猝不及防地要成亲,他恐怕要先知会越家一声,做好准备。

湛云葳被带来彻天府后,越之恒并未让人看管她,也不限制她房里有什么,只让沉晔带了冷冰冰的一句话。

沉晔面无表情地转述道:"大人说,小姐若是离开彻天府一步,让他费心来抓,他就剁了牢房里那男子的一根手指。"

湛云葳知道这是越之恒能干出来的事,咬牙微笑,无怪她前世就觉得此人处处过分:"你告诉掌司大人,我近来腿脚不好,不会出府。"

沉晔也没想到,前几天晚上他们还在抓捕的犯人,过几日就成了他们的夫人。

他心中啧啧称奇,十分纳罕,但也不算意外。整个王城,或许没几个人能镇住这位长琊山山主之女，真把她给了什么张大人、李大人，按湛云葳的性子，恐怕当天晚上，他们就得给这些大人收尸。

抑或裴玉京真的回来了，这些大人也得死。

沉晔不由得想起几日前在殿中的场景。

起初，为了抢长琊仙山最好看的美人御灵师，王亲贵胄险些不顾脸面地打起来。

越之恒只听着，一言未发。他是真的每天都很忙，不仅要诛杀邪祟，还要找仙门逆党，偏偏这些尸位素餐的大臣抢着要把麻烦往身上揽。

等王亲贵胄快吵完了，越之恒开口："既如此，就劳烦这位大人抓捕仙门逆贼首领裴玉京了。"

殿内大臣瞬间哑口无言，别说抓捕，谁嫌命长，敢去对抗那剑仙裴玉京的剑？

三皇子倒有几分不要命的意味。他天天惦念着那美人，昨日险些被杀，今日回过神来又不死心。

不过一只爪牙利了点儿的小猫，大不了他谨慎些。

他咬了咬牙，却不期然地对上玉柱之上灵帝神息投来的眼神，只得把话咽了回去。

灵帝有大半时间在闭关，就算出现，也只是一缕神息的影子。三皇子平日敢造次，面对灵帝却大气不敢喘。

最后神息内传来灵帝的声音："越卿，此事交由你去办。"

沉晔看不清自家大人是什么表情，只半晌后，才见自家大人朝着灵帝行了一礼，应"是"。

第二章 再赴旧路

入夜，越之恒正在绘制图纸，方淮拎着一壶酒来访。

"我刚从灵域结界回王城，就听说你要成亲，还是陛下亲自赐婚。四处都在说你早就恋慕裴玉京的未婚妻，亲自向陛下要的人，真的假的？"

越之恒笔下不停，蹙了蹙眉，头都没抬："谁传的？"

他疯了吗？恋慕裴玉京的未婚妻？

方淮一点就透："这是为了引裴玉京出来？"

越之恒不语。这事众人心知肚明，连逃走的仙门中人也一想就能明白，越之恒偏赌的就是裴玉京对湛云葳的情谊，就看裴玉京愿不愿意为了湛云葳豁出命来抢亲。

方淮扬眉："掌司大人，你是希望他来还是不来？"

越之恒收了最后一笔，冷着声音说道："你很闲吗？"

"开个玩笑嘛。"方淮见他一副冷淡的模样，只觉无趣，凑过去看那图纸，发现越之恒画的是改良版的洞世镜。

画旁边密密麻麻全是越之恒写的注解，譬如如何拓宽想看的范围，如何不被追踪之人察觉，他还计算出了精准的数值，标记好了用材。

有时候方淮不得不佩服炼器师，从绘图开始，炼器师的工作无不烦琐、孤独、无趣，什么性子的人才能忍受这般日复一日的生活？

偏偏越之恒这种凉薄又狂妄的人，竟是个炼器师。

方淮盯了那图纸一会儿，想到什么，突然开口道："这镜子能不能给我也做一面？"

越之恒收起图纸，问："渡厄城最近不太平？"

"不是。"方淮满眼放光，"这镜子这么好用，我平日没事的时候，可以用它来看小蝶。"

夜燕蝶是家中给他定下的未婚妻，也是一个御灵师，方淮喜爱她喜爱得不得了。

"方大人请便，越某累了，不方便招待。"

方淮连忙讨饶："别、别、别，说正事。"

他正色道："近来越来越多'入邪'的平民悄悄前往渡厄城。"

讲起这件事，方淮也觉得心烦。昔日仙门林立，还会救邪气入体的平民，让他们不至于绝望，勉强维持平衡，但如今陛下以雷霆手段覆灭了仙门，导致沾上邪气的人绝望恐惧。

平民被邪气入体后，得不到及时救助，假以时日变成邪祟，只不过早晚的事。权贵有御灵师救命，平民呢？他们什么都没有，与其苟延残喘几年后被彻天府的人杀死，不如前往结界另一头的渡厄城。

渡厄城自然不是什么好地方，那是邪祟之城，危机四伏。可笑的是，那里也是世间灵气最充足、天材地宝最多的地方。

这些平民想着，就算自己死在渡厄城，若能找到天材地宝让同伴带回去，亲眷也能过上好些的日子。

这样的情况本就在越之恒的意料之中，越之恒听罢也没什么反应，说道："左右是死，这也不失为一条好出路。"

就算他们不去渡厄城找死，过几年也会死在自己手中。

方淮忍不住看了越之恒一眼，同为百姓口中的王朝鹰犬，有时候方淮觉得这位掌司比自己还冷血。

越家作为昔日仙门之一，竟诞出这样一个狠厉又无情的怪胎。

难怪百姓恨他就算了，越家人也不待见他。

方淮说："我们方家接下来恐怕要忙得脚不沾地，你倒是可以清闲一段时日了。"

方家历代出阵修，如今灵域的结界全由方淮的祖父方大人在维护，这份担子随着祖父年老，日渐落在了方淮身上。

入邪的百姓去了渡厄城，彻天府平日里要诛杀抓捕的人自然就少了。

"话说回来，你清闲了，刚好可以与你的新夫人培养感情。"方淮说，"我听说她是昔日灵山最温柔美丽的女子，你就没想过真与她做道侣吗？"

越之恒不置可否，如果面不改色地杀三皇子也能算温柔的话。

越之恒开始净手，盯着手上的墨点子，平静地吐字："没想过。"

如果不是朝中没人敢接这个烫手山芋，这事也不会落在他的头上。

方淮叹息道："湛小姐真可怜，被留在王朝做人质，裴玉京也注定不会来救她。"

越之恒说："你怎么知道裴玉京不会来？"

"论炼器我不如你，但论起对仙门八卦的了解程度，我若排第二，王朝没人敢排第一。"方淮笑了笑，他娘是知秋阁阁主，对灵域和人间的消息知之甚详，"世人只道裴玉京修行一日千里，天生剑骨，殊不知他自幼修的是无情剑。"

修无情剑道之人，注定不能为任何女子动情。

"偏偏他与湛姑娘的这门婚事是他自己求来的，他不惜忤逆他师尊与亲娘，确实对那位湛小姐动了真情。但不管是为了仙门根基与未来，还是为了裴玉京的性命，那些长老与他母亲绝不会让他踏入王城一步，你且等着看。"

越之恒看向窗外，王朝仲夏往往是阴雨绵绵的雨季，竟然不知什么时候又下起了雨。

关着那少女的阁楼在雨中微微亮起光来，如暗夜下的一点繁星。

想到她为何无法入睡，越之恒收回视线，心里低骂了一声。

彻天府本就是这样一个令人厌弃、不讨喜的地方。

她最好祈祷方淮所言有假，裴玉京会来抢亲。他能交差，她也能早日离开。

湛云葳趴在窗边，缩回触碰雨点的手。

她无法出门，白日睡多了，晚上便精神奕奕，索性起来赏雨。没想到兜兜转转，她现在又面临一样的局面。

哪怕时间已经过去许久，她仍旧记得自己当初多么盼着裴玉京来带她离开。

裴玉京是她情窦初开时第一个心动的人。

倘若刚去学宫修习，她一早知道他修的是无情剑道，就不会在他入道浑身冰霜之际，用御灵术"救"这位可怜的师兄，也不会让裴玉京在冰霜消融后一睁眼就看见她。

那时少年神情惊讶，眼神带着浅浅笑意："这位小师妹，你在救我？"

她懵懂地眨了眨眼，点头。

他望着她，低笑了一声："如此，多亏师妹相救。"

知慕少艾，两小无猜。

那少年总在月下对着她笑："师妹要修控灵之法，不必一个人躲起来，可以在我身上试，我不怕痛。"

后来裴玉京执意与她成婚，蓬莱的长老险些活生生被气死，蓬莱山主夫人甚至亲自动用了刑罚。

夫人口不择言："混账东西！你被那个小妖女迷昏了头，竟宁愿自毁前途，不若为娘动手，亲自打死你！"

清俊的剑仙垂着眼皮，顶着满背的伤，深深叩首，一言未发。

他用自己的半条命，换来后来与她的一纸婚约。

湛云葳其实从不怀疑他的真心。

怪只怪这世道，邪祟横行，人人身不由己。裴玉京一出生注定背负许多责任。他肩负蓬莱甚至整个仙门的希望，与这些大义比起来，那年午后懵懂的小师妹注定要被他留在原地。

她以前不懂这些，执意与他在一起，蓬莱山主夫人与长者对她百般刁难，恨之入骨，恨她阻了裴玉京的路。

后来云葳失了根骨，裴夫人更是以命相逼，逼着裴玉京要么断情念，要么娶明绣。

裴夫人将剑横在颈间，裴玉京无法看母亲自戕，最后身后的琉璃剑出鞘，选择自己丧命。

"母亲，若你非要逼我，这就是……我的回答。"

好在裴玉京最后被救了回来，他睁开眼，脸色苍白地说道："对不起，泱泱，我好像总惹得你哭。"

许是这件事给了她勇气，湛云葳那时候并不信有命定的有缘无分的道侣，直到裴玉京进入秘境后出来，身边跟着怀孕的明绣。

他嗓音暗哑，再次跟她说对不起。

他是蓬莱教出来的最好、最良善的弟子，因此无法亲手杀了自己的孩子与明绣。

湛云葳终于知道什么叫造化弄人。

她枯坐了一夜，天亮以后，眼眸重新变得澄净，起身毅然离开了玉楼小筑。

临走前，她还不忘拔剑砍了明绣最珍爱的药圃，又留下了裴玉京送她的灵玉。

她没法怪裴玉京，他已经做了许多，甚至几乎为她送了一条命，却终究没逃过亲娘和明绣的算计。

裴玉京爱她，却自始至终没有护好她。在裴玉京看不见的地方，裴夫人的怨恨与羞辱对待、明绣的暗害和小动作……导致她早已遍体鳞伤。

湛云葳清点着自己的灵石，憧憬着去寻天底下最好的符师那日——

她听说，剑仙裴玉京如仙门所愿，自此封印记忆，重归无情剑道。

他唯一的要求，是仙门终生幽禁母亲和明绣。

他到底没和明绣在一起，却也失去了那个用御灵术为他化冰的小师妹。

湛云葳对这些事充耳不闻，离那些声音越来越远，没有回头。她一心琢磨着该往何处去，如果做不了御灵师，那就做灵修，做符师，做一切能做的事！

在成为裴玉京的未婚妻前，她降临世间最早的身份，本就是长琊山山主之女，那个梦想着以御灵师柔弱的躯体，诛邪祟、保太平、还盛世的湛云葳。

可惜，最后她出师未捷身先死。

湛云葳回过神，让掌中的雨水顺着指缝滑落出去。

她想，果然世事不得贪婪，自己贪图了裴玉京少时给的情意，后来便得用自己的血泪与天赋偿还。

这次湛云葳知道裴玉京来不了，心里也就没了期待。旁边的铜镜映出了她此刻的模样，并非后来几年，酒楼中的小二哥看见的易容清秀少女，而是另一张白净无瑕、纯然无双的脸，脸上没有后来的血痕。

一切都还早。

她关上了窗。她倒不如先弄清自己死前的困惑，看看越之恒到底是个什么样的人。

她总觉得，这个人隐瞒了许多秘密。

两个人成婚前一日，越府那边才不情不愿、慢吞吞地送来了两个丫鬟。

沉晔脸色难看："就这样，聘礼呢？"

虽说湛小姐是仙门的人，可到底担着陛下赐婚的名头，就没有哪个御灵师成婚会这样寒酸。

来递话的小厮面对彻天府的煞星，冷汗涔涔："二……二夫人说，于礼，聘礼应当由大公子的母亲亲自准备。"

沉晔皱了皱眉："行了，你先回去吧。"

想到掌司大人那位深居简出的母亲，沉晔叹了一口气，虽无奈，还是原封不动地把话转述给了越之恒。

越之恒远比沉晔想象的平静。

大夫人对此事冷眼旁观，毫不上心，越之恒也对此毫无感觉。

沉晔尴尬地问道："那……聘礼还要准备吗？"

虽然他觉得人家并不一定领情，准备了人家也不会收。

越之恒说："备。好歹是陛下赐婚，表面功夫还是得做，将淬灵阁今岁新上的东西都送过去。"

沉晔惊讶不已。淬灵阁是王城最好的法宝铺子，里面的每一件珍宝都价值连城，甚至有灵石也不一定买得到。

今岁新上的法器，有许多甚至是越之恒亲自绘图、亲自锻造的。

以前从没有过这样的先例，聘礼全是上品法器。

沉晔在心里算了算，法宝太多，恐怕得用鸾鸟拉。但这样做也有个隐患：如果湛云葳不收聘礼，将他们拒之门外，那掌司大人丢脸就丢得整个王朝的人都知道了。

沉晔不太担心这种事发生。

彻天府做事从来不择手段，要办的事少有办不成的。不过让一个御灵师听话，他相信以掌司平日里的狠辣手段，掌司有无数种法子可以使湛云葳妥协。

先前掌司一句话，不就让湛小姐不敢逃出彻天府？

然而沉晔半晌也没等到大人的吩咐。

越之恒说："她不收就算了，重新送回淬灵阁。"

尽管藏在这诡谲皮囊之下的，一向只有阴谋诡计、肮脏人心，他也不屑在这种事上用湛殊镜威胁她。

她爱要不要，总归王朝里也没人敢舞到他面前来。这从来就不是一场让人期待的婚事。

成婚的仪式不重要,她都不在意,他自然也不会在意。

许是内伤一直没有得到医治,灵力又被锁住,夜半迷迷糊糊间,湛云葳再次做起幼时常做的那个奇怪的梦。

梦里自己尚在襁褓之中,耳边云鸟清脆长鸣,每当风吹叶落,廊下玉铃铛也会跟着轻响。

可是渐渐地,云鸟的声音被凄厉哭声代替,哀求声不绝于耳,黑气漫天,火光遍地。

湛云葳被这样的凄切气氛感染,竟难以自抑地感觉到痛苦,直到一双温柔微凉的手轻轻捂住她的双耳,那种痛苦感觉才渐渐淡去。

湛云葳有种奇怪的感觉,这是自己素未谋面的母亲。

耳边一直有人在争吵,湛云葳听不真切,只隐约听见"疫病""妖邪""渡厄城""封印"……最后是一句夹杂着哭腔的质问话语:"你如何舍得?……"

舍得什么?

湛云葳努力想要听清后面的话,可旋即如潮水覆面般的溺毙感袭来,世界重归寂静。

这溺毙感太真实,令湛云葳几乎粗喘着气醒来。她到底为什么会屡次做这个梦?爹爹明明说,她的母亲只是个凡人,身子羸弱,在生下她后就去世了。

梦中人到底是不是母亲,她的母亲又与邪祟之城渡厄城有何关系?

这些东西就像蒙在眼前的迷雾,冥冥中有个声音告诉她,她若想知道真相,要到结界外去,到渡厄城去。

湛云葳怔然间,身边有个女声惊喜地喊道:"少夫人您醒了。"

另一个声音板正地纠正她说:"石斛,现在还不能这样叫。"

湛云葳定睛看去,发现屋子里不知何时多了两张陌生的面孔。

她们俱穿着一身碧绿衣衫,十六七岁的模样,梳着婢女髻。

这是越府送过来的人?湛云葳平复了一下急促的呼吸,想起了这件事。

上辈子,越家也曾给她送来了聘礼与两个婢女,可她那时笃定裴玉京会来,心里憎恨王朝赐下的这门婚事,又挂念生死不知的爹爹,不仅没要聘礼,连带着也没见这两个婢女。

没想到这次她直接见到了人。

到底有些地方不一样了,她心想。

先前开口的那个婢女问道:"少夫……湛小姐,您还有哪里不舒服吗?"

湛云葳发现自己的内伤已经被处理好,只需要调养,想来医修已经来过。她摇了摇头,打量着这两个婢女:"你们叫什么名字?"

"奴婢叫石斛。"

另一个稳重些、先前出声纠正石斛的婢女开口:"奴婢叫白蕊。"

湛云葳看了一眼天色,原来已近午时。

沉晔正带着聘礼等在外面,湛云葳推开门时,发现两只鸾鸟拉着的车上有一堆法宝。

她看了那些东西一眼,不免有些惊讶:越府竟然这么大方?

她的记忆里,越府的人并不待见越之恒,不见得会用心给他准备聘礼。

然而她单粗略地扫了一遍,就看见鸾车之上有好几个珍贵法器。

这些东西实在是意外之喜,她本来就得想办法带着湛殊镜和牢里的族人离开,还有什么东西比一堆厉害法宝更适合如今灵力被锁住的自己?!

越之恒送来这些东西,是否过于自负了?他是笃定她逃不了,还是笃定地根本不会收这些东西?

湛云葳还记得,第一次听到越之恒这个名字,还是从爹爹口中。山主看着惶惶逃命的百姓,叹道:"此子年纪轻轻心狠手辣,偏又天资聪颖、心思缜密,假以时日,必定是个难缠的对手。"

谁料他一语成谶,没几年,越之恒就一跃成了王朝的红人、陛下无往不利的屠刀。

她免不了在心里考量：爹爹说心思深沉的人，必定不会自负。

她咬牙：好啊，看来越之恒是笃定她不会收聘礼了。

这次她偏要收。

既然他给了她机会，她无论如何也要抓住。

"替我谢谢大人与越家夫人。"

沉晔没想到湛云葳会收下聘礼，愣了愣，这才带人离开。

等他走了，湛云葳带着两个婢女琢磨着鸾车上的东西。

作为御灵师，湛云葳并不精通法器。她发现这些法宝上大多有一个冰蓝色莲纹痕迹，于是问两个婢女："这是什么？"

白蕊以前并非炼器世家越家的人，对此也不甚清楚，倒是石斛开口解释说："大公子亲自锻造的法器上，都会带有这样的印记。"

听她这样说，湛云葳顿觉有些晦气，连忙放下了带有莲纹的法宝。她不敢低估越之恒，最后只能在那堆不带莲纹的法宝里挑了几件兴许有用的。

"剩下的，先收起来吧。"

主仆三人忙活到半夜，石斛才想起来明日湛云葳还要成婚，轻轻"呀"了一声，催促湛云葳赶紧去休息。

白蕊打了水来，跟着湛云葳进入内室，看石斛还在整理东西，便缓缓关上门，来到湛云葳身边。

湛云葳觉察到异样，手一抬，将掌心里的琉璃玉扇抵住了白蕊的咽喉，问："你是何人？"

白蕊没想到湛云葳作为御灵师会这样敏锐。法器锋锐，稍有不慎就会划破肌肤，白蕊压低声音说道："湛小姐，我的母亲曾是长琊山弟子薛云梦，不知您是否认得？齐长老得知小姐被迫与那贼子成婚，特地把我安排到了越家，帮助小姐伺机逃脱。"

她说这话时，没了白日里的温柔神情，眼神坚毅果决，又十分冷静。

湛云葳细看之下，还能看出几分飒爽之气来，原来这也是个觉醒了灵脉的灵修。

湛云葳没想到这是自家的人，收了扇子，终于难掩焦急之色："仙门的人如何？我爹爹呢？他现在可好？"

白蕊垂下眼眸，眼里神色沉沉的。

山主自然不好，长琊山山主仁善，这些年不知进了多少次渡厄城救百姓，早就沉疴满身。仙门与王朝一战，为了保护仙山的人平安离开，长琊山山主更是舍弃了一身修为，燃尽灵丹。

白蕊回道："那一战后，我们便与蓬莱的人走散了，长老们虽然合力保住了山主的性命，但山主至今昏迷不醒。"

也因此，长老们再想救湛云葳和湛殊镜，此时也无能为力。

但此时能听到爹爹的消息，湛云葳只觉得比什么都珍贵。前世她也知道爹爹做出了怎样的牺牲，心里担忧又害怕，但为了地牢中的湛殊镜，只能强撑着。

如今从白蕊口中得知爹爹还活着，长老们在齐力救治爹爹，湛云葳终于松了一口气，悬着的心放下了。

爹爹活着就好，灵丹可以想法子修复。

白蕊望着她手中的法器，蹙眉道："小姐，如今王城戒严，明日您就要与那彻天府狗贼成婚，您心中可有打算？"

湛云葳说："阿兄和族人还在王朝手中。"

如果他们轻举妄动，第一个出事的便会是湛殊镜。虽然越之恒临死前曾给过她一颗灵丹，但此人性子阴晴不定、残酷冷戾，她万万不敢拿湛殊镜的命来赌。

她宁肯相信那时是越之恒被折磨得神志不清，或者有什么阴谋。

毕竟挖灵丹这样的疯狂之事，不是一般人能做出来的。

白蕊显然也知道湛殊镜这件事棘手，好在她来此之前长老们也早就商讨过到底要如何应对此事，让她带了一样东西来。

白蕊从怀里拿出一样东西，指甲盖大小的玉盒里面有一颗透明的药丸。

"这是妖傀丹。"

湛云葳没想到长老们让白蕊把这东西带了来。她幼时见过妖傀丹,这东西与诸多妖邪之物一同被封印在高阁之中,它们全是从渡厄城缴获回来的。仙门规定,仙门中人不许使用渡厄城的"不正之物"。

"长老们说,如果裴少主没能救出小姐,我们就想办法让越之恒吃下这妖傀丹。王朝势大,如今能平安把族人和公子放走的人,只有彻天府掌司越之恒。"

仙门被逼到山穷水尽的境地,竟然连妖傀丹都拿了出来,颇有破釜沉舟的决绝意味,也不知是可悲还是可叹。

湛云葳望着白蕊手中的丹药。

湛云葳知道,吃下妖傀丹的人,三个时辰内会变成无知无觉的傀儡,任人摆布,修为再高的人,也无法抵挡妖傀丹的妖性。

这的确是能救出兄长和族人最好的办法。

白蕊提议道:"明日大婚,越之恒的心思恐怕在提防裴少主上,奴婢趁他不备,将药下在酒里或者食物里?"

湛云葳摇头:"没用,妖傀丹有气味,他一旦觉察,就不会碰。"

白蕊嗅了嗅,果然在妖傀丹中嗅到一丝淡淡的香气。

味道不浓郁,但以越之恒的本事,他必定能闻出来。

白蕊一时也觉得事情有些难办,半响,看向湛云葳朱红的唇:"小姐,您要不牺牲一下?我发现这妖傀丹的气味与口脂的相差无几。"

"……"湛云葳绷不住表情,瞪大了眼睛看向白蕊。

她望着眼前这个和自己差不多大的姑娘,从不知道原来他们长琊山还有这样的人才!

白蕊说:"哦,奴婢不是在长琊山长大的,是跟着父亲在边缘郡部长大的。"

王朝边缘的地方鱼龙混杂,三教九流什么人没有?也因此,那里的孩子从小就胆识过人,同时也不择手段。

"不、行!"湛云葳觉得,自己这两个字几乎是从齿缝里挤出来的。

白蕊不赞同地看着湛云葳,说道:"咱们灵修,贞洁不重要,如何活着才重要。"

湛云葳头疼："不是这个原因。"

"那是什么原因？"

见她刨根问底，非要用这个方法，湛云葳气笑了，忍不住问道："你为什么觉得越之恒肯……"

越之恒肯亲她？

他疯了吗？

白蕊也陷入了沉默之中，皱眉："他难道不近女色？"

湛云葳想了想，点头，然后又摇了摇头。她想起与越之恒做道侣那三年，他们其实也有过几次同床共枕的情况，她被越之恒气得最狠的时候，甚至试过杀他。

可这人总是十分警觉，不论她等到多晚动手，手刚抬起来，手腕就会被他握住丢到一旁去。

他闭着眼，冷笑道："省省吧湛小姐。越某还没活够，暂时不想死。你再动，越某不介意绑着你睡。"

她一度怀疑越之恒躺在自己身边时根本就不睡，也不知清醒着在酝酿什么坏水。

更多的时候，他们并不在一张榻上入眠。

许是他厌倦了防备她的日子，她记得，仍旧是仲夏时节，她曾于细雨霏霏时收到越之恒的一封传书，灵书展在空中。

信中书："湛小姐，王朝邪祟肆虐，彻天府繁忙，自此夜晚我不再回府，你可自处。"

三年道侣生活，两个人感情比冰雪还要淡漠。湛云葳始终没见他对谁有过情动模样，除了从他的奶嬷嬷口中得知有一位曲小姐的存在。

但她也没见过越之恒与曲小姐相处是何场景。

所以——

湛云葳把目光落在妖傀丹上：这种办法，恐怕只有曲小姐来，才有成功的可能性。否则……湛云葳脸色古怪，难不成自己要强来？

她实在想象不到那个场景。

回过神的湛云葳黑着脸，发现自己被白蕊带偏了。她就没听过世上哪个御灵师能把灵修摁住，而且还摁成功了的！

人间，玉楼小筑的厅堂内，几个白胡子长老沉沉叹息："难道我们要一直瞒着玉京？"

"这事他早晚会知道真相，他日他知道后必定会怨我们。湛家那孩子何其可怜，咱们难道真要见死不救？这样做，岂非对不住长琊山山主？"

提起这件事，长老们心里都像压了一块石头，郁结于心，沉重难言。

当日仙门大战，裴玉京奉师命在王朝的虎视眈眈下夺回了羲和神剑。当时他身受重伤，却还惦记着长琊山上的未婚妻，要回去救湛云葳。裴夫人不得不拦住他，欺骗他道："云葳已经跟着长琊山山主撤离了。"

"母亲没骗我？"

"母亲如何会骗你？"

他实在伤得太重，最后昏迷过去，蓬莱一众长老赶紧把他带来了人间。

但纸终归包不住火，数日前裴玉京醒来，发现母亲与蓬莱长老都在，唯独不见湛云葳，隐约意识到了什么，冷声问："湛师妹呢？"

一个谎言总归要用更多的谎来圆，裴夫人明明知道长琊山山主失了灵丹，湛云葳与湛殊镜落在了王朝手中，却还是骗裴玉京道："当时太混乱，我们与长琊山的人走散了。你先好好养伤，待伤好了，我们就去找他们。"

长老们也只得跟着圆谎。

这话半真半假，他们也确实和长琊山的人走散了。

若这事放在平日，他们再不满裴玉京为一个女子有损剑心，也不至于这般骗他。

可如今正是仙门最衰败的时候，王朝势力如日中天。

裴玉京是仙门的希望，仙盟的人恨不得以命护他，又如何肯让他为了湛云葳失了性命，葬送大好前途？

裴玉京被他们教导得过于纯良，从没想过谆谆教诲自己长大的长辈，竟都合起伙来骗他。

前两日，玉楼小筑再次有人送来了信息，王朝将湛云葳赐婚给了越之恒，大婚便在今日举行。

众人心里歉疚难安。到底都不是大恶之人，想起学宫中那个聪明可爱的女娃，长老们心中多有不忍，又念及湛云葳的父亲这些年为仙门与天下百姓做出的贡献，心里开始动摇。

湛云葳又做错了什么呢？大战的最后一刻，她甚至还在死守山门，救更多的人。

他们到底要不要告诉裴玉京这个消息，或者说，就算瞒下去，他们又能瞒多久？

"不可以说。"样貌雍容的裴夫人走进来，神情憔悴却坚定，"玉京日后若是知道此事，就让他恨我！所有的后果，我一个人承担。"

作为一个母亲，她宁肯被儿子怨恨，也不肯他为此冒险甚至丧命。

"可我们怎能什么都不做？"

"所有人都清楚，御灵师何其珍贵，王朝不会杀御灵师。"裴夫人冷冷地说道，"湛云葳并无性命之忧，掌门也说过，被困在王朝的人我们不是不救，只是需徐徐图之。如今玉京伤成这样，去只会有去无回，王朝那些贼子现在赐婚，不就是想着他受了伤？仙门早已经不起任何牺牲。"

长老们神色凝重，半晌点了点头："可玉京若是之后知道了此事……"

裴夫人闭了闭眼："若是他能抢回来，就随他去。"可她心里冷漠地想着，越之恒那疯子的人有这么好抢？就算玉京抢回来了，那时候湛云葳也是别人的夫人了。

错过就是错过，就算他们都不介意，玉京和湛云葳又能经得起几次这样的隔阂？

更何况，如今还有一件更重要的事必定能拖住玉京。

"羲和剑有反应了。"

十日前，一直沉寂的羲和剑有反应了，剑身开始逸出层层剑意。世间没有与神剑相匹配的剑匣，为了防止有灵性的神剑出走或误伤人，他们必须先让神剑认主。

可上古神剑认主，是只存在于史册中的事，千万年过去，没有人知道神剑会怎么挑选主人。

这却并不耽误长老们面露喜色——还有比裴玉京更适合做神剑主人的人选吗？

对这一日的到来，众人早有准备。蓬莱有一套心法，专门为神剑认主所撰写，不过需要主人带着神剑一同闭关半年。

半年后……

长老们对视一眼，就算湛云葳被救回来了，他们也希望裴玉京这孩子别再执着于她。

阁楼前，得知裴玉京过几日就要闭关，明绣松了一口气。

她是药王谷谷主的女儿，从小就恋慕裴玉京，然而裴玉京眼里从来没有她。家里人早就告诫她裴玉京修无情剑道不能动情，若真是这样也就罢了，偏偏后来裴玉京竟会那样喜欢一个女子。

明绣艳羡又不甘，好在这次湛云葳被留在了王朝，还马上就要被迫嫁给旁人了。

明绣想到偷听来的话，心里欢喜，推开门说道："裴师兄，我来给你送药。"

屋内男子容颜清俊，气质干净。

五月的人间，窗外刮着风，无数探路的灵鸟在男子手中成形，从窗口飞了出去。

裴玉京低咳了两声，也没看她："多谢明师妹，放着吧。"

明绣恨恨地看着那些灵鸟:"裴师兄,我爹说了你需要静养,不可再消耗灵力。"

"无碍。"裴玉京淡淡地回道。

裴玉京不放心,虽说母亲和长老们都承诺过会找长琊山山主和湛云葳,但一日没有她的消息,他就一日无法安宁。

过几日他就必须带着神剑闭关,只希望这些被放出去的灵识,有一缕能寻到她的芳踪。

无数灵鸟扇动着翅膀,从人间往灵域飞去。

裴夫人站在玉楼小筑的结界前,祭出从蓬莱掌门那里求来的法器,将这些灵鸟困住。

以她之修为,如今她早已拦不住裴玉京的灵力。

但是,裴玉京输在涉世未深,太过轻信人心。

等到他不信人心,也开始冷酷那日,湛云葳那孩子……已经对他失望许多次了吧。

灵域汾河郡,越家。

今日所有人都知道越家大公子要成婚,汾河郡的百姓一早便来了府外看热闹,但出乎意料的是,越府虽然装扮喜庆,却没有达官贵人进出,反而被王朝的兵卫里三层外三层地围住了。

有百姓不免嘀咕:"这哪里像成婚,宾客都没几个,全是彻天府的鹰犬。"

另一个人压低声音说道:"倒被你说中了,新娘是那位'天上白玉京'的未婚妻,长琊山的湛小姐。此举明眼人都能看出来,醉翁之意不在酒。"

那百姓心中暗道可惜,却又不敢议论彻天府之事,只能好奇地问道:"传闻湛小姐国色天香,今日能看见她吗?"

"玄鸟鸾车快到了,届时湛小姐出来,许能远远看上一眼。"

戒备森严的越府中,方淮看着归来的人,扬眉笑了笑:"如何?我说得没错吧?"

来人放下帷帽，露出了越之恒那一张冷峻的脸。

越之恒不语。今日从湛云葳登上玄乌鸾车开始，他就与彻天府的人暗中随行，然而从王朝到越家的这一路，竟风平浪静。

他与裴玉京交过一次手，那人灵力高深，剑法精湛，自己若不开悯生莲纹，甚至不是裴玉京的对手。

这样想来，就算还受着伤，裴玉京若带着仙门的人来，未必没有胜算。

但是他没来。

方淮叹道："湛小姐恐怕该伤心了。"

就算那位姑娘理智上知道裴玉京不该来，可谁喜欢被放弃？不管裴玉京是有意还是无意，辜负就是辜负。

仙门把裴玉京教得太干净，裴玉京总有一日要吃大亏。

方淮忍不住看向越之恒。这下可好，越之恒原本是为了瓮中捉鳖，如今真抢了别人的未婚妻了。

转念方淮又想到，越之恒可不像裴玉京那么单纯。

"你不会是故意的吧？！"莫非王朝流言是真的？

越之恒冷笑着看了方淮一眼。

"我故意的？故意娶个麻烦的御灵师回来供着？"

方淮这才想起，御灵师有最温和的性子、精致的容颜，甚至能为一个家族祛除邪气，整个灵域的人都对御灵师趋之若鹜，但这些人里唯独不包括越之恒。

越之恒似乎对御灵师存有偏见，平日里祛除邪气，连丹心阁都不会去，宁肯使用制作好的涤灵筒。

越之恒说："我要换衣裳，你还不走？"

赶走了方淮，越之恒拿起了一旁的喜服。

方淮的想法令越之恒觉得可笑。

自越家投靠王朝那一刻开始，越之恒这个人会算计许多东西，包括权势、地位、人心，独独不包括莫须有的感情。

陛下性格阴晴不定，越之恒必须找到仙门那群人，湛云葳就是最合适的筹码。她在他手中一日，那些余孽必定会来。

黄昏时，天幕最温柔的时候，玄乌鸾车拉着唯一的亮色来到了大门前。

五月尚且带着一丝凉意，天边泛着瑰丽橘色霞光。

湛云葳从王城一路来到汾河郡，果然和前世一样，仍旧没能等来裴玉京。

但许是已经知道结果，她没有失望，就不会伤心。

没人救她和湛殊镜，他们总得自救。路上白蕊看了她好几回，用眼神示意她：小姐，你懂的。

湛云葳不是很想懂。

她摸了摸怀里的妖傀丹，若万不得已还是要用这个，机会只有一次。

她若真这么做，要是越之恒反应过来了，自己被推开还好，要是他心里对曲小姐忠贞不贰，觉得被玷污，不会当场杀了她吧？

湛云葳正思量间，越府已经到了。

她注意到两侧百姓很多，但他们只敢远远观望，越府门前空出一大片地方，没人敢往上凑。

念及越之恒在这一带的恶名，她觉得这并不令人意外。

此时，门口一人长身玉立。越之恒红衣玉冠，面容清俊。听见声音，他抬起眼眸来遥遥望着她。

一旁的喜娘是彻天府找来的普通人，不知道这场婚事的弯弯绕绕，见状掩唇笑道："哎哟，我当喜娘这么多年，第一次见这般英俊的公子与如此美如天仙的夫人，两位真是般配。"

话音一落，她本想得到些赏钱，谁知身前那位俊朗不凡的郎君脸上无甚表情，身边装扮得楚楚动人的少女也在珠帘后抿了抿唇。

气氛古怪，没人说话。

喜娘也渐渐觉察到了不对劲，再一看这府邸周围，全是寒着脸的兵丁。喜娘笑容僵硬，却还得若无其事地催促道："劳烦公子上前扶一下夫人。"

越之恒没动静，略蹙了蹙眉。

喜娘硬着头皮重复了一次。

半晌，透过面前的红色珠帘，湛云葳才看见那只骨节分明、有些粗糙的手递到自己面前来。

前世，她比越之恒更不情愿成婚，本就伤心，哪里还有空与他装腔作势，当众想要狠狠拍开他递过来的那只手。

但越之恒也不好惹。

他似早有所料，冷冷地握住她的手，将她从车上带了下来。

"湛云葳。"他说，"他没来，你拿我撒什么气？"

湛云葳被锁了灵力，猝不及防之下险些撞到越之恒的怀里。她红着眼眶，冷然看着他，却见眼前的人也垂眸望进她的眼睛。他神色冰凉，带着几分愠怒与讥嘲之色。

而今，湛云葳心里另有打算，看了越之恒一眼，咬牙将手放了上去。

她掌下那只手顿了顿，他意外地看了她一眼，竟也没为难她，用了点儿力将她从玄乌鸾车上带下来。

出乎她的意料，他的掌心带着淡淡的温度，他很快放了手。

喜娘也不敢让他一直牵着，只得自己上前扶着新娘，赶紧引着这对古怪的新人走程序。

因着"宾客"本就少得可怜，越之恒的亲生母亲，越家的大夫人也未出席，两个人竟然只需要用心玉结契。

心玉是一早准备好的东西，两个人一同将心头血滴在心玉上面，就算是发过了誓言。

契约结成后，两个人的灵丹之上会生出一点朱砂似的印记。

这进程太快，还不等湛云葳心里有什么感想，她就到了新房中。

天色尚早，屋里的红烛刚刚燃了一点儿，越之恒的影子被这点儿光映照着，投在她的身前。

新房很大，并非越之恒从前在越家住的屋子，而是他成为彻天府掌司后，越家划给他的。

喜娘给婢女使了个眼色，婢女用玉盘托着喜秤过来。

"请公子为少夫人掀珠帘。"

两个人面面相觑。

湛云葳隔着珠帘望着他，心里只觉得怪怪的。原来她再不愿，前世今生，他们始终走完了结契的程序。

王朝的人还在外面，许是想着早点儿完事，越之恒接过喜秤。随着珠帘被拨开，一张白皙的玉颜露了出来。

此前，越之恒一直对方淮的话嗤之以鼻：自己是有多下作，才会费尽心思地抢装玉京的未婚妻？

然而此刻，许是烛光过分温柔，越之恒竟明白方淮为什么会这般揣测他了。

汾河郡的夏夜，四处流萤纷飞，月亮刚出来，紫蝉花也在这个时节盛开。

不比前几日的狼狈样子，她今日眸若秋水，抬眼望着人时，顾盼生辉，令人几乎无法移开视线。

她本就气质纯然，只微微装点，似乎就让夏夜的一切黯然失色。

越之恒此前一直不觉得人能有多好看，他自己样貌也十分出色，然而在这样的衬托下，他第一次发现人与人的美貌确实天差地别。

他也总算知道为什么那些贪生怕死的大人，在朝堂之上为她争得丑态毕露。

不仅如此，她今日还涂了口脂，本就娇艳欲滴的唇，越发惹人瞩目。

越之恒移开视线，蹙了蹙眉，转而看向喜娘："还要做什么？"

喜娘回神道："还得喝合卺酒。"

他看了一眼湛云葳，见她也面色古怪，便说："不必，都出去。"

他们何必做完一切？又没人当真。

一众人离开前，将合卺酒放在了桌上。

越之恒也确实没有动那酒的意思，他的新房是他二婶在彻天府的监督下不情不愿地布置的,一眼看去确实不是很用心,连他前几日带回房间的关于炼器符印的书都没收走。

天色本就还早,不到睡觉的时辰,越之恒索性过去拿起那本书继续看。

湛云葳见他确实没有搭理自己的意思,也不像前世那样再坐着想念受伤生死不知的爹爹,想念裴玉京。

她走到铜镜前坐下,开始拆自己发间烦琐精致的发冠。

待她将头上的东西尽数拆下,如瀑青丝便也垂在了身后。

王城一连几日下雨,汾河郡却晴空万里,几只流萤从窗口飞进来,落在她的妆奁前。

湛云葳觉察到越之恒的目光,侧头看去,果然见他不知何时没再看书,而是在看她。

"你看我做什么?"

越之恒盯着她散落的发:"湛小姐适应得很快。"

他还以为湛云葳此时会面色苍白,如丧考妣,或者就像方淮说的,伤心地躲到一旁去哭,甚至满脑子异想天开的想法,想着今晚怎么除掉他。

他去一旁看书,也是给她动手的机会。

王朝的人还会在这里待上好几日,为防止仙门余孽过来救人,这几日他确实得与她待在一起,不让她将心头郁气发泄出来,认识到九重灵脉的修士不好杀,恐怕接下来的几日,他都不得安生。

他没想到他预想的那些事,湛云葳一样没做。她将发饰给拆了,没哭也没和他闹,反而盯着窗外那流萤看。

窗外星星点点的亮光,竟没有她的一双蓊水秋瞳明亮,湛云葳看上去丝毫没有与他同归于尽的意思。

五月的汾河郡恰是一年最美的时候,汾河清澈,夏虫低鸣。

听越之恒说自己适应得快,湛云葳望着他:"不然能如何?你能让我和牢里的族人离开吗?"

"不能。"越之恒收回视线,目光重新落在书上,"你比我更清楚,仙盟的人被抓完之前，王朝不会让你们离开。"

湛云葳哼笑道："这么说，我得在越府待一辈子了？"

她说出这话，才意识到这话有歧义，两个人都怔了怔。

湛云葳不由得生出几分尴尬羞恼的情绪来，连忙说："我不是那个意思，我是说，邪不胜正，你们不可能抓尽天下仙盟的人！"

半晌，越之恒的声音才传来："我没多想。"

屋子里却还是安静了一会儿。

湛云葳第一次觉得，厨房上膳食的动作是不是有点儿慢？

或许越之恒也这么想，于是他开口打破寂静气氛道："湛小姐也不必心灰意冷，等我死了，你也能走。毕竟想杀我的人不少，你可以祈祷他们努力一些。"

顿了顿，他补充："你就别努力了，越某和其他灵修不同，对御灵师没有耐心，也没有怜香惜玉的心思。"

他话里话外，都是警告她安分一点儿。

经过上次被灵器绑，以及他此刻的直言不讳，湛云葳忍不住说道："越大人，我是不是以前得罪过你？"

越之恒抬起眼睛盯着她，好一会儿才淡然吐字："没有。"

湛云葳也确实没有关于越之恒的记忆，那他就是讨厌所有的御灵师？

她知道有这样一类人，自大狂妄，瞧不起甚至讨厌"弱小"的御灵师，只是持有这样观念的人毕竟是少数。

想到越之恒对御灵师抱有偏见，她很难对他和颜悦色。

每当她以为兴许前世是她误会了越之恒，他还有救的时候，他总会让她明白，她想多了，他没救，也不需要任何人来救。

恰巧，厨房那边的人终于将膳食端了进来。

越之恒净完手，问湛云葳："你饿不饿？"

湛云葳想着没必要难为自己，清晨从王城过来，一路上什么也没吃。如今的灵修早已不推崇辟谷，反而讲究顺其自然。

她不吃东西虽然不至于饿死，但总归饿得难受。

她从前也没觉得自己脸皮薄，但和越之恒一起吃饭实在是件太匪夷所思的事。

可是如果她不去吃，夜半挨饿，似乎更丢人难挨。于是她挣扎一番，最后还是坐了过去，与他一同用膳。

今日她好几次的行为都令越之恒意外，他抬眸看了湛云葳一眼，发现她唇上的口脂不知什么时候已被擦去，露出了唇原本的颜色，明明是略浅一点儿的红色，奇怪的是更显得娇艳。

他收回视线，沉默用膳。

湛云葳只有一个感想：越府的饭菜真好吃！最普通的菜，竟然也被做出了山珍海味般的滋味。

她从前就听说过，越之恒幼时在家里不受宠，吃不饱饭，也没有锦衣穿。后来他投靠王朝，一朝得势，偏要穿最好的衣衫，吃最好的膳食，住最好的屋子。

百姓都在背后骂他骄奢淫逸。

湛云葳也曾在心里这样骂他，但是如今捧着碗，只觉得这饭……好香。

灵山一脉还保留着早些时候的传统，饭菜讲究素净，搭配着灵果调养生息，实则入口寡淡，吃得人生无可恋。

越之恒发现，从吃饭开始，淡淡的愉悦之色就在湛云葳的眼眸中散开，她很努力地在掩饰愉悦，可亮晶晶的眼眸还是出卖了她。

他以前听说灵山之上讲究一呼一吸俱是修行，仙人遗世独立，恨不得只吃灵果，饮灵露。

如今看来，湛云葳不是这样的。

也不知是不是错觉，他也觉得今日的饭菜尤为可口。

可惜两个人还没用完膳，外面突然传来匆匆的脚步声。

越之恒看见来人，神色一变。甚至不等来人把话说完，他已起身离开了房间。

发生什么事了？湛云葳犹豫片刻，抬步跟了上去。

越之恒走得很快，她追出去时早已看不见他的身影，只看清了他离开的方向。

湛云葳前世在越府生活了好几年,一眼就看出来那边是哑女的院子。

哑女住在府中最偏远的院落里,平时很少出门。每次湛云葳看见她,她脸上总是带着几分怯意,温柔地冲湛云葳笑。

她没有名字,人人都叫她哑女。

后来机缘巧合之下,湛云葳才从越之恒的奶嬷嬷那里知道,哑女是越之恒的亲姐姐,是一个没有觉醒半点儿天赋的普通人。

在王朝,这样的人出生在大家族里意味着不祥、家族衰落,因此一出生就会被处死。

即便有人侥幸活下来,家族里的人也不会拿他们当小姐公子看,他们的地位比奴仆还不如。

得知哑女是越之恒的姐姐的时候,湛云葳曾经还有过罪恶的念头,想要绑了哑女去换湛殊镜。

可那次恰逢邪祟异变,哑女却宁死也要护着湛云葳,湛云葳实在没办法对这样一个可怜无辜的姑娘下手。

而今,哑女出什么事了吗?

不知何时,月亮高悬于空中,湛云葳还未走近院落,远远就听到了痛苦嘶哑的叫声。

那声音几乎变了样,不似人能发出的声响,含含糊糊,让人毛骨悚然。

借着月光,湛云葳定睛看去,发现院落里有一个怪物正蜷缩翻滚着。

那怪物背部高高拱起,像背了几个巨大的肉瘤,头发暴长,在月光下像森冷摇曳的水草。

"它"痛苦地捂着脸,声音凄切,似要异变。

越之恒扶起了"它",将什么东西喂进了"它"的口中,"它"总算安静下来,身上的异变也消失。

湛云葳起初以为那是一个邪气入体、面临异变的修士,但很快发现不是。

修士异变成邪祟后，会变得身形诡谲，忘尽前尘，残忍暴戾，绝不是像这般痛苦可怜，只知蜷缩在地上翻滚颤抖。

而且作为对邪气感知最为敏锐的御灵师，湛云葳没有感觉到半分邪气。待她再看，她才从那"怪物"身上看出几分熟悉的影子。

那"怪物"竟然是哑女！湛云葳心中惊骇不已。

越之恒神色冰冷，抬眼望了过来。湛云葳不由得后退一步，有一瞬间几乎以为发现这个"秘密"的自己会被灭口。

可越之恒只是平静地说道："看够了？看够了就先回去。"

确定越之恒真的没发火，只是神情之间有几分沉郁之色，湛云葳也知道现在不是问话的好时机，转身便往新房的方向走去。

可她人是回来了，心还落在那个院落里。她忍不住想，哑女到底怎么了？

后来越府对外称哑女因病去世，难道也与这件事有关？

哑女睁开眼，发现越之恒守着自己。

她目带愧色与焦急之色，"咿咿啊啊"地比画，另一只手去推越之恒，望了望他的院落，让他不要留在这里，赶紧走。

越之恒说："没事，本就是王朝赐婚，她有心上人，我出来才是遂了她的意。"

哑女目露不赞同之色，仍是去推他。

"好，我走。你记得吃药，别再省，药引我总能拿回来。"

哑女哀戚地看着他，突然打了自己一巴掌，眼泪在眼眶中打转。念及今日是越之恒的大好日子，落泪不吉利，她生生将眼泪憋了回去。

"我杀人和你没有关系，你不用自责。我早说过，不甘再过那样的日子，要做就做人上人。"

他说这话时，眼眸中含着冷笑与狠厉之色，哑女觉得这样的他陌生，一味摇头，似乎想要告诉他不对。

越之恒却并不看她的动作，说："我回去了。"

哑女这才不再拦他。

她惴惴地望着越之恒离去的方向，眼中带有殷切期盼的光。她期盼他娶了妻就好好待那姑娘，像个正常人那样生活。

他何必去追求荣华富贵，平步青云呢？

湛云葳本以为越之恒今晚都会守着哑女，没想到月亮升至半空时，他也回来了。

她忍不住去看越之恒，却见他神色平静冷淡，仿佛出去一趟只是去散了个步，对此习以为常。

若非他身上还有哑女挣扎时沾上的草叶和泥点子，她险些要以为方才看见的一切是自己的幻觉。

她以为越之恒回来以后会警告她什么，谁知他脸上带着几分冷淡倦怠之色："我要去沐浴，你是出去门口，还是坐在外间等？"

"……"湛云葳睁大了眼睛，如果此时面前有一面镜子，她觉得自己的神情一定很滑稽。

就……就这样吗？他们不先谈谈？

见她不说话，只瞪大了那双盈盈水眸看着自己，越之恒说："你没意见的话，我先去了。"

他如今的房间的确是整个越府最好的，房间里专门隔出了一片区域做沐浴之用。

越之恒吩咐下去，很快热水就被抬了进来。

湛云葳没有想到，当她没有表露杀意的时候，越之恒会如此从容，仿佛她在或者不在，他都这样生活，甚至可以当作没有她这个人。

坐在外间听着水声的时候，她甚至生出一个奇怪的念头：如果那时不是为了应付自己杀他应付得睡不好觉，越之恒或许干脆就留下了，不会去彻天府。

她出神间，就见越之恒已经换好了衣衫出来，好在他衣衫整洁得体。

见越之恒望着自己,湛云葳说:"我用净尘符。"

无论如何,就算知道越之恒不近女色,也对她不感兴趣,她还是无法做到隔着数道屏风在他身边沐浴。

越之恒显然对此也没什么意见,随她折腾,沉默了一下说:"那么湛小姐,我们来谈谈之后怎么休息。"

她抿住唇,点头。确实,她知道,为了防止仙盟的人来袭,越之恒这几日都不会与她分开住。

湛云葳目光有几分殷切,希望他念在这次两个人没翻脸的情况下说几句人话。

越之恒说:"你随便睡哪里,但别想让我睡地上。"

"越之恒!"她咬了咬牙,脸上带着几分被看穿的羞恼神色,"你是说,让我睡地上?"

"我没这样说。"

湛云葳现在灵力被封,与凡人无异,夏夜虽然不冷,可灵域的邪气无处不在,她就算不介意睡地上,也得考虑自己有几条命。

她至今记得自己曾经因为厌恶他,硬着头皮睡地上,越之恒也懒得管她,结果两日过去,她邪气入体,险些去了半条命,差点儿成为第一个因为邪气入体而死的御灵师。

湛云葳气笑了,索性破罐子破摔:"我也睡床!"

谁都别想好过!

"……"

第三章　莲纹初绽

对她的决定，越之恒无所谓："随你。"

他是真的不在乎湛云葳睡地上还是睡房顶，人还在他的眼皮子底下就行。

越之恒从内室出来，站的地方更靠近床榻。湛云葳先前坐在外面等他沐浴，离床榻更远。

湛云葳发现有些话说出口容易，做起来却难。

比如现在，她就没法面色如常地走过去就寝，却又不愿意在越之恒面前露怯，只好开口："我睡不着，先坐一会儿。"

越之恒显然也没等她的意思，从上月起，他就几乎没有睡觉的时间。

事实上，对炼器师来说，时间本就奢侈。

许多炼器大拿没日没夜地守着炉子，论熬夜概率，整个灵域没人比得过他们。

越之恒更甚，除了炼器，彻天府也很忙，别说身边只有个湛云葳，就算有人在他旁边度雷劫，他今日该睡还是睡。

手在衣襟前顿了顿，越之恒最后和衣躺下。

湛云葳发现自己远没有越之恒坦然，前世挂着三年的道侣名头，但两个人相处的时间屈指可数。越之恒也只会在仙山有异动时过来，两个人相看两相厌地待上一夜。

与越之恒和平共处这件事，对她来说很陌生。

湛云葳在椅子上坐了一会儿，实在觉得无聊，想练习控灵之术，灵力却没被解开。

百无聊赖之下，她只能拿起越之恒先前看的那本书来看。

这是一本与炼器相关的书，叫作《控火论》，书里详细地讲述了不同的冶炼灵火对法器品质的影响。

令她惊讶的是，书中不少地方有越之恒的补充与注解。与他冷漠乖张的性子不同，注解的字工整板正，并不成熟，仿佛认真完成课业的孩童所写。

好奇怪，湛云葳想，凡是仙山家族，在子孙后代的教育上都格外看重。书、礼俱是从小要跟着家族修习的东西，大多数仙山孩子才学会走路，就已经通晓不少礼仪，书法练习也是从小开始，不说笔走龙蛇，至少字体清秀，颇有风骨。

但越之恒的字并不是这样，按理说，越家当初也是名望仙山，门风森严，万万不至于让自家大公子写出这样一手稚童般的字。

加上今晚无意间窥见哑女的秘密，湛云葳第一次困惑起越之恒的身世来。

他真是越家养大的公子吗？

压下困惑情绪，湛云葳继续往后看，发现注释内容倒是十分符合越之恒的性子。

比如，《控火论》上写："夫灵剑淬炼，历三十六个时辰，六成火则精，七成阳性过剩，八成过犹不及。"

越之恒的批注是："谬论。六成灵火出炉，法器性阴，成也废品。七成为上，间或压制，每两个时辰淬火，必非凡品。"

他就差指名道姓地说：不敢用七成火是你不行，用六成灵火就算炼出来，东西也是个废品。

湛云葳虽然对控火不甚了解，但也知道，敢用七成灵火炼器的都是狠人，稍有不慎，别说灵剑有可能化在炉中，就连炉子也会炸掉。

压制灵火与淬火的工序更加复杂，需要炼器师神念坚定，一动不动地坐上几天几夜。

难怪当初她看那些灵器，带莲纹的品质格外出色。在炼器一事上，越之恒确实十分有造诣。

他胆子大，还足够有耐性。

湛云葳不由得在心里哼了一声，抓人也是，他能跟他们仙山耗上好几年，屡次让仙山吃亏。

她又往后翻了几页，因着没有炼器基础，越往后看内容越晦涩，也需要好一会儿才能理解。

虫鸣声渐渐停歇，湛云葳感觉到困意时，不知不觉已经三更天了。

她放下书，又不得不面对睡觉这件事。

好在越之恒先入睡，她不用顶着他的视线走到他身边去。

月光流泻一室，她看见越之恒侧着身子面朝外，枕着左臂，像是已经睡着了。

但湛云葳知道，如果自己此刻对他动手，下一刻他那条冰凉的鞭子就会缚住她的手。

鉴于尝试过许多次，她现在很有心得，也不再做无用功让自己吃苦。

她苦恼的是，越之恒先入睡，睡在外面，留给她的只剩下床里面那块地方，她现在怎么过去？

越之恒并未脱去外衣，闭着眼，看上去就像王族贵胄家养出来的凉薄贵公子。

对比他冷静与无动于衷的样子，湛云葳不禁心态失衡。

明明他们都对彼此没兴趣，为什么他能坦然入睡，她就得三更半夜在外面看书？！

算了，她也当他是根木头。

想通以后，湛云葳犹豫了一下，也决定不脱外袍。她今日穿的嫁衣烦琐隆重，穿着这样的衣衫睡一夜显然不舒服，但是相比只着中衣与越之恒躺在一起，这点儿不适感无足轻重。

她早早用过房间内预备的净尘符，因此身上很干净。

湛云葳褪去罗袜，小心地拎起裙摆，跨过睡在外面的越之恒，挪到了空出来的一亩三分地上。

她舒了一口气，在离越之恒最远的地方躺下。

许是那本书太催眠，也许是知道越之恒对她毫无兴趣，很快她就感觉到困意来袭。

四更天，月亮藏在云后，流萤散去。

越之恒睁开了眼睛，神色郁郁。

从湛云葳过来那一刻开始，他就从混沌状态中清醒了过来。如果湛云葳打算不自量力地对他动手，他也不会手软。

可少女在床边站了半晌，站到越之恒都快失去耐心时，她终于动了，蹑手蹑脚地从他身上跨了过去。

她动作很轻，他却还是能感觉到身边的床榻微微下陷。

过了好一会儿，她找好了满意的姿势，这才不动了。

越之恒闭着眼睛，打算继续睡。

可渐渐地，他发现想要重新睡着并不是一件简单的事。

越之恒此前不是没有和女子一起睡过。

或者说，十三岁以前，大部分时候他是和哑女在一起的。

那时候会漏雨的破败屋子，角落里只有一层薄薄的稻草和捡来的旧衣布条，不管是盛夏还是严冬，两个半大的孩子都只能蜷缩在小小一隅。

甚至更早，他七八岁的时候，每当他身子虚弱，快要挨不过去的冬夜，哑女会将破棉袄裹在他身上，然后紧紧抱着他，不时拍打他，让他不要睡过去。

他们没有睡过去的资格，在那样的冬夜睡了，他们就再也醒不来了。

基于此，他并不觉得身边躺一个女子有什么特殊的。

但是随着湛云葳的呼吸声变得稳定，帐中香气越发浓郁。暖香在帐中散开，像雨后茉莉的香气，明明很淡，但又无处不在。

五月的夏夜已经有些热，似是睡得不安稳，湛云葳偶尔会轻轻动一下。

越之恒一呼一吸间，闻到的全是她身上的暖香。

他皱着眉，发现虽然身边躺的都是女子，湛云葳和哑女的差别却十分明显。

越之恒从身体到心都是成熟男子，自然明白哪里不同，只不过心里仍旧对此不屑。然而这到底对他造成了困扰，他不得不用灵力屏蔽嗅觉，这才重新有了些许睡意。

天光大亮，湛云葳惊醒时，发现越之恒竟然也还在床上。

她动静太大，越之恒但凡没死，就没法继续无动于衷地躺着。

他揉了揉眉心坐起来，看了她一眼，这才对外面吩咐道："进来。"

湛云葳确信自己在他眼中看见了几分倦怠和不满之色。她只觉得莫名其妙，明明自己睡得比较晚，不满的人应该是自己才对。

石斛与白蕊在外面等着，闻声进来替湛云葳换衣。

越之恒没要任何人伺候，去屏风后面更换衣衫。

石斛看见湛云葳身上还穿着昨日的嫁衣，表情讶异。石斛年岁不大，什么表情都写在脸上。

白蕊早有所料，倒并不意外，拿了新的罗裙来替湛云葳换上。

湛云葳换上衣衫后，外面有人进来低声禀道："老祖宗让大公子带着少夫人去前厅用膳。"

湛云葳记得，上一次也有这么一出。

仙仆口中的"老祖宗"是越之恒的爷爷，这位长辈年轻时候也是了不得的器修，后来双腿受伤无法行走，干脆住在了炼器阁中，常年闭关。

父亲曾经也和她提起过这位越老前辈，语气敬重。

后来得知越家归顺了王朝，帮着屠杀入邪的百姓，山主沉沉叹息，心绪复杂难言。

越之恒没想到自己成婚的事，闭关炼器的祖父这么快就知道了，还让自己带着湛云葳去认人。

他看向湛云葳："去吗？"

湛云葳知道老爷子是好意，许是不能忤逆灵帝，又惦念昔日仙山的情分，老爷子唯一能做的事就是让她在越家稍微好过点儿。

越家人心思各异，但无论如何，如今越家是越之恒一手遮天。

不管她和越之恒有没有感情，又是怎样尴尬的身份，今日若越之恒带她去了前厅，便是表明态度，认下了这位夫人，她在越家会好过得多，背地里有小心思的人也得掂量掂量。

上次她拒绝了这份好意，这次点了点头，果断地说道："去。"

"那就走吧。"

两个人从院子里出去。越府的宅子是灵帝前几年赐下的，并没有王城贵胄的宅院奢靡，越之恒得盛宠也是这两年的事，但越家没有搬到王城去住，因此宅子还是没有更换。

一路上都有仙仆婢女给他们行礼。

越之恒说："一会儿如果听到什么难听的话，你就直接骂回去。"

湛云葳没想到他会这么说，而且谁家新妇第二日见亲人，是以唇枪舌剑开头的？

"谁会讲难听的话？"

越之恒想了想自家这群牛鬼蛇神，语气淡淡地吐字："都有可能。"

湛云葳噎了噎："我不会骂人。"仙山不许骂人啊。

越之恒看了她一眼，冷漠地嗤笑道："那就学。我大多数时候不在府里，就算在，也不会帮你。"

哪怕他会骂人，还能骂得难听，但他往往直接动手，以至就算这群人想说什么也得忍着。

"……"湛云葳也没想到，上回自己消极对待，关上门来根本就不搭理任何人，这次打算积极面对人生，第一件要学的事情竟然是在越家骂人？

厅堂内聚集了不少人。

许是觉得昨日那场大婚实在荒唐，没有亲友在场，只有表情严肃的兵丁，老爷子今晨放话，让越家该来的人都来，不许怠慢了新夫人。

越怀乐蹙眉道："哥，你说祖父这是什么意思？"

"什么意思？"紫衣少年冷笑道，"老头儿老了呗，心盲眼瞎，前脚刚把越家交到那杂种手中，后脚他就投靠了王朝。你知道我这几年出门，都怎么被百姓骂吗？"

虽然大家不敢当着他的面骂他，可是他耳力好，还是听到不少骂他的话。不仅如此，连昔日好友也早与他割袍断义，形同陌路。

紫衣少年叫作越无咎，是越家二房所出，算起来是越之恒的堂弟，越怀乐则是只比越无咎小四岁的亲妹妹。

听到"杂种"两个字，越怀乐脸色变了变，赶紧扯他的衣袖："你小声点儿，别被那人听到了。"

"听到又如何？！"

"你忘了先生的下场？"

越无咎闻言被勾起记忆，想到妹妹口中的那件往事，脸色变得难看起来。

早几年，越之恒刚投效王朝的时候，族里有人指着越之恒的鼻子唾骂他污秽不堪，衣冠禽兽！

这位老人是族里的族老，有些威望，因着教导了不少族内弟子礼仪，于是被越家上下敬称一声先生。

越无咎记得，那是一个冬日，先生痛心越家千年的基业和清名就此毁在越之恒手中，便脱了靴，卸了冠，身着棉麻破衣，于越之恒必经之路上痛斥越之恒的罪行。

此前越之恒在越家名不见经传，没人清楚这是个怎样的人，因此不少人去看热闹，想看越之恒被训斥的狼狈模样。

雪下得很大，越之恒身着大氅，望着面前这个白发苍苍的老者，说道："有什么话，进府去说。"

老者大笑："无耻贼子，竟也还剩些许廉耻之心？竖子狂妄，狼心狗肺，本就一身脏污之血，如今更行脏污之事，早晚自食其果！"

越之恒看着他，扬了扬眉。

老者狠狠啐了一口唾沫："今日老夫就算舍弃这条命，也要痛斥你的罪行，叫我越家后辈看看，学猪学狗，也绝不学你越之恒。"

越之恒垂眸安静地听着，待老者讲完，才低眉笑了笑："听说你昔日在越府被唤一声先生？"

"是又如何？"

"你既是先生，"越之恒冷冷地说道，"越某自小并未学过礼义廉耻，今日有幸得见先生，自当请教。先生既然不惜这条命也要拨乱反正……"

他神色阴冷地扬起唇："那不妨试试越某能否被教化？"

那一天，几乎所有越家后辈都记得他的笑容，映着泠泠大雪，却比雪还要刺骨几分。

连慷慨陈词的先生也隐约感觉到惧怕。

越无咎那年才十六岁，永远记得三日后先生回来的场景。老者被拔了舌，踉跄地走在大雪中，手中拿着一块血匾——"得之麒麟子，可振百年兴"。

多讽刺，不知道彻天府对他做了什么，他竟心甘情愿地拿着血匾，称那贼子为"麒麟子"。先生走过昔日越家的每一户门庭，最后才睁着眼睛咽了气。

二夫人死死地捂着女儿的眼睛。

越老爷子摇了摇头，开始闭关，再不出炼器阁。

从那以后，越家无人再敢对越之恒置喙，也不敢再当着他的面给他脸色看。

事情过去了这么多年，越无咎始终很想问问祖父，可曾后悔将越家交到这样歹毒的小人手中？然而老爷子一心炼器，从不见他。

可每每他闯炼器阁，里面只传来沧桑又威严的声音："把二公子赶出去。"

这么多年来，老爷子下的第二个指令，是让他们善待湛云葳。

不管别人怎么想，两个小辈心里翻江倒海。

越怀乐八卦地说道:"我从没想过越之恒这样的人有朝一日会娶妻。他娶的还是昔日仙门第一美人湛云葳,第一美人呢,到底多漂亮哪?"

问完,见哥哥脸色阴沉,越怀乐讪讪地闭了嘴。

她知道,这是哥哥的痛脚嘛。哥哥自小就痴迷练剑,心中最崇敬的人就是那剑仙裴玉京,湛云葳作为哥哥的偶像的未婚妻,结果嫁给了他们最讨厌的大堂兄。

这简直比越无咎自己被抢了未婚妻还难受!

眼见越之恒与新夫人现在都没起,越无咎更是气得要死。

温柔乡是吧?

他眼神阴沉:"行,娘不许我惹那个煞星,我教训教训这个贪生怕死的女人总可以吧?!"

越家这些年偏安一隅,在汾河郡过日子,除了越之恒,并没有人在王朝当差,因此也不知晓那场被封锁消息的仙门大战具体是什么情况,更不知仙门有人被扣押。

这两日汾河郡一直在传,湛家那金尊玉贵的美人见仙山倾覆,害怕过苦日子,这才跟了越之恒。

毕竟天下大部分人对御灵师的固有印象便是娇弱、无力自保、过不了半天苦日子。

谣言愈演愈烈,或许二夫人心中对此还存疑,两个单纯些的小辈却信了。因此越怀乐只叮嘱哥哥道:"那你小心些,别被越之恒看出来是你。"

"放心。"

他只是想看那个贪生怕死的湛小姐在众人面前失态,又不是真要她的命。

越家人如今大体分为两类:一类厌恶越之恒,却只敢在背后和心里骂一骂;另一类则起了歪心思,见越之恒如今风头正盛,想跟着他平步青云,有心讨好。

越无咎扫视了一遍那些谄媚的人,冷笑了一声。

走过曲折的回廊，看到前厅时，湛云葳不由得呆住。

她想过越家的人或许会很多，但是没想到会这么多。她一眼望去，前厅、前院，甚至小花园里，都或站或坐了不少人。

她问越之恒："你家……有这么多人？"

越之恒看了前厅一眼，说："大概。"

大抵沾亲带故的人都来了，看来老爷子是真觉得湛云葳与自己成婚委屈，否则不至于将八竿子打不着的远亲也叫来了。

湛云葳问："其中多少人与你有仇啊？"

"问这个做什么？"真算起来，恐怕这些人与他都有仇。

越之恒听到身边少女低声抱怨道："我总得算算需要和多少人吵架……"

有那么一瞬间，越之恒心里生出怪诞之感。他沉默了一下，冷着声音说道："你也可以和他们一起骂我。"

她问："你不会生气？"

"嗯。"他回道，"别让我听见就行。"

不听见，他就懒得计较。

湛云葳没想到还可以这样，三年前的"喋血先生"事件，其实她也有所耳闻。

那一年学宫考核，分文试和武试，她记得文试拔得头筹的，恰好就是一篇痛骂越之恒的文章。

该仙友文采斐然，通篇骂词无一脏字，却又骂得酣畅淋漓。后来那篇文章流传了出去，百姓学舌，也在背地里骂越之恒。

到了升平十四年，这篇文章甚至直接被引为越之恒的罪证。

湛云葳以为越之恒这样一个狂妄的人，恐怕自视甚高，没想到他竟然清楚他自己的名声什么样。

她不由得问他："'喋血先生'事件，是真的还是假的？"

"什么'喋血先生'？"

"三年前于风雪间唾骂你，后来被你带走的那个先生。"

66

越之恒步子顿了顿,转头看向湛云葳,表情似笑非笑地问:"湛小姐,真的又如何,假的又如何?"

你是想于污浊中审视我,还是能于这铜墙铁壁的外壳下杀我?

湛云葳抿了抿唇:"我只是好奇真相如何。"

许多真相。

越之恒看着她,冷着声音说:"全是真的。"

湛云葳一瞬间身体发凉,心也慢慢沉了下去。她心里那个揣测和侥幸想法是错误的吗?

两个人静默间,已经到了前厅。

湛云葳还没做好心理准备,有人就围了上来。

"这位就是阿恒的新夫人吧?果然如传闻中那般天生丽质,花容月貌,阿恒真是好福气。我是他的表姊,以后咱们就是一家人了。"

湛云葳猝不及防地被人拉住手,忐忑了一路,没想到是这种场景。甚至有少女艳羡地问道:"嫂嫂唇上的口脂好漂亮,是百珍阁新出的口脂吗?"

湛云葳赞叹她们睁眼说瞎话的能力,但好在方才那股令人窒闷的沉默气氛被这样的热闹场景冲散了。

她定睛看去,发现少部分人围了过来,对她与越之恒阿谀奉承,却还有一些人远远地站着,并未过来,看向越之恒的眼神满带憎恨与厌恶之意。

这些人约莫就是仙山昔日的清流。

见这部分人占大多数,湛云葳眸子动了动:看来越家并非所有人心向王朝。

今晨接到老爷子的嘱咐,越家旁支的人也赶了过来。不少没什么节操、想要攀附越之恒的人,给湛云葳准备了见面礼。

如今婶娘、伯母们就把她拉到了一旁说话,纷纷将准备好的见面礼塞给她。

湛云葳推辞不过,还好身后的白蕊和石斛搭了把手,接下了这些东西。

最后上前的，是一位风韵绝佳的夫人，夫人姓赵，是越家的远亲，顾盼神飞，带有一股说不出的风韵。

赵夫人手拿羽毛扇子，含笑道："少夫人方才可是与掌司吵架了？我见少夫人和掌司过来时脸色都不太好。"

湛云葳没想到她观察得这么仔细："也不算吵架，只是略有争执。"

"少夫人莫担心，新婚宴尔，没有哪个男子真会置气。"

湛云葳笑了笑，也不方便解释。

赵夫人上前，往她的手心里塞了一个盒子："我准备的礼物，恰是少夫人如今最需要的，想必你一定喜欢。"

她最需要的？

不怪湛云葳想歪，经过白蕊事件，她现在觉得谁都有可能是仙山潜伏进来的人。

赵夫人神色隐秘，加上动作也很小心，不敢被外人看见，湛云葳心里一动：难道赵夫人给她的东西里有仙门密信？

她不敢大意，连忙藏起了那东西。

赵夫人赞许地看了她一眼，低笑道："你晚上回去再看，悄悄地用，掌司大人必定对你……百依百顺。"

这下别说湛云葳，连湛云葳身后的白蕊都忍不住抬起了眼睛。

这是什么好东西？两个人都忍不住心想，这比妖傀丹还强，能让越之恒对她百依百顺！

湛云葳在前厅忙着认人的时候，越无咎和越怀乐在湖边忙活。

越怀乐看着哥哥掏出来的阵法罗盘，不知怎么的有些不安："这能行吗？要不还是算了吧，万一湛云葳出了什么事，我们怎么和祖父交代？"

"出不了事，不过一个四象和合阵。"越无咎笃定地说道，"你要是不帮忙布阵就站远点儿，别在这里妨碍我。"

越怀乐听他说这是"四象和合阵"，松了一口气。

这算是一个温和的阵，往往用来困住对手，让身处其中的人感觉饥饿难忍，阵外一刻钟就是阵中一日。

"她不是吃不了苦才嫁给越之恒的吗？我偏要关她半个时辰。"越无咎想，他偏要让湛云葳在阵中饿上两日，吃些苦头。

他当然不可能明目张胆地伤害湛云葳，用这样的阵，保证湛云葳出来以后连个擦伤都没有，她也没法告自己的状！

越无咎布置好了阵以后，对妹妹说："你一会儿避开越之恒，把她引过来。"

"我和她不熟，怎么引她过来？"

越无咎思索了一会儿，说道："你就说母亲在凉亭这里等她，有些体己话要单独同她说。"

越怀乐忍不住吐槽道："哥，我发现你不干正事的时候，脑子倒是挺好使的。"

越无咎在她的头上打了一下："废什么话？赶紧去。"

见妹妹应声去往前厅，越无咎不放心地叮嘱道："你记住阵的位置了吧？一会儿你可别进去了，不然我还得想办法捞你。"

"记着的。"

湛云葳出门的时候刚辰时，现在她抬头一看，竟然快正午了。

她不知见了多少位夫人，其中还有几个心术不正的，试图给她塞超出礼尚往来的东西，暗示她在越之恒面前说好话，帮家中后辈在王朝捞个官职。

来人觍着脸笑道："甭管官职大小，只要掌司大人赏个脸就行。我家那孩子必定鞠躬尽瘁，死而后已。"

湛云葳看着那个露出一条细缝的盒子，里面装着拳头大小的一块聚灵石，心中浮现几分怒意。

灵域灵气稀薄，哪怕是上等灵石也提炼不出多少灵力，但聚灵石不同，往往一块指甲盖大小的聚灵石，就蕴含了无数纯净的灵力。但聚灵石这种东西，只有渡厄城里有。

达官贵人或者世家子弟自然不会拼了命去换财富，但是会让灵域贫困的百姓去。

这样大一块聚灵石，不知是多少百姓用命换来的。

湛云葳闭了闭眼，平息了怒意，说："据我所知，王朝确实有些官职还差人。"

对方喜上眉梢："是何官职？"没想到越之恒油盐不进，他的这位夫人倒是上道。要是自家孩子能进彻天府，以后他们岂不是可以在王城里横着走？

可还没高兴完，她就听见面前的少女笑意盈盈地说："倒夜香的小吏。"

对方反应过来湛云葳这是什么意思后，脸色大变："你！"

湛云葳冷笑："不是你说，无论官职大小，都是荣幸？"她没想到骂人的话还是用上了。

成功把人气走以后，湛云葳心里终于没那么堵了。

她好不容易忙里偷闲地休息一下，面前却又来了一个年轻的姑娘。

湛云葳当然认得她，面前的人是越家二房的小姐，叫作越怀乐。不过湛云葳与越怀乐一直没什么交集，算不上熟悉。

越怀乐目露惊艳之色。来之前她还在想，这位新来的嫂嫂是否名副其实，能否比得上传闻的美誉，然而见到真人，发现眼前的少女说是千娇百媚也不为过。

越怀乐心情复杂，难怪越之恒这样一个冷血狂妄的人，也愿意娶湛云葳。

越怀乐按照兄长的话说道："湛小姐，我是越之恒的堂妹越怀乐，我娘找你，有些话要单独与你说。"

二夫人找她？

说起来，越家这位二夫人是个聪慧的人，一向深谙中庸之道，既不多奉承越之恒，却也不去招惹他，和他维持着表面上的平衡关系。

"二夫人找我有什么事？"

越怀乐转过脸，说："我也不清楚，大概是关于堂兄的？"

湛云葳起初倒也没有怀疑，毕竟越府如今还是越之恒说了算，越怀乐的身份也作不得假。这位小姐虽然对自己称不上友善，可是一直以来恶意也不大。

两个人来到了一座假山前，越怀乐便不再往前走了。

她目光闪了闪："嗯，我娘就在后面那个亭子里，我还有些事，你自己过去吧。"

湛云葳停下脚步，狐疑地看着她。

两个人此刻已经到了越府的庭院里，假山巍峨，流水淙淙。因着是夏日，天气适宜，园中景致很是不错。

按理说，眼前的人确实是越小姐，可湛云葳总觉得哪里有些奇怪。

二夫人心思缜密，真有什么话与自己说，也不该单独把自己叫到没人的地方，因为这样的举动，容易让越之恒猜忌她的用意。

"你……你赶紧去啊，我娘还在等你呢。"

湛云葳决定试探她一下："我也有些身子不适，怕冲撞了二夫人，还是改日再拜见吧。"

说着，她毫不犹豫地就往回走。

眼看湛云葳离阵只有几步之遥，越怀乐急得跺脚，连忙拦住湛云葳："不行……"

湛云葳注视着她，这才说道："越小姐，你明说吧，到底想做什么？"

越怀乐咬牙，没想到会被湛云葳看出来，一时不知该如何圆谎。她忍不住往假山里面看去，知道兄长藏在里面，想要求助。

越无咎也没想到他眼里娇生惯养的御灵师小姐竟然不按常理出牌。

眼见骗不了湛云葳，他狠了狠心，从假山后出去，扬起手冲她打出了一道剑气。

湛云葳只觉得肩膀一痛，被剑气推出去好几步。

她没想到在越府竟然有人敢动手，没等她看清动手之人，脚下白色光芒大亮，她的心沉了沉：四象和合阵？

不，不对！

白色光芒刚刚亮起，转眼就暗淡了下去，一股朱红夹杂浓黑之气从八个方向汇聚而来,将她吞噬。

她少时在学宫里博览群书,一眼就认了出来,这是一个杀阵……浮梦魇境?

湛云葳彻底失去意识之前,终于看见阵外的两个人脸色大变。

假山后的人冲了过来,试图拉住她,然而到底晚了。

湛云葳看清那人的模样后气得不行:越无咎,你给我等着!

阵外,越怀乐结结巴巴地问道:"哥,怎么会这样?你不是说这是四象和合阵吗?怎么会是这个颜色?"

看着浓郁的朱红与不祥的鸦黑色,越无咎脸也白了。他愣愣地看着自己的指尖,脑海里反复出现自己冲过去时,阵中少女看过来的最后的眼神。

少女夹杂着怒火的眼睛出乎意料地澄净。

越无咎也喃喃道:"怎么会这样?……"

他长这么大,闯过不少祸,却从没有一次这样后悔和慌张。明明……明明那个人卖给他的,只是个普通的四象和合阵,怎么转眼间一个普通阵法就变成了天阶杀阵?

他就算不是阵修,也看出了这阵法的危险性。

"不行,得赶紧救人。"

越怀乐见兄长像个没头苍蝇一样,竟然打算往杀阵里冲,连忙拦住他:"哎呀,你去也是送死。你冷静点儿,还是去告知越之恒吧,他说不定有办法。"

毕竟越家还学过阵法的人,只有越之恒。

半个时辰前,越之恒被叫去了炼器阁。

离去前,他往湛云葳那边看了一眼,少女正被一群夫人、小姐围在中间。那边全是女眷,他不方便过去,于是叫来石斛叮嘱道:"你和湛云葳说一声,我去一趟炼器阁。"

石斛过了一会儿回来禀道:"少夫人说,您安心去吧,她就在府里,跑不了。"

她还真是记仇。

越之恒本来不是这个意思,不过也不在乎湛云葳如何看他,于是径自往炼器阁去了。

这些年来,越家老爷子鲜少管他做什么事,不管他是进入渡厄城,还是杀入邪之人,或者迫害仙门,老爷子都始终缄默。

而今,炼器阁里传来苍老的声音:"当年我们立下的约定,你可还记得?"

越之恒说:"是。"

"好,如今多了一条。"老爷子说道,"湛家这个女娃,你不得利用,不得伤她!"

越之恒沉默了一会儿,扬唇笑道:"看来在您心里我确实十恶不赦,不择手段。"

炼器阁下有一株巨大的梧桐木,风过叶落,高阁之上的人久久不语,像是默认。

越之恒懂了祖父的未尽之意,本来想要讽刺两句,一股怨恨情绪和哀意从心底生出,最终他却又觉得没意思。

于是他神色阴冷地笑了笑:"嗯,明白。您没什么别的吩咐,我就先离开了。"

高阁之上传来浅浅的叹息声:"你告诉老夫,与她成婚,你可曾有半分私心?"

落叶飘落在越之恒的脚边,他垂眸盯着那叶子,平静又冷淡地说:"没有。"

老人似乎也猜到了这个回答:"既无意,那你办完事后就让她离开吧。"

良久,老人听到外面那年轻权臣倦怠地回答道:"好。"

答应老爷子的时候,越之恒还不知道堂弟和堂妹闯了多大的祸。

他望向浮梦蜃境,心里压抑着的情绪一股一股地往上涌,悯生莲纹开始浮动。

到底是脑子有多不好使的人，才会拿着"浮梦蜃境"当四象和合阵？

越怀乐在不断抹泪，越二公子则脸色苍白地站在旁边。

既然这人没有长脑子，那脑袋留着有什么用呢？

越之恒低眉笑了笑，抬起手一把拽住堂弟的头往旁边的假山上撞去。他开了九重灵脉，越无咎毫无还手之力，根本挣脱不开。

越无咎闷哼一声，额上鲜血汩汩流下。

"大堂兄！"越怀乐哭着去拦越之恒，"你放过我哥吧，我们知错了。"

"滚开。我说过什么，"越之恒缓缓说道，"你们是半个字也不记得？"

越怀乐哭得上气不接下气："记得，记得，以后一定记得。"

越之恒扯了扯唇："以后？"

他丹田不断涌上郁气，衣襟之上的悯生莲纹在日光下光华灼灼，犹如游鱼浮动，莲花盛开，圣洁却又邪气。

这些莲纹竟然尽数从他的衣衫上消失，没入了他的体内。

越怀乐哪里见过这样的场景？她却不敢松手，生怕一松手，自己的亲哥就被这个人杀了。

她后悔不已。娘早就说过别惹越之恒，他们怎么就不听？

待到悯生莲纹尽数没入体内，越之恒抬手，一个阳灵鼎出现在他的掌中，将满脸是血的越无咎压在了里面。

越之恒垂眸说道："我现在入阵，你们最好祈祷我还能回来。如果我回不来，阳灵鼎三日后启动，越无咎，准备好陪葬。"

眼见浮梦蜃境越来越暗淡，此时是入阵的最好时机，越之恒解封了右手上的悯生莲纹。

随着含苞待放的莲花在他的腕间彻底盛开，他的身影也消失在阵中。

湛云葳有意识时，有人轻轻晃了晃她："师妹醒醒，齐旸郡就快到了。"

湛云葳睁开眼,发现自己在鸾车上,眼前是同在学宫修习御灵术的段师姐。

华丽的鸾驾上,少女们难掩雀跃之色。

"一会儿就要见到阿封哥哥了,帮我看看,发髻有没有乱?"

"好着呢,你先替我挑一下,我一会儿拿哪柄扇子,万师兄才会一眼注意到我?"

另一辆车上,白净柔弱的少年们也在忙着打扮自己,企图向一会儿来接人的灵修姐姐们展示自己乖顺动人的一面。

湛云葳显得有些格格不入。

她穿着一条粉色罗裙,坐在角落里,愣愣地看着眼前的景象,头痛欲裂。

她觉得似乎忘记了什么很重要的东西,自己不该在这里,然而不论怎么想也想不起来。

段师姐见她坐着发呆,不由得问道:"湛师妹,你还不换衣裳吗?一会儿灵修就要来接我们进齐旸郡了,你难道没有心仪的师兄?"

哦,湛云葳想起来了,原来这是去齐旸郡的路上。

她今年多大来着?好像刚过了十四岁生辰,在学宫里念书,顺便和御灵师们一起修习御灵术。

前几日齐旸郡邪气冲天,仙盟恐百姓遭大难,于是先派出灵修弟子去平乱,紧接着又让人护送这一群娇滴滴的御灵师去给修士和百姓清除邪气。

明明是生死攸关的大事,可因为有无数仙门兵丁保护,一路上又坐着最昂贵的车驾,御灵师们完全没当回事。

大家更在意另一件事——马上要见到心仪的灵修了。

对大部分御灵师来说,这一生锦绣平顺,最烦恼的事莫过于在千万灵修中挑一位合心意的夫君或者夫人。

段师姐整理了一下衣裙,坐回湛云葳身边。她俩都是刚到学宫不久的学子,颇为聊得来。

"你听说了吗？仙门最出色的那位灵修师兄今日也会来。"

湛云葳问："谁？"

段师姐示意她看那些激动到双颊泛出红晕的少女："还能有谁？当然是蓬莱那位天生剑骨的剑修'天上白玉京'。许多师姐是为了他来的，你才来学宫没多久，见过他吗？"

"你说裴师兄啊？"湛云葳想到前几日夜晚，从学宫那头过来陪自己修习的少年，"见过。"

段师姐眼睛晶亮："那他是否和传闻中一样英俊好看？"

湛云葳笑着点了点头。

"你都说他长得俊，那肯定没错，也不知道这样的人，将来会喜欢哪位师姐妹。"

湛云葳也不知道，但知道裴师兄是世间顶好的剑修，与所有的修士都不一样。

她先前明明没有帮到他什么，他却还是坚持报她的"救命之恩"，还帮她隐瞒修习禁术的事。

眼看要到齐旸郡城门了，队伍里的厨娘抱着一个三岁大的女孩儿走了过来。

厨娘模样胖胖的，很是憨厚。虽然不想打扰这群贵人，但她怀里的女孩儿身上邪气未除尽，开始发烧，情况很不好。

"小姐们，能不能帮帮这孩子？"

湛云葳看过去，那孩子穿着粗布衣，瘦小，黢黑，衣衫上沾了不少泥点。

孩子是厨娘从路过的村子里捡来的。

那个村子的许多村人沾上了邪气，现任彻天府掌司只说村人全是邪祟，尽数杀了。

只有这孩子在米缸里躲着，逃了出来，厨娘见她可怜，便拿出自己攒的净魂玉简给孩子用了，企图救她一命。

现任彻天府掌司叫作东方既白，动不动就屠村，惹得诸位御灵师也觉得残暴。因此没人赶小女孩儿走，都觉得她可怜。

若是平日，厨娘抱着孩子过来，不少御灵师会愿意搭把手，可今日不行。

她们刚换了最漂亮的衣裙，打扮得婀娜美丽，想去见心仪的灵修，谁也不想去接厨娘怀里的小泥娃娃。

厨娘局促不安地站在车驾外，有些后悔这个时候来。正当她打算去少年御灵师那边碰碰运气时，她却见车驾里一只白皙的手拉开了帘子。

一位姣美动人的御灵师小姐探出头来，冲她弯起眼睛："把孩子给我吧。"

"哎！"厨娘如蒙大赦，把孩子递了过去，"麻烦小姐了，她……她身上有些脏……"

厨娘听那小姐笑道："不碍事。"

其他御灵师下了车驾，去见心仪的灵修，湛云葳留在了鸾车中，将手指搭在孩子的额上，一点点替孩子祛除邪气。

邪气入体，往往疼痛难忍，女孩儿这样小的年纪，身上却几乎都被邪气侵蚀了，难怪一枚玉简不够。

因着是个孩子，比较脆弱，湛云葳只敢一点点地用灵力试探着帮她顺着经脉。

孩子梦里很是不安，伸出黑乎乎的小手，可怜巴巴地抓住了湛云葳的衣襟，脸也埋进了湛云葳的怀里。

厨娘搓了搓手："这孩子不是故意的，她没了爹娘，许是不安。"

湛云葳说："我知道。您坐一会儿吧。"

她也想要娘亲，自然理解小姑娘许是梦到娘亲了。

厨娘发现湛云葳确实不介意，心里松了一口气，这样亲善的御灵师小姐，她还是第一次见。

两个人都在等着孩子醒来。

一个时辰后，湛云葳怀里的女孩儿终于睁开了眼睛。

厨娘惊喜地问道："阿蘅，还认得婶婶吗？"

那"女孩儿"愣了愣，先是蹙眉看了厨娘一眼，又缓缓地看向湛云葳。

最后，"她"的视线落在自己干瘦的小手上，手下是少女玲珑柔软的身体。

诡异地，这一瞬间湛云葳从一个稚嫩的女孩儿身上，看见了类似缄默难堪的情绪。

"女孩儿"缩回手，抿住唇从湛云葳身上下来。

厨娘想要去接住"阿蘅"，却也被拒绝了。

厨娘奇怪地说："阿蘅，你怎么了？"

湛云葳也忍不住望过去，"女孩儿"垂着眼，屈起手指，半晌才用细弱的嗓音说："没事。"

听见独属于小女孩儿稚嫩的嗓音，"她"闭上嘴，神色郁郁，又不肯说话了。

在变成三岁小女孩儿"阿蘅"后，越之恒只觉得自己揍越无咎那几下还是轻了。

浮梦蜃境，顾名思义，会将人带到最危险的过去，于蜃境中制造杀机。

阵中的人身处过往的记忆中，并不知道自己在做梦，也不能够被强行唤醒。如果阵中的人在蜃境里死了，在现实中也就死了。

破阵的唯一办法，是阵中的人撑过梦境中的杀机。

天阶阵法中有不少怨灵，因此阵法会产生自己的意识吞噬过客。

越之恒强闯湛云葳的梦境，蜃境怨灵选择将他的能力削到最弱，将他困在了三岁孩子"阿蘅"的身体中。

冥冥中，仿佛有无数贪婪的眼睛窥视着他与湛云葳，企图留下他们。

越之恒垂眸，神情阴冷：好，那就试试，你们有没有这个本事。

湛云葳发现这个叫阿蘅的孩子很奇怪。

原本阿蘅失去了爹娘，醒来就爱哭，在厨娘怀里才有些安全感。

可现在"阿蘅"不仅不哭了，一双明亮的眼眸带着浅浅的墨色。厨娘要带"她"离开，"她"却用那双琉璃般的眼睛望着湛云葳，厨娘怎么拉"她"也拉不走。

厨娘束手无策。

湛云葳问"阿蘅"："你要跟着我？"

"阿蘅"点头。

湛云葳叹了一口气："跟着我也行，那你可不能哭，也不能乱跑，要听我的话，可以吗？"

面前的孩子望着她，眼眸中带着几分恼怒之色，但沉默片刻，"阿蘅"只得颔首。

已经到了齐旸郡地界里，湛云葳还有任务在身。他们此次带了许多净魂玉简，玉简里面倾注了御灵师的灵力，分发给普通百姓，用以清除他们体内的邪气。

毕竟一个城池的百姓太多，御灵师不可能一一去救治，这是最有效率的方式。

听闻御灵师们来了，百姓无不感激兴奋。

而今，湛云葳的同窗就在城中派发玉简。

湛云葳怕"阿蘅"走丢，试图抱她。

可这孩子不管怎么样都不愿意让人抱，湛云葳无奈地说道："我若带着你走过去，天都要黑了。你不是说过要听我的话吗？你不愿意的话，就只能和厨娘待在这里了。"

"阿蘅"皱着眉，这才不反对。

湛云葳将"阿蘅"抱在怀里，"阿蘅"僵硬了一下，避开了她的敏感部位，面无表情地拽住她肩上的布料。

湛云葳见"阿蘅"别扭不适应的样子，忍不住弯了弯眼睛："你不会是害羞吧？"

"没、有！"

"这有什么？"湛云葳看着"阿蘅"认真地说道，"你长大以后也会有的。"

"……"

孩子紧紧抿着唇，又不说话了，满脸让她赶紧闭嘴的表情。

湛云葳莫名其妙地读懂了"阿蘅"的表情，觉得"阿蘅"满脸无语的表情还挺可爱，不像先前那样死气沉沉了。

湛云葳给小泥孩子介绍："这里已经不是杏花村啦，是齐旸郡。你听说过齐旸仙山吗？那里的仙长姓越，越家的仙君最是仁慈，厨娘婶婶说之后将你送过去修习，越仙君一定会好好待你。"

然后她就听见"阿蘅"冷笑了一声。

"小小年纪，不许阴阳怪气。你倒是说说，不满越家哪里？"

"阿蘅"也不与她辩驳，冷着声音说道："你说仁慈就仁慈吧。"

湛云葳还待详细问，前面突然出现一阵骚乱。

"抓住他，抓住那个小偷！"

只见一个衣着狼狈的少年神色阴沉地推开人群，跑得飞快，身后追着好几个愤怒地喊打喊杀的百姓。

湛云葳注意到，那少年手上抓着一把净魂玉简。

原来百姓刚从仙门领了玉简，玉简就被这少年抢走了。他看着瘦弱，身上却有股不要命的劲。

他一路撞开行人，恶狠狠地喝道："滚！"

那些被抢的百姓怎样都追不上他。

但灵修就在不远处，哪里能让一个普通的少年跑了？一个剑修的灵剑出鞘，远远飞来，砸在那少年的肩膀上，那少年倒飞出去老远，吐出了一口鲜血。

湛云葳蹙了蹙眉，本以为少年会就此作罢，将玉简还给被抢的人，没想到他从地上爬起来，仍旧死死抓着玉简不放。

看见这一幕，不仅是百姓，连仙门弟子都生起气来。

"朗朗乾坤，你这小贼如此猖狂！不知悔改！"

因此他身后拿着棍子的百姓冲上来打他，仙门弟子也没管。

这人抢夺他人玉简，就是抢夺他人的机缘与生机。这在仙山的规

· 80 ·

定里是重罪。

若他今日不归还玉简，被活活打死也没人为他说话。

湛云葳觉察到什么，发现"阿蘅"也望着那少年，不过眼里并非害怕之色，而是冰冷又自嘲的神情。

"阿蘅"回过头，厌烦地不去看那地上蜷缩着的少年，语气冷淡地说道："你不是还有事吗？不过小事，别看了，没什么好看的。"

湛云葳没理"阿蘅"的话。

她捏了捏"阿蘅"的脸，难得有些生气，严肃地说道："别乱说。"

人命从来不该是小事。

越之恒从没想过，会在湛云葳的梦中遇见年少的自己。

他记得，那是一个和煦的春日，仙山上下在给越家的小姐越怀乐庆生。

就连仆从都拿到了灵石福袋，唯有后山的禁地中那个破败的院子里，今日连吃剩的冷饭仆从都忘了送来。

哑女从清晨开始身体再次出现了异样，躯体抽搐，背部突出的东西像是肉瘤，又像是尖锐的要冲出皮囊的骨头。

她痛苦不堪，哀求着越之恒杀了她。

她不是不想活下去，可那个原本是他们的"祖父"的人早就告诉过他们：生来邪祟之子便是这样的结局。

没有哪个邪祟之子能活得久，纵然他们不会入邪，可他们就是邪气本体，往往不到及冠之年便会死。

越家老爷子冷冷地看着他们："这就是命，你们得学会认命。"

那日，温暖的太阳光照在身上却如此冰冷，两个还未彻底长成、看上去分外瘦弱的半大孩子，像繁华锦绣的世界中的怪物。

少年手里拿着屋里唯一的一把柴刀，面对着亲姐姐。

越之恒砍下去之前，听见仙山另一头传来了欢声笑语，眼前是荒凉的院子，记忆里是不知多少年被关在阵法中的日日夜夜。

哑女的结局亦是他的结局。

可什么才是命？亲人不认、亲娘不要是命？被圈禁着像个畜生般长大是命，还是砍死自己的亲姊是命？！

他推开哑女，手里的刀砍向了结界。

他从齐旸仙山一路跑到了山下城中，不知道这世间谁才能救山上的哑女，谁又愿意救哑女，哪怕不用救那可怜的少女，只是给她一块糖饼吃也好。

阿姊长这么大，从生到死，最奢侈的愿望只是想吃一块糖饼。

可越之恒身上全是破坏阵法时受的伤，他一身鲜血，跪在糖饼铺子门口，老板颇觉晦气地伸手赶他："快滚，快滚，小叫花，别挡着我做生意。"

他被推在地上，听见行人们说，今日仙山派发玉简，虽然每人只有一块，但对体内有邪气的人来说，玉简能延长数十年寿命。

越之恒望着自己被踩进尘埃的手，没有再祈求那块糖饼，转而握住了掉在地上的柴刀。

他们是邪气本体，若一块玉简不够，那五块、十块玉简呢？能不能也让哑女活够凡人短短的一生？

他知道自己没法从仙门那里取走玉简，只能望着那些百姓。

这一年，他不识字，没有念过一天书，亦没有人教过他何为"君子之道"、何为"礼义廉耻"。

齐旸郡春花烂漫，僻静小巷中，湛云葳拨开殴打少年的百姓。

她强行抽出少年手中的玉简，将玉简还给了百姓。

"既然已经拿回玉简，就别再要他的命了，仙门会惩罚他的。"

灵卫上前将他控制住，问面前的少女御灵师如何惩处他。

湛云葳想了想，问："按齐旸郡的规矩来，抢几个包子，如何惩处？"

"打板子。"

少女弯起明眸："行，那就打他三下板子。"

她捡起地上的枝条,在地上少年的掌心上不轻不重地打了三下,旋即蹲下去问他:"你为什么偷东西?"

少年闭上眼,心中只剩绝望。

湛云葳其实已经猜到,他不偷吃的、不偷穿的,只偷玉简,人如果活得下去,谁会命都不要地抢夺这样的东西?

她身上没有玉简,却有一块儿时第一次练习御灵术时,父亲赠她的平安玉。

平安玉经年累月被她用来练习制作净魂玉简,里面积攒了不少御灵法术,还刻了幼时启蒙的书籍。

送出幼时最珍爱的礼物,她难免有些舍不得,但还是掰开少年紧握的拳头,说:"你想救谁就去救吧,是这世道不好,大家想活下去并没有错。"

一旁的"阿蘅"抬了抬眼皮,目光淡然地看着地上狼狈的人。

就像记忆里那样,他听见自己说:"那你呢?你想要什么?我什么都没有,我的命你收吗?"

湛云葳看着他浅墨色的眼睛,愣了愣,良久才说:"不要你的命,每个人的命都是很珍贵的。"

"不过有要你做的事。"她说,"你答应我,得学会这平安玉中的道理,活下去,知书文,识礼仪。如果以后你当了灵修,尽力造福百姓。"

他一言不发,从地上爬起来,转身离去。

"阿蘅"目光沉沉地望着那少年的背影,心想:如果湛云葳知道这是谁,知道她放走的这人,将来是百姓恨不得生啖血肉的奸佞,会是什么表情?

越之恒神色冷淡。

知书文,识礼仪啊……

多讽刺。

第四章　蜃境救赎

日暮时分，大半御灵师少女闷闷不乐，再没了辰时的期待与欢悦样子。

段师姐也满脸郁闷神色："怎么偏偏就是剑修被派去追踪邪祟了呢？"

她说罢，目光嫌弃地在外面的灵修身上掠过一遍，又好奇地问湛云葳："湛师妹，你喜欢哪一类修士？"

灵域的修士如今大体分为七种，分别是剑修、刀修、丹修、符修、阵修、医修，还有器修。

说来奇怪，每年知秋阁都会针对御灵师挑选道侣的喜好做个调查，结果发现，超过七成的御灵师青睐剑修成为自己的道侣。

今岁的调查结果更离谱，想要与剑修结为道侣的御灵师竟然已经高达八成。

湛云葳摇头说："我没想过。"

"这倒也是，你年纪还小呢。"段师姐笑道，"不过你千万别喜欢刀修或者器修。"

湛云葳问："为什么？"

"你想哪,为什么咱们都喜欢剑修?因为剑修普遍长得好看。剑仙俊逸不凡,往往还对道侣十分忠贞,不说别的,他们的服饰是不是都最赏心悦目?"

湛云葳想起各大仙门的衣衫,赞同地点了点头。

越之恒抬眸看了湛云葳一眼。

段师姐受到鼓舞,继续教育师妹:"其余修士也不错,各有所长,唯独刀修粗犷,刀身沉重,修士们的身形自然就不怎么好看。就外面那个刀修师兄,胳膊那么粗,都快赶上……嗯,赶上你的腰肢了。"

湛云葳不由得低头看了自己的腰一眼。

越之恒瞥了一眼,一时也有些沉默。

"至于器修,那更是性子无趣。同样是守着炉子,丹修只需三五日便能炼成一炉丹,器修呢,少则半个月,多则三四个月。成婚以后,若道侣是个天天守在炉鼎旁的器修,这日子还过不过了?"

段师姐想了想,又掩唇说道:"还有呢,你想想,大多炼器师是亲力亲为,淬炼法器那一步和打铁有什么差异?他们的力气……上次我被不知轻重的炼器师叫住,他就拉了我一下,我的手臂险些脱臼。我是个御灵师,又不是那些经得住千锤百炼的铁皮!"

湛云葳若有所思。

越之恒神色淡淡地靠在车壁上,不再听这些少女的窃窃私语。

看着渐渐黑下去的天幕,他神色凝重。构建蜃境的怨灵气息像是一张网,随着天黑下来,这张网也开始蠢蠢欲动。

入夜以后的蜃境最危险,如果湛云葳撑到天亮,这蜃境就会渐渐坍塌。

怨灵必定会在今夜动手。

他眼中魑魅横行的世界,落在少女们眼中却只是一个普通的春夜。

一声惊喜的欢呼声传来:"剑修师兄们回来啦!"

大家期待着师兄们过来打招呼。虽说目前同在学宫学习,可是灵修与御灵师修习的东西天差地别,平日他们也住得甚远。

就连段师姐心里也没底，叹了一口气："洁身自好，不爱惹麻烦，这是剑修的优点，也是他们的缺点哪。"

湛云葳忍不住笑了笑。

这话倒也没错，在剑修师兄们眼里，金贵又娇弱的御灵师确实算是麻烦。

比起师兄们会不会过来寒暄，她看了一眼旁边的"阿蔺"，更关心另一件事："我们今晚住哪里？"

她和"阿蔺"都很迫切地需要沐浴。

蓬莱大师兄思索片刻，说道："齐旸山山主在外查探邪气源头，还未归来。主人未归，我们不好贸然拜访。前两日我收到了齐旸郡城主的帖子，把众人安排到城主府中吧。"

师弟挠了挠头："谁去通知？"

大师兄扬眉，看向一旁擦拭着剑的裴玉京，笑道："要不裴师弟你走一趟？"

裴玉京专注地望着剑身，声音略冷："不去，忙。"

大师兄忍不住哈哈大笑。他这位师弟天生剑骨，生得俊俏不凡，偏偏越是气质清漠，越招少女们喜欢。

前年，裴师弟奉命招待几个来蓬莱做客的御灵师小姐。结果，能一人一剑杀进邪祟老巢的裴玉京被几个少女缠得焦头烂额，这样好脾气的人，最后却对着御灵师拔了剑。

当然，裴玉京最后被蓬莱尊主训斥了一通。

尊主训斥完最疼爱的弟子，又无奈地说道："虽说你修习无情剑，可也不要真的表现得如此无情。玉京，师尊也挡不住其他山主过来为女儿讨公道啊……"

你好歹装一装，懂吗？

大师兄至今记得那时候小师弟站在菩提树下，蹙眉道："弟子不会和御灵师相处。"

世人都对御灵师趋之若鹜，唯有他们蓬莱的奇葩小师弟与众不同。眼看灵山倾塌，其实所有人心里都明白，蓬莱需要少主去联姻，甚至为了以防万一，最好诞下继承剑骨的后嗣。

不许动情，却又必须承嗣，不论是对裴玉京，还是对他未来的道侣，这都是一件不公平的事。

所以蓬莱的长者几乎都对裴玉京有愧。

大师兄在心里叹了一口气。他并非有意逗弄师弟，何尝不是希望师弟能快活展颜？

"薛晁师弟，你们几个去吧。"

薛晁等人没想到这样的好事轮到了自己，裴师兄不想去，他们想哪！

薛晁难得局促，整理了一下身后的剑，努力让自己看上去器宇轩昂。

师兄们取笑他："怎么，薛师弟有想见的姑娘？"

薛晁说："我爹说，前几年他和长琊山山主除邪祟，山主家有位可爱的小女儿，这位师妹钟灵毓秀，是他生平所见最为出色的。我爹让我在学宫好好表现，如果有幸得到师妹垂青，过几年他就去给我提亲。我听说今日这位师妹也来了。"

"生平所见最为出色的"这样高的赞誉，让剑修们也忍不住好奇起来。

剑修们到底年纪轻，对情爱之事充满向往，人人皆是普通人，并非幻想中的剑仙。

大师兄注意到，裴师弟听到这话擦拭剑的手顿了顿，旋即裴师弟抬起头来。

"师兄。"裴玉京突然望着他说，"我擦拭完了。"

大师兄没反应过来：啊，所以呢？

"我可以去，不忙。"

"……"大师兄想起裴师弟以往出门目不斜视，也不爱吃甜食，这次竟然在栗子糕摊子前比较了许久，掏出灵石买了一包。

师兄的神情变得有些复杂。

齐旸城暮色来临那一刻，御灵师少女们恨不得放声惊呼！

谁能想到，不仅来了好几个剑修师兄，其中还有她们最想见的裴玉京！

她们没白来，这趟没白来！

段师姐兴奋地握住湛云葳的手："啊，我待会儿和裴师兄说什么好呢？他是不是只喜欢剑法？我如果向他请教剑法，会不会太冒昧了呀？"

何止冒昧，裴师兄可能会觉得你疯了。

湛云葳想。

为什么御灵师永远不和其他修士聊御灵术呢？

所谓闻道有先后，术业有专攻。湛云葳并不觉得御灵师就比剑修弱，只是从一开始，在教习上这世道就对御灵师加以限制，用金丝笼锁住他们，让他们温和得只会毫无攻击力的御灵之术。

可明明世间还有最厉害的控灵之术，据说御灵师练到一定境界，不仅能使邪祟消散，还能让所有灵修供他们驱使。

可惜如今控灵之术早已被列为禁术。

湛云葳也很好奇裴师兄为什么会来，是来通知她们今晚住哪儿吗？

她和段师姐一起趴在车辇窗前看出去，齐旸郡天色还未完全黑下去，月亮已经出来了。

湛云葳看见月色下那少年礼貌颔首应对着师姐们的问题。

旋即，像是有所感应似的，他抬起眼眸，对上了她望出去的目光。

这一年她年岁尚小，桃腮杏眸，不若后来出落得美丽，却有一份独有的娇憨气。

湛云葳看见浅浅的笑意浮现在裴玉京的眼中，他低头不知和师姐说了句什么，最后朝着她走了过来。

剑仙似乎永远这般坦荡又磊落。

周围惊诧的视线落在湛云葳的身上,湛云葳哪怕对情爱之事还懵懂,也隐约感觉到了什么,脸颊上莫名其妙地涌上一股热意。

最后裴玉京在她面前停下。

"湛师妹,"他走近了,才略移开目光,说,"我有东西要给你。"

她望着他,心里有些无措,下意识地愣愣问道:"什么东西?"

裴玉京递过来一包东西,眼里笑意漾开:"答谢师妹的救命之恩。"

这样啊。湛云葳脸颊更烫了,知道不接会让师兄难堪,只得伸手接过那包东西。

裴玉京无法待太久,很快就和师弟们离开了。

湛云葳发现手里这包东西软软的,隐隐带着香甜之气,触手还残留着灵力维持的温度。她打开来看,发现是一包栗子糕。

她不由得想起不久前,裴玉京问她初至学宫可有什么缺的,她困倦之下,半闭着眼睛不小心说了实话:"没有缺的,就是想吃长琊山夏嬷嬷做的栗子糕。"

手中的栗子糕用灵力一路护着,还维持着刚做好的模样。

她心里涌上些许惊喜的滋味,拿起一块栗子糕,却感觉到一双眼睛盯着自己。

湛云葳这才想起角落里还有个"阿蘅"。

"阿蘅"不知看了她多久,眼眸如墨,一言不发。

湛云葳问:"你也想吃?"

越之恒从她淡粉的面颊上收回目光,语气越发冷淡:"不吃。"

蜃境不会造假。

他垂眸,握住自己的右手手腕,平静又冷漠地按住莲花印。

记忆如何,蜃境呈现的景象就是如何。除了他这个闯入的外来者,她与裴玉京,当年便是如此。

夜幕来临前,一众人来到了城主府里。

城主是个略胖的中年男子,看上去模样憨厚,对待一众御灵师和灵修很是热情。

湛云葳一踏进府中就觉得哪里不对。她感知了一下，城主府中的灵气竟然比外面的浓郁数十倍！

越之恒抬眸望向府中后山的方向，神色冰冷，在心里冷笑了一声。

段师姐藏不住话，困惑地问了出来。

"城主大人，为何府中的灵气如此纯净浓郁？"

城主笑道："这位小姐真是敏锐，在下府中确实有特殊之处，后山中布置了一个聚灵阵。若是诸位赏脸，不如过去看看？"

聚灵阵？

众人很好奇，就算是天阶聚灵阵，也顶多汇聚天地灵气，使灵气比别处浓郁一两倍，怎会有如此显著的效果？

"因为有一至宝镇在阵中。"

城主倒也不藏私，真让仆从点灯，带着众人去了后山。

裴玉京蹙眉道："城主大人，若这是您世代相传的秘法，我们过去是否不妥？"

城主哈哈大笑道："哪里是什么秘法？不过是我在机缘巧合之下得了个有趣的玩意儿。有人告诉我，将此物压制在阵中，不仅能吸纳天地间的邪气，还能将邪气转换为灵力。我起初不信，后来才发现此法确实可行。"

他也有自己的心思："不过那东西近来要死了，不知下一次什么时候才有机缘再得到。诸位都是年轻英豪，若他日得到此物，可否不要急着处理，卖与在下？"

湛云葳没想到，这么多矛盾的词竟会同时出现在一样物什上。

明明被称为"玩意儿"的东西，为什么城主会说"要死了"？

夜明珠的光照亮后山，月色凉如水，湛云葳一眼望过去，心中一沉。

那是一个她看不清形态的"物什"。

"它",或者说"他",只有一颗头颅还勉强保持着人的模样。

鱼尾、兽角、巨翅、獠牙、牛腹,他像个拼接起来的怪物,蜷缩在阵中,顶上一块镇山印压着他。

他张口喘着气,目光涣散,也因此显得更加可怕。

越之恒神色阴沉,腕上莲纹几乎快压制不住了。

发现牵着的人手冰冷,湛云葳才意识到自己还带着个这么小的孩子。

只是一路上"阿蘅"不吵不闹,成熟得不似会害怕的样子。

她捂住了"阿蘅"的眼睛:"没事的,别怕。"

越之恒双眸被她盖住,冰冷的夜色下,唯有眼眸上的手还带着暖和的温度。

他沉默着,控制着腕间莲纹缓缓平息。

有少年御灵师捂住了唇,不知是因为害怕还是厌恶,忍不住后退了一步:"这……这到底是什么?"

城主意味深长地说:"诸位可曾听过邪祟之子?"

邪祟之子是这世间血脉最脏、面目最丑恶,偏偏也是最好用的一类存在。

裴玉京皱眉问:"据晚辈所知,邪祟乃邪气夺舍修士而成,灭七情,主弑杀,怎么会有后代?"

"这位小兄弟有所不知,"城主回答,"这低等的邪祟自然是愚钝不堪、六亲不认只知杀戮的。可千年前还有一类人,被夺舍前便是天之骄子,成为邪祟之后灵力高强,身法诡谲。他们还残留着些许做人时的记忆,狡诈多思,能维持人的形貌,号令群邪,邪祟称他们为'魁王'。"

听到"魁王",众人面面相觑。

"不是说,随着御灵师的出现,已经没有魁王诞生了吗?"

蓬莱大师兄告诉师弟师妹们:"虽是如此,可当年被封印在渡厄城里的魁王们,一直还活着。"

"所以这邪祟之子,指的是那些魁王的孩子?能怀上邪祟的孩子,肉身必定不会被邪气侵蚀，他们的母亲难道是……？"

城主说："不错，他们的母亲正是当年那一批被抓去渡厄城的御灵师。对邪祟来说，资质越好的躯体，修炼得越快。魑王们一直追求更好的灵体，看不上普通邪祟，便试图制造厉害的后代，夺舍子嗣。"

所有人的脸色都不太好看，尤其是少女御灵师们，脸色苍白，身体不由得颤了颤。

湛云葳从爹爹口中听过这件事。

据说数十年前，结界动荡出现裂痕。为了阻止渡厄城的邪祟出来为祸苍生，曾有无数修士与御灵师前往结界外诛杀邪祟，修补结界。

那一战十分惨烈，灵域虽然险胜，无数修士和御灵师却成了渡厄城的俘虏。

湛云葳没想到那些御灵师前辈竟会是这样的遭遇。

她心里涌起一股恶心的感觉。

她问城主："这阵中少年是如何来的？他们不是应该出生在渡厄城中？"

"魑王的后代往往良莠不齐。"城主抬手，远远用灵力迫使那少年抬起头来，让众人看清那张丑陋的脸，"这就是失败的后嗣，在渡厄城，这些无用的小邪物只能干着奴隶的活儿。魑王哪里有父爱这种东西？"

后面的话城主不用说，湛云葳也明白了。

"奴隶"便等同财产，有的灵修九死一生去渡厄城中谋富贵，顺带就把这些懵懂的小邪物带了回来，转手卖给城主这样的富贵人家换取灵石。

不管在渡厄城中，还是在灵域里，他们都是货物，只有值钱与不值钱的区别。

湛云葳蹙了蹙眉，问："成功的魑王后嗣又是怎样的呢？"

"自然样貌俊逸，天资不凡，但往往幼时便夭折了，就算侥幸长大，也活不了几十年。"

越之恒沉默地听着城主的话，拿下湛云葳的手，看向那阵中的邪祟之子。

这小邪物看上去年纪不大,心思也单纯,被凌虐成这样,眼中却不是恨意,而是害怕与哀求之色。

对上这么多人的目光,他甚至流下泪来,盼有人能救救他。

可谁都明白,他早已油尽灯枯。

越之恒神色冷淡地看着那小邪物,凄冷月色下,那小邪物慢慢咽下了最后一口气。

城主皱眉道:"本以为他还能撑一两日,没想到这么不中用。"

这句话令人有种说不出的不适感。

但御灵师们长这么大从没见过这样的景象,一时心中都很茫然,对邪祟之子既厌恶,又同情,更害怕。

有胆子小的御灵师怯生生地问:"咱们灵域里面没有魑王吧?"

她现在看被夜风吹动的树枝都觉得可怕。她宁死也不要被魑王抓去诞下小邪物。

旁边的剑修师兄安慰她道:"没事的,魑王都被关在渡厄城里,齐旸郡怎会有呢?"

湛云葳垂着眼眸,突然出声:"不一定。"

所有人愣了愣,忍不住看向她。

湛云葳定定望着城主身后,低声问:"城主大人,你的影子去哪里了呢?"

齐旸郡夜晚的山风吹得树影晃动,城主不知什么时候站在了一棵月桂树下,月色变得诡谲冰凉。

城主身后空荡荡一片。

御灵师们脸色惨白,再一抬头看去,眼前哪里是什么城主府兵丁,所有兵丁都目光空洞地望着他们,眼睛漆黑诡异,已经没了眼白。

"城主"叹道:"什么时候发现的?"

湛云葳冷着声音说道:"来齐旸郡之前,我听说有个村子不等彻天府的人赶到,就全被灭了。而仙宫的藏书,有关邪祟的记载我都看过，我远远没有你知道的多。你就是魃王？"

"聪明的小丫头，可惜还是晚了些。"

"城主"大笑着，扬手间，众人只觉得天地仿佛倒转，摔倒在地。

所有御灵师摔进了先前镇压邪祟之子的阵法中，而眼前赫然出现一个比房屋还大的炼丹炉，灵修们全部被困在里面，正在毫不自知地被生生炼化。

裴玉京则被浓黑的邪气禁锢住，飘浮在空中。

"城主"望着裴玉京森然笑道："多少年没见过天生剑骨了，不错，这具新躯体本座要了。"

有的御灵师已经哭了起来，先前谁也没把齐旸郡的"邪祟之祸"当成一回事。

一路走来虽然看见不少村子被屠戮的惨状，可城中一片锦绣景象，他们还曾抱怨师尊大惊小怪。

没想到，一群尚未出师的少年少女，竟然在这里遇上了千年难遇的魃王，众人后悔不迭。

越之恒也没料到，湛云葳少时竟有这种际遇，难怪蜃境会把她投放到这个时间段里来。

这也实在过于倒霉。

越之恒抬头，天幕已经被吞噬得看不清月亮。

眼见裴玉京快支撑不住，御灵师们哭成了泪人，纷纷叫着"裴师兄"。越之恒垂着眼眸，默默考量着动手的时机。

他冷淡地想，裴玉京死不了，能撑住。就算死了，这也不是裴玉京的梦境，不碍事。

越之恒进来前只开了一道莲纹，只能用一次，现在不是时机。

然而他不动手，阵中却突然涌出一股纯净的白色灵力，束缚住空中那团张狂黑气。

粉衫白裙的少女从阵中起来，指尖上的纯白灵力千丝万缕，她抬手一压，那魃王竟被狠狠地掼在了地上。

不仅魃王没意料到这变故，越之恒也忍不住抬眼看过去。

控灵术。

只见月亮重新出来，还未及笄的少女墨发披散，发间丝带被夜风吹得飞舞。

湛云葳站在所有御灵师身前，嘴角溢出遭到反噬的鲜血。

她开口道："魑王又如何？不过也是邪祟，你自诩能将人玩弄于股掌间，自负不肯去渡厄城，那就永远留在灵域吧！"

越之恒终于明白今日一整天，湛云葳带着自己在街上观察什么。晚间她给山主传书，他以为是家书，看来那时候她就发现了异样。

他再一次发现，自己小瞧了她，世间没有人能比御灵师对邪气更敏锐。

魑王也反应过来湛云葳想做什么，想必仙门那群老头已经在赶来的路上。这小丫头和空中的小子配合着，只为拖住自己。

这个新生的魑王没想到自己才生成，就可能死在这里。暴怒下，他开始反击，迫她收回灵力。

湛云葳倔强地咬牙，无论如何都不肯松手。控灵术下，她虽然没法对魑王造成伤害，可灵力如牢不可破的银白牢笼，将魑王困在了其中。

裴玉京一直在持剑反击，魑王身上的伤口也一直在增加。

裴玉京厉声喝道："师妹，别管我，你撑不住了，松手！"

越之恒神色冷漠地看着他们。

血气上涌，湛云葳从来没觉得自己离死亡这样近过。但是她深知不可以放手，一旦放手，裴玉京会死，自己和身后的御灵师也会落入魑王手中。

她得多撑一会儿，再撑一会儿，爹爹和山主们就要来了……

但她到底年岁还小，再也站不稳，最后几乎跪在了地上。

段师姐看师妹快死了，再也忍不住，顾不上害怕，试图过去搀扶湛云葳，却在走近湛云葳的那一刻，胸口被洞穿。

段师姐愣住，回头看去，一只手从她的胸口穿过，将她的胸腔里的东西取了出来。

一击必杀。

月色下，悯生莲纹终于在腕间盛开，段师姐身后站的哪里是什么三岁女孩？分明是一个身形颀长的冷峻少年。

"你……怎么知……"知道怨灵的想法和心思？她藏得这么好，明明只差一步！湛云葳永远不可能会防备师姐，怨灵神色扭曲。

越之恒低眉看了她一眼，平静地说道："大概论恶，我不遑多让。"

他握住掌心里的红色灵石的一瞬间，周围的天幕、树林、空中的剑修，脚下的阵法，通通坍塌，连段师姐手中刺向湛云葳的怨灵阴刀也一并散去了。

世界仿佛下了一场纷纷扬扬的雪。

而趴在地上吐血的少女，身上的伤口不知何时消失了。她的衣衫重新变成一袭浅粉的海棠罗裙，手上的困灵镯也渐渐变得清晰。

湛云葳头痛欲裂。

她捂着脑袋，仿佛做了一场很久的梦。她身前站了一个人，青年墨发高束，此时正垂眸望着她。

"越之恒？"

他低低地"嗯"了一声，在她面前蹲下，浅墨色的眼瞳盯着她脏兮兮的小脸，语气淡然地说："湛小姐为了师兄，命都不要，真是感人。"

他在说什么鬼东西？

湛云葳反应了好一会儿，才意识到自己现在在哪里。

她根本没有在齐旸郡，而是在越府里，被越无咎暗算推进了浮梦蜃境中。

可十四岁的她顶多情窦初开，不存在为裴玉京拼命的情况，更多的是出于自保和初生牛犊不怕虎。

不过这些话，她不必和越之恒解释。

湛云葳记得那一天以后，她修习控灵术的事也暴露了，长珣山山主亲自去了一趟仙盟请罪，说是会好好惩处她。

那个午后,她跪在廊下。

春日的长琊山淅淅沥沥地下着小雨。山主执伞回来,问她:"什么时候开始学的控灵术,又是谁教你的?万青蕴?"

她急忙说道:"不是万姑姑,是六年前我自己在顶层藏书阁里找到的书。"

山主叹息一声,眼里愁绪万千,最后低声说道:"自学便能如此……罢了,到底是她的女儿。"

湛云葳看着苍老许多的山主,心里也很不好受。她记得她幼时爹爹还是意气风发的模样,这些年殚精竭虑,还要为她的教导之事为难。

"我没有用来伤害过灵修,爹爹不让我学,我就不学了,您别对我失望。"

一只大手落在她的发间。

"爹不曾这样说,你若喜欢……就去做。"

山主默许了湛云葳偷学控灵术之事,怕女儿在学宫被排挤,还对外放话说,那日只是他给湛云葳的灵器启动,不存在什么控灵之法。

饶是如此,从那天后,御灵师同门仍旧刻意对她疏远了些,生怕自己被误解也修习了控灵术,不好谈婚论嫁。

而灵修们看向湛云葳的眼里,也不复昔日爱慕之情,多了一分惧意。

说到底,最早的控灵之法,也能用来对付灵修,人人都不喜欢枕边躺着有威胁的人。

唯有裴玉京,待她的态度从未变过。

而今,显然知道她会控灵术的人又多了一个越之恒,湛云葳倒不是怕越之恒疏远自己,毕竟两个人不是什么正经道侣。

她惆怅的是,越之恒对她更加防备,她怎么去救湛殊镜?本来她还指望他能像前世一样,给她取下镯子。

果然,越之恒望着她手上的镯子,开口道:"湛小姐身上的惊喜真多,控灵术都会。"

他将她的小心思猜得八九不离十，她就不要寄希望于骗他给她取镯子了。

湛云葳坐了起来："彼此彼此，越大人身上的莲纹，竟能无视五行规则，在天阶阵法中杀敌，让你恢复真身。灵帝不知道你这么危险吧？"

"湛小姐伶牙俐齿，倒是不肯吃半点儿亏。"

湛云葳一想起这个，就气得不行："我只是不肯吃亏，你却占我的便宜！"

越之恒蹙眉："我何时占了你……"

话音戛然而止，旋即他冷着声音说道："我没有。我来的时候就那样了。"

湛云葳其实知道越之恒说的是实话，越大人和下流半点儿也不沾边。

她只是恼羞成怒而已，她竟然还给越之恒说了他以后也会有这种荒唐的话。

她年少时懵懂，看上去还很天真，越之恒肯定一直在心里笑话她。不仅如此，这几日她抱了他、牵着他，还担心他会害怕。

自己到底做了什么啊？湛云葳只觉得眼前一黑，热气直往脸上涌。

湛云葳强撑着说："谁知道你说的是真的假的？！"

越之恒冷笑："越某早就说过，不喜欢御灵师。就算有心悦之人，她也不会是湛小姐这样的。越某哪怕饥不择食，也不至于对你……"

他神色讥嘲轻蔑。

湛云葳难以置信地看着越之恒。他是什么意思，是说她少时稚嫩青涩？

她明明——！

两个人都在对方眼里看到火冒三丈的意思，倒是越之恒见她气得眼眶发红，沉默了一下，厌烦地垂下了眼睛。

他也没想到自己真会被湛云葳三言两语挑起怒火。他本就狠辣卑劣，再被认为不堪又如何呢？

他本就不应发怒。

越之恒闭了闭眼，将手中的赤红石头递给她，声音重归平静冷淡："这是碎梦石，破阵的钥匙，你出去吧。"

每个蜃境只有一把出去的钥匙，湛云葳没想到越之恒会给自己。

或者说，她根本没想到越之恒会进来救她。

就算越之恒是九重灵脉，在天阶阵法中仍然有殒命的危险。

为了完成灵帝的任务，越之恒命都可以不要？那后来他为什么会背叛灵帝？

湛云葳张了张嘴。不等她问什么，越之恒已经头也不回地进入了那片混沌世界中。

越之恒没有碎梦石做钥匙，根本出不去，只能任由阵法生成下一个蜃境。他能拿到钥匙就可以出去，如果死在蜃境中，一切就结束了。

按理，比起越之恒活着，他死了对她更有利。

可湛云葳明白，就算彻天府死了一个越之恒，还有东方既白这样的掌司。

王朝的鹰犬一个比一个残忍，越之恒只是其中之一，本质上，任何一个掌司都没有区别。

掌中的碎梦石还残留着些许温暖，四周飘散的灵气宛如大雪，不知道为什么，湛云葳又想起越之恒后来赴死的那个冬夜。

面对剜肉剔骨之刑，他亦是如此平静又决绝。

湛云葳心里突然有些憋闷，许是这个人哪怕再坏，她却已经前后欠了他两次人情，一次是他助她救裴玉京，一次便是方才。

纵然湛云葳不想承认，可如果没有越之恒在，她早就被"段师姐"杀了。

失去记忆的自己，根本不会防备段师姐。

湛云葳数次想要不管不顾地就这样掉头出去，可最终还是望向那片混沌世界。

"算了,谁让我欠你的?"她闷声说道,"真有什么事,我就拿着碎梦石跑。"

她绝不会多看他一眼。

想通以后,她豁然开朗,不再犹豫,带着碎梦石转向方才越之恒离开的方向。

灰色的天幕下,到处都有血红的灯笼在摇曳。

暗河上行驶着一条华丽的船,船舱最下面却关了一群年岁不大的孩子,最小的不过四五岁,最大的也只有十二三岁,一个个眼神麻木。

角落里,一个七八岁的男孩儿将怀里的匕首递给女孩儿,压低声音说道:"阿姊,记住我说的话了吗?到了'见欢楼'以后,你要想尽办法接触外面来的灵修。你只要露出腰间的图纹,他们就会带你出去。"

女孩儿不会说话,比画了几个手势。

"对,出了渡厄城,你就可以找到娘。"

女孩儿闻言,露出笑容,用力点头。

八岁的越之恒垂着眼眸,将匕首藏在她的怀里,冷静地叮嘱道:"但你不要让这些灵修带你去找娘。一出去你就用这把匕首杀了他们,就算杀不了,也要想办法逃离他们。"

哑女害怕地摇了摇头,神色惊惶——怎么可以杀恩人?

男孩儿冷笑一声:"他们不是恩人,我听地宫里的人说过,他们会卖掉邪祟之子,把你做成人皮鼓或者法器。你不可以相信他们!"

哑女比比画画:那我求他们放了我,我们不是小邪物,也是灵修,对不对?

越之恒沉默不语。

他也不知道自己是什么,有记忆开始,记得的只有偌大的地宫和一个时而疯癫,时而温柔的女子。

那是他和哑女的娘。

他们的娘疯癫的时候，会温柔地抱着他们，说他们不是小邪祟，而是越家的孩子，他们的爹是越家大公子，叫作越谨言。

爹很早就告诉娘，如果他们有了孩子，儿子就叫越之恒。

她摸着他的头，声音低低地念："群黎百姓，遍为尔德。如月之恒，如日之升。"

"女儿呢，就叫越清落。秋风清，秋月明，落叶聚还散，寒鸦栖复惊。"

那也是他和哑女最幸福的时光，可大多数时候，娘恢复神志，眼神冷淡仇恨，想要杀了他们。

每隔一段时日，地宫就会给这群孩子做测试，为魍王大人挑选天资最好的孩子。

在这一天，娘会想尽办法摧毁他和哑女的经脉，冷笑道："想要完美的后嗣？做梦。"

越之恒已经记不得经脉一遍遍被摧毁有多痛，哑女却仿佛永远不记仇。每每测试完，地宫里会给孩子们发几样好吃的东西，哑女仍是第一时间眼巴巴地将东西拿去献给娘亲。

娘亲会背对着他们，让他们滚。

这样的生活持续到了他三岁。他三岁那年，有人将娘救走了。

那一日，越之恒和哑女都有所感应，娘要离开了。

两个孩子望着她，谁也没有开口挽留。

越之恒从未在娘眼里看到过这样的生机，她神情痛恨又复杂地看了他们一眼，在那个夜晚永远离开了地宫。

生活似乎没什么变化，地宫里的孩子却越来越少，从他记事以来的上千个，到现在只有两三百个。

越之恒时不时偷听看守人的谈话，他们说：

"这些魍王的后嗣大多夭折了，六七岁就会开始异变，天赋还比不上咱们的天赋。听说拿他们来食补，滋味倒是不错。"

"能长大的人少之又少，你说，这魍王的完美后嗣真会像传说中那般厉害吗？"

"谁知道？唯一天赋好的那个，十五岁就被夺舍了。"

他们不能再留下。从那天起，越之恒就计划着和哑女离开。他学着娘亲以前那样，摧毁自己和哑女的经脉，躲过测试，又故意得罪了看守地宫的人，让他们将他和哑女当成没用的废物处理掉，卖来见欢楼。

船舱外，一轮血月高高悬挂，前路茫茫。

这么多年来，越之恒已经快忘记那个女子的模样了，也不知如果真的出去了，娘会不会认他们。

他到底是越家的孩子，还是魑王的后嗣？

哑女同样忐忑，但更担心越之恒。她看着阿弟出色的外貌，比画：他们说，最好看的孩子，会在见欢楼伺候贵客。阿恒，什么是伺候贵客？

男孩儿垂着眼睛，目光死寂，半响才轻声说："没事的。"

他可以忍过去，只要活下去，就能找到机会离开，能去找娘亲和阿姊。

他做过无数次这样的梦，梦里有亲人，有才华横溢的爹，有慈爱的祖父。

他如果忍下去了，是不是就能像娘亲口中的仙门子弟那样，无忧无虑地长大？

湛云葳有意识的时候，一只手搭在她的肩上，手的主人笑道："文循，莫动怒嘛。魑王的脾气就是这样，咱们在他的洞府里受了气，在这里可不得好好痛快一番？"

他的笑声刺耳又阴森，湛云葳极力忍耐，才没有将肩上的手拂开。

她定睛看去，发现自己此时坐在窗边。

窗外血月猩红，照得窗外的暗河也是一片不祥之色。

有那么一瞬间，湛云葳的心拔凉：越之恒竟然比自己还倒霉，她只是遇到了一个新生的魑王，越之恒竟然直接到邪祟的老巢来了！

血月、暗河,这是她曾在书中看过的渡厄城没错。

湛云葳的心狂跳,她借着面前的一杯茶掩饰,观察着周围的情况。

此刻她面前坐了一个人,或者说那人仅仅是像人。他有一双猩红的眼,周身萦绕着浓黑邪气。

这是个邪祟,还是有意识的邪祟,就算不是魃王,也离修炼成魃王不远了。没想到渡厄城中的高阶邪祟,看上去竟然与常人并无太大差异。湛云葳猜测,越完整、越像灵修的邪祟,实则越强大。

她忍不住猜测自己变成了什么,视线下移,看见了一双苍白消瘦的手,也是黑气缭绕。

还好,还好,她也是个邪祟。

她在渡厄城当邪祟,好歹打不过能加入,装一装也许能蒙混过关。但在渡厄城当灵修,那她就离死不远了。

她努力镇定,厘清自己现在在哪里,要做什么。

身边的男子也没让她失望,充当起了解说:"这见欢楼可是个好地方,咱们往日折磨灵修,已经厌倦,他们的肉身滋味也千篇一律,这里却有一批不同的货。"

湛云葳问:"有何不同?"

男子猩红的眼眸里闪过暴虐与愉悦之色:"魃王那些废弃的子嗣全被送来这里了。咱们在魃王那里受的气,可不得在这些小杂种身上找回来?"

湛云葳心里有种不祥的预感,以前想不通的地方,也在此时有了眉目。

她想起自己和越之恒成婚的夜晚,看见哑女的异常样子,心里一沉——不会是她想的那样吧?

"曾经捉来的御灵师,咱们分不到,但这御灵师与魃王的后嗣嘛,哈哈哈——想来更有趣。"她面前的邪祟说,"他们被养在地宫里,懵懂无知,你猜上一个死在我这魂鞭下的小杂种说的最后一句话是什么?"

湛云葳冷冷地看着眼前的变态，佯装感兴趣："哦？说来听听。"

"我将刀扔在她面前，想看她临死前反抗，给她点儿希望，又令她绝望。她却不敢捡刀，只说她会乖乖听话，一味求饶，祈求怜爱。"男子怪声笑道，"明明是豺狼的后代，她却不敢生出爪牙，像极了灵域那边的御灵师。"

湛云葳几乎快要捏碎掌中的杯子。

这时候窗外传来阵阵鼓声，沉闷诡异的氛围中，一条华丽的大船从暗河上驶来。

见欢楼的邪祟戴着白色面具，脚不沾地地上来，低声说："两位贵客，烦请来挑选今夜伺候的花奴。"

虽然听不懂"花奴"是什么，但湛云葳联想一下这是什么地方，就能猜个八九不离十。

湛云葳知道，如今只能走一步看一步。她必须先找到越之恒，才能想办法找到碎梦石藏在哪里。

她抬步跟上前面的邪祟。

被带到见欢楼的邪祟之子已经换过了衣裳，洗干净了脸。

这些孩子局促又紧张地站在一起，因着从小被养在地宫里，并不知自己要面临什么情况，神色惊惶却又茫然。

湛云葳几乎一眼就看见了最后面的越之恒，无他，他那张脸实在太过精致显眼。

血月的光下，幼年的越之恒比所有孩子都特殊。他肤色白皙，气质出挑，比起其余的像木偶的孩子，身上有一股韧劲在。

湛云葳都注意到他了，遑论身边的变态。果然，变态眯起眼眸，伸手一指便点了点越之恒。

湛云葳心都漏跳了一拍，想到越之恒后来的脾气，觉得他可能会跑，或者殊死一搏。

她手指微动，也做好了在这里与变态同伴翻脸的打算，却没想到越之恒苍白着脸，沉默着一动不动。

"文循，你为何不挑？"

"……"湛云葳也不知他口中的文循是什么性子，如果被他拆穿，那自己和越之恒都不用活了。

她试探性地点了一个孩子，却不料前面的变态眯了眯眼，眼里闪过狐疑冰冷之色。

湛云葳心想糟糕，难不成自己变成的"文循"并不好这一口？

方才听眼前这人的话，想必自己也是第一次来见欢楼，于是湛云葳指出去的手没动，脱口而出的话却变了："这些，我都不喜欢。"

没想到她说出这样一句话之后，眼前的变态男子脸上倒是没了怀疑的神情。

他森然一笑："你还是这么无趣。听说你府上有一个灵修，以前是你的夫人，不知死活地跟来了渡厄城。你常常折磨她，却没真的杀了她。难不成就像那些人说的，修为越高的邪祟，越无法忘记做人时的感情？"

湛云葳揣摩着"文循"的性格，心里也有些惊讶。

原来渡厄城中竟有少数邪祟还残留着做人时的情念，能勉强控制杀伐之心。

但"文循"必定不可能承认，于是湛云葳也说道："没有，只是在思考如何处理她比较有趣。"

果然，这话对了眼前的变态的胃口。他挥了挥手，见欢楼的人便带着剩下没被看中的孩子离开，屋里最后只剩变态湛云葳和越之恒。

变态似乎也不在乎湛云葳留下还是离开，或许"文循"在，他觉得更有趣些。

湛云葳不由得朝屋里那个男孩儿看去。

这一年的越之恒多大？他看上去七八岁的模样，嘴角有伤，想来被带到见欢楼之前就已经挨过打。

湛云葳此前从来没想过会在渡厄城这种地方遇见少时的越之恒。

她记忆中的越之恒，能在谈笑间杀人，最是懂规矩，偏偏又最不遵循规矩。

他像高门大户养出来的毒蛇，骄矜、自私，不肯吃半点儿亏。

湛云葳一度以为，越老爷子将越家交到越之恒手中以后，他转而投靠了王朝，可如今想来，竟然不是这样。

八岁前的越之恒，竟然一直生活在渡厄城中。

而哑女异变，大夫人深居简出，让湛云葳有个荒诞大胆的猜测——莫非，越之恒和哑女也是邪祟之子？

可这也说不通，湛云葳从未在他们身上感受到邪气的存在。而且王朝的陛下怎么会让邪物担任彻天府掌司？

湛云葳正思忖间，眼前的变态却已经在桌前坐下了。

他望着越之恒，眯了眯眼："今日新来的？"

男孩儿垂下眼，声音干涩："是。"

"懂如何伺候人吗？"

男孩儿脸色苍白，沉默良久，最后点了点头。

以他这个年纪，他若生活在仙山，还是需要日日背书文，被长辈教导不可顽劣的时候。

可许多事情，越之恒没法不懂。

娘离开后，地宫里只剩下他和哑女。渡厄城有个潜在的规定——不得伤害幼年的魑王后嗣，可越之恒见过许多次，同伴们成年后，模样出挑的孩子会被地宫守卫拖去折辱。

孩子们隐约知道这是不好的事，不敢跟去看，只一个挨着一个，稚嫩天真地蜷在一起取暖。

每逢这个时候，哑女也呆呆地缩在角落里，迷茫彷徨地拽着越之恒的衣衫。

可越之恒偷偷跟去过几次。

娘亲还在时，疯癫之际总能带出几句有关修炼的痴语，在经脉一次次重塑中，他隐约摸到了修炼的法门，虽说不够强大，却比地宫的所有孩子好些。

越之恒身姿灵巧，攀在梁上，逼迫自己看着守卫们的兽行。他并不畏惧，心里只有冰冷的憎恨感。他明白，得知道自己的命运是什么，才能想办法去改变命运。

三界之中，原来有比穷苦百姓、低等邪祟更加不堪的存在。

谁都可以欺凌他们。

越之恒最后一次跟去，绑了那守卫，取了他身上的匕首，递给被欺辱的少女："杀了他。"

少女满脸的泪，却颤抖着不敢接匕首。

八岁的男孩儿冷冷地望着这个比自己大很多却柔弱得像连刀都不敢握的少女，不知道无力和悲哀情绪哪个先涌上心头，但眼眸中泛起了阴狠之色。

当着少女的面，越之恒割断了守卫的脖子。紫色的血液喷洒了越之恒一脸，他用手背冷冷地擦去血迹。

从这一刻起，他就知道自己与地宫里的所有人都不同。他是菟丝子丛中生出的最尖锐的刺。

纵然越之恒救下了那个少女，第二日，少女仍被带走"处理"了。

越之恒也带着哑女，成功地离开了地宫。算算时间，哑女已经被带去见欢楼干粗活儿了。

姐弟俩虽是双生子，却一点儿都不像。哑女样貌并不及越之恒精致好看，她十分清秀普通，不管在灵域还是渡厄城，都是不起眼的样子，却也是最适合生存的样子。

越之恒明白，房间里的两个人不像地宫的守卫那么好对付。他们是高阶邪祟，日后有望成为魃王，绝非自己可以轻易杀死的。

如果今日他在这里出了事，就再也见不到阿姊和娘，甚至无法亲眼看一看血月暗河之外是怎样一个世界。

来见欢楼之前，越之恒就打听过，见欢楼每年死亡的人不计其数，活下来的那部分大多乖巧、会审时度势。

于是在眼前这个森然的男子问他是否懂得伺候人的时候，越之恒回答了"是"。

就当这是一场噩梦，他还没长大，想要活着。

面前的男子悠然地坐在桌边，面露轻蔑嘲弄之色，放下魂鞭和一柄玄色弯刀，冲越之恒说道："过来，跪下。"

暗河远处涌动着笑声，但倘若有人听得更仔细些，会发现笑声盖住了更多痛苦的呜咽声。

渡厄城的夜风寒冷刺骨，越之恒不知道自己是怎样浑浑噩噩地跪下的。

他以为自己能忍，就像小时候忍住饥饿一样，或者忍住娘亲毁掉他的经脉的痛。

他年岁尚小，再过两年才会是个小少年，也从没有人告诉他什么叫作自尊，可短短年岁里，总是有什么东西，仿佛在一遍遍轻却残忍地敲碎他的脊梁。

男子的手按在越之恒的头上，他最爱看这些卑贱蝼蚁被撕碎前的天真哀求的模样。

那一刻，越之恒想告诉自己继续忍，明明八年来都平安地长大了，他甚至比地宫里所有的孩子都活得健康。

他的未来明明充满希望不是吗？他还有祖父，还有做梦都想去的越家，明明该忍的。

可他的头死活不肯低下去，他紧紧盯着邪祟放在一旁的刀。

那一刻越之恒想，今日他或许注定会死去。

越之恒选择握住那把刀。

然而不等他将这柄刀送进男子的躯体，眼前的男子哈哈大笑，一掌打过来，越之恒的身子横飞了出去。

越之恒只觉得五脏六腑几乎移位，吐出一口鲜血来。

窗外血月高高在上，仿佛在嘲笑他不自量力。

男子舔了舔唇说道："没想到地宫那种地方养出来的小杂种，竟有敢碰刀的。"

他抖了抖手中的魂鞭，朝越之恒走了过去。

"好香的冰莲血，也不知你是哪个魑王的后嗣，竟然不是残缺品，可惜啊可惜，地宫没查出来。你痛苦求饶起来，也一定比你的同伴赏心悦目吧？"

到底年岁不大，那条魂鞭带着浓重的阴冷之气，越之恒很难不恐惧。他强迫自己不后退，努力寻找着还有什么东西可以救自己，可入眼的只有血色的月光、寂静的暗河、灯影摇曳的房间，还有另一个不言不语、消瘦的邪修大人。

越之恒眼见着男子的鞭子落下，朝他的腹部抽来，却有人比他更快。

一柄银色的剑洞穿了眼前男子的躯体。

湛云葳及时在身上找到了文循的武器。

这是一柄薄如蝉翼、光若月华的剑。

说来可笑，她从未想过自己有一日会不忍心去看越之恒的神情。

起先她还想着，能在这样的际遇下看见赫赫有名的王朝鹰犬害怕，待到出去后，越之恒也算有把柄在她手中了。

然而不过找兵器的半盏茶时间，湛云葳眼睁睁地看着绝望情绪从少时的越之恒的眼中涌出，像是好不容易逃出黑暗的人再次被拖回了黑暗中去。

他神情空洞，明明没有颤抖，也不见害怕的样子，可就是有什么东西一点点地沉寂下去。

湛云葳发现自己一刻也等不下去了。

她不是越之恒，没有悯生莲纹，没法在天阶阵法中动用灵力，只能试图调动原本角色的力量。

发现自己无能为力的时候，她竟然有一种感同身受的绝望情绪。

她怎么才能救越之恒？

这样的情绪，在越之恒死后也依稀会入梦来，可她从来没有哪一次像现在这样真切焦急。

这时候她才发现，自己并不想看越之恒露出这样的神情。纵然阵营不同，她想收拾他，也是在灵域皎洁的月光下与他正面交锋，而非在此处，在他人生中最黑暗的时候落井下石。

也不知是不是力量爆发，最后她竟然真的召出了文循的剑。

这文循也不知道是什么来头，命剑如此厉害，就算成了邪祟，命剑依旧光华如初。

那邪祟至死都没想到，他终于等到有小邪物敢对他拿刀了，却死在身后高阶同伴的手中。

他的身躯消散后，湛云葳才看清越之恒的表情。

她一步步朝他走过去，越之恒拿起地上的鞭子，咳出一口血，戒备地对着她："别过来。"

她放下命剑，像哄"阿薾"那样低声说道："我不过去。"

你别怕。

湛云葳的视线落在越之恒的手腕上，那里干干净净，没有悯生莲纹。

原来入阵之后，他只开了一道悯生莲纹，用在了她的蜃境里。

她不知道这是为什么，却暗中记下，出去以后要查清楚悯生莲纹到底是什么来头。

如果可以肆无忌惮地使用，越之恒没道理只开一道。

越之恒没有与她僵持多久，就晕了过去。

哪怕没了意识，他仍旧死死握着那条魂鞭，仿佛用尽最后力气在求生。

湛云葳抿唇，走过去将这个半大孩子抱起。

湛云葳明白，这一次她是无比清醒的，就算之后越之恒会在心里嘲弄她，她也不会有任何悔意。

蜃境的生成和人的记忆以及认知有关。

蜃境的怨灵没有提防她，才让她侥幸得了文循的身份。这是不是意味着在越之恒心中，他认为根本不会有人来蜃境救他？

湛云葳听见自己低声说："我会想办法带你出去。"

第五章　情愫暗生

可是他们要逃出蜃境，并非一件容易的事。

就算湛云葳带着越之恒逃离了见欢楼，找不到出阵法的碎梦石，她和越之恒依旧出不去。

碎梦石会在哪里？

在上一个蜃境里，怨灵将碎梦石藏在了段师姐的身体里，这次呢？

湛云葳不由得想起方才那个变态。她已经把人杀了，也没看见碎梦石。

蜃境似乎倾向于将碎梦石藏在梦中人信任的人身上，对越之恒来说，他信任的人会是谁？

她的脑海里自然而然地出现了一个答案：哑女！

湛云葳仔细回想方才被带进来的孩子的样子，发现确实没有哑女的踪迹。

她将越之恒安顿好，出门去找见欢楼的管事："今晚船上送过来的货物，还有别的吗？"

戴着白面具的管事看了一眼房间，发现气息少了一道。不过邪祟并没有同理心，弱肉强食在渡厄城中是常事。

见欢楼只做出得起价码的人的交易。

管事用怪异的嗓音问："贵人想要怎样的？"

"有没有七八岁大的女孩儿？"

管事闻言递过来一面镜子，镜子里记录了今日所有被送过来的邪祟之子的情况。

湛云葳果然在里面找到了哑女。

"这个小邪物可在楼中？"

管事用阴森的语调提醒道："贵人，这是个哑巴。"

湛云葳怕他发现异样，学着那变态的口吻说："哑巴更好，别有意趣。"

管事似乎也不意外，仍旧用死气沉沉的语调说："这是见欢楼没看上的货物，如今已经随着渡船被送往暗河另一头的奴隶所。渡船再次回来，得明天晚上。"

也就是说，她和越之恒还得在见欢楼中待上一天一夜。

没有别的选择，湛云葳只能同意。

管事又问："屋里的那货物，贵人可是不满意？"

湛云葳哪里敢让他把人带走，于是笑道："他还不错，暂且留下。"

她大抵摸清了邪物的行事方式，心里无数次庆幸自己变成了文循，一个强大又有钱，还没来过见欢楼的邪修。

就算他说错了什么话也情有可原。

湛云葳将自己身上带的极品灵石递了过去，果然管事非常满意，很快就去办事了。

湛云葳回到房间里，发现越之恒不知什么时候已经醒了过来。

他眼睛一眨不眨地看着湛云葳。

湛云葳走近他，刚要检查他的情况，却见越之恒仰起脸，不动声色地将自己出色的容貌展露出来："贵人，我也能做好的，比任何人都做得好。"

他到底年纪还小，不若后来稳重，说这话时，他浅墨色的眼瞳里难免带上几分讨好甚至是急切之色。为了表明决心，他将手搭上湛云葳的衣带，方才那变态无论如何都按不下去的头，此刻却毫不犹豫地低下了。

湛云葳注视着他的眼神，心一抽。

她几乎立刻明白越之恒为什么要这么做——他听到了自己和管事的谈话，以为自己要凌辱甚至吞吃哑女，才会破釜沉舟。

越之恒做这个决定时，不曾挣扎半分，手也没有抖，如果不是湛云葳反应快，外袍真被他扯掉了。

湛云葳制止了他的行为，告诉他："你不必做这些。"

她心里发闷，有几分说不出的难受感。

越之恒被她拒绝，眼里染上了几分哀戚决绝之色。

湛云葳不想他继续误会，也怕他真的冲过来与自己同归于尽，开口道："我找你和那个哑女过来，并非让你们做这种事，也不是想要吞吃你们。"

越之恒拿鞭子的手顿了顿。

"你看到了吧，我杀了我的同伴，我和他并非同一阵营。"

越之恒注视着她，缓缓点了点头。

湛云葳也不管他是真的信她还是有别的心思，总之得稳住他。

"明日一早，那个女孩儿会被送过来，届时我会带你们离开见欢楼。"

越之恒听完这话没什么反应，哑声说道："多谢贵人。"

他说是这样说，湛云葳却看见了他冷下去的神色和试图去握鞭子的手。

越之恒并不相信有人会救他，也不信这世上有人真的会对他和哑女好。

湛云葳好笑又好气，越之恒才多大点儿，原来这时候性子就如此谨慎多思吗？

"别想着杀我，你杀不了我，我也不是方才那个邪祟，不会小瞧你。你真对我动了手,也走不出见欢楼。"

听到这样一番话,越之恒这才放弃了杀她的念头。

他神色也不再天真,冷着脸,警惕地问湛云葳:"你为什么帮我?"

湛云葳本来想说没有目的,但这样一来恐怕少时的越之恒一整晚都得琢磨怎么杀她这个心怀不轨之人。

于是她改了口,幽幽地说道:"留下你确实还有用,你得帮我做一些事。"

"什么事?"

"确切来说,这些事需要以后的你来完成。"她蹲下,望着面前依稀能看出未来面貌的佞臣,哼道,"第一,如果只有一张床,我睡床上,你就得睡地上。"

越之恒沉默了一会儿,显然并不理解湛云葳为什么这么说,但仍是应道:"可以。"

湛云葳见他毫不犹豫地同意,趁他年纪小,没有后来的记忆,继续说道:"那我让你放了谁,你就放了他们,不许再抓回来。"

少时的越之恒蹙眉:"我没有抓任何人。"

"我是说以后,你若同意就说'好'。"

越之恒:"好。"

湛云葳非常满意,再接再厉道:"如果我要和你分道扬镳,你也不许追着我撵,将我禁锢在身边。"

越之恒无言以对。

"可以。"他难免会想,自己逃离渡厄城还来不及,怎么会追着面前胡言乱语的人,还非要和这人待在一起?

出于对越之恒的不信任,湛云葳说:"口说无凭,你发个魂誓。"

越之恒目露茫然之色,湛云葳想起他年纪尚小,也没有人教过他这些,于是教他结印:"你跟着我学。若违此誓,后面的你自己接。"

湛云葳本以为,这么大的孩子发不出多毒的誓言,现在的场景仿佛风水轮流转,就像当年越之恒让她发誓的时候。

不承想，越之恒顿了顿，用喑哑的嗓音冷冷地说道："若违此誓，我魂飞魄散，死无全尸。"

湛云葳："……"难怪以前和这个人对上，她屡屡吃亏，越之恒对别人狠就算了，对自己也如此狠。

好不容易发完誓，两个人都松了一口气。

湛云葳不知道蜃境中发誓有没有用，但这并不妨碍她此刻心情愉悦。越之恒出去以后就会变成混账，还是现在看着顺眼。

年幼的越之恒确实信守承诺，甚至很乖觉地从床上下来，一言不发地蜷缩在了地上。

湛云葳到底没法把眼前这个宁肯牺牲自己也要保护哑女的孩子，和后来的彻天府掌司等同。

"不是让你现在睡地上，你还受着伤。"

越之恒垂下眼睛："我没事。"

湛云葳知道他恐怕还在提防自己，也就没再多说什么。她也不去那张床上睡，这屋里的所有东西她都不想碰。

越之恒在角落里坐下。他已经习惯了这样的生活，地宫里的日子本来也是这样，唯一的床，他和阿姊都默契地让给了娘。

血月高悬，将屋子也映照成一片血红之色，谁都睡不着。

湛云葳索性一面尝试调动文循的灵力，一面思索还能让越之恒发什么誓，如果誓言能应验，那所有的烦恼出去后就会迎刃而解。

"在百姓彻底入邪之前，不许伤害他们。"

"出去以后，将我的镯子摘了。"

"不再追杀仙门的人。"

越之恒："……"

他知道有些邪祟会豢养门徒，为防万一，也会想办法控制门徒。

可是眼前这个人是不是太看得起他了？他未来得多厉害，才能做这人口中这些事？

但有所求是好事，这样这人才不会伤害他和哑女。

这人或许不懂，什么魂飞魄散、死无全尸，对旁人来说可怕至极的话,对他来说却是以活到明天为前提却得是能活到明天的前提。

越之恒垂着头,神色森冷。不管湛云葳说什么,他都一一应下来,努力让自己看上去无害一些。

血月慢慢隐退,天亮了。

湛云葳看出去,发现暗河的颜色也变了,从诡谲的黑色变成了浓郁的紫色。渡厄城的邪祟几乎是昼伏夜出,天一亮,整座城池就仿佛陷入了沉睡之中。

借由文循的身体感知,湛云葳知道见欢楼还有许多修为高深的邪修。她最好与越之恒在这里再待上一日,等到昨晚那条船将哑女带回来。

可计划远远赶不上变化,湛云葳怎么都没想到,文循那位养在渡厄城里的"夫人"会来见欢楼。

门外传来一个动听的女子声音。

"文循,"秋亦浓冷着声音说,"你忘记自己答应过我什么了吗?你说过,只要我还留在渡厄城里,任由你发泄恨意,你就试着控制嗜杀之意,不会出这渡厄城。果然,邪祟就是邪祟,你的话,半点儿也信不得。

"我给你最后一次机会,你现在出来,同我回去。"

果然,好身份伴随着的也是无尽的麻烦,湛云葳虽然听出这位姑娘或许是好人,但麻烦的是,这姑娘身边跟了四个邪修。邪修个个修为很高,竟然不低于方才的那个变态,不知是保护秋亦浓,还是文循用来监视她的。

湛云葳哪里敢出去?别说哑女还没来,这些与文循朝夕相对的人,最容易发现端倪。

湛云葳别无选择,只能拿出应付变态同伴那一套,拖延道:"我还有事,办完事过几日自然会回去,你先走吧。"

秋亦浓还未说什么,房门突然被踹开。

湛云葳看见门外站着一个身着鹅黄衣衫的年轻姑娘。秋亦浓长得很美，有一双桃花眼，相貌明艳。

她正蹙眉看着湛云葳。

几个邪修的表情也从僵硬变得生动诡谲，为首的那个阴恻恻地说："主子，你忘记今日是什么日子了吧？"

湛云葳："……"所以今日应该是什么日子？

秋亦浓说道："你不是文循，若你真是文循，今日本该回府镇压门徒的。"

湛云葳终于知道问题出在哪里。

与灵域不一样，渡厄城的邪修收门徒和手下，往往会取走他们一半的内丹，再给他们吃下爆体的丹药，保证他们言听计从，又会在固定的时日给他们解药。

不是湛云葳哪里回答得不对，而是今日恰好到了文循镇压手下，给邪修们解药的日子。

她如果是文循，不可能不先做这件事！

四个邪修朝湛云葳飞扑了过来。

漫天黑气之下，湛云葳召出了文循的命剑，门外的秋亦浓看着光华如初的命剑，有些失神。

湛云葳与这些邪修过了数十招就知道情况不妙。

她到底不是真正的文循，甚至不是剑修。短短一晚上，她能将文循的剑使成这样，已经非常了不起，可是哪里能以一挡四？

看来他们是等不到哑女了，再拖下去，她和越之恒都要交待在这里。湛云葳当机立断，带着越之恒从窗口跳了下去。

窗底下就是暗河。

几个邪修没有追，对视一眼，纷纷以邪气化出弓箭，瞄准湛云葳与越之恒的背影。

越之恒望着那些箭矢，瞳孔一颤。他知道湛云葳现在最好的选择就是扔了他，自己潜入暗河。

这人一个人肯定能活下来。

可他才八岁，在冰冷危险的暗河中，如果被丢下，绝无生还可能。求生的本能令他神情冷了冷,他几乎毫不犹豫地趴到了湛云葳的背上,为她挡住箭矢。

从小到大的经验告诉他,如果他足够有用,这个人可能就不会丢下他。

湛云葳没想到他会这样做,也没料到一个八岁的孩子会有这样的身手。当听到箭矢入肉的声音时,她心一沉,生怕看见眼前的景象坍塌,越之恒就此死去。

还好眼前仍是无边无际的暗河,她咬牙将身后滑落的越之恒带到身前,与他一同往暗河下潜去。

越之恒醒来的时候,血月再次出来了。

又是一个黑夜,已经过去一天了吗?

他以为自己会死,或者失去价值了被丢下,没想到却好好的。血红的月光照在暗河上,他发现自己趴在一个清瘦的背上。

那人背着他,在夜晚的罡风下一路前行,结的唯一一个结界,护在他身上。

到处都是刺鼻的血腥气,越之恒垂眸看去,才发现身下这个人已经遍体鳞伤。

这就是这人从暗河中活下来的代价。

越之恒眼神冷漠平静,抬起自己的手,手上分明没有半点儿伤口。他体质特殊,几乎可以免疫一切邪气,那些邪气箭矢射入他的体中,对他没有伤害。他却没想到这样的伎俩真能骗过身下的人。

这人没有丢下他。

为什么?渡厄城里为什么会有这样的人?

越之恒发现背着他的人走得摇摇晃晃,几乎辨不了方向,低声问道:"你看不见了?"

他不动声色地拿出自己藏在发间的一枚毒针,冷冷地将针对着湛云葳的脖子。

就像当初在大船中告诉哑女的那样,他们这样的人,永远不可以相信任何人。这世上，只有自己才可靠。

他永远不要像同伴那样，愚蠢地交付信任心，最后被做成人皮鼓或者任何一样法器，还只知道流泪。

不料身下这人嗓音沙哑，闷声说道："嗯。不过你别怕，很快就能出去了。"

她喘了一口气："原来看不见是这种滋味，好痛。也不知道后来你……怎么忍下去的。"

越之恒手中的针，堪堪顿在湛云葳的脖颈后的肌肤上。

光渐渐明亮，银色月华甚至压过了血月的光。

那人笑道："喂，小邪物，你还没见过灵域吧，抬头看看。"

越之恒抬起头，从没想过，有人会背着他，走过死亡之地暗河，完成他年少时的夙愿——

走出渡厄城，到灵域那边去看看真正的月光。

夜风冰凉，他身上的结界却温暖如斯。

灵域的那一头，天上是一轮皎洁的月。原来世间并非所有的月色都是猩红的，它可以那么洁白，那么柔软，仿佛他远远看上一眼，就能远离所有刀光剑影，比他梦里还要宁静美好。

越之恒慢吞吞地握住了掌中的毒针。

只要这人不把他卖掉，把他做成法器，或许就像哑女说的，也不是……非要杀这人。

这人放下他，明明狼狈不堪，也只剩一口气了，却不在意地笑道："我说过，一定带你出去。"

湛云葳心想，她找到第二把钥匙了，原来第二把钥匙从最开始就在她身上。

她叹了一口气：自己早点儿想通就好了，就没必要遭这么多罪。

湛云葳将怀里的碎梦石交到越之恒手中，让他捏碎那块碎梦石。

结界另一头的月光洒下来，越之恒的身影渐渐淡去。

而第二把钥匙——湛云葳五指成爪刺破自己的心口，那一瞬间所有疼痛消失，她恢复成本来的模样，掌中多了一枚碎梦石。

她找到了。

越府，艳阳当空。

越家二夫人、二老爷脸色难看地站在阳灵鼎旁，越怀乐神色惶恐，望着不远处的杀阵。

一向沉稳的二夫人看了一眼天色，忍不住开口："阳灵鼎还有多久启动？"

"还有半个时辰就三日了。"越怀乐惨白着脸，"娘，你说越之恒不会回不来了吧？那兄长怎么办？要不我们再去求一求祖父，请祖父毁去阳灵鼎？"

二夫人沉着脸："还不是你干的好事，你们去惹那个煞星做什么？！"

阳灵鼎中时不时传来越无咎的闷哼声。哪怕阳灵鼎没有启动，仙阶法器炉中温度也远非常人能忍受，他在里面这三日日日煎熬，气息越来越微弱。

二老爷贴着阳灵鼎："咎儿，你撑住啊，能听到爹说话吗？"

"爹……我好难受。"

二老爷心痛万分："越之恒这心狠手辣的腌臜货，竟歹毒至此，不给你留半点儿活路。"

二夫人瞥了二老爷一眼。她怎么就嫁了这么个蠢物？他也不看看是谁先招惹谁的。越之恒再歹毒，越无咎不去惹他，现在能被关在阳灵鼎中等死？

一日前，她就已经去求过老爷子，可炼器阁中那个苍老威严的声音说："他们若回不来，咎儿也确实罪有应得。我若允了你，越之恒出来后才是与越家离了心。他若执意杀人，你儿子能有命在？与其来这里求我，你不若想想你之后如何向他求情。"

二夫人担忧地问道："他肯放过无咎？"

"我同他有言在先，他至少不会要了无咎的命。"

二夫人只得满怀心事地回来等着。老爷子与越之恒不知做了什么交易，这些年越之恒在外面再猖狂，也不曾动家里人。

那人少时和哑女被关在禁地阵法中,过的是什么日子,二夫人再清楚不过——冷了没衣穿,病了没人治,日日吃府中的剩饭,连奴仆也可以欺辱打骂他们。

二夫人作为当家的,哪里能不知道这些事?然而她是有意试探越老爷子和大嫂的态度。

这孩子来历成谜,如果是大哥和大嫂的种,大嫂不会这么多年对他不闻不问,抱着大哥的骨灰在祠堂一副终老的模样。

可如果非要说他不是大哥的种,越家也没必要收留他,更不会将他关在禁地中。

对大嫂的遭遇,二夫人有个令她自己都心惊肉跳的猜测。

前几年二夫人听人说,如果真是那个肮脏地方出来的人,腰后会被烙上低贱的烙印。

可还没等她查验此事,越家已经变成越之恒掌权,她便聪明地不再调查这些事,让秘密烂在肚子里。

一双儿女问她这是哪里来的堂兄,怎么幼时没有见过,二夫人也只说:"他少时体弱,被送去医谷养着,这几年才回来,你们没事别招惹他。"

二夫人一度担心,越之恒睚眦必报,会对付自己和孩子们,谁知她每次见到越之恒,他都是疏离的态度,倒也不曾刁难过他们。

大家好不容易维持着面上的平和样子,没想到又出了这档子事。

眼看暮色将至,浮梦蜃境还没有动静,众人额上渐渐沁出冷汗。

整个越家,平日几乎人人都在咒越之恒早死,这还是大家第一次希望他能活着回来。

离阳灵鼎炼化越无咎只剩一炷香时间,二老爷再也受不了了,边砸阳灵鼎边骂:"这小畜生,当初越家就不该收留他,应该在结界中将他关到死为止。"

浮梦蜃境外猝不及防地传来一声嗤笑:"二叔好大的口气啊,恒没太听清,你说想要谁死?"

二老爷哆嗦了一下,回头看去。

黄昏下,一人似笑非笑、神色阴冷地看着他,不是彻天府那煞星又是谁?

二老爷这人没什么天赋,也没什么骨气,倒是能屈能伸,连忙觍着脸笑道:"阿恒,你可算平安回来了。二叔是说自己和无咎这小子该死,二叔没教好他,竟然让他做出这样的事。"

二夫人别过头:没眼看。

湛云葳刚出蜃境,也听到了二老爷的这番话。她以前知道二老爷怕越之恒,但没想到能怕成这样。

越之恒在越家淫威到底多大?

她忍不住去看越之恒,不承想对上了越之恒的目光。不知何时他没再看二老爷,而是在看她。

暮色下,男子浅墨色的眼瞳中目光仍旧冷淡,她看不出什么情绪。

一时间两个人都没说话。

命运像是戏弄人一样,他们明明是你死我活的敌人,他却为她开了莲纹,她竟然也荒唐地带那个孩子见到了他从出生以来从未见到过的第一缕正常月光。

其实从暗河里爬上来的时候,她就想通了,蜃境的目的是杀人。怨灵根据他们的潜意识布置蜃境,知道湛云葳不会防备段师姐,于是附在段师姐身上。

而越之恒对谁都防备,哑女又过分柔弱,蜃境干脆挑他最弱小之时,由最强的文循来动手,没想到带着碎梦石的湛云葳回来了,还阴错阳差地直接成了文循。

越之恒冷淡地错开目光。

湛云葳也很不习惯,片刻前越之恒还是个脆弱到她一丢下就会死去的孩子。

一晃眼,他又变回了人人惧怕的佞臣。

二夫人上前开口道:"掌司大人,千不该万不该,是我这个当娘的的错,我没有教好无咎。求您高抬贵手,不论怎么惩罚,饶他一命，先将他从阳灵鼎中放出来。"

越之恒问湛云葳："他害的人是你，你想如何处置他？"

湛云葳看着眼前的阳灵鼎，下意识地问道："这是你平日炼器用的鼎？"

这鼎看上去的确……精美又庞大。剑修的命剑可以藏在体内，据说部分器修的鼎也可以藏在体内？

越之恒可疑地沉默了一下，才应道："嗯。"

湛云葳莫名其妙地想到了少时段师姐教导自己的那番关于器修的话。她低咳了一声说道："我师姐说那番话时年岁也不大，后来她就不那样想了，你别介意。"

越之恒冷着声音问道："我介意什么？"

介意器修不招御灵师喜欢哪。

湛云葳在心里想，但转念一想，本身越之恒也不喜欢御灵师，自然不在意这个。

于是她果决地跳过这个话题，想想该怎么处置越无咎。

真就如此轻易地放过越无咎，估计她死了都难瞑目。

可湛云葳也不想要越无咎的命，一来越无咎造不出这样厉害的阵来害她，想必是被人当棋子了，二来她记得越无咎后来的结局。

渡厄城结界碎裂那一日，他为了护着边境平民战死在了结界处，一步也不曾退，后来越家连他完整的身体都没带回来。

二夫人哭成了泪人，终日郁郁寡欢。

越无咎固然没脑子又冲动，可也是世间少数肯为百姓牺牲的少年英雄。

思来想去，湛云葳哼道："让越无咎去邻郡刷恭桶。"

越怀乐难以置信地睁大了眼睛。她锦衣玉食地长这么大，还是第一次听到这样赎罪的。

对她哥这样一天换三次衣裳的人来说，这样的惩罚，还不如打他几百鞭子给个痛快。

她紧张地看向大堂哥，希望他不要同意这女子"歹毒"的法子。

越之恒对彻天府的府臣说："找人看着越二公子，如果他想偷偷跑回来，就打断他的两条腿。"

越怀乐悬着的心终于死了，她同情地看了一眼被放出来，只剩半口气的兄长。

"至于助纣为虐的越小姐，明日起，跟着汾河郡的灵修去巡逻守夜，什么时候她兄长得到原谅，什么时候惩罚结束。如果二公子提前跑回来了……"越之恒淡笑道，"就换越小姐去顶上。"

越怀乐惊恐地看着越之恒。

所以她巡逻的时候，还得祈祷兄长在邻郡好好干活儿，千万别试着逃跑？

二老爷笑容难看，刚想要求情，越之恒眉梢动了动，望了过来："怎么，二叔也觉得自己很闲，想要在我手下讨份差事做？"

"……"狗贼，怎么命就这么硬，没死在杀阵中？！

他们折腾了一通，天色也彻底黑了下来。

湛云葳累得够呛，只想躺下来好好睡一觉。

在阵中这三日，不是在逃命，就是在吐血受伤，她比三个月没睡都累。

越之恒显然也是这样想的。

"湛小姐要沐浴，还是坚持用净尘符？"

如果在前几日，湛云葳还能很坚决地说用净尘符，可想想蜃境中的暗河，她就全身不适。她要沐浴，今日就算杀了她，她也要沐浴！

湛云葳抿了抿唇，望着他说："我要沐浴，你出去。"

越之恒看了她一眼："行。"

湛云葳没想到他今日这么好说话，狐疑地看着他。她难免会想，难道越之恒这样铁石心肠的人，竟然在蜃境中良心发现，决定保留几分幼时的良善？

越之恒答应以后果真出去了，没一会儿沐浴的水也准备好了。

脱衣裳的时候，有什么东西掉了下来，湛云葳定睛一看，这不是先前那位风情万种的赵夫人给自己的东西吗？

她在蜃境中待得太久，险些将这件事忘了。

她打算沐浴完再好好看看这是什么。这么多天，重新浸在热水中，湛云葳几乎不想出去。

怕越之恒等得不耐烦，她才依依不舍地穿上衣衫，在桌案前打开那个盒子。

盒子由上好的金丝楠木制成，她打开以后，里面还有半个拳头大的玉盒，玉盒上面雕刻着一条精致的银色小蛇，背面则刻了一个小巧的"春"字。

春？

除此之外，玉盒上什么提示也没有，里面是透明的香膏。湛云葳困惑地用指腹蘸了一些香膏，凑近鼻尖嗅了嗅，有一股奇怪的香气，似麝非麝。

比起法器，这更像是一盒药。

不等她琢磨清楚这东西怎么用，越之恒的声音从门外传来："湛小姐，你好了吗？"

湛云葳赶紧将玉盒收起来："嗯。"

越之恒从屋外走进来。趁她沐浴的工夫，他在府上别处洗过了。

越之恒一走进来就嗅到了一股奇怪的味道。

他起初以为这是湛云葳用的香膏的味道，可一开始他就没把这桩婚事放在心上，也知道湛云葳不情愿，并未在房中准备这样的东西。

而湛云葳似乎也不用香膏，她自己身上的暖香、沐浴用的东西，都不是这个味道。

这味道有些熟悉……

越之恒眯了眯眼，伸出手："湛小姐，是你自己拿出来，还是我搜出来？"

湛云葳没想到他这么敏锐，心缩紧。

她哪里会承认，只得装傻："越大人在说什么？"

"你藏在身上的东西，拿出来。"

湛云葳也不知道他怎么发现不对劲的，自己都没看出那是什么。于是她只得说："女儿家的香膏，你也看？"

他认真的时候，面无表情："越某早就警告过湛小姐，别耍花招。"

他话音落下，定身符纸就已经贴在了湛云葳的额间。

湛云葳简直要气死了，偏偏动弹不得，困灵镯也还在手上，她没法用灵力。

越之恒声音冷硬地说道："得罪。"

他扬手，一只缩小的鬼面鹤飞到了她的怀中，然后叼着玉盒飞回他的手中。

越之恒注视着那银色小蛇，确实觉得熟悉。

他打开盒子，浓郁的香气在房间里散开。他看一眼湛云葳，身上没了方才的冰冷气息，面色古怪。

"谁给你的？"

湛云葳紧张得不行，又不可能出卖同伴："人太多，我忘了。"

越之恒见她还不说实话，扬唇："香膏？你知道这是什么东西吗？你就随便收？"

"湛小姐，听没听过'夜夜春'？"

湛云葳自然没听过，可这名字听上去……怎么这般不正经？

"就是你想的那样，"越之恒冷笑道，"灵域三千红尘客，俯首沉溺夜夜春。这东西用在哪儿的，还要我再讲清楚一些吗？"

"不用。"她只恨不得原地有个坑，好把自己埋进去。

原来这是女子涂在那里，保养用的，对男子来说，还有很强的上瘾和动情作用。

她现在觉得摸了那膏药的手指纵然已经洗过，却还是发烫。

越之恒把东西收好，又将符纸撕下，看了她一眼："你少收些莫名其妙的东西。"

不然……他蹙了蹙眉。

湛云葳能说什么？她只能下定决心不和赵夫人来往。这都是什么？！她才不需要。

事情坏在脸丢光了，好在越之恒没怀疑仙门那边的人。

忘记上一个话题最好的办法就是赶紧岔开话题，有了先前的经验，湛云葳率先几步走到床前，坐下护着自己那一亩三分地，冲他暗示道："越之恒，你还记得自己在蜃境中发过什么誓吧？"

蜃境又不会令人失忆，越之恒当然记得清清楚楚。

蜃境中发生的事，与他的过去别无二致，唯一不同的是他这次竟然在蜃境中看见了少时不曾见过的灵域月光。

当年他与文循做了交易，在见欢楼当了数十日奴隶，而后才带着哑女跟着一群灵修成功逃离渡厄城。

现实没有震撼又明亮的月，只有一场瓢泼大雨，两个孩子躲在旁人的屋檐下，一次又一次被驱赶。

经过数月跋涉，越之恒才终于找到齐昒郡的越府，从此开始十余年被囚禁的生活。

越之恒也没想到，会在这样的情况下阴错阳差地实现少时的夙愿。荒唐的是，如果是现在的自己，必定不为所动，偏偏蜃境中是八岁时候的他，那时候的他几乎抗拒不了那一刻的感受。

可这又如何？

想到趁自己年幼，湛云葳哄骗自己发的那一堆誓，他心中好笑至极。以前他怎么没发现，湛小姐还有这样天真的一面？

虽然说，湛云葳对发誓这件事并不抱太大的期望，毕竟也没人在蜃境中发过魂誓，可是看着越之恒面色如常地走过来时，还是难以抑制地试图挣扎道："你忘记誓言了？"

"没忘。"越之恒边脱外裳边回道，"只是比起实现湛小姐的那些荒唐条件，越某选择死无全尸。烦请湛小姐往里面挪些。"

"……"他好无耻。

湛云葳忍不住问他："蜃境中的魂誓不作数吗？"

"不知。"

"那你就不害怕？"

越之恒纳罕地看她一眼:"湛小姐,你是觉得,我这样的人将来还可能有好下场?"

湛云葳张了张嘴,发现他未来确实没有好下场,世上也没几个人希望越之恒好好活着。

就算是王朝的灵帝,如果知道越之恒可以凭借悯生莲纹突破法则越阶杀人,也不会留下他这个心腹大患。

今日她听二老爷的话,想来越家也没人希望越之恒活着。

越之恒看她的表情就知道她在想什么,她大概也是不盼他好的,他对此并不意外。湛云葳在蜃境中把他带出来,也不过是明白,就算他死了,彻天府的掌司也不过换一个人而已。

湛云葳眼见着没法说服越之恒去吃苦,只能往里面挪了挪。越之恒在她空出来的地方躺下。

他脱了外袍,里面是一袭月白色的中衣。

许是越之恒白日里特地吩咐过,榻上多了一床被子,湛云葳拥着自己那床被子,一时有些纠结。

她的外衫要不要脱?

平心而论,自然是脱了外衫舒服些,可是她看了一眼越之恒,青年身形颀长,面容冷峻,心思令人看不透。她实在没法做到毫无心理负担地躺在越之恒身边。

她不睡,屋里的明珠光亮就没法熄灭。

越之恒不得不睁开眼望向她:"湛小姐,越某知道你要为你师兄守身如玉。可你已经思考一盏茶的工夫了,你是要坐到天明吗?在蜃境中折腾了那么久,你不嫌累?"

湛云葳听出了他平静语气里的那一丝讽刺意味,什么叫为师兄守身如玉?

上次死亡之前她就已经断了与裴玉京在一起的念头。

她不满越之恒的话,也刺了回去:"我自然没有越大人放荡不羁,见多识广,不仅一眼就能认出夜夜春这种东西,还能当着不喜的女子宽衣解带。"

越之恒冷着声音说道:"你若是在彻天府待个一年半载,世间药物也能认个八九分。既然我拿命换来了如今的一切,自然不会因为任何人委屈自己半点儿。"

选了这条路,他便要睡软衾,饮仙酿,食珍馐!

他要臣子赔笑脸,要百姓皆畏惧,要他们对他恨之入骨,却一字不敢言!

湛云葳以前不理解他的做法,从越之恒的魇境出来后,倒是懂了几分。如果她自小过的是那种逢人就跪、毫无尊严的日子,那她长大也想报复式生活。

她不能接受自己被越之恒说服了,于是问道:"你就不怕我拆穿你的身份?"

越之恒根本就不是什么越家大公子吧。

"湛小姐尽可去说。"越之恒望着她笑了笑,语气阴沉平稳,"谁知道了,越某杀了谁便是。"

湛云葳哼了一声,觉得没意思。

越之恒注视着她,神色冷然。世人大多对邪祟深恶痛绝,更何况邪祟之子这种更加肮脏罪恶的存在,然而湛云葳试图威胁他时,眼中并没有嫌弃恶心之意,甚至背他走出渡厄城时,还笑着调侃地叫他小邪物。

仿佛在她眼里,不管是仙门子弟、王朝贵胄、还是从那种地方逃出来的邪祟后嗣,没有任何区别。

她一个仙门养出来的贵女,明明已经找到了钥匙,却带着少时的他多走了那么远的路,让那个身份卑贱的男孩儿见到了清风朗月下的盛世。

这样可笑的举动,却偏让他没法开口嘲弄半分。

眼见夜色渐深,湛云葳也不打算僵持下去了。

她知道越之恒不可能让步,自己也不可能永远穿着外衫睡觉。反正越之恒如此不待见她,就算她脱光衣衫,越之恒估计也只会冷笑着说:湛小姐不过尔尔。

外袍里面还有中衣,中衣里面还有小衣,她比越之恒还多穿一层。越之恒都不介意这样睡,她在意什么?

于是她干脆垂眸去解衣带。

石斛给她准备的是一袭缠枝芙蓉花罗裙,系带上绣了同色的重瓣莲花,因着快要入睡,这罗裙虽然俏丽精致,可整体松散舒适。

越之恒也不知道湛云葳怎么就突然想通了,视线还没得及从她身上收回来,便猝不及防地见到,那芙蓉花从她的肩膀上滑落,另一种景色在她身上盛开。

仲夏漫长,流萤悄然落在窗棂上,明珠的光暗淡下去,取而代之的是她浓密如墨的长发、翩跹若蝶的长睫。

缠枝芙蓉在她身下堆叠,她本就生得绝色无双、肌肤若雪,从越之恒的角度看过去,她脖颈纤长如玉,栗色的眼瞳如盈着清水,唇珠圆润,娇艳欲滴。

偏她似不知自己究竟是何模样,白皙的手指无意识地与衣结较着劲。看着这幅景象,他很容易就能明白,为何仙山美人那么多,唯独眼前少女在王朝声名远扬,令三皇子日夜惦记。

待到那昏了头的流萤终于摇摇晃晃地从窗口飞出去,越之恒才发现自己竟然没移开目光,看了她好一会儿。他垂下眼,冷淡地错开了视线。

湛云葳好不容易解开打结的衣带,发现越之恒早就闭上了眼。

她说:"越大人。"

越之恒冷着声音应道:"又怎么了?"

"你熄一下明珠灯。"

越之恒也没睁眼,扬手一挥,满屋子的明珠光亮熄灭,屋子里归于一片漆黑。

湛云葳躺下的时候,舒服得想喟叹。别的不说,越之恒是真的过得不错,这床榻是用曜仙灵玉做的,冬日温暖,夏季清凉,身下的褥子由天蚕丝织就,软得像流云。

这堕落躺平的感觉真好啊。

念及方才越之恒回答她的声音不含一点儿睡意,湛云葳也就将困惑自己许久的话问出了口:"你幼时在见欢楼……"

越之恒声音冰冷地开口道:"我没做那事。"

湛云葳愣了愣,才反应过来越之恒指的是什么。他是说,他没去伺候那些邪修,也没被他们凌辱。

"我不是这个意思。我是想问,原本是文循救了你?"

过了半晌,才响起越之恒的回答声,声音仍旧带着不悦之意。

"嗯。"

"文循到底是什么人?"湛云葳好奇地问道,"为什么一个邪祟,不仅能控制住自己的杀意,还能召唤光华如初的命剑?他那命剑,甚至比许多灵修的还强悍。"

但这次越之恒没有回答她。

"湛小姐,你今晚到底还要不要睡?你真当我无所不知?"

湛云葳听到他的后半句话才反应过来,好像在她心里,她的确认为越之恒什么都知道,也不知是何时留下了这样奇怪的印象。

她也确实困了,索性不再说话,将下半张脸埋进薄被中,眼睛困倦得一眨一眨的。

湛云葳很快睡着,越之恒却又熬到三更天,才勉强封禁了意识,陷入浅眠中。

越大人第一次狠下心考虑,不如把这张他花了无数功夫打造的床榻让给她算了。

方淮第二日来找越之恒,啧啧道:"到底是新婚宴尔,越大人这是……食髓知味,没睡好?"

虽然据他了解,越之恒并非重欲之人,但人总会改变,谁让越之恒的道侣是天下一大半男修惦记的湛小姐?

越之恒对着方淮,都懒得维持表面的谦和温润的样子:"有事说事,没事就滚。"

"本来没什么事,可昨日上街,我恰好碰见了曲姑娘。"方淮仔细观察着越之恒的神情,"从你大婚开始,曲姑娘就郁郁寡欢,昨日她托我问话,问你何时去帮她弟弟取出剩下几枚冰魄针?我来越府,听说你被杀阵困住,眼下看你也没什么事?"

"托陛下的福,暂时还死不了。"

方淮不由得笑了笑,越之恒还真是把忠于灵帝的形象立得很稳。

"曲姑娘这是醉翁之意不在酒,取冰魄针又不急。汾河郡谁不知道,自前几年你将她和她的弟弟从邪祟之祸中救出来,她就一直对你芳心暗许?王朝征召,让她承袭她父亲的爵位,都被她拒绝,她一直留在这小小的汾河郡。越兄,你同我说实话,你心里到底有没有她?"

说这话时,方淮没了嬉皮笑脸的样子,脸上带上了几分忧虑之色。

在越之恒奉旨娶湛云葳之前,方淮一直以为越之恒对曲揽月是有情愫在的。

别的不说,越之恒这样凉薄的性子,每月他会去给曲揽月的弟弟取体内的冰魄针。曲揽月一开始来汾河郡,孤苦无依,也是越之恒将她护在羽翼下。

因此这么多年来,汾河郡的贵胄虽然对曲揽月很是垂涎,却顾忌越之恒,没人敢动手。

整个汾河郡的人几乎都默认曲揽月是越之恒的人。

此次兴许曲姑娘也是慌了,才会找上方淮托他问话。

方淮皱着眉。这都叫什么事?他自然知道越之恒与湛云葳这门婚事,两个当事人都不情愿,可事情已经这样,总得有个解决的法子。

越之恒知道方淮是出自好意,便也领情。

"你放心,我心里有数,知道如何处理。"

"反正你别叫湛小姐撞见了,"方淮说,"不然唯恐她心里多想。"

越之恒顿了顿,垂眸淡然说道:"你想多了,她不会在意。"

方淮讪讪地摸了摸鼻子:也是。

湛云葳心里也有裴玉京,方淮虽然嘴上开越之恒和湛云葳的玩笑,可是心里清楚,湛小姐指不定希望越之恒早点儿死。

湛云葳都不喜欢越之恒,哪里会在意越之恒和谁有渊源?

趁着越之恒见客,湛云葳将藏在身上的妖傀丹递给了白蕊:"你先收着,放我这里不安全。"

昨夜之事,她最庆幸的就是妖傀丹没被发现,越之恒实在太过警觉。

"小姐还没找到机会下手吗?"

"别提了。"湛云葳郁闷地说道,"越之恒防我比防贼还严。"

越之恒至今不肯替她取掉镯子,在蜃境中,她还让越之恒发现了自己会控灵术。

眼下看来,这枚妖傀丹是他们最后的希望。

"小姐心里可有其他成算?"白蕊担忧地说道,"诏狱中的族人不一定能撑住。"

湛云葳也知道得尽快想办法。

上一次她几乎九死一生,用控灵术出其不意,将族人救了出来,可还是有不少年幼的小灵修折在了诏狱中,其中包括她刚四岁的小表弟。

王朝虽然不杀御灵师,可也不会善待灵修俘虏。

这次说什么她都得动作更快才行。

她要让越之恒吃下妖傀丹,得等一个时机,最好是趁他意识不太清醒又虚弱的时候。

如果她没记错,三日后就有这样一个机会。

眼下她得先联络好二婶,看看能不能将丹心阁的御灵师也带走。

白蕊收好妖傀丹:"我等小姐的信号。"

没多久,石斛来报,有人来访。

石斛的神色有些古怪:"是生活在后院的那个哑女,少夫人,要见吗?"

她言辞之间对哑女并无太多尊重之意。

越家的祠堂里只有越之恒的名字，越家并没有将哑女认回来，府上大部分人不知道越之恒和哑女的关系。

哑女本身性子怯弱，生活在后院里，几乎从不去前院，在越府中没有存在感。

虽然没人欺负她，可是她也像个透明人。

石斛来府中这么久，还是第一次见哑女走出那个院子。

湛云葳的印象里，前世哑女也来过，还带上了糕点，只是那时候湛云葳并不知道哑女的身份，以为那是越之恒派来羞辱她的人。

彼时恰逢湛云葳和越之恒闹得不可开交，湛云葳将哑女送来的东西扔了出去。越之恒回来后，神色冰冷却一言不发，捡起了那些糖糕。

她从没见过越之恒那副模样，纵然他没有对她发火，可他眼里盈满了自嘲之色与浅浅的恨意。

后来湛云葳从府上的人口中了解了些许细枝末节，才猜到几分真相，心中一直对哑女十分愧疚。

哑女就在前厅里，佝偻着身子局促地等着，怀里是用竹篾编织的篮子，篮子里面放着她一早蒸好的糖糕。

她前两日本就想来的，可是得知阿弟和湛小姐被困在了杀阵中，她帮不上忙，急得团团转，只能一直在心里祈祷他们平安归来。

对越家只认回越之恒，她心里没有半分怨言，只为阿弟高兴。

幼年的时候，越之恒吃了太多苦。

对哑女来说，越家能让越之恒过上好日子，就值得她感激一辈子。虽然后来知道阿弟做的事人见人厌，她也一度伤心过，还试图让越之恒走正道，可越之恒自小就比她有主意，她虽然占了一个阿姊的名头，却管不了越之恒。

越之恒成婚，是哑女这段时日最高兴的事。

她听府中奴仆说，弟妹国色天香，还是仙门中人，心里由衷地对阿弟能娶到这么好的妻子感到高兴。

她拿不出更好的礼物，第一次懊悔自己平日不肯收越之恒给的东西。她知道自己身份不堪，唯恐欠了越家，因此一直自给自足。

今日，哑女蒸了自己平日舍不得吃的糖糕，惴惴不安地等着。她也没想要见到弟妹，自己这样的身份，鞋底都会脏了地面。她只是想要将糖糕留下，为越之恒做些什么事。

哑女了解过灵域的习俗，给新夫人礼物，才意味着家人承认了新夫人。

哑女只想将东西交给婢女就离开，却不料石斛让她等一等，进去通报了。

哑女如坐针毡，心里到底自卑，又怕给越之恒添麻烦，越发后悔来这里。她都想拔腿而逃了，却见内堂出来一个眸若秋水的少女。

越之恒送走方淮，才从府卫口中得知哑女去了他的院子。

越之恒大步往回走去。

这一刻他也说不清自己在担忧些什么，可踏进院子，院中没有他想象的凝固的氛围，他反而听见了柔声细语与笑声。

哑女不会说话，这声音是谁的他不用想也知道。小庭院中，那少女垂着眼眸，一手拿着糖糕，在问哑女什么。

越之恒皱眉看过去，只见他阿姊虽还是有些腼腆，眼中却是连他都很少见到的欢欣之色。她耐心地比画着，对面的湛云葳不太看得懂，正在连蒙带猜。

哑女比画：弟妹，阿恒很温柔的，就算他发火，你哄一两句，他心里就不会生气了。而且他很能干，几乎什么东西都可以给你。

哑女对面的湛云葳非常茫然："你是说，越之恒脾气很差，喜欢发火？"

"……"

越之恒不得不冷冷出声道："越清落，我送你回去。"

哑女惶然地回头，连忙站起来，盯着自己的脚尖，一副做错了事的样子。湛云葳没想到他对亲姊也这般强势，他一出声，哑女当真就跟着他离开。

两个人走出院子，越之恒问："你找她做什么？"

哑女比画了一阵。

越之恒看得蹙眉："都说了，这是陛下赐的婚，不长久的，你没必要这样。"

哑女情绪有些低落。

"还有，"越之恒语气冷漠地说道，"以后别给她说我的事，她的心不在王朝，人也早晚会离开，你最好离她远些，免得被她利用。"

哑女很焦急：你对她好一些，她又怎么会离开？

越之恒沉默了片刻，说道："你不懂。"

哑女看见他的神色，手足无措。

越之恒看了她一眼："你很喜欢她？"

哑女眼里漾出笑意，用力点了点头。

"为什么？你们才第一次见。"

这下轮到哑女困惑，她看着越之恒，似乎非常不理解：你难道不喜欢她？

越之恒声音冷淡："我不会喜欢任何人。"

哑女叹气。她虽然对越之恒在做的事不太清楚，可是能分清不会喜欢、不能喜欢，和不喜欢的差别。

湛云葳等了片刻，才等到越之恒回来。越之恒并没有对哑女来此的事发表意见，也没问她们说了些什么。

湛云葳递上糖糕，问越之恒："你阿姊叫越清落？"

越之恒不意外湛云葳猜到了哑女的身份，应她道："嗯。"仙门中人向来磊落，他并不担心湛云葳用哑女来对付他。

"真好听。"湛云葳说，"以后我就这样叫她。"

听湛云葳说起"以后"两个字，越之恒顿了顿。

湛云葳："越大人，你知道前日是什么日子吗？"

越之恒抬起眼皮，眉眼间露出几分明了之色："湛小姐又想整什么幺蛾子,不妨直说。"

湛云葳无视他的话,正色说:"前日原本是我回门的日子。"

越之恒嗤笑了一声。

湛云葳脸发烫,也觉得这话有些牵强。好吧,现在这个情况,她压根没门可以回,她爹都不知道在哪儿,今日已经是大婚第五日了。

可念及自己的计划,她还是说:"我要求补上回门,灵域的御灵师有这样的权利。"

越之恒不置可否。

"不用回长琊山,我们去丹心阁就好,我想去看看我二婶。"湛云葳说,反正她也瞒不过越之恒。

越之恒没想到她肯说实话,纳罕地看了她一眼。

湛云葳问:"很为难吗?"

"不。"越之恒嗓音低沉,"我在想,你想到什么好主意逃跑了?"

"……"湛云葳咬牙说道,"越大人对自己这么没信心?"

越之恒说:"湛小姐,激将法对越某没用,我不吃这一套。"

湛云葳心一横说:"大不了你也可以对我提一个要求,我保证做到。"

越之恒看她一眼,湛云葳补充:"不能太过分的。"

他不屑地笑了笑。

但最后,越之恒还是答应了她。

晌午过后,两个人乘坐车辇来到了丹心阁外面。阁楼中的小童远远看到车辇上的彻天府标记,连忙迎上来行礼。

丹心阁前门庭若市,大多是家里没有御灵师,来此让御灵师祛除邪气的人。

丹心阁中的御灵师几乎都有罪责在身,没有拒绝的权利。

也有人认出了越之恒,面上不禁带上几分惶恐讨好之色。

越之恒没理这些试图讨好他的人。他一早让人传了话,因此华夫人在阁中等湛云葳。

见到越之恒和湛云葳一同进来,华夫人目光冷冰冰地看了越之恒

137

一眼，揽住侄女："泱泱，你没事吧？"

湛云葳知道她担心，点了点头。

越之恒既然有胆色答应湛云葳送她过来，便不在乎让她们单独说会儿话，于是说道："我去外面等。"

待他离开，华夫人这才神色悲恸，上下检查着侄女："那个禽兽，有没有对你……"

"没有。"湛云葳说，"二婶，我没受什么委屈。"

虽然不愿侄女委身那样的人，可华夫人更希望湛云葳能平安活着，旁的都不重要。

见湛云葳神色不似说谎，华夫人这才放下心来。

湛云葳压低声音，把计划说了一遍。

华夫人问："你可有把握？"

"如果我能顺利让越之恒吃下妖傀丹，就有把握救兄长和族人离开。"湛云葳说，"不过，堂妹他们，我暂时想不到办法。"

华夫人深明大义："雪吟暂且无碍，先救出牢里的族人才是要事。"

两个人又说了会儿话。念及湛云葳自小没有母亲，有的事得以防万一，华夫人握住她的手，说道："如果今后当真不得已，你需注意些，别让他乱来伤着你。"

湛云葳也没想到二婶会和自己说这些事，哭笑不得，又隐约有些赧然，但念及二婶一片好意，便也认真听了。

毕竟这是娘才会教的事，虽然她和越之恒不会发生什么事，可听一听没有坏处。

华夫人仔细叮嘱着，比如不可过度行房，如何避免怀孕。

湛云葳含糊地应了。她也没想到，打着回门的幌子，倒真听了不少回门该听的话。

华夫人又说："泱泱，今后不管你是否还要同裴玉京在一起，他若介意你与越之恒的过往，便算不得良人。"

世间总有比男女之情爱更重要的事，人人身不由己。

就如湛云葳怪不得裴玉京没来救她，裴玉京也怪不得她为了活下去、为了救出亲人所做的一切。

华夫人怜爱地看着湛云葳："旁人给不了你的东西，你自己去争取，永远没有错。"

虽然已经想清楚，已经放下，可从旁人口中听到这一席话，湛云葳总有一种除却巫山不是云的怅然感。

到底是夏季，灵域雨水最充沛的季节，他们出门的时候晴空万里，不知不觉间却下起了大雨。雨水击打在屋檐上，"噼噼啪啪"，又密又急。

湛云葳推开门，去寻越之恒的时候，发现越大人站在不远处的廊下，身前站了一个年轻姑娘。

那姑娘一身淡青色罗裙，身形纤瘦，看上去自带几分弱柳扶风的病弱之态。

姑娘撑着伞，湛云葳只能看见她的唇和下半张脸。

那姑娘在说着什么，越之恒也听得很认真。湛云葳一时不知该不该过去。

觉察到脚步声，越之恒和那姑娘同时转过头来。

油纸伞被移开，湛云葳也终于看清了那姑娘的模样，那是一张带着空谷幽兰气质的脸，令人见之难忘。

湛云葳心里莫名其妙有个念头，觉得那姑娘可能就是传闻中那位与越大人情意匪浅的曲姑娘。

见到湛云葳，曲姑娘似乎也有些意外，旋即神色不明地看了越之恒一眼，声音娇媚哀伤："越大人何不同我介绍一下这位是谁？"

越之恒蹙眉看着曲揽月，神色有些冷，没有开口。

有一瞬间，湛云葳懂了当初在自己的蛊境中，越之恒看着自己和裴玉京相处的心态。

约莫这就是风水轮流转，她不欲打扰他们叙旧，轻咳了一声，非常体贴地说道："我去鸢车上等越大人。"

至于怎么解释，又能不能哄好心上人，这就看越大人的本事了。

湛云葳的身影消失在转角处，曲揽月握着伞柄慢慢将伞转了一圈，见越之恒还在看湛云葳，不由得哀怨地开口："掌司大人真是薄情寡义，当着人家的面就眼也不眨地盯着新夫人的背影，人家好伤心哪。大人忘记当初是怎么哄奴家的了？"

越之恒冷冷地看着她："曲揽月，你在说什么疯话。"

曲揽月看出他真有几分怒火了，这才掩唇笑道："别生气嘛掌司大人，我只是开个玩笑。不过看样子这位长琊山山主的掌上明珠可不怎么在意你啊，见到一个陌生女子与你这般亲近，她第一反应竟然是赶紧离开。"

可这番话也没能让越之恒有什么反应。

曲揽月见看不出什么，幽幽地说道："湛小姐真漂亮，哭起来大概也美。我要是你，就将她占为己有，反正咱们不是什么好人，做什么坏事都不稀奇。"

"我劝你最好别打她的主意。"越之恒冷着声音说道，"否则被她杀了，你咎由自取。"

"呀，湛小姐看上去又乖又可爱，没想到这么凶。"曲揽月意外地挑了挑眉，没敢把后半句心里话说出来，转而说起正事，"你必须抽空来我府上一趟了，否则那些东西……我压不住。"

越之恒语气淡然地说道："明日我过去。"

两个人说完了正事，曲揽月撑着伞悠然迈步走进雨中，越之恒原地站了一会儿，这才回到车辇里。

湛云葳正半趴在窗上看雨，顺带观察那些进进出出祛除邪气的贵人。她以为越之恒恐怕要好一会儿才回来，结果没多久，就见越大人裹着风雨进到了鸾车之中。

她非常吃惊："你就说完了？"

越之恒目光冰冷地看她一眼："你很失望？"

湛云葳心想越之恒的脾气还真是阴晴不定，他私会情人，她都不生气，他生哪门子气？

念在今日顺利见到了二婶，湛云葳心情还不错，也就不跟他呛声,而是问:"方才那位姑娘是……?"

"曲揽月。"

看吧,她果然没猜错。女子的直觉就是敏锐,以前她只从旁人的口中听过这位曲姑娘的消息,今日一见,发现越之恒眼光确实还不错。

曲姑娘虽然看体态纤弱了些,可声音好听,相貌也很出色。

而且越之恒背弃了她,听从灵帝之命娶自己,曲姑娘竟然还不离不弃地追到丹心阁,只为见越之恒一面,湛云葳扪心自问,自己做不到这点。

谁背弃了她,她很难原谅对方。

湛云葳问越之恒:"你怎么打算的,难不成一直让曲姑娘受委屈?"

她的弦外之音就是,让他赶紧想个主意,别抓着她不放了。

越之恒发现自己面对湛云葳,很难心平气和。

"湛小姐,"他转头看着她,表情含笑地说道,"有些话,越某只说一次,我与曲揽月不是你想象的那种关系。你想走也不是不可以,要么你凭本事离开,要么裴玉京死,陛下也就不会再在意你了。"

湛云葳怔然道:"你不喜欢曲揽月?"

越之恒冷冰冰地回答:"不喜欢。"

湛云葳不由得想起告知自己那番话的人,这就奇怪了——

"你幼时可有奶嬷嬷?"

越之恒说:"你不是见到了我幼时在何处?我回越府时已经八岁,你为何还会有如此一问?"

湛云葳迟疑地说道:"我曾见到过一人,她自称是你的奶嬷嬷。"那人还骗她,越之恒自小就是个坏种,无恶不作,还说越之恒心性凉薄,只对曲姑娘和哑女有感情。

越之恒敛眸,若有所思。

湛云葳观他的神色,问道:"你知道是谁?"

"大概能猜到是谁。你可还记得越无咎使的天阶杀阵?我这堂弟没有这么大的本事。"

湛云葳一点就透。整个灵域能画出天阶阵法的人少之又少，除了方淮所在的方家，再往前追溯，便是与越之恒有仇的上一任彻天府掌司的东方家，据说东方家也是世代修习阵法。

"是东方家的人？"

越之恒颔首。

"东方既白不是已经死了吗？"据说还是越之恒带人杀的东方既白。东方既白当年权势如日中天，比起现在的越之恒不遑多让，若非他太过膨胀令灵帝心怀不满，又恰逢越之恒出现且比东方既白更好用，东方家不会这么快没落。

"他有个小儿子，当年掉下了悬崖，彻天府以为他的小儿子死了，现在想来，那人恐怕还活着。"

"你当时灭人满门了？"

越之恒语气含笑道："湛小姐，你这是什么眼神？且不说这是陛下的圣旨，我不灭他满门，等着他家的人成长起来灭我满门吗？"

湛云葳无言以对。王朝的权力倾轧好像历来如此，更狠辣的人才有资格在王朝活下去，现在灵帝不是也想将仙门斩草除根吗？

不过那位躲在暗处的东方公子，实在不可小觑。

怎么谁都想杀越之恒？湛云葳觉得待在他身边实在危险，越发坚定了得赶紧离开的想法。

她算算日子，三日也快到了，成败在此一举。

妖傀丹，你可得争点儿气啊！

因着大婚，王朝按律给越之恒批了七日假。

就像方淮说的，他们方家忙起来以后，越之恒就清闲了。

湛云葳发现越之恒很是好学，后两日他不出门的时候，都在家中看书。

她去过一回越之恒的书房，发现里面不仅有炼器的书，连丹药、毒药、阵法，甚至鞭法、剑术也有涉猎。

这又一次刷新了湛云葳对他的认知,她在心里暗暗告诉自己,没有十成把握的情况下,别对越之恒出手。

"我可以看看吗?"

越之恒瞥她一眼:"随意。"

其实只要她不做什么出格的事,越之恒并没有限制她的自由。虽然越之恒知道她"回门"大概率是要做些什么,但也不畏惧。

总归湛小姐虽然诡计多端,却有一点欠缺——她不够狠辣,就算他给她机会,她杀他也会犹豫。

而他只要还活着,湛云葳就很难跑得掉。

湛云葳一路看过去,发现书架上竟然还有越之恒从前练字的字帖,不过越家那时候似乎很不重视他,字帖并非名家所写。

摹本上面字迹潦草,想来是越之恒要学的东西太多,没有机会继续练下去。

而书架最里侧,有一个被封印的盒子,盒子看样子已经有些年岁,按大小来看,里面应该是玉饰之类的东西。

什么东西,竟然特地封印起来?

湛云葳不由得问出口。

越之恒看了一眼那盒子,又看看她,淡然说道:"没什么,不过是启蒙的东西。"

她点头:"我幼时启蒙,也是用的一枚灵玉,可是后来赠人了。"

越之恒垂眸:"嗯。"

第八日,越之恒终于该回彻天府当值了。一大早他换上了彻天府掌司的衣衫,便要出门。

那时候方寅时两刻,湛云葳迷迷糊糊,见他披上玄色官袍,衣襟上的银纹显得很是威严。

她咕哝了一句:"你要去上朝啦?"

越之恒回眸,见他精心打造的那张床榻之上,少女露出的半边脸颊微粉,她眼眸半闭,像娇艳半开的海棠。

越大人盯了她好一会儿,才慢了许多拍地回应道:"嗯。"

然后他发现她早就重新睡着了。

越之恒垂眸整理袖口,也收敛起所有杂念,一颗心重新变得冷硬。

这一日从清晨开始就一直下雨,直到天色将黑,越之恒还没回来。

天幕阴沉沉的,像是吃人的巨兽。

越之恒不归,放在往常也不是什么稀奇事,府中平日也没人关心他的死活。

唯有尚且天真的石斛说:"雨下得这么大,大公子今夜还会回来吗?"

在她眼里,大公子和少夫人新婚,自然你侬我侬,不至于这么晚刻意不归,难道是因什么事耽误了?

但湛云葳知道,越之恒就算想回来,恐怕现在命悬一线,也很难赶回来呀。

她望着天幕,召来白蕊,将妖傀丹取了回来。

她的机会来了。

外面狂风怒号,吹得院子里一棵梧桐树断了枝丫。石斛忧心忡忡地看了外面一阵,关上窗:"少夫人,我看大公子今夜是不会回来了,多半留宿在彻天府里,您要不先休息吧?"

"再等等。"

湛云葳记忆中的今夜,越之恒回来时灵力溃散,连路都走不稳,一副受了重伤的模样。

她第一次见他那么脆弱,又在他身上嗅到浓重的血腥气,有心一探究竟,他那属下沉晔却十分警惕地守在外面,不肯让她靠近一分。

那一次受重伤,越之恒昏迷了五日,久得王朝开始怀疑彻天府掌司又该换人了,到处人心浮动。直到越之恒醒过来,灵帝才雷厉风行地压下所有流言蜚语。

无论如何,如果她要给越之恒喂妖傀丹,这段时间就是最好的机会。

石斛见湛云葳不肯去休息,不由得赞叹道:"少夫人和大公子感情真好。"

"……"湛云葳和身旁的白蕊一时竟然无言以对。

又等了半个时辰,"轰隆"一声,重物落地的声音传来,湛云葳透过窗上影子,看见窗外的梧桐树枝被雷劈落。

"今日天气怎么这般糟糕?少夫人,奴婢出去看看。"石斛推开门,就见电闪雷鸣之下,出现几个戴着恶鬼面具的身影。

她刚要尖叫,为首那人摘下了面具:"别叫,是我。"

石斛拍了拍胸口:"沉哗大人,是你们哪。"

视线一转,她看见他们扶着的人,脸一白:"大公子怎么了?"

湛云葳听到声音走过去,果然看见暗夜下,一队彻天府府卫扶着一人回到了越府。

那人垂着头,身上的冰莲香气几乎盖过天地之间大雨中泥土的味道,浓郁得有些呛人。

清晨他方换上的玄色官袍,此刻被大雨打湿,露在外面的肌肤惨白。如果不是还能感知到越之恒微弱的气息,湛云葳几乎以为他已经死去多时。

这幅场景和她记忆中的一样,却又远比记忆中更令人心惊。

暗夜中轰鸣的雷,几乎将天幕劈得四分五裂,这么大的动静,越之恒却未醒过来。

湛云葳知道这人有多警觉。她往常躺在他旁边时,稍微有点儿小动作,他就会立刻冷冷地警告她。

而今,哪怕她灵力被封住,都能感知到越之恒灵力暴乱,在空气中四处流窜。

他竟然真的伤得这样重。

湛云葳问沉哗:"掌司大人这是怎么了?"

沉哗回道:"无碍,替陛下办事受了些伤,休息几日便好了。"

他说是这样说，语气中却难掩担忧之意，毕竟到底发生了何事，沉晔也不清楚。

今日他们原本只是普通当值，甚至比平日里清闲，谁知晌午刚过，宫中来人，十分急切，说陛下召见掌司大人，让掌司大人立刻入宫。

当时彻天府众人没当回事，以为陛下只是有事要吩咐，反倒是越之恒神色沉沉，脸上泛出一丝冷笑。

晌午越之恒入宫，下午雨越下越大，到了晚间，越之恒才被宫人送出来。

沉晔连忙扶住他，感知到越之恒几乎连灵力都控制不住："大人，发生了何事？"

越之恒强撑着交代了沉晔几句，就昏迷了过去。

彻天府实在不适合养伤，沉晔和一众府臣连夜将大人送回了越府。

湛云葳说："沉晔大人，外面雨急，你将掌司扶进来吧。"

沉晔看她一眼，果断拒绝："大人说过，他有伤在身，就不耽误少夫人休息了，他去府中其他院子住上几日。大人还说……"

"还说什么？"

"还说，少夫人安分一点儿，他不想醒来第一个要收拾的人就是你。"

湛云葳气笑了，咬牙说道："倒是不必原原本本地转述。"

然而彻天府这群人只忠于越之恒。这些越之恒一手栽培的府臣，与越之恒一荣俱荣，一损俱损。什么时候越之恒倒台，他们也会死无葬身之地，因此他们只听越之恒的吩咐，比死士还忠诚。

沉晔面无表情地给湛云葳行了个礼，便小心地带着越之恒离开了。

湛云葳注视着他们离开，一时也觉得事情棘手。她知道就算自己舌绽莲花，表现得再关心越之恒，恐怕沉晔也不会让她近越之恒的身。

她先前也没对此抱太大希望，不过试探一番。

她也不打算此刻给越之恒喂妖傀丹，他还昏迷着，没法去放人，过几日他刚醒来，最虚弱，又能行动的时候最合适。

白蕊若有所思，显然也明白过来湛云葳的打算："少夫人，先休息吧。"

她们只能慢慢找机会。

彻天府的人归来并不算大张旗鼓，可越之恒受伤这事，本也瞒不住。

王朝那边还在观望，二老爷却没忍住。

第二日湛云葳出门"找机会"时，发现有人比自己还积极，在越之恒的院子外闹事。

二老爷一副长辈的姿态："大胆，你这彻天府的狗奴才竟敢拦我？我是你们掌司的二叔，难不成还能害他？"

彻天府的人行事风格本就随了越之恒，所有人表情阴冷嘲讽地看着二老爷。

沉晔将剑一横，不耐烦地说道："彻天府做事，不拘六亲，再往前一步，以邪祟论处！"

二老爷脸色铁青，又害怕这群猖狂的鹰犬当真对自己动手，只得灰溜溜地离开。

湛云葳观察了一会儿，总算知道越无咎和越怀乐不太聪明的样子是随了谁。

她上前，也不提出要进去，将怀里干净的衣物递上："沉晔大人，这是越大人的衣物，烦请你好好照顾他。"

沉晔看她一眼，想到大人确实需要换洗衣物，伸手接过来，仔细检查了一番，才说道："多谢少夫人。"

湛云葳柔声说："如果越大人醒了，麻烦你派人告知我一声。"

这要求不过分。

沉晔应了。湛云葳不多逗留，送了衣物便离开。

湛云葳早就发现了，彻天府这群人对自己的敌意浅许多，归根结底，他们还是觉得她不过"区区一个御灵师"。

灵修骨子里的东西很难更改。在灵修眼中，御灵师柔弱贤惠，是妻子或者夫君的理想人选，往往成婚以后，灵修会倾尽一切疼爱他们。御灵师则像柔软的菟丝子，温柔又眷恋地攀附着自己的灵修道侣。

知秋阁查访后出的第二本册子上，就写了灵域九成以上的灵修，做梦都想拥有一个御灵师道侣。

沉晔等人也是灵修，他们的想法大差不差。

可笑的是，纵然是彻天府府卫这样一群冷血又狠辣的人物，如果家中有御灵师妻子，下值以后也会早早回家。

湛云葳就曾见过一个杀人眼也不眨的府卫，给自己的道侣挑珠花。

因此，哪怕湛云葳当时想杀三皇子，被沉晔看到过，因着湛云葳的御灵师身份，沉晔也不会对她过分防备。

对湛云葳最有警惕心的，只有不喜欢御灵师的越大人。

湛云葳叹气，第一次觉得，不喜欢御灵师的那一成少数人里，越之恒真是最难对付的一个。

到了第四日，越之恒还没醒来，汾河郡已经开始有越之恒受重伤不治身亡的流言蜚语。

王朝观望的人蠢蠢欲动，开始频频试探。

每日清晨，越之恒养伤的院子外，都有彻天府府卫冷漠地清洗血迹。

他们杀了不少人。

湛云葳路过，看着一地的鲜血，莫名其妙地想到那晚越之恒眼里含着嘲弄之色问她的话。

"湛小姐，你是觉得，我这样的人将来还可能有好下场？"

他比任何人都清楚，倘若有一日他撑不住倒下，这些环伺的豺狼虎豹会冲上来将他碎尸万段。

整整四日，没有一个上门来的人真心希望越之恒好起来。

湛云葳想起，幼时自己偶有伤寒病痛，无数人嘘寒问暖，爹爹、长琊山的叔伯、婶婶们遍寻天材地宝，给她找来好吃好玩的东西，希望她尽快康复。

她第一次知道世上原来还有越之恒这样的人，他明明活着，却有无数人盼他去死。

王朝臣子弹冠相庆，汾河郡的百姓也开始肆无忌惮地唾骂他。

希望他醒过来的，兴许只有湛云葳，却也是因着她对他别有所图。

第五日，发生了一件非常荒唐的事，三皇子的幕僚上门来拜访。他倒没有找越之恒，而是打着找二老爷叙旧的名头。

结果幕僚离开以后，湛云葳在自己窗前发现了一只金羽翅鸟。

这珍贵的小灵兽几乎全身都是宝，血能用来画上等灵符，肉能增强灵丹韧性。

金羽翅鸟的身上还带了一张信笺。

湛云葳打开信笺一看，简直气得想笑。她没想到三皇子竟然还贼心不死。

信中，三皇子先是对之前对她的无礼之举道歉，说他一直非常后悔，再详细阐述了裴玉京有多么不靠谱，越之恒如今也要死不活。三皇子说前几日遣散了府中所有莺莺燕燕，保证以后一心一意对待她。

如果湛云葳愿意的话，他这两日就派人将她从越府带出去。

讲道理，湛云葳见过不少好色的人，但是没见过好色到这么不要命的。三皇子第一次险些被裴玉京杀了，第二次差点儿死在她手中，如今竟然还有胆子招惹越之恒。

这就是生活在锦绣王朝的亲王贵胄，在他眼里，世上没有人敢真的动他。

三皇子不在意越之恒是真快死了还是能好起来，只琢磨着，反正趁越之恒虚弱，先把越之恒的道侣抢过来再说。到时候他们生米煮成熟饭，事情张扬出去丢脸的也是越之恒。越之恒再生气，顶多把三皇子府中的奴仆和兵卫杀光。

一群不值钱的奴仆，换一个绝色御灵师美人，绝对不亏。

湛云葳收好信笺，想到了一个好由头。

傍晚，汾河郡的雨停了，医修告知沉眸，越大人已经醒来，只不过尚且有些虚弱，还需要静养。

沉晔还没松口气，就见一名少女款款而来。

他定睛一看，这不是他们少夫人是谁？

少夫人一脸受辱的模样，令一众彻天府府卫难得有些不知所措。

沉晔低咳一声，问道："敢问少夫人，发生了何事？"

湛云葳也不说话，将手中信笺递给他。

沉晔看得火冒三丈。他们家大人还没死，三皇子就又把主意打到少夫人身上了。

这信就算是他看了都觉得火气直往头上蹿。

湛云葳适时开口："我要见越大人，和他商量怎么办。"

沉晔也不敢处理这种事，想到越之恒醒了，便说："少夫人稍等。"

湛云葳颔首，心里其实也没底，不知道越之恒会不会见她。

但是他看了这封信，见她的概率总归大很多。以她对越之恒的了解，越大人虽说不喜欢她，可是明显更不喜欢被冒犯。

三皇子的这封信，对越之恒来说无异于挑衅。

过了一会儿，沉晔出来了，从怀里掏出一个古怪的罗盘对着湛云葳仔细验过，确认她身上不曾带丹药、符咒和武器："少夫人，请进。"

湛云葳嗅着香甜的口脂气息，不动声色。

她就不信了，偏要赌这么一把。越之恒再厉害，能在病中分清口脂和妖傀丹的味道？

湛云葳迈进房间，一眼就看见了榻上的越之恒。

越之恒养伤的院子里自然没有曜仙灵玉的床榻，只有浓浓的药味。此时越大人醒了，正靠坐在床头，脸色还有些苍白，没甚表情地在看那封信笺。

这放在旁的男子身上令人火冒三丈的事，越大人却十分平静。

他放下信笺，望向湛云葳，低咳了两声说道："沉晔说湛小姐要与越某商量，越某先确认一下，湛小姐找我不是想要另谋高就？"

湛云葳知道他不好骗，可是这话讽刺谁呢？她就算眼再瞎，也不至于看上三皇子。

她走到他身前，在他的榻边坐下，咬牙说道："越大人把我当什么人了？难道越大人看不见我在生气？"

越之恒浅墨色的眼眸看着她。

湛小姐眼眶红红，小巧鼻尖带着浅粉颜色，乍一看，确实有几分委屈的情态。

毕竟三皇子有过前科。

不管怎么说，若是她当真无意，三皇子这封信就有些不知死活了。

越之恒这几日混混沌沌，到了如今，虽说勉强醒过来，脑袋却也一阵昏沉刺痛。

身子不适，他便没有表面这般平静，盯着那信淡淡地想，色胆包天的贱玩意儿。

"府中有彻天府卫，他没法带走你。湛小姐若是真想出气，过几日我好些了替你找一趟三皇子。"

他口中淡漠的"找一趟"，必定不是那么简单，三皇子不死也得脱层皮。

越之恒说话的时候，湛云葳因为心里有鬼，一直盯着他的唇。

平心而论，越大人其实生得很不错，样貌冷峻，鼻梁很挺，唇也生得好看。如今难得病弱中和了他身上的锐气，他看上去像世家养出来的清贵公子。

她莫名其妙地很紧张，几乎没听清越之恒说了些什么。

待他说完，湛云葳才胡乱点了点头。

汾河郡一连下了几日雨，如今好不容易晴朗，天幕上难得有星子。

因着越之恒养伤，屋内的窗户关着，室内有些闷。

靠得近了，湛云葳发现越大人身上的冰莲香夹杂着药味，竟然不难闻。

她也不知道这事到底要怎么开始，只好凑近他一些，紧张地问："越大人，你还难受吗？"

第六章　汾河长夜

越之恒垂眸看着她凑近的小脸，缓缓唤道："湛小姐。"

"嗯？"

"退后些，你靠得太近了。"

湛云葳："……"这话放在平日，她会立刻反唇相讥。

但此刻明明越之恒神色平静，她却平白有一种被看穿的窘迫感。

这还怎么进行下去？她确实想过直接下手，可她一个被封住灵力的御灵师，还不如越之恒这个伤重的灵修。

就算越之恒只有一根手指头能动，要伤她也很容易。

她不敢小觑九重灵脉，更不敢小看越之恒的悯生莲纹，妖傀丹只有一枚，她想全部喂进去，还真不是唇贴唇那样简单。

至少，她得保证让他全部吃下去。

这个过程必定漫长，她觉得这就不是人能完成的任务。越之恒是疯了才会一动不动，她喂什么他就吞什么。

湛云葳坐直身子，第一次懊恼自己对越大人毫无吸引力。

越之恒神色淡淡地看着她，不动声色地揣摩着湛小姐到底要做什么。虽然他现在头脑昏沉，经脉中灵气逆行，身体每动一下都刀割似的疼，但还不至于神志不清。

湛小姐在紧张。

她或许自己都没注意到，她举棋不定的时候，手指便会无意识地缠弄罗裙上的系带。

湛云葳憋闷地坐直，问他："越大人，你这次发生了什么事，为何伤得这么重？"

越之恒垂眸，语气淡然地回答道："无事。"

这样的事并不是第一次发生。

灵帝为了突破十重灵脉，得到十一重圣体，几乎已经生了执念，心魔愈重。

这么些年来，灵帝大部分时间在闭关，每隔两年会找一人为他压制心魔。

越之恒短短几年能爬得这么快，与此事脱不了关系。他的冰莲血，比什么辅佐法器都好用。

也亏得越之恒天赋绝佳，否则就会像以前那些人一样，没命回来。

不过这些话，他没有必要说给湛云葳听。

他抬眸看向面前的少女："你来找我只是为了说三皇子的事？"

湛云葳见他不肯说发生了什么事，猜测此事涉及王朝秘密。

她来之前怕越之恒对自己起疑，便想好了怎么回答："下月中旬就是王朝的花巳宴了，我来是想问，若我们府上收到帖子，我要不要去？"

越之恒沉默了一会儿。

湛云葳观察着他的神情，说："你不知道什么是花巳宴？二夫人不也是御灵师吗？"

她有些惊讶。在灵域，平民不知道花巳宴不奇怪，可王公贵族还有仙门世家的人，往往与御灵师有来往，不可能全然不了解。

花巳宴只会邀请御灵师，最早是德高望重的那一位御灵师带着众人祭祀、驱邪，后来逐渐演变成吹嘘自己伴侣的赏花宴。

宴会内容大概就是，御灵师们炫耀自己的灵修伴侣有多出色，从天赋到性格，从外貌到官职，能比的一个不落下。

六月十五便是花巳宴，以越之恒如今的地位，王宫里那位王后应该过不了几日就会递来帖子。

真奇怪，越之恒虽幼年在渡厄城过得不好，这些年越家既然承认了他，他作为大公子，却连这些常识都不知道？

她解释了以后，越之恒问："你想去？"

湛云葳很无奈："这不是想不想去的问题吧。"

到底是王后的帖子，她一个前山主之女要推拒也得思量思量，没有哪个在王朝做官的臣子会去得罪王后。

有的御灵师就算只剩一口气，也恨不得去为自己的夫君或者夫人争一口气。

越之恒却无所谓地说道："你不想去就装病，回绝便是。"

湛云葳说："越大人不是一直想要平步青云吗？"

越之恒嗤笑道："湛小姐以为这彻天府掌司之位，是卑躬屈膝、阿谀奉承就能坐稳的？"

他看她一眼："更何况，别的御灵师过去是夸赞道侣，湛小姐过去，是要做什么？"

湛云葳也想象不了那个场景。

她总不能夸越之恒，越大人哪里有优点了？他倒是比所有人的道侣心狠手辣，性情诡谲。

湛云葳说："那等收到帖子再说。"她那时候说不定早就离开了，今日不过找个由头而已。

总之她绕来绕去，又回到了那个最难的任务上。

"越大人，你渴不渴，我给你倒杯水喝？"

湛云葳看了一圈屋子里，桌上倒是有茶壶，只不过里面一滴水都没有，看来彻天府府卫守在这里虽然安全，却与周到沾不了边。

她回头看越之恒，越大人脸上没有丝毫愠怒神色，习以为常地道："很快就该喝药了。"

154

所以他不喝水也没事。

湛云葳放下茶盏，再一次意识到，除了哑女，可能这世上再没有人像关心亲人一样关心他，以至他自己都习惯了，对此不以为意。

她说："药哪里能当水喝？你等等。"

湛云葳出去嘱咐了沉晔几句，沉晔神色有些惭愧："属下都是粗人，疏忽了。"

没多久，彻天府的府兵进来换了茶盏。

待到水被放温，湛云葳给他倒了一杯过去。她再看这简陋养伤的房间，实在到处都是不如意的地方。

汾河郡的雨后，空气中还带有泥土的清新气息，越之恒半靠在床头，看着那身着藕粉罗裙的少女进进出出地交代——

要温水，要干净的毛巾，要厚一点儿的被子。

他听她几乎有些无奈地对沉晔说："仲夏虽然不冷，可他灵力溃散成那样，必定比冬日体温还低，屋子里那被子远远不够。"

越之恒明白，他本不该让心怀不轨的湛小姐在此久留。

但许是身子倦怠不适，又许是真的渴了、冷了，他沉默着，没出声赶她走。

湛云葳一直在悄悄观察越之恒，越之恒想来很难受。他喝过水后，唇仍旧颜色浅淡，只是润了不少。他偶尔会蹙眉，应该是伤势复发，头疼得厉害，在极力忍耐。

她的心思又忍不住活络起来。

没一会儿沉晔将被子也换了，越之恒蹙眉闭上眼眸，似乎在等这股难受劲过去。湛云葳鼓足勇气，再次靠近他："越大人，你更难受了吗？要不要我去叫医修？"

可她的手还没触到越之恒的额头，他就睁开了眼睛。

湛云葳的手腕也被他握在了掌心里动弹不得。他的手掌宽大，掌心粗糙，应该是他常年使那条诡谲鞭子的原因。

对比起来，被他握住的那只属于御灵师的纤细手腕，细嫩、雪白。他冷漠握住的是她的命门。

冰莲香在帐中有些浓郁，混杂着她身上的暖香，令人目眩神迷。伤重确实对越之恒影响很大，否则他不至于让湛云葳靠这么近。

越之恒注意到，湛云葳的视线巧妙地避开了自己的眼睛，落在他的下颌上或者唇间。

他沉默了一下，忍不住问："湛小姐，你到底想做什么？"

她到底在打什么鬼主意？

越之恒知道湛云葳不安分，但她是个聪明人，应该也知道，就算自己只剩一口气，没有灵力的她也实在翻不起什么风浪。

湛云葳慢吞吞地挪开视线，对上他的双眸。

越之恒发现，她的另一只手又下意识地想要缠绕衣带了。

她没有回答他，反而俯下了身。

越之恒的手冰凉，而他掌心里的手细腻温软，他注视着湛云葳，望着她那双栗色的眼眸，一时没有动弹。

两个人僵持了一会儿，她似乎下定了什么决心似的，刚要动作，外面传来了敲门声。

医修老头推门进来："大人，您该上药了。"

越之恒眼看着身上的少女脸上泛出红晕，同时眼中闪过惬意。他本该有个荒谬的猜测，但那个猜测太过荒谬，他便没往那处想。

他松开湛云葳的手，语气冷淡地说道："你回去吧，湛小姐。"

湛云葳功亏一篑，神色不善地看了一眼医修。

她好不容易鼓起了勇气，越之恒看样子还有些神志不清，只怪医修来得不是时候。

医修咳了两声，也有些尴尬。

他一个老头，前几日来的时候大人都孤零零地在房里，别说有人亲近，连个照看的人都没有，全靠强悍的体质撑着。

他今日习惯性地直接就推开了门，也万万没想到大人和夫人在房里做这样的事啊。

湛云葳就没打算走，干脆站在屋檐下，等医修给越之恒上完药再说。

156

反正脸已经丢得差不多了，她说什么也得救出湛殊镜他们。

医修给越之恒上完了药，见越之恒皱着眉在出神，念及医者仁心，便说："掌司大人身子虽然恢复得很快，但是有些事不适宜现在做。听闻大人才成婚，来日方长。"

越之恒看了他一眼，难免觉得有几分好笑。

但他的事，他自然不会和外人说，于是冷冷闭眼，没有应声。

医修以为他固执不听劝，又念及方才那位美貌的夫人，心里直叹气。

出去时，医修见湛云葳还在，忍不住也叮嘱了一遍。

"夫人，掌司大人的身子需要静养。"

然后他听见这位夫人若有所思地问他："他如今能走动吗？"

医修愣了愣：这算是什么问题？大人需要走动吗？他责备地看湛云葳一眼，说："最好让大人躺着休息，大人不宜过分操劳。"

也就是说越之恒能走，那就行。

两个人都站在外面，医修原本在等药煎好，药被端过来以后，他看向湛云葳："那……夫人端去给大人？"

湛云葳觉得他总算做了件好事，于是点头，接过了这碗药。

她进去的时候，越之恒已经不似方才靠坐，而是躺下休息了。她记下了医修的脚步声，又在外面吹了许久的凉风，身上的味道应该也散去了不少。

湛云葳没有第一时间过去找越之恒，而是绕过屏风，找到了越之恒先前穿过的、带血的衣袍。

不枉今日她在房中转悠那么久，看见定身符，她眼眸一亮。

越之恒一开始以为是医修端着药回来了，可很快就发现不对劲。

虽然脚步声很像，可来人的脚步明显更加轻盈，他猜到了这是谁。

湛小姐今日……实在努力。

越之恒忍不住揣测，湛云葳到底想做什么？杀他，还是想要害他？她带什么东西了吗？若她带了不该带的，没理由沉晔检查不出来。

越之恒等了一会儿，感知到湛云葳在翻找什么东西，似乎是他换下来的衣衫。

他心里轻轻嗤笑。湛小姐很聪明，可是她不知道，他体质特殊，那符沾了他的血，早已作废。

他索性闭着眼：让湛云葳早日死心也好，免得她日夜惦记逃跑。

他等了一会儿，她过来了。

耳边传来风声，他睁开眼，发现湛云葳已经手疾眼快地将符贴在了他的额上。

"……"越之恒仍是没动，心里泛出几分冷意。她到底要动手了吗？

少女俯身看着他，眼中难得带上几分愧意："越大人，对不住。"

两个人都沉默了一会儿。

湛云葳没看见他眼中的冷嘲之色，越之恒也没注意她耳根染上的浅粉颜色。

她倒也不必道歉，越之恒想，要害他的人远不止她一个，只是显得她今日所做的一切多余又可笑。

他放在锦被上的手暗自掐好了法诀，就让他看看，湛小姐到底有什么本事。

越之恒注视着她，就见她双手扶住他的肩膀，缓缓低下了头。

汾河郡下过雨的夜，泥土松软，有什么东西在抽枝发芽，伴随着轻轻的虫吟声。

他抬起的手碰到她之前，更软的东西落在了他的唇间。

虫吟声越来越低，最后消失在耳边，他觉得有几分目眩。口脂的香从那头渡了过来，口脂带着淡淡的甜意于唇齿间化开。

来自她试探、不得要领又青涩的触碰动作，让他的一切感官变得敏锐又战栗。

他的手颤了颤,明明他是该下意识地推开她,喉结却滚了滚,将她渡过来的东西吞咽了下去。

那是什么,他已经尝了出来,但因着这一刻犹豫,已经来不及拒绝。

夜长而沉默,他的手垂下,握住了锦被。

他像是叹息,又像是在自我嘲弄。

这过程比他想象的更久一些,良久,越之恒闭上了眼。

夜风吹动院子里的梧桐,落叶在地面上翻滚。

前几日的一场暴雨将夏花打得七零八落,空气中隐约带着残留的香气。

沉晔将视线从那些零落的花瓣上收回,发现自己面前站了一个人:"大人?"

本该静养的越之恒,不知为何从院子里出来了。

越之恒一袭青色的麒麟外袍,散落的发也用青色发带束了起来。

离得近了,沉晔才发现越之恒身后还有个女子的身影。

越之恒淡然开口:"我有要事去做,你与其他彻天府府卫留在越府里。湛小姐,跟上。"

湛云葳小跑着追上他的步子。

这命令明明不合常理,但沉晔以及一众彻天府府卫,没有一个人敢置喙,肃然应是。

湛云葳走在越之恒身侧,松了一口气。她看一眼身边的越之恒,越大人的身份好用就好用在这里。

整个王朝,除了那位灵帝,试图与越之恒作对的人,要么已经入了土,要么就在入土的路上。

两个人出了越府,湛云葳伸出手:"替我解开。"

今夜的汾河郡很是晴朗,星子漫天,月亮隐在云后面。越之恒看上去与平时别无二致,但若有人靠得近一些,就能发现他的眼瞳颜色比平日更深。

往常他如浅浅水墨的眼瞳，如今是一片冰冷的漆黑颜色。

妖傀丹在起作用。

越之恒抬起手，没一会儿，湛云葳感觉到困灵镯被解开，磅礴的灵力回归体内。她早就养好了灵丹的伤，这一瞬间只觉得沉重的身体开始吸纳天地灵气，连身姿都变得轻盈起来。

她闭上眼，甚至能听到远处汾河流水潺潺的声音。

湛云葳不欲耽搁，妖傀丹的效果只有三个时辰，如果越之恒清醒过来，那他们想走也走不了了。

汾河郡离王都虽说不远，但她和越之恒赶过去也要一段时间。

坐上越之恒的青面鬼鹤，湛云葳低头甚至能看见汾河中倒映着的点点繁星。

越之恒就在她身后，现在是傀儡状态，没法离她太远。

夜风吹拂着她的发，青丝与越大人猎猎作响的青色外袍交织，他无知无觉，身子却冷得厉害。

湛云葳默默坐直了身子，替越之恒挡住身前吹来的夜风。

对不住，她心想，我无意伤你，越大人。

念及一会儿要逃命，这青面鬼鹤是个好东西，湛云葳只能让身后的傀儡教自己怎么使用。

他得了令，一只手环过来，带着她熟悉藏在鬼鹤翎羽下的机关。

傀儡无知无觉，自然也就没有男女之别的概念，湛云葳发现，自己几乎被越之恒抱在怀中，他棱角分明的下颔再低一些就能抵住她的肩。

她连忙错开一些身体，不敢再占半点儿越大人的便宜。

她至今都不敢想，若他日还有机会再次相见，越之恒会多想杀了她。

越大人这样讨厌御灵师，今日被她如此轻薄，还成了被操控的傀儡，恐怕恨不得将她碎尸万段。

她喂妖傀丹时，越之恒虽然动弹不得，可意识还在。

那漫长的过程，他想必记得清清楚楚。

湛云葳第一次觉得，要是给她一个机会抹去越之恒的这段记忆就好了。

她遗憾自己不是丹修，也没有这个时间。

她索性不再去想这事，只希望这辈子都别和越之恒再见面了，不然这多尴尬啊。

湛云葳收敛心神，专注地熟悉起青面鬼鹤来。

越是了解青面鬼鹤，她越惊叹越之恒在炼器方面的造诣。以前她只以为越之恒的九重灵脉厉害，但没想到，他炼器的天赋丝毫不逊色于九重灵脉。

这青面鬼鹤平日只有彻天府府卫在用，看上去阴森可怕，外形也不似仙门的鸾鸟、乌金凤车、太岁仙驾那般仙气飘飘，精致美观。可青面鬼鹤速度极快，它的利爪、尖喙，几乎能将普通邪祟撕得粉碎。

鬼鹤的每一片翎羽，都能随主人意念拆卸，腾空而起时，甚至可做到万箭齐发！

不说翅膀下的无数机关，湛云葳在探究的时候，发现这家伙竟然能吐火球？

湛云葳连忙阻止了身后的傀儡想要示范给自己看的行为——开玩笑，下面就是百姓的村庄，鬼鹤一个火球下去，能把别人的屋子烧得干干净净。

难怪百姓忌惮彻天府，光一个坐骑法器，既能杀人，又能放火。

三两只鬼鹤，甚至可以轻而易举地踏平一个村子，所过之处寸草不生。

湛云葳能熟练掌控青面鬼鹤时，王城也到了。

与秀美宁静的汾河郡不同，王朝四处灯火通明，亮起的地方歌舞升平，无数王朝贵胄在夜晚取乐。

王朝的宵禁，仅仅为平民设立。

她垂眸凝视着这只庞大又华丽的巨兽，它明明如此糜烂，偏偏坚不可摧。

昔日与它作对的仙门，纷纷被它无情吞吃。

诏狱在一更天时收到彻天府的命令，掌司大人要连夜提审仙门余孽。

一行被关了多日的仙门灵修，终于从刑具上被放了下来。他们已经数十日没有喝水，也没有吃过任何东西了。

前日，最小的两个灵修，四岁的元琮和五岁的别有恙，纷纷发起了高烧。

对凡人来说，伤寒会致命，对灵修来说，高烧意味着他们体内的灵力溃散得差不多了，再无法维持活下去的生机。

地牢中的灵修大多沾亲带故。

别有恙是蓬莱尊主的关门弟子，裴玉京的小师弟。

元琮则是湛云葳的表弟，从能走能跑开始，就十分聪明乖巧。湛殊镜虽然对湛家一家子人都怨恨，却不至于将气撒在一个四岁小孩子身上，以至元琮经常追在他身后喊阿兄。

成为俘虏时，琵琶骨被玄铁穿透，元琮尚且会哇哇大哭，这几日他却渐渐说不出话，偶尔只能呢喃一声"阿娘"……

昨日好不容易醒来，他虚弱地问："阿兄，我是不是要死了？"

湛殊镜这样一个只在父母身死时流过泪的人，也忍不住红了眼眶。

王朝历来残忍，连一口水都不给灵修俘虏，大人还熬得住，可孩子纷纷肉眼可见地变得虚弱。

五岁的别有恙这几日也不在睡梦中喊师尊和裴师兄了。

地牢里充斥着死亡的气息。

今日被放下刑具，元琮的身子无意识地滑落了下去，湛殊镜不顾身上的剧痛，将元琮接住，抱在了怀里。

元琮睁开眼睛，气若游丝，瞳孔涣散地说："阿兄，我看见你悄悄藏起了云葳表姐的香囊，但是小琮不会告诉云葳表姐的，这是我们男子之间的秘密。"

放在平日，湛殊镜会说"你放屁，敢乱说小爷就把你的屁股打开

162

花"。但今日，他抱着怀里几乎要消散的孩子，哑声应道："嗯，我们的秘密。"

"我好想爹爹和娘亲。"

可他的爹娘都已经战死了，他和湛殊镜一样成了孤儿。

湛殊镜就像抱着幼年的自己："阿兄会想办法带你走的。"

今夜被提审，就算豁出这条命去，他也要试着劫持那王朝狗贼，将族人救出去。

十六年前，长琊山山主牵着他的手告诉他，今后长琊山就是他的家。那时候湛殊镜心中嗤之以鼻，他从未想过自己有一日会愿意为了湛氏族人去拼命。

地牢阴暗的火光跳跃，远远地，湛殊镜看见了审他们的人。

那人剑眉凌厉，狭长的眼眸凉薄，抬起眼眸来冷冰冰地看着他们。

那正是彻天府的掌司，越之恒。

抱着别有恙的那位灵修开口哀求："掌司大人，审讯前能不能给孩子一口水喝？"

世间最要命的武器，并非什么血腥酷刑，而是折磨人的柔软心肠。

湛云葳的脸隐在兜帽下，有一瞬间她心酸得眼眶发疼。

湛殊镜抱着元琮，冷着声音说道："求他做什么？他这种狗杂种，给仙门提鞋都不配。"

说这话时，湛殊镜已经准备强行扯出身体中的玄铁钩，却见面前的越之恒没什么反应，反而对狱卒说："出去。"

而他身后的人，也从披风中露出了脸："湛殊镜。"

她轻轻说："我带你们走。"

密闭的审讯室里，要将仙门弟子体内的玄铁钩取出，这并非简单的事。

湛云葳以灵力护着他们的经脉，让身后的越之恒来取。

湛殊镜见越之恒对湛云葳言听计从，皱眉问道："他怎么回事？"

"吃了妖傀丹。"

湛殊镜古怪地看了湛云葳一眼："他对你没防备？"

湛云葳："……"这话没法接，她接过旁人递过来的别有恙，用灵力替他护住经脉，又往他体内送了不少灵力。

这孩子睁开眼睛，认出了湛云葳，抱住她："嫂嫂。"

湛云葳身后的傀儡垂着头，没有反应，倒是湛殊镜发出了嘲讽的笑声。

也不知谁教别有恙这么叫的，湛云葳有些头疼，但也不至于和一个病重的孩子计较。

别有恙："嫂嫂，我师兄呢？"

湛殊镜说："他连你嫂嫂都不要了，你还指望他来救你？"

"闭嘴吧，湛殊镜。"

湛云葳发现，还是走投无路的湛殊镜靠谱，好好一个人偏偏长了一张嘴。

别有恙脸色苍白，情绪低落地垂下了头。

湛云葳说："他胡说的，你师兄和师尊一定也想来救你们，只是脱不开身。你离开这里以后，就跟着族人去找他们。"

地牢里只有湛云葳一个御灵师，但灵修有五六十个，她光解开他们的枷锁就耗费了一个半时辰。

好在湛殊镜也看出她很是急迫和吃力，一直在帮忙。

"妖傀丹时效还剩多久？"

湛云葳一直留意着时间，看了一眼毫无反应的越之恒："约莫还有一刻钟。"

湛殊镜也知道这意味着什么，帮最后一个灵修解开束缚后说："赶紧走。"

恐怕他们走不了多远，妖傀丹就要失效了。

城郊处停着一艘巨大的云舟，华夫人从里面探出头："泱泱、殊镜，你们可算来了。"

今夜湛云葳回王城后的第一件事，就是假借越之恒的命令，将这群仙门御灵师从丹心阁接了出来。

华夫人担心了许久，唯恐计划出纰漏。

她不安地开口："我们离开丹心阁的时候，被王朝那个方大人看见了，我担心他们已经起疑。"

湛云葳听见这话，不由得心情沉重。

城郊十分寂静，几乎听不见一点儿夜风的声音，她有种不好的预感，空中隐约有灵力震荡。

不好，方淮带着彻天府府卫赶来了！

"走，上云舟。"

仙门弟子一个个登上云舟，湛云葳将怀里的元琼递给华夫人，回头却看见湛殊镜打算杀了越之恒。

她连忙用控灵术挡下了湛殊镜的命剑："阿兄，你做什么？"

"当然是杀了他，难不成还留着这个祸害？你拦我做什么？"

"他死了，你再对付下一个东方既白吗？再不离开，我们就走不了了！"

湛殊镜也知道这个道理，东方既白、越之恒，本质上没有太大的区别，他们同样天赋强悍，灵力高深，手段狠辣。

每一次彻天府变更掌司，灵域必定血流成河，遭殃的是普通百姓，他不杀越之恒才是对的。

可他没法完全忽视越之恒和湛云葳做了快一个月道侣的事，狐疑地问道："湛云葳，你难道舍不得他死？"

说这话时，他没看见被湛云葳挡在身后的越之恒垂着头，手指无意识地动了动。

湛云葳："你在胡说什么？！"

她不想越之恒死的原因有很多，但哪一个都和"舍不得"沾不上边。

湛殊镜看她的表情不似作伪，总算懒得管越之恒，伸出手去接湛云葳，说："走。"

湛云葳将手搭在他的手上时，身后袭来一阵寒意。

没了困灵镯，她的感觉敏锐很多，她下意识地将身前的人一推，二人双双滚在云舟之上。

云舟旁，地面被鞭子劈开了十丈深的裂痕。

湛云葳回头看去，瞬间头皮发麻。

原来最可怕的不是追来的彻天府府兵，而是暗夜下不知何时已清醒过来的越之恒。

越大人仍是那身青衣，垂着眼眸，把玩着冰蓝色的长鞭"神陨"，扬起唇说道："反应好快啊湛小姐。"

他虽然语气含笑，可湛云葳莫名其妙地感觉到，越之恒比过往所有时候都生气。

她方才要是慢了一步，那鞭子劈碎的就是湛殊镜的脑袋。

她就说吧，以唇渡妖傀丹，越之恒恐怕恨不得杀了她。

好在她成功登上了云舟，云舟载着仙门子弟开始升空。

也是在这时，方淮带着彻天府府卫赶到。他脑子也是好使，路过侯府的时候，顺手将侯府的湛雪吟拎了过来，以备不时之需。

怎么对付仙门的人，王朝老谋深算的这批人十分有经验。

果然，华夫人看见女儿出现在这里，脸都白了。

越之恒声音平静带笑，说道："拦下来，若是拦不住活的，就杀了，死的也一样。"

方淮忍不住看了他一眼，越大人好大的火气。

无数青面鬼鹤在空中升起。

湛云葳见识过鬼鹤的厉害，知道大型云舟的速度及不上鬼鹤的，如果没人拦着他们，今晚谁也走不了。

她当机立断，从怀中召出越之恒的鬼鹤，踏上鬼鹤的背。

"湛云葳！"湛殊镜想要抓住她，却晚了一步，只能看她驱使着鬼鹤回身双手结印。

无数银白色的光芒如星子散射而下。

"……"方淮仰头,"越大人,你这是把青面鬼鹤都给她了?"

他哪壶不开提哪壶,话音刚落,越之恒神色更冷。

那些细若丝线的灵力倾泻而下,没有任何一个彻天府府卫当一回事,直到他们发现那银白星芒将他们的灵力封锁,甚至连鬼鹤都无法再启动的时候,他们才知道问题的严重性。

"烟海之灵,星罗棋布,万物芸芸,莫不从命!"

身下无形的棋盘凭空升起,所有被灵力笼罩的彻天府府卫,仿佛变成了那少女手中的棋子。

意志力薄弱的人甚至丧失理智,朝着同伴砍杀而去。

方淮几乎看傻眼了:"这是什么玩意儿?"

越之恒望着驱使鬼鹤的少女,声音冰冷地说道:"你没听见她说吗?控灵术。"

眼见清醒的府卫越来越少,越之恒冷笑了一声,终于动手,鞭子神陨在他手中化成二十四枚诡异的冰凌,朝越来越远的云舟刺去。

湛云葳见势不好,只得收回控灵术,去拦那冰凌。

可惜冰凌四散,她只拦住了一半。云舟之上不断有人惨叫着掉落。

湛云葳来不及回头去看受伤的人都是谁,纯白的灵力与冰凌接触,她发现自己的灵力竟然在慢慢变黑!

越之恒的法器能腐蚀他人的灵力?

她不敢再硬拦,索性将冰凌推回去,借力打力。越之恒不闪不避,轻笑了一声,抓起身边的湛雪吟挡在身前。

湛雪吟惨白着脸尖叫,湛云葳咬牙,生生控住了灵力,自己却被反噬得吐出一口鲜血。

"越之恒!"

"湛小姐,越某可没躲,是你胆怯了。你若狠狠心,将我与她一起杀死便好。"

他笑声狂妄,说道:"我教教你吧。拿弓来。"

他身后的彻天府府卫递上了弓箭。

他挽弓搭箭,对着那云舟上掉落的人,箭箭指着灵丹。

"你知道自己输在哪儿了吗?你不敢杀的人,我敢杀。"

方淮默默退了一步,也是第一次看越之恒疯成这样。湛小姐哪里惹了他?他非要一点儿余地都不留,往人家的软肋上扎?

下一瞬间,越之恒毫不意外地看见,湛云葳舍弃了鬼鹤,以灵力为网,飞身拦住他的箭矢。

七支箭,在触到她的身体的那一刻,全部变成了玄色雾气,钻进她的身体中。湛云葳直直地坠下。

越之恒沉默片刻,神阱恢复成鞭,缠绕住她的腰,将人带到了他的身前。

他低咳两声,咽下喉间的血气,也没追那渐渐远去的云舟,垂眸看了一眼怀里的人,语气平静地说道:"行了,回去。"

回去再和你好好算账,湛小姐。

回汾河郡的路上,因着身体情况,越之恒没有再坐青面鬼鹤,借用了方大人的鸾车。

方家世代为官,方淮早年也是个贪图享乐的纨绔子弟,这几年要接手家中重担,才渐渐沉稳起来。

鸾车里宽敞又舒适,越之恒靠在车壁上。与湛云葳对战,他强行催动逆行的灵力,此刻脸色惨白,刚刚才好些的身体再次灵力溃散。

"我还是第一次见你气成这样,到底发生了何事?以你的性子,你不可能中湛小姐的套啊?"

方淮看一眼被放在一旁,昏迷过去的湛云葳。怎么几日工夫不见,越大人都成人家的傀儡了?

越之恒顿了顿,说道:"一时不察。此次多谢你。"

"越兄不必客气,这些年你也帮了方家不少忙。"

"之后若是有事,你尽管开口,恒必尽力而为。"

方淮也不和他客气:"你也知道,从前几年开始,灵域结界不稳,我爹奉命修补结界，这段时间愁得都老了十岁。连我刚十三岁的远房表弟都被捉了过去修结界，之后我必定有拜托你的地方。"

若是结界邪气泄露，酿成大乱，必须彻天府帮忙诛杀新生邪祟，否则方家难以脱罪。

想到今晚虽然拦截住了十数个仙门弟子，却也被他们逃掉了一大半，方淮问越之恒："你有什么打算？"

越之恒淡然回道："跑就跑了，左右不过一些喽啰。"

"也是。"方淮压低了声音，"陛下的目标是蓬莱那老儿和裴玉京，湛小姐被抓回来了就行。可你到底失职，免不了要受罚。"

"嗯，过几日我会进宫请罪。"

方淮见他有数，想来他不会伤筋动骨。关于越之恒从宫中出来受重伤的事，方淮有所耳闻，但不敢揣测发生了什么，如今看来，这事对越之恒目前的情况反而有利。

越之恒因陛下而受伤，才会让仙门有机可乘，陛下不会严惩越之恒，顶多做个样子。

"你们家这位御灵师小姐，可真是厉害。"方淮叹道，"若非你比她卑鄙太多，恐怕今日会栽一个大跟头。"

越之恒说道："谬赞。湛云葳的堂妹不是方大人拎过来的吗？"

"喀，顺手嘛，我是觉得有可能用得上。"

越之恒盯着昏迷的湛云葳："确实用上了。"

他冷笑了一声。

如果不是顾及湛雪吟，最后那几箭恐怕就会毫不犹豫地冲着他来了。

先前在蜃境中他就已经见识了湛云葳的控灵术，不过那时她的控灵术尚且不成熟，如今却已经有了能控制灵修的力量。

"方淮，今日之事，还望你守口如瓶。"

方淮神色复杂地看了湛云葳一眼，点了点头："我明白。"

湛云葳这样的能力，少不得让人觊觎或者忌惮。且灵域禁止修习控灵术，也不知长琊山山主是怎么想的，竟然允许掌上明珠犯禁。

天亮之际，鸾车到了汾河郡。

沉晔知道闯了祸，此刻站在越府门口等着。

越之恒说："困灵镯。"

沉晔连忙递上新的困灵镯，越之恒接过镯子，将其扣在了湛云葳的手腕上。

见越之恒抱着湛云葳下鸾车，方淮难掩看热闹的心态。

啧，让越大人吃这么大的亏，带着一身伤病当傀儡，湛小姐好狠的心。

也不知道一向睚眦必报、以牙还牙的越大人会如何做呢？

湛云葳有意识的时候，只觉得浑身酸软无力，一股凉飕飕的视线定在自己身上。

念及昏过去之前的事情，她睁开眼睛，就看见越之恒靠坐在榻边。

他拿着一本器谱，不过此时没在看，而是神色淡淡地望着她："醒了？"

湛云葳从地上坐起来，发现外面艳阳高照，不知已经过去了几日。她略垂眸，果然发现困灵镯再次戴在了腕间，而他们也回到了原本属于越之恒的院落里。

越之恒早就换好了衣裳，包扎好了伤口，气色看上去明显比前几日好些。唯独她还维持着数日前的模样，原本穿着的罗裙没变，连披风都没有解开。

难怪她觉得浑身都疼，越之恒将她扔在地上几日，又是冷硬的地面，又是无处不在的邪气，她不疼才怪。

进入六月的汾河郡有了燥热之意，知了在院子里叫个不停。

湛云葳对上越之恒冷冰冰的眼神，心里叹了一口气。

她前几日还在祈求最好这辈子都不要再和越大人相见，没想到这么快又落到了他的手中。

然而她更加记挂另外一些事，不得不问出口："越大人，仙门的人怎么样了?"

以身体与灵力挡箭前,她看见有人从云舟上掉落,后面的事情一概不知。她既怕所有人都被抓了回来,又怕有人因为这次逃亡受伤、死去。

"若我说都死了,湛小姐可会后悔自己做的一切?"

湛云葳白了脸。

越之恒本来就在看她,就见她脸上血色消失,表情变得难以置信、茫然惶恐,那双明亮清澈的眼里也浮现灰败之色。

他沉默片刻,声音冷冷地说道:"但可惜,没死,跑了一大半,剩下十七人被重新关进了诏狱。"

这短短一句话,却让湛云葳仿佛从溺毙状态中活了过来。

她抬眼看向越之恒:"越大人,你还在生我的气吗?"

"你我二人立场不同,何来生气之说?越某知道湛小姐做这一切皆是为了仙门族人,我棋差一着,没什么好说的。而你没能逃走,是你无用。既然湛小姐沦为阶下囚,就烦请今后有些阶下囚的自觉。"

什么叫作"阶下囚的自觉",湛云葳很快就见识到了。

当日晚膳,越之恒因着受伤,吃得清淡,但也有三个菜和一个汤,而落到湛云葳手里的,只有一碗白粥。

她昏迷了几日就有几日没吃饭,捧着碗望着越大人的饭菜,有些食不知味。

不过比起数十族人成功逃走,这代价实在太小了,就算是白粥,湛云葳也没有浪费粮食,吃得干干净净。

没人给她烧热水,也没有换洗的衣裳,湛云葳只好从房间里找出净尘符将就一下。

石斛进进出出,感觉到他们之间的氛围不对劲,也不敢擅自与湛云葳说话。

不见白蕊的身影,湛云葳望着门口,在想白蕊是不是成功逃了。之前白蕊说之后会出府与她会合。

越之恒翻了一页书,头也不抬地说道:"湛小姐在等白蕊?越某

· 171 ·

忘了和你说,她也在诏狱里。"

"……"湛云葳咬牙,行。

只要人活着就好,来日方长,待到湛殊镜养好伤,与裴玉京过来,他们便能救走剩下的所有人。

眼见月上柳梢头,到了该睡觉的时候,湛云葳往榻边过去,一本书却抵在了她的额上。

"做什么呢,湛小姐?"

她移开那本器谱,目光对上一双毫无情绪的浅墨色眼眸。

"越大人,你不会告诉我要让我睡地上吧?"

越之恒神色冷漠,眼中映出了她的身影。

湛云葳开始觉得费解,要说触到越之恒的逆鳞,她自问这辈子做的事还远没有上辈子过分。

前世两个人一开始就不和,她不仅扔东西砸过他,还骂过他,让他在外面丢了不少脸,把毕生词汇用尽,越之恒也只是无所谓地嘲讽一笑。

两个人躺在一起时,她还数次起过杀越之恒的念头,但他都只是禁锢着她,不让她动,并未伤害她。

大多数时候,不用与她共枕,越之恒甚至会自己去住书房和客房,将曜仙灵玉床榻留给她。

这还是他第一次不许她睡床榻。

到底哪里不一样?她这次更过分了吗?明明她先前与越大人处得还不错,远比前世好。

湛云葳思来想去,只剩一个可能。

她的视线从越之恒高挺的鼻梁上下滑,落在他的唇上。

其实她也不是真的就忘了这事,只是太过尴尬,不敢让自己记起来。

此前她没有过这样的经验。她与裴玉京定亲还不久,最亲密的时候也不会到这一步。

她记得自己那日是怎样一点点地撬开越之恒的唇舌,将妖傀丹渡了过去，也记得他吞咽妖傀丹的模样。

不怪他生气，那种情况下谁被迫吞咽妖傀丹都会觉得是耻辱。原来越之恒对御灵师的厌恶感已经到了这种地步，她渡药的行为在越大人看来，竟然比妄图杀他还要令他厌恶？

此刻，她盯得久了，看见越大人的喉结滚了滚。

越之恒注意到她的视线，冷喝道："滚下去！"

湛云葳也觉得尴尬，连忙从榻边退开。她又发现，越大人以前其实也鲜少对她说这样的粗鄙之言。

他杀人时尚且会笑，对着厌恶之人也能虚与委蛇。

湛云葳说："越大人，你要是实在生气，不妨也惩罚回来？"

他神色难看，狭长的眼眸里眼神锐利。

湛云葳想起了灵域不得伤害御灵师的规定，难怪越大人有气没处发。

湛云葳只得换个主意，说："越大人，我先前也是情非得已，你若实在是想起来难受，要不寻个丹修，讨来几枚丹药，忘了那日的记忆？"

她还想说，她也需要一颗。

只要两个人都不记得了，这件事完全可以当作没有发生过。

一本书被冷冷地扔在了她的裙边，越大人无声喝令她闭嘴。

湛云葳理亏，这次出逃算起来她又占了便宜，平心而论，除了畏惧夜晚的邪气，她心情其实还不错。

但是湛云葳得强忍这种好心情，免得心情明显不好的越之恒更想杀了她。

于是她捡起那本书，出去找石斛要了几床厚实点儿的褥子，抱着褥子回来铺在榻边。

也不知是不是故意的，越之恒眼神冷冰冰地盯了她一会儿，在她快要铺好褥子的时候才开口："离我远些。"

"……"她也发现好奇怪，她怎么偏就在榻边睡呢？

湛云葳索性站起来，在房间里转悠了一圈，最后在窗边找了个地方，将窗户打开，褥子铺好，这样抬眸就可以看见汾河郡天空中流转的繁星。

两个人之间隔着屏风和纱帐，躺下后都没说话。

湛云葳心想，也不知道这几床褥子管不管用，但愿她不会邪气入体。

良久，久到她以为越之恒已经睡下的时候，那边传来冷淡又平静的话语："湛小姐，你可还记得先前承诺过答应越某一个要求？"

湛云葳愣了愣，想起回门的交换条件，说："自然记得。"

"好。"越之恒闭了闭眼，"那越某需要你记住，今后不管你用何种方式逃离，对抗王朝，上次的事情，是第一次，也是最后一次。"

仙门余孽逃走的后果他认，但这种事情，他只允许发生一次。

湛云葳叹了一口气，说："我答应你。"

哪里还有下一次啊？越大人对此事避之不及，她也没有肖想过越大人，两个人必定能够保持距离到她离开的那一日。

湛云葳一口答应的时候，远没想到世事无常，人生比戏还荒谬，转折就在几日后。

越之恒的伤又养了三日，到第四日的时候，他差不多恢复过来后，进了一趟宫。

湛云葳在府中待着没事，干脆带着石斛在府中走走。

路上，她看见一群人捧着账册往二夫人院子里去，府中奴仆也明显比平日里高兴。

人来人往，十分热闹。

"今日有什么好事吗？"

石斛闷声说："年中了，管事们来送账本和灵石，今日不仅会发放月银，还有裁缝来给府里的人做下一季的新衣。"

湛云葳见石斛脸色异样，问道："这明明是好事，你怎么好似不太开心？"

石斛与湛云葳相处了一段时日，知道少夫人性情极好，本来这样的事不适合告知少夫人，她也不该如此不知满足。可她家中老父邪气入体已有很长时间，缓解的玉牌在王朝价格高昂，供不应求，她必须想办法攒够灵石，去换新的净魂玉牌或是带父亲去丹心阁祛邪。

石斛忍住话中的委屈之意："您有所不知，咱们院子里所有的仆从都比旁人院子里的仆从月银少五成。不仅如此，何管家还总是寻着由头克扣奴婢们的月银。"

就连每个季度的新衣，其他人有四套，石斛他们只有一套。

"怎么会这样？"

湛云葳从前一心想逃离越府这个"牢笼"，也没有石斛这个婢女，还是第一次听说这些事。

"为什么我们院子里的人月银更少？"

"何管家说，近些年不景气，咱们越家在王朝的铺面多有亏损。大公子平素炼器，用的都是最珍贵的材料，因此拨给院子里的其他人的月银自然就要少些。"

湛云葳听了这说法，只觉得荒唐。

别的铺子是盈是亏她不清楚，可越之恒的淬灵阁，一件法器千金难求，别说养一个院子的奴仆，就算养十个越家也绰绰有余。

不仅如此，越之恒还有每年王朝发下来的俸禄，彻天府也是不需要越大人养的，自有王朝拨款。

这笔灵石应该很可观才对。

"这些事情，你们没与越大人说过吗？"

石斛咬了咬唇："大公子平日繁忙，奴婢不敢。"

不仅她不敢，院子里的其他人也不敢。事实上，被分到越之恒的院子里的人，都是平素话少又性子怯懦被排挤的。

不管在府内还是府外，越大人恶名昭著，谁敢拿月俸这样的小事麻烦他？

何管家是二夫人的远房亲戚，平素在越之恒面前毕恭毕敬，表面功夫做得极好。他们没有何管家那般巧舌如簧，更是不敢吱声。

若不是走投无路，石斛也不敢同湛云葳说这些事。

湛云葳虽然知道仙门世家不少蝇营狗苟的事，但这还是第一

· 175 ·

次见。

昔日长琊山，因着她年纪小，中馈一直由万姑姑在管，万姑姑仁厚又公道，连外门弟子都没有苛待过。

这么久以来，石斛和院子里的杂役都勤恳踏实，湛云葳看在眼里，对此事不可能坐视不理。

眼见何管家要带着人去二夫人的院子，湛云葳走到他们身前问道："账册都在这里？"

其他管事没有见过她，面面相觑。

何管家没想到会在这里遇到她，面上堆出笑容，向管事们介绍："这是咱们大公子的夫人。"

管事们连忙说："少夫人好。"

"账册拿过来，我看看。"

其他人碍于越之恒，不敢拒绝，何管家则皱眉。

湛云葳粗略地翻了翻账册。

越家在王朝有十五间铺子，除了越之恒的淬灵阁和二夫人的一间胭脂铺子，其余的确实大多在亏损。

可上一季，其余铺子总共亏空一万三千灵石，胭脂铺子赚了两千灵石，淬灵阁赚了足足二十八万灵石。

一季赚二十八万灵石是什么概念？

如今灵域灵气稀薄，湛云葳记得长琊山一年的花销是十二万灵石。

也就是说，越之恒的淬灵阁一年能赚一百一十二万灵石，不但够养九个长琊山，还能多出三万余灵石来。

湛云葳："……"越府是养了什么不得了的吞金兽吗？这样都不够？

这就算了，越之恒的院子里的人，还平白比旁人少一半的月俸。

湛云葳不信越家上下都对此事不知情。

无非是越家的人都看不上越之恒，觉得他投靠王朝毁了祖宗基业，贪图富贵，是个无耻的小人。

可没人敢当面指责越之恒,也没人敢脱离越家,与王朝作对,他们便在这些方面故意克扣越之恒院中的人的月钱,借此发泄心头不满情绪,或是中饱私囊。

湛云葳莫名其妙地又想起了"喋血先生"之事。

她蹙了蹙眉。

就算是曾经最厌恶越之恒的时候,湛云葳也不会觉得先生这事是对的。

古人云,食君之禄,忠君之事,担君之忧。

这算什么呢?

先生拿了越大人给的月俸,却在越大人不曾知晓的地方践踏轻视越大人?

连这些去了他的院子里的奴仆,都被欺压着低人一等。

想到了什么,湛云葳在那堆账册里翻找着,果然其中还有平日府中的开支和名册。

何管家心知不妙,想要上前拦她:"少夫人,府中的中馈一向是二夫人在管,您这般,是否有越俎代庖之嫌?"

湛云葳避开他的手,笑道:"何管家言重,我只不过是好奇罢了,二夫人若要怪罪,改日云葳必定亲自赔礼。"

何管家沉下脸,还要上前去拦她,石斛鼓起勇气挡在了湛云葳身前:"何管家,少夫人也是你敢冒犯的?"

想起那尊煞神,何管家咬牙,但到底不敢从湛云葳手中抢东西。

湛云葳径直将账册翻到哑女那一页,不看不知道,看了后抿唇,怒火愈旺。

那一页几乎是空白,越府上一次给哑女做衣裳,还是两年前的冬日,为她添了一件夹袄,而灵石几乎一枚都不曾给她分发。

"何管家能否解释一下?"

何管家挤出笑容,说:"她身份不明不白,也不似奴仆干活儿,月俸自然不好定。您有所不知,前几年小的也不是没有给她发过月银,是她自己推拒了。"

这话何其冠冕堂皇，就算哑女不要月银，可旁的东西不该短缺：四季的衣裳、冬日的炭、夏日的冰。

这些东西只偶尔才有，湛云葳揣测是越之恒在府中的时候才有。

他若在彻天府忙碌，哑女就没有这些东西。

那姑娘很少出院子，又是个纯善的哑巴，就算比石斛他们都委屈，也不会告状。

"少夫人，您放下账册吧，您的份例自然是顶好的。"管家的话语隐带告诫意味，"您何必为了一个哑巴开罪二老爷与二夫人？"

湛云葳不语。

何管家怕她真的将此事告诉越之恒，只得狠下心说道："少夫人，借一步说话。"

湛云葳也想听听他狗嘴里能吐出什么象牙，和他去到了一旁。

何管家压低声音说："有的秘辛您是不知。那哑巴和越之恒本就不是越府正经的公子、小姐。"

湛云葳在蜃境中就知道这事，但没有表现出来，只作惊讶状。

"他和那哑巴是双生子，八岁来到越府，老祖宗没认，大夫人也不认，将他们关在那禁地里，当家畜一般养着，一关就是八年。据说他们都是从那里面来的。"管家指了指渡厄城的方向，"若非他们血脉低贱，老祖宗怎会如此？"

管家笃定，御灵师娇气又高贵，如果得知越之恒是这样的身世，湛云葳恐怕看越之恒一眼都觉得恶心。

她恐怕会比他们还想要糟践两个这样的人，又哪里还会为哑女和一群为越之恒做事的仆从抱不平？

湛云葳的长睫颤了颤。

六月的阳光炽烈，照在身上她却觉得没有一点儿暖意。

原来是这样，难怪越之恒的字写得不好，难怪他连花巴宴是什么都不知道，平日抓紧所有时间在看书。

一切她困惑的问题，都有了答案。

原来当年那个顽强求生的孩子，只是从一个地狱逃向了另一个地狱。

他并不知道,他当年用尽一切力气奔向的是后来长达八年的囚禁生活。

越之恒进宫去请罪,受了四十七杖刑罚回来时,留在越府的彻天府府卫迎了上去,欲言又止。

越之恒竟然有种习惯了的感觉,语气淡然地问道:"湛小姐又搞幺蛾子了?跑了没?"

"没跑。"府卫神色古怪地说,"不过她打了管家一巴掌,还抢走了二夫人的账册。"

越之恒抬起眼眸,意外于湛云葳没跑,他得到的也不是与仙门或裴玉京有关的消息。

他沉默着。湛云葳这是受不了待在越家,就算被迫留下,也要刻意给他添堵?

彻天府府卫想了想,补充道:"湛小姐没什么事,何管家不敢对她动手。"

越之恒语气有些冷淡:"今后我没问的事,无须多嘴。"

府卫连忙应道:"是。"

越之恒进屋前,看见湛云葳在和石斛说着什么,石斛在抹泪,一个劲道歉。湛云葳捧起石斛的脸,轻轻在给那丫头擦泪。

越之恒靠在门边看了一会儿。

湛小姐还真是对大部分人温柔,剩下的小部分人,自然不包括王朝的鹰犬。

他神情冷漠,隐带嘲讽之意。

就是因为有这样的坏毛病,她今日才会在这里,否则她一个会控灵术的天阶御灵师,怎会沦落至此,被囚禁在他身边?

湛云葳嗅到熟悉的冰莲香气,才发现站在门口的越之恒。

湛云葳惊讶地问道:"你又受伤了?"

越之恒说:"嗯。"

179

石斛无措地站在原地。她怕越之恒，更怕自己今日多嘴，惹得大公子和少夫人不和。

湛云葳看出她不安，说："你先去做事，没事的。"

石斛这才离开。

越之恒面色无波地进来，倒了杯茶。

湛云葳捏着账册，在他对面坐下，大抵猜到了越之恒今日去宫里做什么："越大人，是不是我放跑了仙门的人，令你受罚了？"

越之恒语气平静而冷淡："你不必如此，我早说了这事是我技不如人。"

湛云葳抿了抿唇，或许在平日她还不至于同情越之恒什么，可今日她的脑海里反复是管家在说，越之恒千里迢迢地找到越家，却与哑女被当作牲畜关在禁地八年。

这事由她而起，越之恒却没有对她施加刑罚，只是轻轻放过，湛云葳难得地对他生出些愧疚之情。

她轻声问："那……严重吗？"

越之恒抬眸看了她一眼，沉默了一会儿，说："不严重。"

湛云葳应了一声，起身："我替你找医修？"

"不必。"越之恒有些不习惯她说这样的话，也比较排斥这样的氛围，"我买通了施加刑罚之人，受的不过是皮外伤。"

这也是实话。

湛云葳忍不住看他一眼。

越之恒笑了一声："越某身为佞臣，这不是很正常的事？湛小姐这是什么表情？"

她说："你倒是挺坦诚的。"

"你又不会去告状。"越之恒说，"我们不妨来谈一谈你今日在府里都做了些什么。我们说好的事，湛小姐是半点儿不记得？"

他的神色渐渐冷了下去。

她想离开的心还没死吗？还是他给的惩罚太过不痛不痒？

第七章　花巳双蝶

　　湛云葳听到他的语调冷了下去。越之恒知道发生了什么，却怪她多管闲事？

　　她抿了抿唇，抬眸望着他："越大人要我记得什么？"

　　越之恒语气冷淡地说："湛小姐还是阶下囚。"

　　她就不该整日想着激怒他，绞尽脑汁地给他添堵。他见过湛云葳和裴玉京在一起的模样，那时候她微红着脸，杏眼明亮，若非仙门败落，过两年她恐怕就该同那人成婚。

　　越之恒亦知道湛云葳厌恶自己，迫不及待地想离开。

　　可若不是灵帝忌惮预言，难道他就想同她绑在一起，在她的怨怼中与她朝夕相对？

　　听见越之恒提醒的话，湛云葳垂眸，掌中账本好似一瞬间有些烫手。虽然一早不是奔着让他领情去的，可她没想到越之恒会因此对她冷言冷语。

　　她今日回来以后，也隐约意识到自己有些冲动。

　　哑女是越之恒的亲人，但二夫人等人和老太爷，也都和越之恒关系匪浅。

湛云葳知道越之恒或许有些在意哑女,可那全是听"假奶嬷嬷"说的。

湛云葳的记忆里,无论如何,只要越之恒还活着一日,他都是护着越家的。

直到他倒台,树倒猢狲散,越家才被抄家灭族。

说起来,她这个外人确实不该管他的家事。越之恒说得没错,她表面担了他的道侣的名头,实际不过王朝的阶下囚。

她明明和越大人立场相悖,竟然因为以前的记忆,平白对他多出了信任和怜悯心。

她不该这样。

湛云葳将账册推出去,恹恹地开口:"越大人的告诫,我谨记。今后我不会再做这样的事了。"

气氛有些冷。

许是戳破了表面的平和状态,两个人心里都有些窝火。

偏偏下午越之恒待在书房里绘制法器图纸的时候,王后派人送来了花巳宴的帖子。

往年越之恒没有娶妻,越府只有二夫人会收到这样的帖子,今年这帖子多了一份,被送到了湛云葳手中。

但一刻钟后,花巳宴帖子就由院中仆从放到了越之恒的桌案上。

越之恒看了一眼帖子,冷着声音问道:"她这是什么意思?"

仆从害怕他,却还是哆嗦着把少夫人的话转告完:"少夫人说,阶下囚没资格处理这样的帖子,让大人自行定夺。"

如果从宫中挨了四十七杖回来,听闻湛云葳故意给他添堵,越之恒当时是感到愠怒的话,此刻他还多了一分憋闷感。

仆从本就怕他发怒,见掌司脸色平静,手中的瓷笔却生生被他握出了印子,仆从冷汗涔涔,"扑通"跪下。

越之恒收回视线,冷笑一声,扔了手中的笔:"出去。"

仆从忙不迭地跑了。

越之恒将桌上的花巳宴的帖子拂到一旁,收敛起心神,重新取了一支笔,开始细致地绘线。

他绘制的是下一季淬灵阁要打造的法器,每一个地方都得斟酌标注。这些法器往年除了由淬灵阁的炼器师打造,彻天府不忙的时候,越之恒也会动手做几件。

不过他炼制的法器,很少用来卖,大多是彻天府自己使用,或者被管事放在阁中作镇店之用。

越之恒忙完,已经是三更天了。

他放下笔,走到房门前时,发现湛云葳早就灭了灯烛。

院子里安安静静,门也紧闭着,她也在生他的气。

其实他倒不是非睡不可,往常炼器的时候,十数日不合眼也是常事。

可正因为知道自己没多少年好活,湛云葳来府里之前,越之恒从来不委屈自己。

他活得很肆意张狂。

他十六岁从禁地被放出来时,扯下哑女拽住他的袖子的手,冷笑道:"与其像犬彘这般活着,不如站起来一搏。你放心,我会保重,别人不把我的命当命,我会攥紧。"

因为有人说过,他的命也是不可以轻易交付的。

从那天开始,越之恒开始跟着越老爷子学炼器、学符咒阵法、学骑射,不仅要学旁人会的东西,还要学很多世家公子不该接触的事情。

后来当真平步青云,坐上那万人唾骂,却万人之上的位子,越之恒总会想办法对自己好些。

尽管他从没接触过,对一个仙门世家正经公子来说什么才是真正的好东西。

越家请的师傅,也不会教导他这些无用的东西。

吃穿用度,算是越之恒最初认知的人生大事。

这些习惯,就算时隔多年,湛云葳再次闯进他的生活,他也需要保持,这样有一日湛云葳离开,便不会有任何痕迹。

越之恒推开了门。

他晚上没用膳,湛云葳晚上还是只有那一碗白粥。他路过时,看见窗边蜷缩了小小一团身影。

汾河郡今夜没有星子,连月亮也没有出来,天幕暗沉沉的,窗户却还开着。

明日大概率又是阴雨绵绵的天气。

越之恒收回视线,平静冷淡地从湛云葳的身边走过。

走了几步,他蹙眉,发现有些不对劲。

湛云葳的呼吸沉重许多,也并不规律,越之恒原地站了一会儿,走过去在她身边蹲下。

"湛云葳,醒醒。"

她下半张脸裹在被子中,只露出姣美的眉眼,睫毛纤长,一颤一颤的,似乎在做什么噩梦,他叫都叫不醒她。

越之恒眉头皱得更紧:"湛云葳。"

她低低地呢喃了一声,越之恒耳力好,听见她隐带哭腔地叫了一声"娘亲"。

越之恒了解过湛小姐的背景,她没有娘,自幼就是长琊山山主带大的。

白日里那股怒气,在夜晚消失无踪,显得有些无力。

越之恒伸手一触,发现她额头滚烫。他沉默了一会儿,俯身将她抱了起来。

也不知是不是他的错觉,他总觉得湛云葳比前些日子还要轻一些。

这几日她似乎瘦了。

越之恒把她放到床上,她还钩着他的脖子,在胡言乱语:"娘亲,你别抛下我。"

他俯身,冷淡地将她柔若无骨的手从自己的脖子上扯下。

别对着谁都叫娘,湛小姐。

医修老头大半夜被拎来越府，以为又出了什么大事。

自从给越之恒做事以后，医修都习惯了生生死死的场合，如果彻天府的人不急，他就能坐上稳妥的玄乌鸾车。若彻天府府卫嫌他走得慢，拎着他赶路，往往就是越之恒半死不活的时候。

但这一次出乎他的意料，掌司好好地站在屏风后："过来看看她怎么了。"

医修过去，看见的是姣美脸蛋被烧得酡红的湛云葳。

医修一眼就看出了问题："邪气入体，病了。"

医修费解地看着越之恒："越大人，夫人怎么会邪气入体？"

越之恒说："她在地上睡了几日。"

医修难以置信："您让被封印了灵力的御灵师睡地上？"

越之恒迎上他的目光，皱眉，似乎在问：哪里不对？他幼时什么地方都睡过，别说是湛云葳这样夏日垫着厚厚的褥子在地上睡，他冬日连像样的衣裳都没有。山门每月总会有几日忘记给他们送吃的东西，他和阿姊饿极了还吃过雪。

往常彻天府抓住犯人，百般折磨，让其肠穿肚烂不在话下。甚至他现在站在这里，背上还受了杖刑。

可湛云葳放走了那么多仙门的人，他没碰她一下，没打过她一下，饭菜就算简陋，他也没饿过她一顿，这样她也能生病？

医修摇头叹气："掌司大人，御灵师体质都很脆弱的，今后万不可如此。"

越之恒几乎想冷笑：那他把这个热衷搞事的活祖宗供起来？

可他看了一眼床上人事不省的湛云葳，不太情愿地说道："嗯。"

医修拿出净魂玉牌，一边给湛云葳降温，一边絮絮叨叨。他妻子就是御灵师，到老了他们都很恩爱，因此他颇有心得，说起来就没完没了。

等他意识到自己说了一大堆"废话"，他才想起去看越之恒的反应，发现掌司正望着他，在听他说话，不过没什么表情。

医修怕这位动辄杀人的掌司不耐烦发火，意犹未尽地闭了嘴。

石斛眼眶红红地站在门口，恨不得抽自己几个巴掌。

她就不该用自己这些小事去麻烦少夫人，害少夫人被大公子责罚。

跟了湛云葳一段时日，石斛纵然天真，可也隐约感觉到湛云葳的处境并非自己以为的那样好。

医修走后，越之恒让石斛进去给湛云葳换衣裳，石斛跪下啜泣道："大公子，先前不关少夫人的事，都是奴婢嘴碎。"

越之恒冷着声音问道："你说什么？"

石斛不敢隐瞒，带着畏惧和悲凉心情，从府里只有越之恒院中的仆从月银最少，到湛云葳因为查哑女的用度与管家起争执，事无巨细地全说了。

石斛忍着泪说："少夫人说，天底下没有这样的事，他们拿了您的东西，还敢在背后侮辱您。"

石斛说出这件事，就做好了受罚的准备。

然而帘幕后安静许久，传来了越之恒低沉的声音，他并未说什么惩罚："你进来替她换衣。"

石斛战战兢兢地走进去，越之恒顿了顿，去了屏风后面。

石斛见湛云葳因祛除邪气出了一身汗，越之恒也没责备自己的意思，连忙先去打水给湛云葳擦拭身体，再给湛云葳换上干净的寝衣。

她做完这一切，发现越之恒还在外面，背靠着屏风，侧颜冷峻，隐约有些出神。

"大人，换好了。"

"嗯，出去吧。"

石斛总觉得怪怪的。她虽然年纪不大，可也知道，道侣之间用不着避讳这么多，她给湛云葳换衣，大人不该回避。

后半夜喂药更奇怪，越之恒本来都拿起药碗了，注视了一会儿少夫人的唇，却对石斛说："你来。"

湛云葳虽然退了热，却一直被梦魇着。

186

石斛怕她躺着喝药呛着："大公子，您可否扶一下夫人？"

越之恒微垂眼眸，只得让湛云葳靠在自己怀里，石斛看不清越之恒是什么神色。

湛云葳退了热，一会儿工夫身子就凉了下来，石斛喂她喝药也省心，但凡喂，湛云葳都张口喝了。

只不过还是有少数药汁从湛云葳的嘴角流下，石斛连忙想找锦帕，抬眼就看见一只骨节分明的手在湛云葳的嘴角轻轻擦了擦。

越之恒照旧神色淡然，这幅场景却让石斛看得脸红。

喂药后半程明显顺利多了，石斛预备着锦帕，也没弄脏湛云葳刚换的寝衣。

这么折腾一通，天都快亮了。

石斛说："少夫人没事了，大公子您也休息一会儿吧。"

越之恒在净手，盯着水中自己的倒影，不置可否。

石斛走了，湛云葳还没醒。

越之恒走到床边，垂眸看着湛云葳。湛云葳的气色明显好多了，昨夜她还似霜打茄子般，如今仿佛又注入了明媚的生机。

退热以后，她再也没有说过梦话，也没再逮着人叫娘，安安静静的，十分乖巧，看不出半分那日用控灵术叱咤风云的气场。

越之恒没想到事实竟然会是这样，更没想过湛云葳会护着他。

二夫人瞧不上他，他是知道的。府里的老人大多也清楚他的来历，只不过对此讳莫如深。新进府的人，又不敢招惹他。

他这一生，实在少有人为他抱不平，久了，就连他自己也以为，他从未受过不公待遇，或者他自己就能加倍奉还。本来这也没什么，他都习惯了。

而且他现在比所有人都过得好，不是吗？

可偏偏就像有一根线，在细细收紧他的心脏，他感觉有些疼，有些涩，这种感觉陌生得令人发笑。

念及自己误会之下说了什么，他低笑道："湛小姐，你真有本事。"

187

后悔这样的情绪，他还以为他这样的人一辈子都不会有。

湛云葳又做了那个古怪的梦，当然还是没看清"娘"的模样。

她醒来后已是日上三竿，发现自己睡前还在地上，现在却在床上。

越之恒去彻天府当值了，倒是石斛喜滋滋地走了进来："少夫人您醒啦！"

湛云葳一看石斛的样子就知道有好事发生。

果然，石斛说："越大人说今后淬灵阁的账咱们自己管，院中人的月钱，我们自己发。"

湛云葳也没想到一夜之间，越之恒开了窍。

不仅如此，今日越之恒回来得格外早。他递给湛云葳一个盒子，在她困惑的目光下，说："给你道歉的赔礼。"

这可真是太稀罕了！

她忍不住抬眼去看越大人。越之恒扬唇："不打开看看？"

湛云葳打开盒子，发现里面躺了一面精巧的镜子，镜子主要以黑曜石、金、铜制成，背面雕刻了四只腾云火凤，镜面是什么材质她看不出来，但是入手温凉，仿佛有灵力震颤。

手柄的地方，有一枚不起眼的冰莲印记。

她有个猜测，惊喜地问道："这是洞世之镜？"

越之恒颔首。

湛云葳早就听过这件赫赫有名的法器。这本是上古炼器大能的得意之作，后来器谱失传，没想到当世竟然有人还能造出来。

据说向洞世之镜灌入足够的灵力的人，就能看见自己想看的人在什么地方，世人皆在镜中。

那她岂不是可以看见她爹的情况了？

"你真的给我？为什么？"

越之恒看她一眼，说："昨日我误会了你，我以为你……是故意给我添堵。"

湛云葳一想就明白问题出在哪里："你的府卫没听见管家和我说话？"

"嗯。"

"他们不是在监视我吗？"

越之恒忍不住看了她一眼："湛小姐，我在你眼里就这么卑鄙？他们只是平日看着你，不让你跑了而已，你说话是没人会偷听的。"

湛云葳意外地发现，越大人竟然在一些奇怪的地方格外有风度。

既然是误会，越之恒还给了这么珍贵的赔礼，她自然也不是小气的人，确认道："你真的给我了，不会反悔？"

"你看上去挺喜欢？"越之恒望着她，"湛小姐先前不是不收我做的东西吗？"

湛云葳没想到，自己故意搁置带银色莲纹的法器的事，越之恒竟然知道。

可洞世之镜不一样，哪怕是陷阱，她也收。

对如今的自己来说，她不过一个月没有看到爹爹，可实际上，是数年生死永隔。

"我先前对越大人有防备，"她坦诚地说道，"可现在好像有些开始了解你了。"

她从没想过有一日越之恒会给她道歉，还把洞世之镜送给她。

这东西……如果在越之恒手中，是可以找到裴玉京的。

而越之恒竟然将洞世之镜给了她。

"你久久找不到裴师兄，灵帝不会发怒？"

越之恒看了一眼那镜子："本来陛下也没觉得我能做出来。"

先前彻天府使用的洞世之镜都是一些仿制出的半成品。再说了，裴玉京和蓬莱余孽有么好抓？越之恒是个人，又不是神。

就算王朝知道他们在哪里，这恐怕也是九死一生的恶战。

他们去别人的地盘打，不若让人来他的地盘打。越之恒不是没脑子，更不是不要命，再为灵帝效忠，想要地位和权势，那也得是在保住性命的前提下。

裴玉京身边有仙门如今存活的所有大能，越之恒疯了才会带着自己的心腹去人间端他们的老巢。

他不若让湛云葳看看她想看的人，她少折腾一些，两个人都好过。

"可我没有灵力，只能用灵石。"

她爹在人间，估计要好多好多灵石，她才能开启一次洞世之镜。

湛云葳眼也不眨地望着越之恒。

他饮了一口茶，问道："看我做什么？"

问越之恒要钱，一要可能还是上万灵石，她还做不出来这种事。

"越大人，我听说你把账册拿回来了。"

"嗯。"

"那你缺一个管中馈的人吗？"她杏眸亮亮的，"你看我怎么样？"

越之恒就等着她提这事。

但他还是问："你会？"

湛云葳："那当然，每个御灵师都会。"

不管男子还是女子，只要是御灵师，往往被默认会嫁给高门大户做夫人或者郎君，不会管中馈哪里成。

她在学宫的时候，几乎样样功课都出色，管理中馈也不在话下。

越之恒先前将淬灵阁的账务给二夫人，原因有三：第一便是他彻天府实在繁忙，平素炼器更是耗时长久；二则他恶补的学业中，并不包括管中馈；最重要的是当年与越老爷约定，他得撑起门楣。

他活着一日，就得照看越家人一日，不过并不包括让他们蹬鼻子上脸，暗中骑到他的头上。

没了淬灵阁，他倒要看看府中其他人怎么补亏空。

越之恒看向湛云葳，第一次在她眼中看见这样充满期待的目光。

他说："那便拜托湛小姐了，为了报答你……"

在她越来越欢愉的目光下，他扬唇："每一季给湛小姐一成利润做酬谢如何？"

淬灵阁的一成利润！两万八千灵石！

越大人好大方，湛云葳第一次觉得越大人简直闪闪发光。

她爹都没给过她这么多钱。

湛云葳投桃报李道："那越大人，你需要我为你做些什么吗？比如过两日去参加王后的花巳宴？"

她保证，如果现在让她夸越大人，她绝对是真心的。

湛云葳本来担心收回账本，二夫人会有意见，但还没等到二夫人有动作，傍晚二老爷率先来闹事了。

他年轻时候本就是齐旸郡有名的纨绔："越之恒，我越家待你不薄，给你请教习师傅，供你衣食。当初你接手越家，跪在祠堂里是怎么答应我爹的？你说你必定撑起越家门楣，不欺辱越氏族人。"

他梗着脖子说道："可你第一次毁诺，害死了族中的葛先生。现在是不是打算第二次毁诺，害死越家所有的人？！如今你翅膀硬了，断我越氏族人的钱粮，你这天杀的不肖子孙，我和你二婶活不下去没关系，你这是打算让老太爷也活活饿死啊！"

他闹这一出，府上人心惶惶。越家奴仆近百人，本也是个大家族，一听这话，仆从们更是慌乱。

他们平日接触不到府中账目，以为都是二房的铺子在赚钱，昨日府里这位煞神莫名其妙地收回了铺子，他们才知道自己平日领的月钱来自谁。

昔日听说越之恒在府外作威作福，百姓敢怒不敢言，府里的下人也没少跟在背后骂他。今日这事落在他们身上，他们就怕越之恒不管他们了，仿佛刀割了肉，这才知道后悔。

湛云葳侧目看过去，越之恒原本坐在桌案前看书，手中是一本与阵法相关的书籍。书籍古朴，想必是这几日寻来的好东西，东方家的祸患必须解决，越大人在为此做准备。

被二老爷打扰，他单手抵着额，神色冷了下去。

湛云葳见他不耐烦地起身，就知道二老爷要遭殃了。越大人早就说过，可以骂他，但不能让他听到。

越之恒今日穿了一身玄色常服，腰间以墨蓝色腰带收束。旁人穿这样颜色的衣服，很难撑起来，但他肩宽腰窄，看上去便越发阴沉而威严。

彻天府府卫将二老爷拖了过来。

二老爷挣不掉钳制，被押在越之恒面前，被迫跪下，涨红了脸。这……这畜生，竟然敢让他二叔给他下跪！

"你……你要做什么？我可是你二叔。"

越之恒垂眸看着他，只觉得好笑："不肖子孙本就六亲不认，越某哪里来的二叔？你既然都提起葛先生了，为什么偏偏不再记性好点儿，一并记起他的下场？"

他语气虽含着笑，可谁都不会觉得他当真好说话。

二老爷知道这贼子对自己没有敬畏之心，还想再搬出老爷子来，嘴却被人掰开，一柄匕首贴着他的舌根抵了进去。

冰冷的腥气让人一抖，二老爷总算觉得害怕了。他惊恐地睁大了眼，看着面前的越之恒。

二老爷心里清楚，二房能管这么多年账，不过是仗着越之恒并不懂这些。少时这人被关久了，只要在他看得见的地方没有苛待他，他就意识不到问题。

说到底，许多东西是越之恒这辈子永远都无法像世家公子甚至正常人那样接触的。

越之恒手腕每动一下，二老爷就全身发抖，生怕舌头就这样被割下来。他以前只在外面听过越之恒的恶名，哪里亲身体会过越之恒的手段？此刻他才意识到越之恒真的敢动手！

他们没把越之恒当亲侄子，越之恒也根本没把他们当亲人。

越之恒垂眼，语气淡然地问："越二老爷，今后能管好自己的舌头吗？"

二老爷拼命点头。九重灵脉的气场下，他腿都在抖，丝毫生不出反抗的心思。

窗户边"嘎吱"一声响，湛云葳探头看了出来。越之恒神色不改，匕首仍旧没移开。

二老爷觉得口中一冰一痛，惶然去摸自己的舌头。待到发现舌头还在，只是被法器所伤，他瘫软在地，再没了先前振振有词地教训越之恒的姿态。

他站不起来，彻天府府卫便将他拖了出去。

越之恒走回去，继续回书房看那本有关阵法的书籍。湛云葳看他一眼。她发现如果不是二老爷闹这一出，这几日相处下来，她几乎忘了越大人彻天府掌司的身份。

她沉下心，告诫自己时刻记住自身处境。

没了二老爷吵闹，湛云葳在越之恒对面坐下，翻开账本用朱笔记录起来。不说早些年的账册，光这几年的，她翻了数十页就知道二老爷为什么反应这么大，竟敢来招惹越之恒。

越老爷子和越之恒都是正常炼器师的花销，哑女就不说了，几乎没有花销。唯有二房的人，花销千奇百怪。

譬如二老爷喜欢吟诗作对，附庸风雅，每月在"贤达楼"花高价拍下的文房四宝，价值就高达几千灵石。

越无咎喜欢名剑，却与堂兄不和，虽然家中就有最大的炼器阁，但仿佛为了给越之恒添堵，越无咎从不在自家的淬灵阁里取剑，偏要去越之恒在朝中的对家经营的炼器阁买。

越怀乐爱美，来了王城以后，许是老被其余王朝小姐排挤，追赶时兴的珠钗配饰、罗裙鞋履，别人有什么她立马就要买什么，生怕落了下乘。

二夫人的账目更是奇怪，有许多不知去向的灵石，一笔又一笔登记得十分模糊。

林林总总的账目让人眼花缭乱，这淬灵阁的收入一被收回来，二房的命脉可不就是几乎断了？

窗外不知何时下起了雨，明珠的光随着时辰渐变，亮起来，越之恒看完手中的阵法书籍，抬头便看见了明珠光下的湛云葳。

她正执着朱笔在仔细计算。窗外是风声、雨声，屋内却安安静静的，只有纸笔轻触的声响。

越之恒想起了自己少时读书，许多门功课中，他最不喜也觉得最乏味的，便是一些诗文。

文人总爱写锦绣王城，写声色犬马，写倾城佳人。

他一个被囚禁多年的少年，对此想象力匮乏。为了让他学习与人相处，越老爷子曾让他去族学上过一年课。

他坐在角落里，显得冷漠孤僻，与其他衣着光鲜、神采奕奕的少年郎格格不入。

先生在堂前念：

"云髻峨峨，修眉联娟。丹唇外朗，皓齿内鲜，明眸善睐，靥辅承权。瑰姿艳逸，仪静体闲。柔情绰态，媚于语言。"

越之恒知道这是写美人的。

年少怀春，与越之恒一般大的郎君们闻声目露向往之色，耳根绯红，仿佛真能想象出这样的神仙妃子是什么样子。

唯有越之恒支着下颌，神情冷淡。

他倒也不是不敬前人，只是觉得，哪有这般夸张？

他记忆里最好看的人，莫过于十六岁那年遇见的那半大少女，但那时，十四岁的姑娘更多的是娇憨可爱。

越之恒对她也没什么想法。

然而此刻，他看着灯下的湛云葳，年少时无处安放的匮乏想象画面，似乎正在荒唐地被一点点上色。

原来他少时所闻诗文半点儿也不夸张，甚至词不达意。

雨点打在房檐上，滴滴答答，又轻又有规律。

多年后，不知谁会再次见到湛小姐此刻的模样。

越之恒神色淡然地敛下目光。

湛云葳将账册移过去，问越之恒："掌司大人，你说二夫人的钱都花在哪儿了？"开支竟然这么大。

越之恒注意到她的称谓的改变，心中嗤笑，回答道："不必管她，她若不像二老爷那样蠢，以前怎样，今后便怎样。"

湛云葳没想到才恐吓过二老爷的越之恒会这样说。

越大人对上她的目光，难得解释道："二夫人的母族是以前的琴川山。她是名门望族之后，若非琴川山没落，轮不到我二叔娶她。"

湛云葳恍然大悟。她对琴川山有所耳闻。

琴川山收养了许多乱世中的孤儿，其门人还曾以身填补结界漏洞，祖上多英雄，也曾是仙门楷模。因着负荷太大，族人不善经营，琴川山常常囊中羞涩。

数年一次的邪祟之乱，琴川族人总会义不容辞地去救人，死的灵修也最多。

甚至多年前结界动乱，二夫人的最后一个亲人，她十九岁的弟弟也没了。

自此琴川母族的人都是二夫人在养。

二夫人一个御灵师，赚钱的方式实在有限，于是她只得从淬灵阁取钱。

湛云葳抬眸看了一眼越之恒，也终于明白为什么二夫人会故意苛待哑女，还隐隐针对大夫人。

二夫人的弟弟当年是为了救越之恒的母亲死的。

虽然越之恒没有断二夫人的母族的衣食的意思，可二夫人不知道这点，收回淬灵阁这样的大事，二夫人竟然至今没露面。

湛云葳怕二夫人情急之下做出什么事。

聪明人的报复可不像二老爷的这样无关痛痒："我明日派人知会她一声。"

越之恒对此没什么异议。

湛云葳与越之恒从书房回去的路上，有一个清瘦的身影穿过回廊，在漫漫雨声中停在了越之恒身前。

湛云葳也没想到，会在这样一个雨夜猝不及防地见到自己曾经都没能见到的人——越之恒的母亲宣夫人。

宣兰腕间戴着佛珠，明明年岁在灵域不算大，却已是一头银发，看上去比二夫人要苍老数倍，不过隐约间还是能看出她年轻时的绝代风华。

越大人其实长得有几分像她。

宣夫人于风雨声中走出了那个她待了数年的佛堂，连越之恒大婚都不曾出席，她却在此刻独自来见阔别多年、如今已是权臣的儿子。

湛云葳看见她就知道情况不妙——想必这是二夫人的手笔。果然如她所想，宣夫人做的第一件事就是朝着越之恒抬起手——

风声凄厉，雨越下越大。

这一巴掌打得极重，宣夫人用了灵力，越之恒的脸偏向了一侧。湛云葳清晰地看见，有血迹从越之恒的嘴角流下。

越之恒垂着眼眸，湛云葳看不出他是什么情绪。

宣夫人声音冷冷地说道："你怎么就没死在那个鬼地方，还要千里迢迢地跑来祸害我越家人？！"

雨声中，她声音嘶哑凄厉，怨毒之言仿佛能冻住人的骨血。

"你这贱种，要逼疯我才甘心是不是？！若是知道你如附骨之疽，似摆脱不掉的厉鬼，还能寻来越家，我早该在你出生的时候就掐死你这个畜生！"

湛云葳抬眸，心几乎跟着颤了颤。

或许旁人不清楚，可她在蜃境中见过那个八岁大的孩子多努力、多执着地想要找到亲人。

可其他的族人不容他，关押他和哑女便罢了，他的亲生母亲为何也要说这般无异于剜人心的话？

越之恒的脸色变得苍白，他抬起鸦羽似的睫，转头看向宣夫人，浅墨色的眼眸冰冷，语气带着淡淡的嘲讽之意，低笑了一声："贱种？就算宣夫人今日骤觉后悔，想要弥补当年的过错，恐怕也来不及了。"

"狂瞽之言！"

眼见宣夫人下一个巴掌又要落下，湛云葳再也忍不住，挡在了越之恒身前："大夫人，您冷静一些，此事和越大人无关。"

那一掌在堪堪触到湛云葳时停下，湛云葳几乎以为要打在自己身上了，一抬眼，发现越之恒挡住了宣夫人的手。

他冷笑道:"既然你从不认我,也就少来教训我,第一下我当你是失心疯,但不会再有第二下。湛小姐,不关你的事,让开吧。"

宣夫人也转过视线,仿佛此刻才注意到一直安安静静地待在旁边的少女。

湛云葳听不下去宣夫人那些诛心的话,简略地把前因后果说了一遍。

"若非越清落被欺辱,越大人不会收回账册。"湛云葳蹙眉道,"昔日恩怨如何我不清楚,但这件事他没错,您不能因为这样莫须有的罪名打他,也别因此……说那样伤人的话。"

雨声淅沥,风吹动湛云葳脸颊旁的头发。

宣夫人看了她许久,看这貌美少女寸步不让,挡在那人身前。

宣夫人突然从喉间发出苍凉的笑声。

她抽回手,没有再看他们一眼,转过回廊,身影寂寥地往佛堂走去。

湛云葳望着她的背影好一会儿,也没能明白宣夫人最后那苍凉一笑是什么意思。

宣夫人是个可怜的人,但对越之恒与哑女来说,这份可怜又成了施加在他们身上的伤害。

越之恒收回视线,语气淡然地催促她道:"别看了湛小姐,回去了。"

"嗯。"

两个人回到了房间里。

湛云葳望着越之恒破了的嘴角,越大人近来真是多灾多难。

见他懒得上药,有放着不管的意思,她让石斛找来了治外伤的药,打算替他涂上去。

越之恒说:"不用。"

"明日你还要去彻天府,不处理一下,就留下指印了。"

顶着指印在王城里招摇,被仇家见了讥笑,越大人心里多少也是不痛快的吧？

果然，越之恒皱了皱眉，没再动。

湛云葳对上药这样的事还算熟练，待处理好伤口，发现还隐约能看出痕迹。

能让九重灵脉的越大人不反抗，生生受这一巴掌，世上恐怕只有宣夫人能做到这点了。

二夫人也是打的好算盘。

湛云葳心想，比起伤在脸上，越大人心里恐怕更窝火难受。

她栗色的眼眸注视着越之恒脸上的伤，想到他今日送自己的洞世之镜，她斟酌着开口："越大人。"

"嗯。"

"你别伤心，宣夫人那是愤怒之下口不择言。她以前既然没有杀你，今日便是有口无心。"

越之恒本来也谈不上难受，于是拆台道："你哪只眼睛看见我伤心了？"

他扯了扯唇："还有，她杀过我几次，只是没成功而已。"

湛云葳噎了噎，无言以对。

她还鲜少见越之恒这样油盐不进的人，见他脸色没有先前苍白，她哼了一声，索性懒得管他了，放下药，决定去拿自己的褥子。

越之恒望着她的背影："你做什么？"

"铺床休息。"

现在都快二更了，湛云葳发现她和越之恒凑在一起，几乎就很少睡一个完整的觉。

手腕被拽住，湛云葳困惑地回头，对上了越之恒欲言又止的表情。

湛云葳说："怎么了？"

越之恒沉默了一下，把她拽了回来："你睡床。"

湛云葳趴在柔软的仙玉床上时，看见越之恒在床下躺了下来。

她有些莫名其妙，越大人竟然愿意睡地上了？

越之恒感知到她还在看他,冷着声音说道:"湛小姐,你要是在床上睡不着,那我们换过来。"

她语气古怪地问道:"为什么,你今日被我感动了?"

越之恒觉得有几分好笑。他看上去像是那种知恩图报的愚蠢清流?那他不如去仙门扫地,还当什么彻天府掌司?

"只是不能让你半夜邪气入体死在屋里。"到底被人算计了一遭,他冷着脸,有些心情不佳,"你再多说一个字,也马上换回来。"

湛云葳又不是不会过好日子,立刻躺下。

良久,雨声渐小。

床上那少女再度开口:"越大人,她的话半点儿不对,每个人都有资格好好活着。"

他也没闭眼,低声应道:"嗯。"

我知道。

这两日王城闹出了个笑话。

三皇子在前日清晨被人打了一顿扒了裤子,扔在了烟柳巷中。那时候天光大亮,不少人瞧见了三皇子的样子。

好歹是帝王家的后代,三皇子生得又不错,清晨险些被一个醉汉当作小倌给拖走。

还好他府中的府卫发现不妙,寻了过去,及时把三皇子抢了回来。

今日——

三皇子府里,又一个医修被轰出了门。

"滚,都给我滚,全是没用的东西!还愣着做什么?再去找!"

三皇子红着眼掀开被子,看着自己无论如何也没反应的器官,只恨不得将这些废物通通杀光。

为什么?怎么会这样?!

新来的管家趴在地上,冷汗涔涔。

这事说来话长。两日前,三皇子和一众狐朋狗友出去找乐子。

赵王世子近来得了一个御灵师少女,据说柔若无骨,还会反弹琵琶。

听闻三皇子近来心情郁郁,赵王有心讨好,便邀请三皇子入高阁一叙。

三皇子先前以为越之恒死定了,谁知没两天又叫越之恒给活了过来,即将到手的美人也丢了。

他派去的门客还被人打得半死不活地丢在了门口。

这事是谁干的他一看就知道。

三皇子发了一通火,让人把门客拖走,但也没将此事放在心上。他还嘲讽越之恒这条父皇的狗也算识时务,只敢杀管家、打门客,却不敢动自己。

他傍晚施施然去赴赵王世子的约。

那美人确实有几分姿色,舞也跳得不错。

酒过三巡,赵王为他和美人关上门,三皇子准备好好享受美人的时候,却再次被人阴了。

他倒在美人的身上,旋即人事不省,醒来发现裤子被人扒了,身上剧痛,一群人正围着他指指点点。

幸好他府上的府卫赶到,才将这群没眼色的贱民赶走。

他气得在府中足足休养了两日没出门,昨晚终于有了点儿心情,打算让管家带个姬妾来伺候自己,却发现自己某个部位无论如何都起不来了。

三皇子长这么大,在姬妾惊愕的目光下,第一次感受到难以置信、羞愤震惊,乃至惶恐害怕的心情。

他当即给了姬妾一巴掌:"滚。"

他本以为是前两日大街上的事给自己留下了心理阴影,可后面不管他怎么尝试,连药物都用上了,那里还是没反应。

一批批医修来了又走,没有一个人有办法,也没有一个人能看出原因。

三皇子恨不得杀了所有人。

明明那处一点儿伤都没有，为什么就像是废了一样？！

府中阴云密布，这样的丑事也没人敢往外说，大家都知道灵帝极其看重子嗣，如果三皇子真不行……那与废人无异。

一整夜，来的医修几乎都把脑袋悬在了裤腰上，被关在了隔壁房间，不被允许离开。

三皇子阴沉着脸，提着剑走了出去。

他现在看谁都觉得对方像是在嘲笑他，管家不敢拦，趴在地上，知道这个暴戾又歹毒的皇子要去杀了那些知情的医修。

再找不到解决办法，他们这些仆从也没好下场。

管家抬起头，看见一个身着白色斗篷的男子缓缓往院中走来，所有人都眼睛一亮。

澈先生回来了！

澈先生一定有办法。

那人身体隐在斗篷下，笑道："殿下这是要去哪儿，怎的发了这么大的火？"

三皇子现在看谁都像是在看杀父仇人："滚开！"

澈先生好脾气地往旁边让开，嘴上却不怎么避讳地开口："如果是为了前两日的事，殿下放心，王朝没人敢多嘴。"

三皇子知道这门客有些本事，这些年也为自己解决了不少麻烦事，但就算有本事，也就是个狗奴才。

这人敢挡他的路，他就先杀这人！他抬起剑，朝澈先生刺了过去。

澈先生双指夹住剑刃，说道："殿下当真要杀我？澈一死，殿下的隐疾可就彻底没办法治好了。"

三皇子脸色一变："你说什么？！"

三皇子的其他心腹见状，早就退下了。

"是你给我下的药？"

澈先生摇头："殿下是我的衣食父母，我怎么会害你？谁将殿下变成这样的，殿下不是心里有人选吗？"

三皇子咬牙："越之恒。"

"不错。"

三皇子向前一步，没了跛扈的样子，神色带上了几分急切之意："你说你有办法？如果你能治好我，你要什么我给你什么。"

那裹着斗篷的人微微一笑："越掌司伤了殿下的灵体，我自然也没有办法，不过……有一物兴许有用。殿下请看。"

他摊开手，手中是一个玉盒，盒内有两只翅膀半透明的蝴蝶。一只似无瑕白玉，一只如艳红枫叶。

"这是什么？"

"殿下可曾听过神阶灵物'意缠绵'？"见三皇子皱眉，澈先生笑道，"没听说过不要紧，您只需想想将红色灵蝶给谁就好。"

"您可要想好了，这灵物一月一发作，"澈先生说道，"今后您便只能碰这一个人。"

三皇子接过那两只蝴蝶，犹疑不定。

一辈子只能碰一人，那人选必定要是最好的。他的脑海里只有一个念头，但想想彻天府那疯狗，他又有些犹豫。

澈先生声音低缓，如蛊惑，又似鼓励地说："他不敢杀了您，对吗？事成以后，殿下再将这事与灵帝陛下一说，陛下会把她赐给您的。但若您怕了他，寻旁人也……"

三皇子现在最听不得这话，说道："好！我们如何做？就算湛云葳如今灵力被锁住了，可她在越府，我的人进不去。"

"殿下收好白色灵蝶。"澈先生笑道，"不急，三日后，不就是花巳宴吗？"

湛云葳收到的消息有些滞后，她今日整理完一本账册，才从石斛口中听闻三皇子险些被醉汉捡走的事。

这都是两日前的事了。

石斛嘀咕道："不知道谁那么大胆，敢这样对待三皇子。"

这人狠狠打了三皇子一顿不说，还这样羞辱他。

202

湛云葳："……"

可那日越之恒读信时，明明没什么反应。

再后来，她为了带湛殊镜他们离开，还给越大人下了药。

越之恒七支箭矢齐发，目光冷冷地盯着她的时候，恐怕恨不得掐死她，她怎么想都觉得越大人不可能帮她出气。

可她算算时间，三皇子出事的时候，越之恒确实出了一趟府。

不管是不是越恒做的，她决定少招惹越大人，最好能平静宁和地待到自己离开那一天。湛云葳收回心思，嘱咐石斛将自己整理好的名册给二夫人送去。

提到这件事，石斛就眉开眼笑。

淬灵阁的账归少夫人管以后，少夫人给他们这些自己院子里的仆从每个人的月钱都提高了三倍，算是弥补仆从们这些年的不易。

至于府上其他仆从，湛云葳是不管的。

用她的话说，他们拿了越之恒这么多钱，就算她自己和越之恒立场不容，也知道将他的事做好，可那些仆从跟着欺辱哑女，瞧不上越之恒，实在不配拿越之恒的钱。

这群嘴碎的人，二夫人养得起那就养，养不起随他们去。

这两日开始，石斛走路都虎虎生风。

院子里每个人脸上都多了笑意，当初把他们推到越之恒的院子里来的人悔青了肠子。

至于二夫人和琴川族人怎么办，湛云葳今日一大早也问过越之恒。

越之恒用拇指触了触脸上的伤，语气淡然地说道："自然还是我帮二婶养，毕竟都养了这么多年。"

他善良得让湛云葳怀疑自己认错了人。

然而晚上，湛云葳听到一个消息。

越之恒把一众锦衣玉食的琴川族人都关了起来，送进了淬灵阁的炼器房看炉子、打铁，还根据湛云葳算好的账，妥帖地给每个人标好了价，将名册并着一大堆空白玉佩送进了二夫人的院子。

二夫人有钱就赎走一个，没钱他们就会被关在淬灵阁地下打一辈子铁，不发月钱，两年只有一套衣的那种。

二夫人如何对哑女，他就如何对琴川族人。本来这事到不了这一步，偏偏那一巴掌，打掉了越之恒对琴川一族最后的耐心。

一夜之间，二房背上了巨额债务。

得知越之恒还送去了一堆玉牌，湛云葳只觉得他杀人诛心。这是要让二夫人制作净魂玉牌还账？

湛云葳发现，越之恒虽然不懂大家族后宅钩心斗角的事，但他实在懂怎么收拾人。

二夫人院子里，越怀乐巡夜回来，看见那一堆空白玉牌，气得发抖："越之恒怎么可以这样对娘？"

最落魄的御灵师才制作净魂玉牌卖钱，他把娘当什么了？！

二夫人脸色苍白，见女儿要去越之恒院中理论，拉住女儿："怀乐，行了。"

"娘？"

二夫人神色冰冷。她以为自己将这份恨意藏得很好。

这些年族人一个个死去，最后弟弟也死了，换回来的却是这两个来历不明的邪物。

她嫁给窝囊又蠢笨的二老爷，眼看琴川一点点败落，无咎明明天资也不错，老爷子最后却将偌大的家业交给了那个阴郁冰冷的少年。

她冷眼看着越之恒学习礼仪、诗文，却又看他分不清什么才是世家公子应有的东西。

越之恒永远也不会知道——

世家公子学鞭子、学剑时，不会被先生打那么重，也不会被罚在毒瘴气中跪着淋雨。

那少年从未用过最好的笔墨纸砚，简单的衣食便能满足他，少时逢年过节，他和哑女吃到点儿剩下的年夜饭就很高兴。

从来不曾有哪个中秋节，他和哑女是坐在团圆桌边以主子身份吃饭的。

二夫人发现自己无人可怨。

这嘲弄，是对越之恒，又何尝不是对自己无力的一生？

然而看着面前的越怀乐，她很难说自己不后悔。

她也后悔过的。

她也有儿有女，如果她的孩子被那样对待，她会心痛得恨不得死去。

成王败寇，纵然这些年她开始收敛，可过往造下的孽，是她没法抹去的。

也因此，她害怕渐渐羽翼丰满的越之恒会报复回来，会屠杀她琴川一族。

人走过的路，没法回头，苦果也得自己尝。

那少年长大了，有了妻子，他不懂的东西，有人会懂。他失去的那些东西，也有人在替他找回。

"娘，你别吓我。"越怀乐抱着她的腰，"我……我去求大堂兄？我今后再也不买那些东西了，明日就把它们通通卖掉。"

二夫人抱着女儿，终于忍不住哽咽。

其实她足够幸运了不是吗？她失去的东西确实良多，可得到的馈赠又何曾少了？

"不，不求他。是娘做错了。"二夫人说，"娘对不起你们。"

越怀乐其实也没法接受原来这几年一直是大堂兄在养自己全家人的事实。

她想起自己当时理直气壮地和兄长一起骂越之恒，心里茫然又无措。

二夫人抱紧她，闭了闭眼："是娘的错，娘也不曾教过你。今后你和无咎将他当成长兄敬重。"

越之恒纵有千般不是，也有狠辣的心肠，但有一点老爷子说得对。越家荣辱系于越之恒一人身上，他活着一日，在外就不会让任何人欺辱越家人。

上一代人的恩怨已经抹不平，她唯愿那人不似自己，将怨恨情绪牵扯到自己孩子身上。

湛云葳很快看见了二房的决定。二夫人遣散了府中嘴碎的下人，包括中饱私囊的管家。

她也确实拿起了玉牌，不曾来求越之恒。

湛云葳不由得敬佩她的心思和骨气。一个御灵师要撑起没落的门庭，这些年应该也十分不易。有些恩怨，实在是理不清也说不清。

明日就是花巳宴，她与二夫人作为御灵师，要去赴宴。

因着最初越之恒没想过这场荒唐的婚事还能持续到现在，她在府里的衣裙不多。

越之恒知道来不及给她做新衣，让霓裳阁送了许多罗裙过来供她挑选。

越之恒回来的时候，她正在试罗裙。

玉色的长裙露出她纤长的脖颈，几个妆娘子围着她，满眼惊艳之色。

"掌司大人您回来了？"

越之恒注意到她的称呼还是没变，似乎从那日看见自己用匕首抵住二老爷的舌根开始，湛云葳就有了些改变。

他垂眸，声音冷淡地问道："你选好了？"

湛云葳说："要不你帮我看看？"

毕竟她是拿了灵石为他争光，越大人满意最重要。

越之恒本来要去绘图，想说随便哪一条都好，湛云葳拎着裙摆在他面前转了一圈。那裙摆散开，像蹁跹起舞的蝶，她腰肢极细，让人几乎难以移开目光。

"这条怎么样？"

越之恒说："换一条。"

下一条是天蚕碧纱裙，她的手臂在碧纱下若隐若现，配套的臂钏极美。花巳宴本就是争奇斗艳的场合，大家的衣着比平素大胆许多。

越之恒眼神无波。

湛云葳只得又换了一条裙子,这条好些,但领口敞开,胸口刺绣如盛开的芙蓉,让人容易一眼就往不合适的地方看,而湛小姐如今显然不是当初的十四岁少女。

"……"

湛云葳惊讶地道:"还不行?"妆娘子明明说都不错。

越大人到底喜欢什么样的衣裙?他对御灵师不喜,已经发展到对她穿什么衣裙都不满意的地步了吗?

越之恒声音冷淡地说道:"都不错,湛小姐自己决定。"

湛云葳最后选了那条素雪芙蓉百水裙。

这条裙子并非最艳丽的,但料子最轻软,在炎热的六月看上去像掌中掬起的一捧清水。

除了花巳宴的一整套装扮,旁的东西她什么也没留下。

甚至这一个多月来,她从来不曾往房里添置女子平时要用的首饰或香膏。

尽管越之恒并未克扣她这些东西,但湛云葳心里明白,就算在越府这段时日难得过得安宁,可她到底不属于这里,早晚得回到族人身边去。

到那时她再与越大人相见,又是你死我活的局面,若她对越之恒有所亏欠,对上他时,手就不会再稳。她怕自己有一日会对越大人下不去手,保持现在这样的关系就挺好的。

就算他们相处得尚可,她的立场也绝不会动摇。

她什么也没留,越之恒自然注意到了。

他并不觉得湛云葳这份心思可笑,谁都清楚他日两个人会是什么样的局面。

因此他也冷淡地垂下眼睑,不说多余的话,不做多余的事。

今日会有新的裁缝来给院子中的奴仆和哑女补上新衣。

湛云葳不太放心,准备去哑女的院子里看看。

出门前,她想起一事:"掌司大人。"

"怎么？"

"你的书房里那个启蒙玉简，可否让我带给越清落？"

湛云葳这几日一直在想，哑女被关了大半辈子，几乎没有踏出过越府，一个人如果到死都不敢也不曾去到外面的世界，是很可惜的。

灵域的人看不上没有灵力的普通人，可普通人明明也可以很强大。

凡人没有灵力，但偏偏是他们开辟了三界最辽阔的土地，一代又一代，生生不息。

越之恒问湛云葳："你要让她习字？"

灵域等级森严，禁令繁多。

哑女这样的存在，在灵域中意味着天生残缺，灾星降世，就算出生没有被家族扼杀，也不会被记在族谱上，更不能像世家小姐一样读书习字。

越之恒少时偷偷给哑女看过自己的书籍，想要教她念书，被先生发现，先生罚他在毒雾中跪了一夜。

那天他回去以后，哑女无论如何也不肯再做出格的事。他若还要教她，哑女只会摇头落泪。

越之恒有时候觉得湛小姐很有趣，她看着性子软，却总在做一些违背灵域纲常之事，比如修习所有御灵师避之唯恐不及的控灵术，又如当年唆使狼狈的自己学习诗文礼仪。

如今她还把主意打到了哑女身上。除了湛云葳，谁也不会惦记让哑女习字。

越之恒说："阿姊不会愿意学的。"

有时候一个人什么都不懂，何尝不是一件好事？如果哑女懂了这些事，明白他在做什么，担忧和痛苦的情绪也会接踵而至。

可要过什么样的人生，都该哑女自己选择。

越之恒并没有反对湛云葳的提议："不过你可以试试劝她，有劳湛小姐。那玉年岁太久，已经坏了，我让沉晔换一块新的给你。"

湛云葳也不是非要越之恒的那一块玉，点了点头，带着新玉去了

· 208 ·

哑女的院子。

裁缝在给哑女量尺寸，哑女很是局促，红着脸推拒。

湛云葳一眼看出问题所在："你花的不是越府的银子，是掌司大人赚的灵石，你别怕。"

哑女犹疑地看着她。这两日哑女就像做梦一样，房中不断添置新的摆设，还有可口新鲜的饭菜送来，以往哑女偶尔才会有那么几日吃到这样的饭菜。

她隐约也感觉到，那是越之恒在府中的时候。

可阿弟很忙，还常常受伤。他少时就吃了太多苦，哑女生怕自己这点儿小事让他与越家决裂。

越家好不容易才认他。

她没有念过书，不曾去外面看过，也不知什么是权臣，什么是人人痛骂的奸佞，记忆中只有地宫和禁地数十年如一日被囚禁的生活。

哑女的心里，她和越之恒还是依附着越家存在的。

湛云葳猜到几分她的心事，拉着她坐下："你放心，掌司大人如今很厉害，不是越家在供养你们，是他在照拂越家。"

哑女渐渐放松了一些。

湛云葳告诉她："你不必觉得亏欠越家，本来也没有把人圈禁在府中，却又不管人死活的道理。你要好好的，掌司大人在外面当值才会放心。今后如果缺什么，你可以到前院找掌司大人，或者也可以和我说。"

哑女看着弟妹，笑意盈盈地点头。

湛云葳又提起了念书的事，然而这次哑女变了脸色，沉默地摇头，无论如何也不应。

这倒还真叫越之恒给说中了。

湛云葳只得试着劝道："可是越掌司需要你今后帮他掌中馈，除了你，越府没几个人真心对他。"

哑女：不是有你吗？

湛云葳顿了顿，说道："我和掌司大人不是真正的道侣，我早晚会离开的。"

哑女虽然早就从越之恒口中听过一次这种说法，如今仍是觉得黯然。

弟妹，你能不走吗？

湛云葳心想，那越大人得多糟心哪？他既不喜欢御灵师，也不想一辈子睡地上。

她最后还是留下了那块玉，学不学只能看哑女自己。

上辈子和这辈子的事情的走向明显有了很大区别，正如白蕊出现，以及自己提前将湛殊镜等人救了出去，如果她没猜错，不久后湛殊镜和裴玉京就会回来救他们。

如果这次湛殊镜和裴玉京能成功，她就不会再回越府了。

第二日就是花巳宴，宫中举办花巳宴，民间则过花巳节。

一大早整个汾河郡焕然一新，四处扎了彩绸，连汾河之上也多了许多精美的画舫。

越之恒以前只听说过这个节日，但自学艺到后来为王朝办事，花巳节都与他没太大关系。

一大早宫中的玄鸟鸾车便来越府接湛云葳和二夫人，而越之恒今日也要出门。

湛云葳注意到，越之恒久违地戴上了办事时戴的鬼面獠牙面具，那条诡谲冰冷的鞭子也被他系在了腰间。

她心一沉，意识到想必又有人入邪，即将或已经变成邪祟。

越之恒要去杀人。

每逢这种时候，彻天府府卫所过之处，必定血流成河。

王宫的玄鸟鸾车很高，御灵师想要往往得由道侣搀扶一把。湛云葳看着自己曳地的罗裙，在想该怎么往车上爬。

她身后传来一声冷淡的"得罪"，随即她的腰被人托举了一把，整个人轻松地被放上了玄鸟鸾车。

那时候天光还未大亮，湛云葳低头看过去，只看见那戴着獠牙面具的男子把她带上玄鸟鸾车后,便头也不回地走向了青面鬼鹤。

彻天府府卫分成两路,一路护送湛云葳和二夫人入宫,一路跟着越之恒去杀邪祟……或者百姓。

冰冷的杀伐之气在空气中弥漫,甚至冲淡了今日花巳宴的氛围。

湛云葳注视着越之恒的背影,腰间还残留着越大人掌心的温度,他却又成了那个人人惧怕、杀人如麻的彻天府掌司。

青面鬼鹤离开,她收回视线,心中也明白,一旦踏出越府,已经开始熟悉起来的人瞬间会变得陌生。

与汾河郡晨时的杀伐气弥漫不同,王宫此时觥筹交错,歌舞升平。

花巳宴只邀请御灵师,为了防止御灵师被冒犯,王宫这一日到处都是禁卫,不许灵修出入,违者严惩。

三皇子在自己少时住过的宫殿里徘徊着,看了一眼天色:"澈先生,你有把握吗?"

他昨夜冒险潜入以前住过的宫殿,若成了事,就算被父皇重罚,他也没什么怨言。可若事情不成,他在这样的日子擅闯王宫,那真是偷鸡不成蚀把米。

澈先生面庞隐在斗篷下,回道:"殿下大可放心,今夜我会将湛小姐带进你的宫殿。"

澈先生沉思着。

今日彻天府府卫进不了王宫,王城西郊外又有一座村子的人被他的人催化,提前变成了邪祟,彻天府的人杀邪祟都来不及,越之恒今日没法来宫中接人。

听澈先生话语笃定,三皇子放下心来。

他们在宫殿之中,远远都能听见御灵师们的笑声与乐器声。

三皇子不由得好奇:"澈先生安排了人?"

"不,我会亲自去一趟。"

宫中的花巳宴远比仙门的还要热闹，到处都是盛放的奇花与精巧的琉璃灯盏。

湛云葳得了越之恒的好处，也没有故意落他的面子，但凡有夫人过来结交，她都笑吟吟地聊上几句。

王后召她过去说话，她也得体地应对了过去。

湛云葳生得好，性情也好，只要她愿意好好应对，很是招人喜欢，很快就有不少御灵师愿意同她玩在一处。

酒过三巡，御灵师们聚在一起，纷纷说起了自己的道侣。

有女子粉面含羞："我家夫君高大威猛，却心细如发，待我体贴，成婚三年，他从未对我说过一句重话。"

"我家那位前日刚得了陛下嘉奖，陛下赐了封地，明年我家那位就会去商翌当城主。"

湛云葳撑着下巴，饮茶倾听。

起初画风还好，几轮下来，众人大多夸赞道侣温柔小意，一位奇女子却开了不同的头，说道："我夫君……龙精虎猛，异于常人，奴家夜里十分辛苦。"

她表面抱怨，实际媚眼含春，让一些人暗暗攥紧了帕子。

湛云葳一口茶水险些呛在喉间。

另一人低声接话笑道："我夫君嘛，十八般技艺均通一二。"

既然有人开了头，就没人把这"技艺"当作真正的技艺。

眼见言语一个比一个过分，不管真的假的，每个人都在暗暗较劲，谁也不肯落了下风。

最后到了湛云葳这里，所有人都看向她。

她们都很想知道，成了婚的彻天府的掌司到底是什么样。

夫人们平素只远远见过越之恒，这位王朝的新贵，陛下面前的大红人。越之恒虽然看着有礼，可比起他表面的客气和温润样子，杀伐果断的名声显然流传更广。

这样一个人，私下里是如何和道侣相处的呢？

湛云葳放下杯子，只觉得掌心都麻了麻。顶着所有人好奇期待的目光,她叹了一口气,只能念一开始打好的腹稿:"我夫君容貌俊朗,性情温雅,进退有度,为人大方。"

湛云葳愣是将不对劲的话题给掰了回来。

夫人们还等着下文,见她不语,出声问道:"就没旁的了吗?"

湛云葳知道她们想听什么内容,但她和越大人清清白白,也没发生过什么,他究竟如何她不清楚。

退一万步说,她没想到王朝的夫人们会这般开放,连闺中之乐也要比个高下。

仙门的花巳宴上,大家明明一个比一个正直。

旁边一位年长些的夫人笑道:"你们就别逗越夫人了,她上个月才成婚。"

天色渐渐暗下来,御灵师们也三三两两地离席。

有宫婢举着宫灯来替湛云葳和二夫人领路。

湛云葳和二夫人一同往宫门外走去,路过花园的湖时,湖面上到处亮着宫灯,湛云葳不经意地瞥了一眼水面,却没在湖中看见自己的影子。

她顿住脚步,心沉了沉,莫名其妙地觉得此时的场景很熟悉。

二夫人见她不走了,疑惑地回头。

湛云葳看着前方的宫婢,宫婢似乎根本没意识到不对劲,像个傀儡一样被人扯着向前走。

二夫人拉住湛云葳,反应过来说道:"不对劲,我们快走,去找彻天府府卫!"

她没有被锁住灵力,压迫感传来的那一刻,她试着拽着湛云葳躲开。脚下八卦阵亮起又熄灭,她一抬头,发现自己拉住的哪里是湛云葳,明明是一截枯枝。

而湛云葳方才站的地方,哪里还有人影?

湛云葳虽然没有灵力,感知力却还在。她也试图推二夫人躲开,却踉跄了一下,脚下蓝色的八卦阵亮起,她险些撞到来人怀里。

湛云葳看清那阵之后就知道不妙，来人至少也是八重灵脉，是世间少见的阵法天才。

宫灯下，面前的人隐在斗篷中，笑着扶住她的肩膀："小姐站稳了。"

湛云葳隐约觉得这声音有些耳熟，正要抬头看他的脸，颈后一痛，没了知觉。

晕过去之前，她愤愤地心想——

越大人，你先前放我身上的东西最好有用！

宫殿内，三皇子已经等得不耐烦。眼看宫门就要落锁，澈先生还没回来，他几乎要忍不住冒险出去寻人时，却见澈先生回来了。

三皇子看清澈先生怀里的人后，惊喜道："成了？"

"澈幸不辱命。"

澈先生将湛云葳放在一旁的床榻上。

三皇子知道这门客厉害，但没想到这人这样有手段。这人在自己府中快三年，自己之前竟然从没发现这样好用的人才。

三皇子几乎想要大笑，望着床上楚楚动人的美人，心想着她还不是到了他手里，不枉他昨夜冒险将澈先生带进王宫。

今夜过后，就算父皇把他打得半死，或者发配到边疆，他也认了！

他拿出怀中的红色灵蝶，打开盒子，用灵力迫使那灵蝶飞入了湛云葳的额中。

床上的少女似乎有些不适，浅浅蹙眉。

三皇子目露垂涎之色，湛云葳果然是最好的美人，就算蹙眉也这样好看。

可惜他还是起不来，只能借助那只白色灵蝶行事。

他拿出盒子，头也不回地对澈先生说道："行了，先生暂且离去吧。今晚是我的洞房之夜，先生劳苦功高，明日你要什么与我说，我都成全你。"

眼见那只白色的灵蝶就要飞出，三皇子身后的人说："什么都可以成全？倘若我要殿下的命呢？"

什么？！

三皇子还没来得及反应，一枚冰凌穿透了他的丹田。他瞪大眼睛，低头望着那冰凌，死不瞑目。

一只手悠然地盖住三皇子手中的盒子，将盒子收在怀里，推了推三皇子，三皇子应声倒地。

澈先生踢了他一脚："蠢物，你也配玷污她？"

三皇子在宫中劫走越之恒的夫人，又死在"冰凌"之下，越之恒脱不了罪。

灵帝得知此事后，岂能容越之恒活命？

澈先生上前几步，抱起没有意识的少女，怜惜地说道："小师姐，澈带你离开。"

明月高悬，耳边有风呼啸而过。

湛云葳有意识的时候，只觉得浑身燥热，如百蚁噬心，有人在背着她赶路。

这人将斗篷帽子放了下来，露出了一张令她觉得有几分熟悉的脸。

"湛小姐醒了？"他柔声说，"此次多有冒犯，澈准备好了汤池，带你去压制赤蝶药性。"

湛云葳昏昏沉沉地勉力保持住清醒，认出了他："小澈？不对……你叫东方澈？"

东方澈笑道："没想到小师姐还记得我。"

"……"湛云葳想起这人哪里眼熟了。她也没想到，昔日自己的爹捡回来的，据说差点儿被"彻天府"霸凌残杀的人，竟然是东方家那个仅剩的血脉，东方澈。

东方澈在仙门做了两年外门弟子，手脚勤快，又长着一张稚嫩讨喜的脸，她对他很难没有同门情谊。两年前，有人说这位师弟出去游历被邪祟杀了，湛云葳还一度十分伤心。

她没想到他不但活得好好的,还是个扮猪吃老虎的阵法天才。

她哑着嗓子开口道:"你放开我。"

"趁现在还早,我得带你压制药性。师姐,你不是早就不想留在越之恒身边了吗?我今日就带你离开。"

湛云葳问道:"你给我下了什么药?"

东方澈纠正说:"是三皇子下的,意缠绵灵蝶,你放心,有解药的。"

湛云葳听他事到如今还在撒谎狡辩,不吱声了,拔下头上的簪子径自刺了下去。

东方澈不得不放下她,握住簪子,有些伤心地问道:"你要杀了我?"

昔日小师姐不是对他挺好的吗?

湛云葳抿唇,掌心几乎汗湿。饶是她看过许多书,也不知道"意缠绵灵蝶"到底是个什么玩意儿,但身体中一股又一股的热意提醒着她情况不妙。

见她眼神厌恶,东方澈脸上的笑意也消失了,他蹲了下来:"我没想伤你,也没有折辱你的意思,你看,白蝶在这里。师姐若不同意,我没打算用,也不会让三皇子用。现在我只是带你去压制药性而已。"

湛云葳盯着他手中的盒子,恨不得将其灼出一个洞。

她身上的法器仿佛知道她的想法,器魂被操纵着凭空在她身后出现,一瞬拔高,有如遮天巨兽,朝东方澈一口咬去。

东方澈觉察到不妙,急急后退,却因放松心神晚了一步,自己的一只手连同白色灵蝶一并被那巨兽吞吃咀嚼。

不远处的树上,有人居高临下,冷冷地凝视着他。

来人戴着鬼面獠牙面具,湛云葳见到这面具第一次觉得如此亲切。

越大人,你可算赶回来了!

越之恒摘下面具,露出了自己那张冷峻的脸。

他周身全是紫色的血,今日不知杀了多少邪祟,此刻身上还全是杀气。

东方澈没想到越之恒会回来,还能找到自己。

为什么?

东方澈回头,这才看见湛云葳的宫绦上系的玉珠。那哪里是玉珠,分明是一件仙阶法器。

恐怕自己杀三皇子的过程,全被这法器记录下来了。越之恒真是阴险!

本来他八重灵脉,就打不过九重灵脉的越之恒,因此一直藏在暗处。今日对上越之恒,东方澈知道自己几乎没有胜算。

他沉下心来,想要去拉湛云葳,用阵法逃走。

身后一条冰冷的鞭子破风而来,脚下地面裂开,东方澈只得收手。

越之恒冷笑了一声:当他是死的?

贴满符咒的鞭子带着戾气抽过去,打在东方澈身上,他来不及结下一个印,倒飞数十步,吐出一口血来。

阵修的弱点就在这里,鞭子快如急雨落下,东方澈带伤躲得很是狼狈。

鞭子化成冰凌,眼看下一刻就要杀了他,东方澈捂住断臂,咬牙祭出心头血结印,用阵法遁逃了。

冰凌失去目标,飞回越之恒的手中,他追了两步,听见身后响起低低的闷哼声。

越之恒只得走回来,去看湛云葳如何。

"湛小姐,你还好吗?"

湛云葳咬住唇,抱着膝盖轻轻哆嗦着,只摇了摇头,应他都困难。

他皱眉,俯身抱起她:"我带你去看医修。"

越之恒也没想到,自己在她身上放了仙阶法器,也没能完全护住她。

217

他早就防着东方澈,那玉珠若感知到杀意或伤她之意就会被触发。

但东方澈竟没有伤害她的意思,越之恒没空查玉珠里的画面,器魂还在咀嚼东方澈的手。

越之恒冷下脸:"吐了。"别什么恶心玩意儿都吃。

器魂老实地吐出一只手,邀功般将白色玉盒递到了他身前。

待到越之恒看清里面那只白色灵蝶后,他总算知道东方澈做了什么,步子顿住。

而他怀里的人酡红着脸,灵蝶控制了她的意识,她只勉强还认得抱着自己的人是谁,声音几乎带上了颤音:"越大人……救……"

她肩膀上的雪色锦缎滑落,露出胸口盛放的浅粉色芙蓉花。

越之恒无意看见芙蓉,立刻错开视线,将她的衣衫往上提。他按住她的手:"忍忍。"

不怪湛云葳不认得,这东西……是最早一任彻天府掌司研制的阴私之物。

她几乎已经失去意识,哼着细细的声音。隔着夏日的衣衫,他感觉到她身体发烫。

越之恒难得愠怒于自己方才没有杀了东方澈,或是问出解药的下落。

不远处有一排画舫,夜晚的花巳宴从来不缺热闹气氛。

越之恒将湛云葳按在怀里,不让她乱动,扔了一袋灵石给船家:"出去。"

船家没想到有人这么大方又着急,待到灵力将他关在那门外后,他才喜笑颜开地捡起灵石离开。

第八章　未必献身

器魂从湛云葳的宫绦上的玉珠中飘出去，如烟扩散，盖住一整条画舫，形成结界，隔绝了外界的窥视。

月光投映于湖面上，水波以画舫为中心一圈圈漾开。

不远处的画舫上有歌女在弹唱，靡靡之音不绝于耳。画舫内轻纱飞舞，迎着夜风，多出几分旖旎之意来。

越之恒将湛云葳放下时，她几乎已经认不出他是谁，凭借着活命的本能拽住了他的衣带。

越之恒垂眸，皱眉说："湛小姐，松开。"

这话换来的是她更紧更用力地抓握住他的衣带。

越之恒只能握住她的手，强行把自己的衣带从她手中抽回来。

她似是没有想到这人如此无情冷淡，蒙眬的眼眸中多了一分雾气。

越之恒去旁边倒了一杯水，以灵符化开，给她喂了下去。

身上虽然依旧燥热，但她的灵识总算清醒了不少。

"掌司大人。"

越之恒见她总算认得人了，应了一声。

湛云葳发现自己衣裳穿得乱七八糟，外衫几乎裹住了领口，虽然不知道自己意识模糊的时候发生了什么事，但太明显了，她几乎能想象到越之恒的态度。

她抱住膝盖靠着画舫的窗坐下，有些尴尬，脚趾都忍不住悄悄蜷缩起来。

湛云葳沙哑着嗓音问："东方澈呢？"

"断了一臂，跑了。你认识他？"

湛云葳勉力打起精神："嗯，我爹以前把他捡回了长琊山，他在长琊山做了两年外门弟子。"

越之恒看了她一眼，神色虽淡漠，也没骂人，湛云葳却莫名其妙地理解了他的意思：长琊山还真是什么阿猫阿狗都捡回去。

湛云葳不服输地强调道："东方澈是你们彻天府的人。"长琊山可养不出这么邪性的人。

她爹救人的时候又不能剖开别人的肚子看看一颗心是红是黑，东方澈当年混在难民中，谁分辨得出来？再说，长琊山救的人多了，林子一大总会有几只坏鸟。

越之恒意味不明地看了她一眼：湛小姐心还真大，意缠绵都没解，她还有工夫和自己吵架。

"东方澈既然算是你师弟，湛小姐为何没有和他离开？"

他说这话时，手中转动着杯子，观察着湛云葳的神色。倘若今晚湛云葳将宫绦扯了，选择同东方澈走，越之恒还真不一定能找到他们。

可她全程留着宫绦。

湛云葳反问道："在越大人眼里，我像个傻子吗？"

东方澈如果真为她好，想要救出她，有许多方式，却偏偏看着三皇子给她下药。他如果真的想给她解药，那就该将解药带在身上，而不是半胁迫地说要带她去找解药。

湛云葳问："怎么了，有何不对？"

"没有。"越之恒淡淡地垂眸，"只是我以为，比起越某，湛小姐

220

至少更信任他。"

湛云葳说道："至少掌司大人算个正人君子,对我没想法。"他也不会给她下药。

"……"越之恒顿了顿,放下杯子看了她一眼,"你还真是……"

她真是什么?

她想要问清楚,却发现那股好不容易压下的感觉又涌了上来。湛云葳咬牙,并紧了膝盖。

花巴节本就算个互通心意,或是寻欢作乐的日子。

他们一安静下来,其他画舫上的靡靡之音便通过夜风传了进来。

要死了。

湛云葳语调干涩地问:"掌……掌司大人,我的药还没解吗?"

越之恒声音冰冷地回道:"没有。"

意缠绵哪里有这么容易解,他的灵符不过让她清醒片刻罢了……那灵符原本还是他为自己准备的,怕悯生莲纹一开自己没了理智。

他就带了这一张灵符,效果只有一刻钟。

意缠绵本就算不得什么灵物,初代掌司性情阴邪,最早这意缠绵是他弄出来控制心上人的。

越之恒不得不告诉她一个冷酷的事实:"别看我,我没解药。"

湛云葳自认情绪向来稳定,此时也快绷不住了。

"那怎么办?"

越之恒说:"兴许你可以忍过去。"

但根据彻天府的记载,没人做到过这样。湛云葳意志再顽强,可意缠绵是摧毁神识的东西,且每一次发作只会比上一次更加剧烈。

意缠绵一发作,她兴许连自己是谁都能忘了,哪里还能生出抵抗之意?

符纸的作用渐渐消失。

轻纱每被风吹进来,拂过湛云葳的手背,她就忍不住轻轻颤抖一下。

画舫中没有贵胄用的明珠,只有花灯。

月光照不进来，柔和的光下，越掌司杀过人的煞气似乎也消失了。越之恒就见她一双清澈的眼几乎要带出泪意来，看上去实在可怜："我给你解开困灵镯，你试试用灵力压制药效。"

他在湛云葳面前蹲下："伸手。"

她处于一片混沌中，闻言勉强伸出右手来。

她已经这样不清醒了吗？越之恒默然，捉起她死死握住裙角、戴了困灵镯的左手，给她解开困灵镯。

轻纱被夜风吹得翻飞，拂过她白皙似雪的手腕，画舫内的花灯灯光摇曳。

越之恒刚解开困灵镯，就发现自己的手腕被她反手握住，她的脸也靠在了他的怀里。

胸膛上传来柔软热意，她轻轻抽泣道："灵力压不住的，可不可以……"

不可以。

她不清醒，越之恒却还不至于没理智。夜风透过半开的窗吹进来，带着夏夜独有的燥意。

不知是画舫上的丝竹声停了，还是她的声音就在他耳边，盖住了那丝竹之音。

有什么东西无意识地擦过他的颈间，一触即分。

越之恒扣住她的肩膀，想要将她推开的手顿了顿。因为感受过这样的触感，温软、湿润，所以他几乎立刻反应过来她在做什么。

画舫上的兔子宫灯晃了晃，像是在提醒他：第一次的教训还不够？

越之恒的手用了些力，神色也淡了几分。

在灵蝶的控制下，湛云葳已经认不出面前的人是谁，只隐约感觉到这人无情和难说话。

她就像溺水之人，伸手试图抓住一切能抓的东西，可一伸手就是那条冷冰冰的鞭子，上面的符咒认主，瞬间将她的手灼伤。

"湛云葳！"

越之恒也没想到她会被伤，扣住她的那只手，垂眸看去，发现她细嫩的掌心红了一片。她痛得厉害，泫然欲泣："你不肯的话，那你帮我找个人来……"

越之恒将鞭子解了，放在一旁，头也没抬地冷嗤道："你要谁？"

脑海里没有任何一个名字，她胡乱地想，能救她帮她摆脱痛苦的人就行。

可这人既不救她，也没听她的话去找人，而是拽过她的手，查看她的掌心上被神陨之石烫出来的伤。

不，她不是说这个。

眼见他不肯去找人，灵蝶在她的识海里几乎要令她窒息，湛云葳索性推开他，自己跟跟跄跄地往外跑去。

这人不救她，她要自己去找解药。

越之恒很快发现给她解开困灵镯是个多么错误的决定，她根本没想控制御灵师的力量，胡乱使用控灵术，散射的星辰处处封他命脉，毫不留情地想要他的命，最后甚至险险地落在他的脐下几寸的地方。

越之恒发现这种时候自己和东方澈那蠢物也没区别，因为对她根本没设防。

越之恒躲开湛云葳的灵力，一抬眸，就见她几乎跑出了画舫。

维持结界的器魂刚刚觉醒不久，意识还懵懂，像个孩童，正在歪头打量这个衣着狼狈、一心要去找解药的少女。

外面就是无数画舫，王朝之中，无数达官贵人在这里取乐。

听见动静，有人推开窗看过来。

越之恒阴沉着脸，几步出去拦腰禁锢住湛云葳，将她扛了回来。

她凭借气息认出了这是那个无论如何都不肯救她的人，试图挣脱开他的禁锢。

"别闹了。不是要人救你吗？我来。"

感受到白色灵蝶的气息和这个人妥协的语气，她体内的红色灵蝶似乎终于安静下来。

越之恒将湛云葳抱回去，她跪坐在榻上，这回试探性地靠上来，发现这个人果然没有再躲开。

越之恒摸到那被解下的镯子，重新给她戴上去时，她也成功地睁着一双雾气蒙蒙的清瞳，将他推倒在榻上。

她趴了上来。

感知到颈间明明急切却蜻蜓点水不得要领的触碰动作，越之恒注视着她，语气淡然地问："不会后悔？"

她摇了摇头，隐约听清他说了什么，又胡乱点头。

月色如绸，今夜并没有星子，只有她的一双眼似含着漫天星辰。

在她眼中看见了自己的身影，越之恒说："好。"

下一刻，湛云葳感觉腰间传来一股力道，他们调换了位置。

他握住她没受伤的手，将她的手引向她惦记了一晚上的衣带。不同于先前她无论如何都解不开，这次在他的带领下，她轻轻一抽，衣带便散落开来。

她的视线被挡住，入目的是他的宽肩、喉结和精致的下颌。

月光藏在云后。

她原本被拉至领口的外衫由谁裹紧，就由谁解开。

画舫轻轻荡漾，今夜晴朗。

内衫上的芙蓉花，随着她的呼吸娇艳欲滴，轻轻盛开。

"不能太急，再等一等。"他的声音总算不似最初那样平静，带上了几分喑哑之意，"你会受伤。"

她将脸贴在他冰凉的颈窝上，试图降温。

他顺着她的力道垂首，手掌托住她的头。

白色玉蝶被他用灵力操控着，从玉盒中飞出来，受了识海中赤色玉蝶的影响，她的视线情不自禁地追逐着那只蝶，一丝也没分给他。

越之恒将她的脸扳过来，打算最后确认一次："看着我。"

"还认得我是谁吗？湛小姐。"

她哪里还知今夕是何夕，试图蒙混过去，他却不许她逃避。

到了这一步，眼前原本遂她意的人，偏偏说什么也固执地要一个答案。

可他是谁？她眼前模糊一片，识海混沌。

她努力摒弃赤蝶对她的影响，开始回忆。记忆翻涌，她从少时开始回想，眼前的不是赵师兄也不是王师兄，更不可能是得了空就找她的麻烦的湛殊镜。

她认识的异性的名字，在脑海里一个一个地过着。

她的手触到了什么。

身上那人吸了一口气，湛云葳灵光一闪，琉璃剑？

所以他是……

"裴师兄？"

冷风从画舫外灌进来，她腕间的命门被人扣住。有人似乎冷笑了一声，一连说了三个"好"字。

湛云葳还没来得及庆幸自己答对，那人抽身，将白色灵蝶封印进玉盒中，粗暴地将她重新裹严实。

她还来不及质问他为何反悔，这人抱着她，一并翻下了画舫，落入湖中。

夏夜并不算冷，可猝不及防地入水，湛云葳还是打了个哆嗦。

湖面的月光被剪碎。

原本被越之恒当作结界的器魂探头来看情况，想要救主人。见到越之恒的脸色，发现情况不妙，器魂悄悄躲了回去。

湛云葳还不明白事情怎么就发展成了这样，就听见头上那人声音冷冷地开口。

"越某陪湛小姐清醒清醒。"

她听见他的自称，在水里打了个战。

她隐约也知道认错了人，听他平静却淡漠的语气，莫名其妙地生出一丝怯意来。

白色灵蝶的气息还在吸引她，面前这人却不似先前那般迁就她了。

她抱住他，试图安抚这只愠怒的"白色灵蝶"，不知该怎么做，下意识地用唇去碰他的喉结。

别生气。

他面色冷漠地捂住她的嘴，说道："越某说过了，我并非你的裴师兄。"

旋即她抱住他的胳膊，也被他扯了下来。

没了支撑，她直直地往水下沉去。湛云葳如今连认人都做不到，哪里还记得浮水？

她睁着眼，想要抓住什么。

眼前除了漾开的湖水，就只有与她的雪色衣衫交织的墨袍。她懵懵懂懂的，白皙的手指从那片墨色衣袍中穿行而过。

不经意间，她发现琉璃剑似乎还在。

欸？

她头脑昏沉地想，这人又不是裴师兄，自称越某，可是明明……

"湛云葳！"

她几乎被面前的人拎着领子从水中提了出来。

湖水由她被打湿的长发上顺着她的长睫、下巴，重新流向身下水面。这人将她拎到身前，笑了一声，声音没有温情，透着咬牙切齿的意味。

她眨了眨眼，呼吸急促，身体里就像被堵着岩浆，岩浆再找不到出口，她就要死在这样的难受感之中。

她委屈又愤怒地睁着一双栗色眼睛，试图看清面前这人。这出尔反尔的小人！

他却似比她还要愤怒，迎面就是五张定身符纸，符纸围着她的脑袋贴了一圈。

她眼睛被符纸挡住，再也看不清他的神情。

越之恒看了一眼画舫上躲着看热闹的器魂，声音冰冷地下令道："滚过来！"

器魂轻飘飘地飞过来，将水中的湛云葳托举起，送到了岸边。

越之恒垂眸，月光倾泻而下，湖面如明镜，令他在里面清晰地看见了自己的倒影。

他同样一副狼狈样子,又比湛云葳好到哪儿去?

哑女没想到这个时辰了越之恒会来自己的院子。

看清他怀中抱着的、被贴了五张定身符的湛云葳时,她面色变了变,连忙迎上去。

哑女慌张不已,轻轻揭开一张符纸,对上弟妹泪盈盈的眼,心疼焦急坏了,比画着问——

她怎么了?

越之恒垂眸看了湛云葳一眼。

"阿姐,我需要一些你的血。"

哑女知道他这是要救湛云葳,忙不迭地点头。

越之恒将湛云葳放下来时,哑女已经取了碗和刀来,开始放血。

到第二碗血放完时,她还要毫不犹豫地放第三碗,越之恒低声说:"够了。"

那碗中的血液分明是邪祟的紫色血。

哑女担忧地看了湛云葳一眼,越之恒说:"你先去外面等等。"

他拿出紫阙莲灯,莲灯循着血腥气,以血做灯油,半晌幽幽地亮起。

越之恒将紫阙莲灯放到湛云葳身边,灯中涌出雾气,雾气将她笼罩住,她眼中的痛苦之色终于平息不少。

哑女在外面来回踱步,好半晌才等到越之恒出来。她往屋里看去,越之恒说:"暂且没事了。"

发生了何事?为什么要用五张定身符贴弟妹?

就算她没法修行,也明白要控制谁,一张符就够了。

"……"越之恒没法和她解释,神色冷漠。

哑女见问不出什么,又想着湛云葳那一身皱巴巴、像是从水里捞起来又被烘干的衣裳,走进内室,想给湛云葳换一身舒适点儿的寝衣。

哑女的屋子虽小,也有些年头,可她手脚勤快,时不时去后山采花朵装点，屋子很是温馨。

湛云葳前两日给她新做的寝衣，刚好派上了用场。

湛云葳身上的素雪芙蓉百水裙已经皱巴得不像话，哑女见她乖巧地躺着，睡了过去，怜惜地将她脸颊旁的头发拨开，又动手给她换衣裳。

哑女将湛云葳的外袍解开，之后便是内衫。

芙蓉花被挪开，哑女猝不及防地看见了雪白肌肤上盛开的点点红蕊印记。

她幼时在地宫中，后来随着越之恒回越家，这些年自己一个人生活，偶尔在府中也撞见过几回那种事情，没有一处环境是干净纯粹的，自然知道这是什么。

她在心里埋怨了一声阿弟，待到换亵裤时看见弟妹又细又长的腿内侧也有密布的红痕时，脸已经红得不像话。

哑女没好气地出来，看见月下越之恒正盯着那莲灯，神色漠然。

她比画着：你以后不要这么没轻没重。

越之恒反应过来哑女在说什么，顿了顿。他其实动作并不出格，甚至非常克制，但御灵师天生就是一群娇贵的人。这种事也不好和哑女解释，他只得冷淡地应道："嗯。"

他们总归也没以后。

离天亮还有一会儿，越之恒要回彻天府当值，更麻烦的是，三皇子昨夜死了……

越之恒冷笑，摩挲着手中的玉珠。捉拿凶手，彻天府自然义不容辞。

东方澈原本老老实实地当个暗处的杂碎，还能保住一条命，既然自寻死路，自己就送他去和东方一族的人团圆。

哑女知道他有事要忙：你去吧，弟妹在我这里休息一晚，我会照顾她。

第二日正午，湛云葳才醒过来。

她扶着脑袋坐起来，正好看见端着午膳进来的哑女。哑女放下东西，轻轻在她的额上触了触，见没有发热的迹象，这才露出一个笑容。

湛云葳不知道自己怎么会在哑女的屋子里醒来，自己最后的记忆分明是在画舫上和越之恒待在一起。对了，自己还中了意缠绵。

但她只记得越之恒要给她解开困灵镯，之后的记忆就一片模糊。

湛云葳垂眸看去，发现镯子还在手腕上。

"清落姐，掌司大人将我带回来的吗？"

哑女笑着点头，示意她先用膳。

湛云葳脑袋里一片空白，倒是身上哪儿哪儿都不舒服，尤其是被越之恒的神陨灼伤的掌心，火辣辣地疼。

虽然越之恒已经给她处理过伤口，但这伤总归没有那么快好起来。

记忆断片这种事最为令人焦灼，她面上平静，内心已然翻江倒海。

她的意缠绵到底是怎么解的？她真的忍了过去，还是越大人给自己找了个人，抑或她将越大人……？

后两种可能，每一种都让人惊恐，她甚至分不清哪种更可怕。

当着哑女的面，湛云葳不好意思脱了衣衫检查，但双腿虽然酸涩，腿间却没有不适和痛感。

想必没有发生什么事，她勉强放下心来，和哑女一起吃过饭，回到了自己的院子里。

越之恒去了彻天府，晚间才会回来。

湛云葳关上门，脱了衣衫一检查，发现自己放心得太早："……"

她分不清尴尬、惊恐、惶然，哪种情绪在她心中占更多。

她穿回衣服。两个罪魁祸首，三皇子死了，还剩一个东方澈在逃。

湛云葳冷下脸：最好别让她再遇到这个好师弟！否则她也要让他尝尝身不由己、无法自控的滋味。

不明真相总是让人不踏实,这种事虽然令人羞恼,可是她必须问个清楚,目前只有越之恒知道发生了什么事。

湛云葳还是第一次期盼着越之恒早些回来。

可是事与愿违,傍晚时,天幕阴沉沉的,院子里起了风,奴仆们怕下雨,纷纷将花往回廊下搬。

越之恒还没回来,汾河郡的大街上却多了许多王朝的黑甲卫,城内戒严,阵修开始布下灵力网,不时有黑甲卫去百姓家中盘查。

整个王朝笼罩着一股风雨欲来的气氛。汾河郡不似王城消息那般灵通,百姓惶惶不知发生了何事,湛云葳却清楚,三皇子昨夜死了。

灵帝拢共三个儿子,三皇子最不成器,平日也最不得灵帝欢心,可总归是自己血脉,灵帝势必会要个说法。

越府维持着表面的安宁,二夫人往湛云葳的院子里来过一次。她是个聪慧的人,昨夜被彻天府府卫接回府,今日听到三皇子的死讯,就大概明白发生了何事。

虽然她和湛云葳这位侄媳没有什么感情,可说到底两个人也算不上有多大的仇怨。

她们同为御灵师,知道这世道对彼此多么不易。

御灵师表面高贵,可向来是被圈养在权贵掌中的金丝鸟,至少二夫人不希望湛云葳被折辱,也不希望皇子的死连累越家。

见湛云葳没事,二夫人压下心中的担忧情绪,回到自己的院子中。

也只有到了这种时候,越家所有人才明白,一荣俱荣、一损俱损的道理。

因着全城戒严,越怀乐这样的身手不够看,彻天府将她放了回来,这段时间她都不用去巡逻。

黑甲卫没有胆子来盘查越府,越府的氛围比起外面的好上许多。

然而越之恒一直没回来。

入了夜,倾盆大雨随风而下,石斛将窗户关好,对着湛云葳摇了摇头:"彻天府没有消息。"

湛云葳晚上睡得不踏实。

虽说她相信越之恒有能力处理好三皇子的事，不让这事和他们沾上关系，可是说到底，越大人再强大也只是王朝的一枚棋子。

他以一人之力何以对抗王朝？他的生死也是由灵帝决定的。

三皇子死亡一事，说不清他们谁连累了谁。若非三皇子对她执着，事情不会发展到这一步，而东方家的祸患，偏偏又和越之恒脱不了干系。

但三皇子死得无疑大快人心。

从始至终，湛云葳也没想到自己还有和越大人站在同一阵线上的时候。

一连过了三日，越之恒都没回来。

到了第四日夜里，又下起了雨，湛云葳睡得迷迷糊糊之际，隐约感觉床边有个影子。

睡意瞬间清空，她从床榻上坐起来，发现顶着风雨回来的人，正是三日不见的越大人。

越之恒问："吵醒你了？"

他衣衫湿透，身上残存着血腥气。

湛云葳摇了摇头，迟疑地问道："你受伤了？"

"旁人的血。"

她轻轻"嗯"了一声，心里琢磨，不知道越大人杀了多少人，在大雨中回到府中还没清洗去身上的血腥味。

不过越之恒平安回来，神色还无异样，委实是一件好事，她悬着的心终于放下。她明白三皇子的事大概尘埃落定了。

过了一会儿，越之恒清洗完毕，准备就寝，发现湛云葳拢着被子，半点儿都不困，一副等着与他促膝长谈的样子。他微垂下眼，神色淡淡地走过去，拿出褥子准备睡觉。

他三日没合眼，眉眼间难掩倦怠之色，可他知道，有些事情还是得和湛小姐说清楚，否则两个人都睡不好。

"三皇子的事，处理好了？"

越之恒说:"嗯。"

他简单地解释了一下自己这几日在做什么。

这事首先不能和湛云葳扯上关系,也不能让陛下心里埋下对彻天府的不满。

于是他顺手陷害了几个朝堂上平日里的对手,这才让宫中的人"无意"间捡到玉珠,将东方澈摆到明面上。

湛云葳得知他这几日没回来,原来是在王朝搅风搅雨,而非遇到什么麻烦时,她表情怪怪的。

越之恒说起这些事习以为常,仿佛并不觉得陷害旁人是什么大不了的事,也不在意她会如何看他。

说来也奇怪,这阵子她常常会忘记他是个佞臣。

这个话题告一段落,两个人都安静了一会儿,仿佛都在等对方提起另一个话题。

她拢紧被子,下定决心面对真相,准备开口之时,听见越之恒冷不丁平静地开口:"意缠绵还没解。"

哦。

不对,他说什么?!

湛云葳:"那我当日……?"

"我用紫阙莲灯帮你强行将效果压了下去,不过只能压制十日,十日之后,意缠绵会第二次发作。"

且第二次效果比上一次更甚,若再不解决,她会有灵力溃散、身亡道消的危险。

换句话说,白玉灵蝶若再找不到宿主,她死去的概率非常高。

湛云葳抚额。这都叫什么事?那种感觉她再也不想经历一遍:"东方澈说有解药?"

"不错。"越之恒说,"我看过彻天府初代掌司留下的手札,确实有一种花蜜能将赤色灵蝶从你的识海中引出。"

湛云葳眼眸亮亮地看着他。

越之恒顿了顿,才说:"不过,此花生长在离光秘境里。"

湛云葳:"……"

她反应了过来,离光秘境一年开一回,在每年的七月开。

也就是说根本来不及找到解药,现在已经过了四天,至少六日后,她得先让白蝶认主。

湛云葳抿了抿唇:"掌司大人,我还有个问题。"

黑暗里,越之恒睁开眼:"问。"

"那天我身上……?"

越之恒沉默了一会儿,说:"我。"

一时间只能听见雨声,湛云葳拽紧了被子,艰难地咽了咽口水。

她自然还记得自己承诺过越大人什么——那种事情不许发生第二次,她毫无疑问地背弃了诺言,必定是她动手在先。

可是……退一万步说,她看向越之恒,那些痕迹,越大人就没有错吗?!

湛云葳的神色实在太过明显,越之恒冷笑了一声:"若当时不拦着湛小姐,让你跑出画舫,后果如何想必不用我提醒。"

湛云葳想到他说的那情形,心里也一阵后怕。

她刚想解释自己并非在兴师问罪,她当然知道越大人情非得已,却听越之恒又开口。

"再说了,我也从没说过自己是正人君子。"他不耐烦地闭眼,语气凉凉的,"比起信任越某,湛小姐至少应该对自己的容貌更有信心才对。"

"……"

屋外的狂风疾雨,都比不过湛云葳听到这句话时心里的风雨。

她险些呛到:越大人在说什么?

若非六月的深夜燥热沉闷,一切感观这样真实,湛云葳甚至怀疑自己在做梦。

越大人这算是在夸她吗?

她后知后觉地耳朵红了一片,羞也不是,恼也不对:"掌司大人不是说不喜欢御灵师?"

越之恒说道:"我又不是什么坐怀不乱的柳下惠,湛小姐,我只是个普通男子。不去论见色起意是人之常态,你我既然立场相悖,越某这些年的名声你应该也清楚,到底是哪一件事让你觉得,我和圣贤沾边?"

他一番毫不遮掩的露骨话语,让湛云葳无言以对。

她当然知道自己长得不错,在暴露会控灵术之前,学宫的师兄弟们对她多有青睐。可湛云葳从没想过越之恒会认可她的容貌。

她神色古怪地看向越之恒。

越之恒十分倦怠,顶着她的目光问:"湛小姐到底在看什么?"

她想说什么就说,反正也没有比那夜更让人想同归于尽的事。

越之恒谈不上后悔,三日过去,当时愠怒的心情也早已平复,后知后觉涌入心头的只剩浅浅轻嘲的情绪,带出几分可笑感来。

湛云葳说:"我只是觉得有些意外,我以为你……"

她以为什么?以为他不可能对她起半分杂念,还是以为他喜好异于常人?

越之恒声音冰冷地说道:"湛小姐大可不必这般神色惊恐,只要你正常些,我亦不会对此事有半分兴趣。"

湛云葳忍不住摸了摸自己的脸。

她的情绪都写在脸上了吗?

何况她这也不是惊恐,只是……

反正她说不上来,因着不记得发生了什么,也不知当时到底是什么情况,所以这事在她听来更像天方夜谭。

但有一件事她能确定,自己不用担心何时身不由己地冒犯越大人后,被他恼怒厌烦之下一掌杀了。

她怏怏地躺下,说来说去,这事都怪东方澈!

这次有了准备,她倒是可以在意缠绵发作之前,离越大人远一点儿,可白玉蝶认主的事必须得解决。

比起已经发生过的事,六日后怎么办才是她最需要思考的问题。她如果不想因此丢了性命,就必须在下一次意缠绵发作前下定决心。

她上哪儿去给白玉蝶找个主人？

没等她想出对策，第二日就发生了一件事。

天刚亮，彻天府府卫来报，越无咎失踪了。

距离越无咎被越之恒发配去永宁郡刷恭桶已经一个月有余。去监督他的彻天府府卫见越二公子虽然每日黑着脸，一副想死的表情，可到底顾念着妹妹，又明白越之恒可不是只会恐吓人，这人真的会打断他的腿，因此他一直没有跑，还算老实。

彻天府府卫也没那么闲，天天守着他刷恭桶，见他不打算跑，每日确定他还在永宁郡官署里就成。

谁承想，昨日上午越无咎不见了。

彻天府府卫一开始以为二公子耍心眼，在永宁郡找了一番，没找到人，又沿着从永宁郡回越府的路追踪回来，不料也没有发现越无咎的身影。

好端端一个人，竟然凭空消失了。

彻天府府卫这才意识到不对劲，连忙来向越之恒禀报此事。

越之恒："湛小姐，可否借你的洞世之镜一用？"

湛云葳点了点头，去内室将洞世之镜拿了出来。

越之恒启动洞世之镜的时候，湛云葳也在一旁看。这还是她第一次见到使用这镜子的方法，正好学一学，待发了月俸之后，她也拿来看看山主阿爹如何了。

磅礴灵力被送进去之后，洞世之镜上的灵石逐个亮起，金色光芒中，镜面如水面泛起波纹，波纹一圈圈散开来。

待到波纹平息，朦胧镜面中的景象也渐渐清晰。

那是一个昏暗的房间，无数锁链和镣铐相依，镜面上是男子和女子一片白花花的……

总之他们衣不蔽体。

湛云葳自幼受仙门教导，奉行君子之道。所谓非礼勿视，湛云葳见状犹豫着要不要移开视线。

她忍不住看了越之恒一眼。

越大人脸上没什么情绪，神色冷静，还在审视镜子中的情形，神色和他平日看炼器书籍时的样子也没太大差别。

湛云葳定了定心，心想既然这是正事，看看应该也无妨。

她正要像越之恒那样细看，越之恒已经中断了灵力。

"……"湛云葳顿了顿，也不能让越大人续上灵力让她看个清楚，只得问，"越大人，你发现什么了吗？"

那一片白花花的人里面，到底有没有越无咎？

越无咎刷恭桶到底是怎么刷到这样奇怪的地方去的？

越之恒回答道："四周昏暗，隐有烛光，布置并不简陋，地上有灵果汁液残留的痕迹。越无咎被关在了一个密室中，与他被关在一起的，还有数个御灵师。"

湛云葳心微沉。

御灵师在灵域地位尊崇，谁敢私自关押御灵师？就她看到的景象而言，那些御灵师的处境着实不好，甚至比先前仙门的人作为阶下囚的处境还要糟糕。

越之恒神色冷然，去内室换了套常服，一看就要出门。

湛云葳见他这副模样，想着他恐怕知道了谁是罪魁祸首。

湛云葳说："我也去。"

越之恒看了她一眼。

湛云葳正色说："我不是想跑，你相信我，大不了我发个魂誓？"

那些御灵师衣不蔽体，她去总归比越之恒去把人带出来好一些。

越之恒垂眸，脸上让人看不出情绪，倒也没有非要逼她发魂誓，语气淡然地道："走吧。"

永宁郡就在汾河郡旁边，却比汾河郡贫瘠许多，名字唤作"永宁"，这些年入邪的百姓却最多。

因着要赶时间，越之恒没用玄乌鸾车慢吞吞地过去，召出了他的青面鬼鹤。

湛云葳看见鬼鹤身上到处都是损伤的印记，这还是她上次的杰作。

想来这段时日实在太忙,越之恒的鬼鹤又不假手于人,修复鬼鹤的事这才搁置了下来。

湛云葳强自镇定,若无其事地坐上去,希望越之恒别再想起上次她逃跑的事。

越大人也确实没有那般小气,看上去没有和她翻旧账的打算。

上次两个人同乘鬼鹤时,越之恒并不清醒,还是被她操控的傀儡,她几乎坐在他的怀中,他听之任之。这次他盘腿坐下,离她很远,鬼鹤由他掌控。

两个人之间像是无声地划出了楚河汉界,虽然昨夜他们表面上说开了,可似乎有些更沉重的东西堵在了心里。

湛云葳明白,有的事还是得提:"掌司大人,我昨晚想了一宿,意缠绵到底该怎么办?"

他抬了抬眼:"湛小姐想出什么主意了?想让越某放你去找你裴师兄?"

"掌司大人别胡说,我没有这样想。"

他笑了一声,声音隐含嘲讽之意,不知在笑她口不对心还是别的什么。

湛云葳说:"但如果你愿意暂时放了我的话……"至少让她自己出去寻一个心甘情愿的人,大不了六日之后她再回来自投罗网。

虽然越之恒昨夜说了,他并非什么君子,还认可了她的样貌,可如果他真的对她有半分意思,就不该用紫阙莲灯帮她压下意缠绵的效果。

两个人之间什么事都没发生,证明越大人到底是介意这事的。

他并不想和她有所牵扯,湛云葳也没有非要祸害越之恒的意思。严格说来,他只是王朝看管她的人,两个人谁也没真的将对方当成道侣。

"放了你这种事你就别想了,我越家担不起这样的罪责,陛下也不养废物。"

她就知道。

湛云葳闷声说道："可是我总不能在越大人身边等死。"下次意缠绵再发作，紫阙莲灯也不顶用。

她总不能生生灵力溃散，凄凄惨惨地死去吧？

越之恒冷冷地看她一眼，没说话。

湛云葳实在走投无路，趁现在自己清醒，总得安排好一切，为自己争取一个活命的机会。

"我不想死，越大人。"她沉声说道，"至少不想因为这样荒诞的理由失去性命。"

曾经那样辛苦，她都想好好活着，何况如今的境况。湛云葳也不想中意缠绵，但比起世人拿来束缚御灵师的无谓贞洁，她更看重性命。

她还想回到爹爹身边去，还想看见王朝倾覆的那一日。

湛云葳说："掌司大人，我可否求你个事？"

"说。"

她抿了抿唇，下定决心："你能帮我从王朝的楚馆里找几个小侍来吗？"

届时她挨个儿问一问，总归有愿意拿了她的灵石，让白玉蝶入体的人。她将自己赚到的灵石给那人，之后寻到花蜜，再引出双方体内的灵蝶就好。

她说完，却未闻越之恒的声音。

湛云葳刚想去看他的神情，却下巴一痛，闷哼一声，然后对上了越之恒的眼。

她从未见过他这样的神色。

他眼中充斥着怒意，手上的力让她几乎想要叫出声。湛云葳莫名其妙地想到少时师姐那番关于器修不懂怜香惜玉的言论。

"湛云葳，你清楚自己在说什么吗？"许是怒到极致，他反倒垂眸笑了笑，"这就是你想出来的主意？你让我给你找小侍？"

他慢条斯理，一字一顿地说道："我给你个机会，你再说一遍我听听。"

"……"

可他不是都听清了吗?

湛云葳知道大多数灵修好面子,如果她找小侍一事被传扬开来,越之恒在王朝官场无疑会变成个笑柄。

可越大人如此神通广大,只要这事做得神不知鬼不觉,并不会影响什么。

除非越之恒本身也是那种"直灵修",认为御灵师就该守贞,瞧不上这样的"放浪行径"。

湛云葳掰不开越之恒的手,索性直直望着越之恒的眼睛:"越大人既不放我离开,又不赞同我的法子。你倒是说说,还有什么主意?"

她吸了一口气:"总不至于越大人愿意自己献身吧?"

这话她本是赌气脱口而出,甚至不经意又叫回了"越大人",面前的人手却微微收紧。

她长睫颤了颤,对上了一双冷冰冰的眼睛。越之恒的眼瞳如淡淡水墨,令人看不透他的情绪,他也没有立刻回答她的话。

她莫名其妙地生出几分紧张之意。

"湛小姐,"越之恒说,"你好歹担了我的道侣之名,我只说一次,我没有给自己戴绿帽子的癖好。这几日你若能跑掉,你要如何我管不着,可若你还在我手里,我不会帮你找人,你死了这条心。"

"那你……"

越之恒看了她一眼,松开了她:"过几日再说。"

湛云葳明白了他的意思,有几分不可思议。许是就像昨晚那样,越之恒总是在做出乎她的意料的决定。

她低声应了,凉风拂面,却莫名其妙地让她耳根发烫。

她隐约有些后悔说出那句话,不明白事情怎么会变成这般局面,也无法想象真到了那一日会是怎样的情形。

湛云葳收敛心神,让自己别再想东想西。

就像越之恒说的,不是还有几日?事情的走向谁也说不准,如果真到了迫不得已的时候,那她也只能破罐子破摔了。

总归这是越之恒自己的决定。

鬼鹤越飞越低,永宁郡就要到了。

"越大人,你知道越无咎在哪里?"

"不知道。"越之恒说,"他所在之地像是地宫,永宁郡有钱财修建这种地方的,只有一个人。"

湛云葳若有所思:"你是说永宁城主文修齐?"

她虽然身为仙门中人,可是对王朝的重臣还是有所了解的,所谓知己知彼,百战不殆。

更何况文修齐在灵域很出名。他是唯一一个少时只有六重灵脉,中年觉醒九重灵脉的修士!这样传奇的经历,灵域中人谁不艳羡?

湛云葳见越之恒没有出声否认,知道她猜对了。

两个人到达永宁郡之前,越之恒拿出了两枚改颜丹,示意湛云葳吃下去。

改颜丹的作用只能维持三日,以前湛云葳四处流亡躲避王朝追杀时,对这东西并不陌生。

她闭上眼,在识海里给自己设计了一张十分普通的脸。

她一抬头,发现越之恒也变了模样。

在他脸上她完全看不出他先前的样子,搭配上他出门时特地换好的一身装扮,他看上去像个落魄无用的世家公子,只知循规蹈矩、迂腐守礼的那种。

两个人来到永宁郡,越之恒却并没有去城主府,反而去了永宁郡最大的拍卖行金蝉阁。

这个时辰金蝉阁还没有开门,阁中管事见了他一身寒酸的衣裳,不耐烦地开口赶人:"滚,滚,滚,这里也是你们能来的地方?"

越之恒拿出那盏紫阙莲灯,管事这才变了脸色,笑意盈盈道:"方才是我有眼不识泰山,不知阁下是从何处得来的这宝物?"

越之恒说道:"家道中落后,只留下了这么一件传家之宝,本来无论如何也应守好祖宗最后的基业，可如今……"

他为难地说道："我夫人身怀六甲，身子虚弱，必须有灵物进补，有个安稳之处养胎。迫不得已，我只能将这盏莲灯卖了。"

湛云葳就听他面不改色地撒谎，还顺带扯上了自己。

他们到底是生面孔，管事有些狐疑地打量着他们。湛云葳只得垂眸，一副连累了道侣的愧疚模样。

她虽然改变了模样，可是没有掩藏御灵师的气息。管事看出她确实是个娇滴滴的御灵师，也知道怀孕的御灵师有多金贵，这才放松下来，对越之恒说道："莲灯放我们这里拍卖自是没有问题的，可有的话我要给你说清楚，所拍灵石，金蝉阁得七成，只会给你三成。"

湛云葳没想到他们这样心黑，竟然敢坑到越之恒头上，忍不住看了越大人一眼。假如知道面前的人是谁，恐怕他们恨不得连夜送走这尊大佛。

越之恒目光冰凉，心里冷笑，假意和管事讨价还价了一会儿，又定下了一个约定。

"我须得和买下莲灯之人见一面，叮嘱他爱之惜之。"

管事有些为难，但看越之恒"迂腐"又固执，怕他真的拿了莲灯离开，只得同意，与他订下契约。

两个人被请进了金蝉阁休息。

湛云葳还是第一次见越之恒这样迂回。她还以为依着越之恒张狂的行事风格，他根本不会忍让，至少会和文城主打上一架。

越之恒饮了一口茶，看了她一眼，语气淡然地说道："不想打。怎么，盼我受伤，湛小姐好伺机离开？"

说实话，湛云葳还真这样想过。

她估摸着，湛殊镜恐怕也养好伤了，以阿兄的性子，他一定会回来救自己。湛殊镜是七重灵脉，根本不可能打得过越之恒，她不希望阿兄死在王朝。

所以来之前她就在想，如果是受伤后的越大人，湛殊镜等人至少没有生命危险，有与越大人一战之力。

被越之恒看穿想法,她却不能承认,正色道:"怎么会?我哪里有这般可恶?我只是好奇,同样是九重灵脉,越大人打得过文城主吗?"

越之恒说:"没打过,不清楚。"

但他心里知道答案:自己倒也不是打不过。

虽然文家老儿也是九重灵脉,可九重和九重之间也有不小区别。更何况越之恒还有悯生莲纹在,能越阶杀人。

只不过为文家老头开一道莲纹,实在不值。他若是文家人,也不会将越无咎等人藏在城主府中,如果有暴露的危险,还会第一时间将地宫中的人全部转移或杀光。

但这些干恶事的心得,他没必要和心怀鬼胎的湛小姐说。

左右她也并非真的关心他。

湛云葳很快就知道了越之恒来金蝉阁的用意。晚间,文家那位公子文矩来了。

她在二楼的法器中看一楼的拍卖景象,待到看见那张有几分熟悉的脸时,十分意外。

文矩、文循,可是取循规蹈矩之意?

果然,越之恒说:"文循以前是文家大公子。"

只不过那都是三十年前的事了,世间也没几个人听过"文循"这个名字。

知道文循的人,也只以为文循被邪祟吞吃,死在了渡厄城里。后来文家发迹,文家老儿当上城主,又攀上大皇子,可谓风光无限。

只不过这些年文家不愿去王城,反而偏安一隅。

文家背后的阴私之事越之恒多多少少能猜到一些,只不过他和这些人一样,算不得什么好东西,如果不是文家在他的头上动土,抓走了越无咎,他也不至于对文家出手。

比起文城主的天资,文二公子显然就不够看了。

但他荷包充裕。

灵域中人，漫长的生命中总有些自己的癖好，就像越无咎喜欢名剑，越怀乐喜欢华裳，文矩独独爱搜集法器。

文矩一踏进来，掌事就满脸笑意地迎了上去，其他王公贵族也纷纷上前同文矩打招呼。

就连拍卖阁助兴、弹奏乐器的乐姬，也纷纷露出恋慕之意。

湛云葳看得真切，她们都像是真心的。她心里很是奇怪：如果说只是因为文家的权势或者文矩长得还不错的脸，这些平民出身的乐姬不至如此。

这文二公子有何过人之处？

越之恒看出她的困惑，平静地说道："文家在永宁郡的名声特别好，文城主是出了名的大善人。传言文二公子十分深情，道侣亡故二十年，他一直未再娶妻，平日不去花街柳巷，只爱拍卖法器，还出手大方。"

这就难怪了，谁不喜欢深情又良善的道侣？

难怪文二公子如此受欢迎。

但也许是曾经成为过文循，见过文循那柄纯净的命剑，她想到那个暗河之上的邪祟，再看堂中风光无限的文矩，心里有些不是滋味。

越之恒看见她的神色，问："怎么，你不信？"

她是不信文家良善，还是不信文矩对亡妻深情？

湛云葳单手支颐："两个都不信。世间有几个情深不渝之人？更何况倘若文家人真是好人，永宁郡不会这样贫瘠。我们一路走来，衣衫褴褛的百姓远比汾河郡的还多。王朝的鹰犬更没几个好人。"

说完对上了越之恒的目光，湛云葳才发现眼前这位大人也是王朝的鹰犬。

她只得补充道："我不是在说你。"

她记得，越大人说过不喜被人当面骂，上一个被匕首抵着舌头的还是他二叔。湛云葳在实力不济的时候，非常识时务，平日有所不满也只会在心里说。

越之恒还在想她的前一句话，倒是不知她既然如此心仪裴玉京，又为何不信世间深情？听见她补充的后一句话，他抬眸道："湛小姐，下次你要说违心话，表情不要这么为难。"

"……"

两个人谈话间，下面的拍卖会已经有了结果，今晚所有的拍卖品中，最出色的无疑就是越之恒的莲灯。

莲灯一出，文矩的眼睛都亮了。

结果自然也毫不意外，他以高价拍下了莲灯。

掌事按照约定，低声和他说了什么。文矩蹙眉，掩盖住眼眸中的神色，最后还是点了点头。

眼见他们要上来，越之恒说："湛小姐别忘了先前的说辞。"

湛云葳点了点头。

这种时候她不会故意给越之恒使绊子。装越之恒怀孕的夫人嘛，她会尽力不露破绽。

第九章　此意缠绵

湛云葳很快就知道文矩为何这般受欢迎了。

文矩在永宁郡地位很高，说话却十分谦逊有礼。

见到她和越之恒后，他也没有瞧不上他们的落魄样子，反而承诺会好好珍惜莲灯。

只不过，湛云葳发现他的视线在自己身上多停留了一会儿。

文矩对越之恒说道："我听掌事说，嫂夫人身怀六甲，兄台还缺个落脚之地。如若不嫌弃，在下府中还有厢房，兄台和嫂夫人不妨去我府中小住几日，待寻到新住所再搬离，免得嫂夫人受奔波之苦。"

越之恒没有立刻同意，推辞了几句，文矩却十分热情，越之恒这才"勉强"答应下来。

到了文府，远远地湛云葳就看见不少阵修在布置阵法，甚至进门的地方也有检测修为的验灵石。

见越之恒在看那验灵石，文矩解释道："永宁郡不太平，为保家宅安宁，实属不得已而为之，还望兄台体谅。"

湛云葳心想，这分明是为了防着府里来越之恒这种人。

她倒是能过去，就是不知道越之恒怎么办。但见越之恒面色无太大异样，湛云葳就知道他自有办法。

果然，越之恒从验灵石旁走过，那灵石的光不算耀眼，最后验灵石显示的是五重灵脉。

文矩忍不住看了越之恒一眼："兄台天赋不错。"

在灵域，普通灵修一二重灵脉的比比皆是，好一些的三重灵脉，也能做个小官，四重灵脉者已经是家族着重培养的人物，就算是文矩，也只有六重灵脉。

湛云葳心想：你要是知道这人实际是九重灵脉，恐怕就一句话都夸不出来了。湛云葳作为御灵师，自然没人要求她去验灵石前走一遍。

文矩亲自带他们安置好，便去忙自己的事了。

关上房门后，湛云葳问："越大人如何做到的？"

按理说，验灵石没理由验不出来他的实力。

越之恒摊开手，一缕冰蓝色灵力从他的掌中溢出，慢慢汇聚成器魂的模样。

器魂见到湛云葳这个熟人，似乎很高兴，想去和她打招呼，却被越之恒扯住。

"方才验出来的是它？"

"嗯。"

湛云葳心想，越大人真是深藏不露。世间顶级的修士才能炼成自己的器灵，她就见过裴玉京的剑魂，是青色的，剑意凛冽。那剑魂也有自己的意识，看上去比越之恒的器魂成熟许多。

越之恒的器魂看样子有些懵懂，才刚生成不久，可天赋惊人，竟然有五重灵脉。不同于修士生来天赋固定，这些魂灵是可以用宝物温养的，随主人心意而动，还能作战。

魂灵能升两阶。

也就是说，这个冰蓝色的魂灵，假以时日能当七重灵脉修士使用。

七重灵脉，不就相当于一个湛殊镜？

湛云葳觉得若是湛殊镜知晓这事，心态必定要崩，人比人气死人。

至少她现在心态也不稳，忍不住看了越之恒一眼。越大人故意的吧，警告她想跑没这么容易，让她老实一点儿？

"湛小姐知道我是什么意思就好。"

他给她解开了困灵镯："文府不安全，今晚可能就要出事。我将器魂给你，如果湛小姐遇到什么事，它可以保护你。"

湛云葳没想到他会给自己解开困灵镯："你不怕我跑了？"

越之恒神色冷静地扫了她一眼："你若离开，诏狱中的人活着也没价值。"

湛云葳听出了越之恒话里的要挟之意，偏偏她确实不能罔顾十数个族人和白蕊的性命。

她闷声说道："越大人放心，我肯定不跑，白玉蝶还在你身上呢。"

她真离开了也是死。

越之恒沉默，没再说话。

湛云葳也意识到这话不妥，简直就像提醒越大人什么一样。她顿了顿，移开视线，戳着那团冰蓝色的器魂："越大人，它有名字吗？"

"还没起。"

"那我该如何称呼它？"

越之恒无所谓："随你。"

器魂幻化成一只剔透的玉镯，戴在了她的手腕上。

如越之恒所说，天彻底黑下来以后，文矩派人来请越之恒，说府中宴客。

贵族往往会在府中豢养门客，宴客一事算不得稀奇，今晚甚至文城主也在。

越之恒只身赴约之前，对湛云葳说道："湛小姐，若是出了什么事，你自保为先，我会尽快来找你。"

湛云葳点头。

文府觥筹交错。

舞姬在酒池前跳舞，尽显奢靡景象。士族本就豪奢，文家更是其中的佼佼者。

金杯做盏，白玉为箸。

越之恒视线扫了一圈，发现门客的水准良莠不齐，好的有四五重灵脉，差一些的只有一二重灵脉，文家也收留，仿佛印证了文家人心善爱才。

美人轻纱薄袖，旋转之间顾盼神飞。门客中有些是寒门子弟，何曾见过这样的景象，红着脸，借着饮酒的姿态藏藏掖掖地偷看美人。

文矩微微一笑，使了一个眼色，舞姬们跳罢一曲，纷纷上前来斟酒，更有乖巧可人的小侍从屏风后走出，来服侍女灵修们用膳。

王朝的宴会大多如此。

府上的舞姬和小侍，也多作招待客人之用，千娇百媚，温柔小意。

一开始还有人自诩正人君子抵抗得住诱惑，可很快发现其他人对此习以为常，便渐渐放开。

这些门客大多没有家室，无所顾忌，少数有家室的也只是略显犹豫，渐渐溃败。

文府的舞姬和小侍也琢磨出了生存之道，最好挑选温雅、年轻俊美的客人服侍。

越之恒坐在角落里，看上去并不起眼。

一个青衣舞姬来到他身侧，一开始以为这青年样貌普通，离得近了她眼中才带上几分惊喜之色。

眼前这位郎君可真是生了一双漂亮的眼，眼眸狭长目光锐利，视线扫过来，竟还有几分冷淡之意。

改颜丹只会改变人的容颜，不会改变人的身形。

她阅人无数，几乎一眼就看出这白衣郎君衣衫之下有一具多么年轻有力的躯体。

文城主一直没露面，不时有人受不了撩拨，揽着美人离开。

青衣舞姬媚眼如丝。

但这郎君十分不解风情，她半跪着，这郎君也不为所动，不曾伸手来扶她。她笑了笑，垂眸间，手中美酒倒在了越之恒的衣袍之上。

她低呼一声，连忙告罪，俯下身去想替他擦拭衣袍。

这样的伎俩在宴会上并不少见，桌案之下，谁也看不见发生了什么事，但门客们眯着眼，放纵的姿态透着一股糜烂的气息。越之恒见过不少腌臜事，自然明白其中门道。

舞姬低头，还不等她看清什么，一根金筷抵住了她的下颌。

金筷入肉一分，冰凉得令人发颤。

她抖了一下，楚楚可怜地望去，对上了一双含笑却冰冷凉薄的眼："不必。"

文矩一直在饮酒，见状开口道："行了，你退下吧。"

舞姬如蒙大赦，立刻退开。

文矩说："李兄别介意，若是不喜，你我饮酒同乐。"

他全程没召来任何美人作陪，似乎坐实了洁身自好的传闻。

难怪永宁郡的人对他赞誉颇多，一场宴会，既成全了放浪形骸之人，也不勉强不喜此行的门客。

席间门客陆陆续续揽着美人离开，剩下三两个人的时候，文矩看了一眼在座之人。

"诸位兄台就比他们让在下费心了呀。"

似乎听出他话中有异，几个人面露惊愕之色："文公子，你这是何意？"

文矩还是那副很好说话的姿态，对着堂后说道："有劳父亲亲自收拾这几个难啃的硬骨头了。"

他身后那墙逐渐变得透明，有人踱步进来，不是一直没露面的文城主又是谁？

而这时室内香气袅袅，众人脚下阵法也逐渐亮起，身后还有个九重灵脉的城主。就算他们意识到了不对劲，已经晚了。

丝竹声渐大，盖住了惨叫声。

越之恒意思意思地反抗了一下，也倒在了阵法之中。

文矩不屑地望了这些不堪一击的灵修一眼，这些人还不如昨日抓的那个多管闲事的毛头小子带劲。

今日的灵修也没有样貌出色者。

他说道："父亲，你不若把昨日那小子赐给我吧。"

文城主背着手，不悦地说道："你收敛着点儿，后院那些人还不够？！文家香火不可断，改日我就去王朝请大皇子为你赐一门好的婚事，新媳妇进门前，你最好将院子里那些莺莺燕燕清理干净！"

文矩面上应是，心里却不以为然。

文循都死了多少年了？在文家自己总归已经没有了威胁，灵域又子嗣延续艰难，不论他做什么，父亲都会帮他兜底。

他问："父亲，今日又抓了这么多门客，我何时才能也拥有八重或者九重灵脉？"

文城主冷冷地看了他一眼："慎言！"

文矩心里烦躁，不耐烦地看了地上的门客一眼。这些个废物，怎就没有一个天资出色的？但凡这些人中有一个比得上他那短命的大哥，他何必费尽心机抓这么多人？

湛云葳的灵力如无声春雨，侵入文府的每一个角落。

御灵师的灵力与灵修特性霸道的灵力，柔和若自然五行，就算是天赋极好的灵修也很难发现。

她虽然没有去前厅，但是灵力反馈过来的情况，让她的灵力嫌弃般地抖了抖，回到了她的身上。

她刻意避开了大堂周围，怕被文城主和越之恒发现。

湛云葳闭着眼，仔细感知文府布局，灵力来到库房里，发现里面囤积的灵石如山。

不等她再多感知，她的灵力在某处似乎被纠缠住了。有人仿佛用尽全力拽住了她的一缕灵力。

她一惊，还以为被发现了，仔细感受才发现并非如此，竟然是有人在向她求救。

湛云葳很惊讶。

此人不仅感知到了御灵师的灵力，还能将悲恸的情绪传过来。

这必定是个很有天赋的御灵师，或者说，这人认识、见识过她的灵力。

这人会是谁？文府竟然还有她的故人？

就在这时，门外传来了脚步声。

文矩的声音传来，他问："嫂夫人可睡了？"

湛云葳蹙着眉睁开眼，没有应答。

文矩甚至懒得等她应答，直接破门而入："睡没睡都没关系，你夫君还等着我接你去和他团聚呢。"

他极其瞧不上御灵师，摆平了府上那群灵修之后，甚至懒得在湛云葳面前伪装。

用一张灵符定住了她，他就要将她带走。

湛云葳见他轻敌，自己暂时没有危险，也就没有轻举妄动。变成镯子的器魂感知到她的心意，亮了亮，又沉寂了下来。

越无咎趴在地上，周身没有一件衣裳。

四处都是海浪声，暗夜中的风铃无风自响时，他忍不住破口大骂起来。

两个时辰一次的折磨又来了。

很快有人架着琵琶骨被锁住的他，将他扔进了面前的一个池子里。

池子里面冒着白烟，看着仙气袅袅，实则池水如同在腐蚀人的血肉，他痛得惨叫起来。

地宫中被关起来的御灵师们也陆续出来，麻木地将灵力灌入池中，池水翻滚起来。

越无咎长这么大，何曾受过这样的苦？这池水如同能洗髓伐骨，他只恨不得一死了之。

不远处有女子的痛哭声传来。

那是昨日逃出去向他求救的御灵师姑娘。

越无咎咬牙，将哀号声咽了下去。他很后悔，倒不是后悔救了这女子，是后悔自己轻狂不谨慎，竟然凭借着一腔意气，从女子口中得知真相后，想要来救此处被关押的御灵师们，结果撞到了文城主。

莽撞的后果自然就是如今这样。

越无咎锦衣玉食地长大，祖父曾经是一方大能，后来越之恒撑起门庭，以至越无咎不知天高地厚。

他也是仙门出身，自然知道偏远郡会有零星的御灵师为了家人和乡民，不肯去王城享受，悄悄成为村里的游医，保下入邪的百姓。

越之恒每年开春的任务之一便是将各地的御灵师带去王城接受"保护"和赐婚。

曾经越无咎只希望这些御灵师躲得越隐蔽越好，别被他的堂兄抓到。

他见过一回越之恒带走一个村里的御灵师少女，那家老父出来央求，跪在地上："求贵人大发慈悲，我们村里数百口人等着我女儿救命。"

越之恒冷淡如斯，不为所动，一脚踹开老汉，那老汉飞出老远，昏死过去。

村民们绝望地看着这群王朝鹰犬，看着所有御灵师被抓出来，去保王朝贵人之命。

越无咎也试过放走这些御灵师，下场就是被越之恒抽个半死。越之恒嘲讽一笑，都懒得说教，只声音冷冷地说道："蠢东西。"

而今越无咎发现，原来对御灵师们来说，世间还有比被堂兄抓走更可怕的下场。

这些御灵师被关在地宫里，需要夜以继日地制作玉牌去高价售卖，或被迫去迫害灵修，强行洗髓。

这些眼神麻木的御灵师已经不知被关了多少年了。

只有新来的御灵师，眼里还有生机，试图逃出去。

越无咎知道这样下去不行。他如今正在被强行洗髓，待到灵丹纯净，没有一丝杂质，就是他被挖出灵丹之时。

他终于知道文城主的九重灵脉是如何得来的了。

若一人不够，十人、百人呢？

倘若世间不再有妖魔，人心贪婪，这人就会变成最大的妖魔。

好不容易酷刑结束，越无咎奄奄一息地被拖出水池时，一群新的灵修被锁了琵琶骨送进了水池。

当越无咎看见那个眼熟的身影的时候，他还以为自己眼花了。

他瞪大了眼睛，看见那人面不改色地拔出身体里的刑具，抽出鞭子开始熟练地杀人。

越无咎这才发现自己没做梦。

直到这人踏着满地的鲜血，来到自己面前，他抖了抖唇，才想起前几日母亲的来信，第一次低声喊了一句："兄长。"

从地下爬上地面，越无咎才觉得自己仿佛活了过来。

今夜月色极亮。

御灵师们也穿好了衣裳，被越之恒全捆了，让越无咎牵着，带回王城去。

越无咎动了动唇，第一次没反驳越之恒。

覆巢之下焉有完卵？

越之恒没有毁去地宫，反而找出了那一匣子灵丹，将自己的血滴上去，又将匣子放了回去。

就当他也帮文循一次。

越无咎看不懂越之恒这样做的用意，却又不敢问。经此一事，他成熟了许多，发现许多自己以为是对的事情，仿佛是错的。

他只默默地看着越之恒做完这一切，往文府走去。

越无咎心里都有阴影了："就……就别回去杀人了吧？"

越之恒再强也只是一个人，如今回去屠杀人家文家满门，是不是太猖狂了?

越之恒神色淡然,有时候真的怀疑越无咎没有长脑子。

自己忍着琵琶骨被洞穿的痛过来,就是不想和文家起正面冲突。

就像今日文老儿的老巢被捣,精锐被杀,多年心血毁于一旦,过几日明白过来,文老儿也只能打落牙齿和血吞,不敢来惹他。

那些灵丹,也是越之恒特地留给他们的,就看文老儿敢不敢用。

"湛云葳还在文家。"他已经感知到器魂异动,也不知道湛小姐在做什么。

越无咎现在不骂堂兄抢剑仙妻子了,而是说道:"那阿兄赶紧去接嫂嫂。"

越之恒看了他一眼。

文府外的月色下,湛云葳掌中灵力如丝线,牵扯操纵着另一处的傀儡。

器魂趴在她的肩上,铺开灵力,给她望风。

她还是第一次将控灵术彻底用在灵修身上。这是一种很奇妙的感觉,文矩能看到的东西她也能看见。

片刻前文矩捉了她,跟上一支押解灵修的大队伍,要去渔村。

湛云葳眼尖地看见越之恒也在其中,他琵琶骨被洞穿,一身的血,昏迷不醒。

她心中一惊,险些以为越大人计划失控,器魂却轻轻地拍了拍她的手腕,示意没事。

灵修肉体强悍,远非御灵师可比。

既然越之恒心里有数,湛云葳自然就不会干预。念及文府中的求救信号,湛云葳决定回去看看。

于是她用控灵术控制了文矩。

文矩做梦也没料到自己会被一个御灵师给阴了。识海被入侵时,他极为愠怒,试图反抗将湛云葳击杀。

可那些灿若星子的灵力顷刻凝聚在一起,如潮水般吞没了他的意识。

湛云葳知道自己会成功，却没想到如此容易，控灵术施展成功的概率和对方的意志力有关。

许久之前，她练习的对象是那身负巨剑的少年。

因为对面是师兄，她不可能真的伤他，颇为束手束脚。

裴玉京说道："师妹尽管放手一试，不必担心我变成傻子。"

他正色道："他日对战时，若你对面的人是敌人，你留有余地，就是置自己于危险之中。"

清风明月，少年俊朗。

在人人躲避着修习"邪术"的她时，有人却不顾世俗，给予她最大的包容。

起初她修习控灵术并不顺利，前人书籍心得大多已被王朝焚毁，她只能凭借孤本琢磨。后来她操纵控灵术越来越熟练时，却被人发现了。

这位师兄叫作封兰因，是个很特殊的御灵师。他有一个柔弱的名字，长得也阴柔漂亮，性子却不似大多男性御灵师那般，而是热衷涂脂抹粉。

他家世不好，是仙门救回的孤儿。因着性子古怪又要强，他平日独来独往，与学宫的御灵师们处得并不好，还被人冤枉过偷东西。

那个午后，湛云葳亲眼看见有人鬼鬼祟祟地从他的院子里跑出来。晚间就有人说，封兰因偷了太虚门掌门公子的上品法器。

封兰因涨红了脸，无论如何也不承认偷了东西。

太虚门公子冷笑："学宫里就你什么都缺，还要补贴你那个痨病鬼弟弟，你说你没有偷，谁信？！"

湛云葳看了一会儿，开口道："我信。"

她指了指太虚门公子身旁神色异常的跟班："我看见他去过封师兄的屋子，就算你要盘问，他们同样有嫌疑。"

太虚门公子瞪她："湛云葳，别多管闲事。"

湛云葳眨了眨眼："我听说越家近日造出一件测谎的法器，师兄

255

若要追究，不妨让师尊去将法器借来，一问便知。"

她信口胡诌，被养得不谙世事的御灵师们却信了她的话，跟班变了脸色，倒是封兰因挺直了腰。

这事到底还了封兰因一个清白。

后来，湛云葳发现自己偷偷修习控灵术时，总有人在偷看。封兰因安安静静的，也没有揭发她的意思，她便佯装不知。

世间御灵师本就弱势，多一个人学会控灵术也是好事。

第二年的秋天，封兰因收了高昂的聘礼，与一个四重灵脉的女灵修成婚，离开了学宫。

后来她听说，他日子过得很不好，女灵修时常打他。湛云葳大抵猜到了他为何不还手，明明他学了她的控灵术，并非没有一战之力。

就像她猜想的，同月，封兰因的弟弟去世，天材地宝和灵药也没有拉回这条命，之后女灵修意外死了，封兰因也彻底消失了。

湛云葳再没见过封兰因，也不知道女灵修之死是不是意外。

现在她怀疑文府中那人，很有可能是封师兄。

比起裴玉京识海的精深坚定，文矩的识海像是一张薄纸般脆弱。

一盏茶工夫后，瞳仁失去色彩的文矩跳下玄乌鸾车，示意大部队继续去该去的地方，他有要事。

这些文家精锐不疑有他，带着越之恒等人离开。

湛云葳目送越大人走远。她也有自己的小心思，文府的人她必定要救，可这些人不能被越之恒发现，否则才出狼窝又入虎穴。越之恒不可能放过仙门中人。她最好在越大人赶回来之前，将他们送走。

器魂不知这少女为何停下，不去追它主人。它有些焦灼，觉得她实在不听话，爱干主人不喜欢的事。怕她被主人责备，器魂化作烟雾状，扯了扯她的袖子——

别这样，他发起火来很可怕。

湛云葳揪住它，将它放在自己的肩上，说道："知道的，谢谢器魂大人，你先好好给我放风，我没想跑。"

它灵智不高，听到她说不是想跑，便乖乖地开始查探周围环境。

湛云葳抽空心想：越大人虽然难对付，可他的器魂实在可爱，也太听话好骗了。

说不准她带着器魂逃跑，器魂还帮着她鼓劲。这东西未来可等同七重灵脉灵修啊！刚好补充她灵体不强悍的短板。

可馋归馋，她也没胆子抢越之恒的器魂。器魂和主人心意相通，她不想变成活靶子，他日走到天涯海角都被越之恒追杀。

文矩已经到了后院里，湛云葳收敛心神，一看后院的情形简直怒火中烧。

只见床上锁着一个衣衫几乎难以遮体的少年，少年貌如好女，不是眼熟的封师兄又是谁？

他面色苍白，眼中死寂，看见"文矩"走进来，连反抗的心思都生不起来了，视线直直地投向窗外，似乎想透过那一扇紧闭的窗看见什么。

但这次"文矩"不是来折辱他的，也没撕扯他的衣衫，反而在屋里转了一圈，似乎在找什么东西。封兰因转动了一下干涩的眼珠子，目光含着恨意看着他。

湛云葳也没想到这文矩如此恶心，屋子里连一件像样的外衫都没有。

她解开封兰因的束缚，借文矩的口说道："封师兄，我是湛云葳。你拢好衣衫，我带你走。"

封兰因死寂的眼难以置信地看着她，随即他狼狈地低头去拢衣衫。

湛云葳顾及他的自尊，早就别过头去："师兄，此处可还关了其他人？"

封兰因声音涩然地道："我带你去。"

后院里还有五个迫不得已的漂亮少年，个个都是御灵师。湛云葳终于知道文矩不近女色的传闻到底是怎么回事了。

她操控着文矩将这些人带了出来。她最大的优势就是灵域中没人瞧得起御灵师，文城主就算有九重灵脉，也不会想到有御灵师胆大包天，敢控制他的儿子在他的文府肆意进出。

月色凉如水，封兰因远远见到月下那道倩影，低下了头。

与旁边获救后欣喜居多的同伴不同，他一时不知道自己是否还是死在文府好。

他隐约有些后悔今夜向湛云葳求救。何必呢？他本来也就只剩烂命一条，何必再见时如此狼狈？

六个少年中，只有封兰因和另外两个少年是仙门中人，其中一个仙门少年红着眼，声音含恨地问湛云葳："姑娘，这文家的恶贼可否交由我们处置？"

湛云葳颔首，报仇这种事，自然交由苦主来。她摧毁文矩的识海，令他晕了过去，两个仙门少年上前欲拖走他，同时招呼道："封师兄，走了。"

封兰因却站着不动，脸色比方才更苍白，眼中带着几分苦意："你们走吧。"

少年们看他一眼，又看看明显和他相识的湛云葳，沉默了片刻，结伴离开。

那几个茫然的永宁郡少年还站在原地，不知所措。

御灵师大多被养得柔弱，不同于仙门弟子还有门派可寻，出身永宁郡的少年无处可去，也不敢回到自己村子里，生怕给家中带来祸患。

湛云葳见封兰因没走，就知道他有话和自己说。

眼前消瘦的师兄衣衫单薄，颈间甚至还有红痕。她心里酸涩不忍，解下自己的披风递给封兰因。

"夜里风大，师兄披上吧。"

封兰因看着那披风，这份只在年少时梦里才有的熟悉的温柔之意，令他笑容一时有些苍凉。

月光倾泻一地，原本在兢兢业业地放风的器魂突然僵了僵。

它感知到了另一棵树下，不知何时悄然来到此处的人。若是察觉到旁人，器魂自然会给湛云葳报信，可这个……它只盼湛云葳自己回头看一眼，赶紧发现来人，或者别做多余的事。

那人目光冷漠沉静地注视着他们，器魂瑟瑟地趴着，有苦难言。

湛云葳和器魂的意识自然对不上，见封师兄接过披风穿好，她也不敢开口问他为何流落到了这里。

倒是封兰因望着她的手腕："湛师妹中了意缠绵？"

他这都能看出来？湛云葳顺着封兰因的目光，果然发现手腕上不知何时多了一点儿殷红痕迹，似朱砂般艳丽。

封兰因垂下眼，解释道："我机缘巧合下见过一次。"

湛云葳叹了一口气，一时只觉得乱世之中没有谁过得好，只有谁更惨。

封兰因的睫毛颤了颤，他本就比寻常女子都要美上几分，是个再漂亮不过的御灵师："师妹的……白玉蝶呢？"

眼下湛云葳腕间的朱砂印记已红得滴血，证明白玉蝶还未认主。这样的颜色，恐怕不久后意缠绵就会发作。

他本该离开的。

可许是心有妄念，又许是前几日从文矩口中听来的仙门消息使然，他知道裴玉京等人不知所终。

师妹去哪里解意缠绵呢？

湛云葳："……"她实在不好回答这种事。白玉蝶还在越大人那里，是死是活，越之恒至今没给个准话。

封兰因见她不语，轻轻咬了咬唇，声音很轻地问："师妹需要我吗？"

器魂颤了一下，几乎不敢回头看树下之人。

越之恒扫了封兰因一眼，淡淡地笑了笑。二十四截冰凌无声地悬在空中，蓄势待发。

他其实并不需要知道湛云葳口中的答案。

片刻前，湛小姐还在托他找小侍，眼前这玩意儿不就是最温柔小意的小侍吗？但她大概忘了他的话，她可以跑，跑得掉的话，不管她找谁，他绝对不为所动，可不能像此刻这样。他不喜有人将他的话当耳边风。

越之恒也可以早点儿动手，但只有等湛小姐点了头，眼前的人在她面前脑子炸开，湛小姐才会记忆深刻。

湛云葳："……"

她望着眼前神色哀戚的少年，总算知道学宫里的同门当初为何觉得封兰因性子古怪，与旁人格格不入了。

他明明生得如此娇柔漂亮，性子却大胆得……令人难以招架。

如果是今日之前，她确实需要一根救命稻草。可越大人早上的话历历在耳，当时越大人似乎也没说不救她。

不说她不想祸害自己这位可怜的师兄，不需要他如此报救命之恩，就说越大人不喜被戴"绿帽子"，她若敢去要白玉蝶，她和封兰因都不用活了。

她又不是不了解越大人。

某种意义上，他算不得什么好人。这些日子虽然在越府里过得十分安宁，可她理智还在，知道越之恒是以怎样的名声当上王朝彻天府掌司的。

那是好人能干出来的事吗？不撕破脸，越之恒和她相安无事，一旦两个人触及对方的底线，他们谁都不会对彼此手下留情。

因此她坚决地摇头："不必，白玉蝶已有主。"

他们能都活着，她没必要自杀再带上封师兄哪！

器魂不颤抖了，总算小心地回头看了树下之人一眼。

封兰因眼神黯淡，语气凄然艰涩地说道："师妹可是觉得我脏？"

湛云葳来不及回答，身后熟悉的危机感令她警醒万分。她撑起灵力网保护住两个人，连忙将封兰因拽开。

封兰因摔在地上，闷哼一声，原本站着的地方冰凌入地一丈。

而就在这时，器魂反水，瞬间暴长，张大嘴要吞吃封兰因。

湛云葳下意识地扯住它，怒斥道："你这个叛徒！"

她就不该让别人的器魂望风,它厉害归厉害,可哪里真的听话?

她不回头也知道谁来了:"封师兄,赶紧走!"

那人专抓专杀仙门的人哪!

灵力若风,将封兰因推离,封兰因惊愕地抬眸,对上了一双冷淡的眼睛。

空中二十三截冰凌,全部对着他的头颅。

封兰因抿了抿唇,爬起来掉头就跑。

湛云葳抬眸,越之恒已经来到她身后。她色厉内荏地警告道:"越大人,他是御灵师,王朝有令不杀御灵师!"

越之恒目光淡淡地看她一眼:"夜里眼花,看错了。"

她狐疑地望着他:"那你还追吗?"

他似乎也会追御灵师?

不行。她默不作声地用灵力禁锢住他,准备随时动手。

越之恒把自己的器魂从她手中扯回来,抬眸淡然说道:"湛云葳,放开。"

她还是第一次听他连名带姓地叫自己的名字,愣了许久。也不知是不是错觉,她偏偏觉得他心情似乎还不错。

很快湛云葳就知道这并非自己的错觉。

回到越府第二日,给她戴上困灵镯后,越之恒就去了王城。

三皇子和文矩相继身亡,这事越之恒得妥善处置。

越之恒这段时间注定很忙,湛云葳甚至没机会和他提起意缠绵的事。

他不在府上,却有不少阵修来修缮府中阵法,连驻守越府的府卫都多了一倍,许久没见的沉晔也被派来了越府当值。

沉晔见湛云葳盯着那些阵修看,便开口道:"近日大皇子和二皇子都会回来,王朝宵小不少。"

说罢,沉晔想起什么,闭紧了嘴巴。

湛云葳猜到他在懊恼什么:那两位皇子是从蓬莱回来的。

昔日蓬莱仙山有钱天下皆知,几条天然的矿脉也是蓬莱的基石。

仙门王朝一战中，知晓保不住根基，裴玉京炸了矿脉。

这就导致大皇子和二皇子焦头烂额到现在。不过此次三皇子一死，他们二人必定回来，瓜分三皇子留下的势力。

王朝的臣子们也会重新站队，灵域有很长一段时间不会稳定。

沉晔见湛云葳听到蓬莱神色没什么变化，才微微松了一口气。

眨眼七月快到了。

王城的汹涌暗潮没有蔓延到汾河郡，所有少女开始准备香囊，迎接七夕和中元节。

湛云葳在检查府外送来的灵花灵草以及九霄菖蒲。

二夫人如今没了掌中馈之权，府上的琐事落到了湛云葳的身上。念及越之恒给的一大堆灵石，湛云葳办事尽心尽力。

每年中元节那一日邪气最重，也最多人入邪。府中仆从大多是家贫的普通人，为了保证他们的安全，这些分发下去辟邪的灵草，湛云葳不允许以次充好。

好在药田的管事不敢糊弄她，不管是兰草还是菖蒲，都没有任何问题。

湛云葳说："也不必等到过几日，今日便分发下去吧。"

有些手巧的人还赶得及在七夕前做一个辟邪的香囊赠予心上人，庇佑他们在中元节那日平平安安。

石斛比刚开始来湛云葳身边时活泼了许多，眉开眼笑间，也没了最初的胆怯之色。

她去领自己的份例的同时，还挑了一些最好的带回来："少夫人，您怎么忘了给自己留一份？瞧，我给您带回来了，您看看这些是否够您给大公子做个香囊。"

根本没有想过做香囊的湛云葳："……"

但她也不便解释自己和越之恒诡异的关系，只得暂且收下东西，再不济她如今被锁了灵力，给自己做个辟邪的香囊也是好的。

眼见六日之期只剩两日，她腕间的朱砂印记越来越红，几乎到了绯色难掩的地步,湛云葳不得不关心一件事——

越大人还记不记得她在等死?

湛云葳思来想去,问石斛道:"我先前交给你的那只金羽翅鸟呢?"

石斛说:"在府上的灵兽阁呢,少夫人等等,奴婢去拿回来。"

片刻后,湛云葳用毛笔末端抵着下颌发愁,实在没想到自己有朝一日会给越之恒写信,还是出于这般尴尬的原因。

她在学宫作考核文章之时,都没有这样为难。纸上不慎掉落的墨点都快干了,湛云葳才落笔。

越大人:

明月凝前除,微霜下沾衣。

她心想,就算言简意赅,越之恒应该也看得懂。世家培养出来的后代往往文武双全,越之恒没有其他世家公子念书久,但更为聪颖刻苦。

将信放在金羽翅鸟的腿上,湛云葳捉着它回房,让它辨一辨越之恒的气息。

这鸟还是上次三皇子让门客送来的,三皇子不是好东西,鸟却无辜。

湛云葳没伤它,如今恰好让它派上用场,据说金羽翅鸟就算隔着千山万水,也能很快将信送到。

越之恒今日带着彻天府府卫抄了一家书阁。

下午彻天府接到密报,说仙门余孽裴玉京就藏身在"文山书阁"里。

府卫神色凝重,看向越之恒,越之恒手指轻点桌面,不置可否地平静说道:"既如此,就去看看。"

这间书阁开在最热闹的市井之中,不少书籍甚至是以金粉掺墨书写而成，因此很受一些喜好附庸风雅的贵胄追捧。

越二老爷以前就是这书阁的常客。

时值傍晚，正是一天中书阁生意最好的时候，世家公子下了学，掌柜在店里笑着迎客。

不知谁最先惊呼一声，门口的百姓散得干干净净，热闹非凡的王城街道瞬间变得寂静无声。

掌柜心里微惊，一抬眼，就看见一众身穿墨袍、面戴恶鬼面具之人。

只有为首那人露出一张棱角分明、冷峻的脸。

严格说来，这人长得并不凶神恶煞，甚至俊朗非凡，可不说掌柜了，就连店里的贵胄也不由得白了脸，心里暗想晦气倒霉，竟然撞上了彻天府办事，纷纷想要离开，却被彻天府府卫堵在门口。

府卫冷冰冰地喊道："退后！捉到仙门余孽裴玉京和一众蓬莱贼人党前，谁也不得出！"

掌柜苍白着脸："掌……掌司大人，我们书阁怎么会窝藏裴玉京？"

越之恒迈步往里走去。

"有没有，查了才知道。"他语气淡漠："搜。"

彻天府府卫鱼贯而入，书阁中一时乱作一团，从前厅到后院，不时还有女子惶恐的叫声。

贵胄们挤在一处，望向那悠然坐下的人，敢怒不敢言。

至少在越之恒面前，没人敢骂他。上一个骂他无礼贼子的司天监公子，如今坟头草已经半人高了。

不时有人从书阁中被抓出，掌柜跪在一旁哀求，越之恒却不为所动。

越之恒不抬头也知道这些人里没有裴玉京和蓬莱之人。

这不过是二皇子的一些小把戏，二皇子想借自己的手，剪除大皇子的党羽。

越之恒对此心知肚明，但觉得顺手杀了这些人也无所谓，就是不知二皇子借自己这把刀的时候怕不怕被反噬。

他在梨花木椅上坐下,顺手翻了翻书阁的藏书,查找信件倒也是常事。

只几眼,越之恒就明白,这书阁生意红火并非没有道理,藏书纸张细腻,字迹清晰,不仅金粉入墨,书页翻开还有香气。

掌柜见他一路翻过去,心里叫苦不迭。眼见越之恒就要翻看到他们的镇店之宝,掌柜终于忍不住说道:"掌司大人,这……这不能污了您的眼。"

越之恒神色淡淡地翻开书。

掌柜涨红了脸,硬着头皮去看他的反应。

平日里这"镇店之宝"都是封存起来的,鲜少拿给客人一观,只因这并非什么雅集,而是能卖出高价的避火图。

掌柜战战兢兢地抬头,见越之恒面色没什么异样,和看雅集倒也差不多。

若非这宝书是他晨时检查过一遍的,掌柜还以为宝书被人换了。

掌柜自然知道那图有多香艳大胆,素知彻天府掌司性情冷漠,掌柜心里叫苦不迭,冷汗涔涔。

就算是风月老手看到这册子,恐怕也会面露绯色,唯独越之恒没什么反应。

正当掌柜痛苦万分之际,窗外传来金羽翅鸟扑棱翅膀的声音。

越之恒眼神未变,掌柜没看清那冰凌是怎样飞出去的,二十四截冰凌已经牢牢相扣,如同一只鸟笼,将金羽翅鸟捉了进来。

越之恒认出这金羽翅鸟是汾河郡飞来的,却不知它要飞到哪里去。蓬莱,还是人间?

看来近来彻天府府卫实在松散,竟然能让湛小姐在他们眼皮子底下送信。

那只鸟被他捉住,惊恐大叫。

半晌,越之恒却没等到它自爆。

他垂眸。金羽翅鸟送信,若捕获之人并非收信人,金羽翅鸟会立

265

刻自毁。

信是给他的？

他略松开手，那鸟颤抖着站起来，将身体上的信件放在他的掌心里。

越之恒打开那字条，入眼的只有一句没头没脑的诗。

越之恒盯着诗旁边的墨点，几乎能想象湛小姐是以怎样尴尬羞恼的心态给他写的这句话。

她恐怕以为他忘了，在隐晦地提醒他。

明月凝前除，微霜下沾衣。

前一句却是，问君何时归。

六月末黄昏刮起了风，湛云葳收起账册，用过晚膳实在无聊，干脆拿出石斛送来的灵草，开始缝香囊。

如果她还能活到中元节，指不定香囊能派上用场，能帮自己驱邪。

她挑了块浅粉色的锦缎，将那丝线看作灵力，使其在锦缎中穿行。她明明只是第二次做香囊，却做得有模有样。

第一次是前世定亲那日，她给裴玉京做了一个。情窦初开，她倒也做得认认真真。后来很多年，香囊有了磨损裴玉京都不舍得扔，最后他却将它遗落在了幻境中，还和明绣有了孩子。

湛云葳收回思绪，塞了些灵草进香囊规划大小，越看越满意，倒不如说某些东西是御灵师生来的天赋。

她似乎生来能操控一切想控制的东西。

风大了些，眼看要吹走剩下的灵草，湛云葳只得起身关窗。一回头，她却看见数日不见的越之恒正站在她原来的地方，看那个刚有雏形的香囊。

他显然是换过衣裳回来的，着一身清雅的白色衣衫，而非彻天府的墨袍。

湛云葳在心里吐槽越大人指不定又做了坏事，或者杀了人。他喜洁，身上有血迹必定换衣。

但越之恒安安静静地看那香囊时，他身上竟看不出半分冷漠阴沉。他垂眸，浅墨色的眼瞳沉静，就像从来没有见过这样的东西。

湛云葳想到生死还系在他身上，指不定得勉强他做些不太愿意之事，心念一动，信口胡说："越大人觉得好看吗？过几日就是中元节，我特地做给你的。"

拿人手短，他总得顾全她的性命吧？

越之恒说："做给我的，粉色？"

"……"湛云葳说道，"你若是不喜粉色，我给你改成竹青或银鱼白色？"

他不语，神色冷淡。

湛云葳知道他这是不要的意思。

她发现并非出自真心的东西，只会令越之恒不屑。她顿了顿，突然想到越之恒从幼时到现在，恐怕也没收到过这样的东西。

邪祟肆虐的中元节，人人躲在家中，他却得在月下与伥鬼并行，诛杀邪祟。说到底，这一日的越大人其实算个好人。

她再开口时声音多了几分诚意："这次是说真的，我重新给你做一个冰蓝色的可好？上面就绣器魂大人第一次化形的模样？"

至少在中元节这一日，天下百姓也愿他平安。

器魂没想到还有自己的好事，不禁从越之恒的鞭子中探了出来。

越之恒将它封进去，见面前少女栗色眼眸明亮真诚，这次没再拒绝。

他从王城回来，下午去书阁，这一日繁忙得还不曾用过膳。湛云葳恰好也还没吃东西，两个人便一起用了晚膳。

天色尚早，医修来了一趟，替越之恒检查肩上的伤口。

湛云葳这才想起前几日越之恒被洞穿琵琶骨一事，可他自己表现得不痛不痒，她也忘了还有这样一回事。

她不便看他脱衣换药，便特地避开去了外间，在外面听到医修说道："大人的伤已无大碍。"

灵修嘛，只要有口气在，身体都恢复得快。这种被刑具在肩上捅个对穿的情况，只算得上小伤，现在几乎连伤痕都看不见了。

湛云葳听得简直艳羡，要是她也有灵修的躯体就好了。

医修离开后也还早，湛云葳索性说到做到，重新开始做香囊。

她见越之恒往外走，不由得问道："越大人去哪里？"

越之恒脚步顿了顿，语气淡然地说道："取书。"

湛云葳颔首，这些时日下来，她倒是习惯越之恒的多思好学了。而且不同于世家子弟教条死板，越大人不拘泥在哪里看书，常常将书籍带回寝室。

今日也是如此。

待到湛云葳将新香囊做出来，她看了看天色，发现已经很晚。若是平日，她清洗一番就径自睡了，不会管越大人何时睡，总归两个人也没睡一张床。

可眼见明日就是死期，不能再拖，她必须得到一个准信，越大人到底救不救她？

湛云葳抬头，视线却被越之恒手中的书册吸引。

她来越府也有两个月了，从来没见过这样一本书，竟是金粉和朱砂绘制的书脊。

见她靠近，越之恒看她一眼，面色冷静地合上了书。

湛云葳不由得眨了眨眼："我不能看吗？"

"倒也不是，不过好奇心太重并非好事。"越之恒神色淡然地反问，"你确定要看？"

"……"湛云葳开始犹豫，但偏偏他越这样说，她越是好奇，点了点头。

起初她翻了两页书，有些困惑：秘籍？

但越往后，书册内容越大胆。想明白这是什么以后，她"啪"的一声合上了书："越之恒！"

越之恒扫了一眼她绯红的脸："我提醒过你了，是你自己好奇。"

她咬唇，无言以对，更无法理解怎么有人能看禁书而面不改色。

越之恒垂眸望着她，语调平静地说："避火图和圣贤书，不过都只是几页纸而已，在我眼中并无特殊之处。更何况，湛小姐今日不就是要一个答案吗？"

这就是他的答案。

她卷起手中的书，也希望像越之恒一样镇定，可良久还是落荒而逃，不敢对上他的眼睛。窗外大风呼啸，一如她无法平复的心跳。

第二日越之恒必须去处理昨日从书阁抓来的人，文城主前两日也到了王城。

湛云葳一宿没睡好，连越之恒何时离开的都不知晓。

沉晔在外面等了半晌，见少夫人出来了，禀道："大人托我给少夫人带话——他今日会尽早回来。"

沉晔觉得十分莫名其妙，按理说这两日是彻天府最忙的时候，昨日大人就应该宿在彻天府，可还是连夜回了汾河郡。

今日更是古怪，大人还特地托他带这样一句话。

湛云葳却明白，越之恒在回答那封信。

汾河郡从晨时就开始下雨，湛云葳发现自己腕间的朱砂几乎红得滴血。

今日就是最后一日，如果她没猜错，戌时左右意缠绵就会发作。

她不愿让自己东想西想，上午对了会儿账，又安排了中元节祭祀事宜，下午没事，索性去探望哑女。

哑女今年还是第一次收到灵草，正在对着一大堆灵草和菖蒲发愁。她手巧，却一直没有资格做这些精巧之物。

她怕弄坏了绸缎和灵草，十分小心翼翼。

湛云葳想转移注意力，干脆教她如何制作辟邪之物。

哑女看着湛云葳手中的香囊，止不住地微笑。

傍晚这场雨还在下，有越下越大的趋势。七月比以往更热，湛云葳看时辰，想要向哑女道别，先行回去，却不料意外发生，哑女突然倒了下去，再次发生湛云葳大婚那夜的异变。

哑女也没想到这次异变会这样突然，后知后觉地想起许是那次为了救湛云葳，出了太多血。对上湛云葳错愕的脸，她哆嗦了一下，捂住自己的脸，甚至顾不上第一时间去拿药，用尽全身力气，将湛云葳推出门去，关上了房门。

她只有一个念头：不可以！

好不容易弟妹愿意给阿弟做香囊了，自己这副人不人鬼不鬼的样子，怎么能教弟妹看见？

她怎么可以毁了阿弟好不容易才得到的一点儿温情？

然而所有的力气用来推开湛云葳，合上门以后，她却再也没力气去拿药。

这次她身体异变得比以往都严重。

哑女院子里有越之恒设下的阵法，湛云葳不敢强行破门，怕被反噬。

她心情沉重，想到哑女曾经早早就死去了。哑女是死于异变吗？

听着屋子里的痛号声，感知到越来越微弱的气息，且哑女的院子偏僻，湛云葳心知耽误不得，跑进雨中，冒着大雨去库房找哑女的室子的钥匙。

好在她回来得及时，哑女还剩最后一口气。湛云葳终于在屋子里找到药，给哑女喂下去。

哑女醒来后一直在流泪，狼狈地捂着自己的脸。

湛云葳心里酸酸的，轻轻抚着哑女的发："没关系，没关系，我早就知道，你又不是自愿这样的，谁也不会怪你。"

窗外狂风呼啸，雨水几乎快要灌到屋子里来，哑女是被救回来了，湛云葳手腕上的朱砂却几乎要灼透皮肤。

她心知不妙，顾不上风雨，往自己的院子里跑去，却不知被强行压制的意缠绵，反噬的作用何止是先前的三两倍？

她没走几步，腿一软，跌在了雨中。

冷冰冰的雨水却解不了识海里翻涌的情潮，渐渐地，她已看不清

270

眼前的景象，快要失去意识。

就在她失去意识的前一刻，有人踏着风雨，终于找到她，将她抱了起来。

湛云葳看不见，嗅到他身上淡淡的冰莲香，竟然难以抑制地生出几分委屈之意。

有什么东西轻轻地落在她的眼睑上："别哭。没事，我带你回去。"

还是同样的人，上次他铁石心肠，这次却仿佛能包容她的一切。他并不制止她去扯他的衣襟的手，任由她将沾满雨水和泪水的脸颊贴在他的胸膛上。

总归疾风黑夜，无人能看见他们。

烛火跳跃，她急得委屈落泪，那人低低地叹了一口气："还没到卧房，你确定？"

然而朱砂已经入肉，再拖下去确实来不及了，她此时总归也听不懂他在说什么，抽泣着点头。

越之恒也不再犹豫，反手合上书房的门。布置清雅的书房里只有一张梨花木椅子，还勉强能用。

他令她靠在自己怀里。

七月的雨夜有花朵颤巍巍地开放，满地泥泞，却有顽强生机从中生出。

他于曲径中探路。雨水打湿花瓣，在他的指尖上颤个不停。

他收回手指，轻轻环着她，带着她感受和容纳自己，低声鼓励她道："嗯，湛小姐做得很好。"

她将下巴抵在他的肩上，整个人几乎趴在他的怀里，依稀觉得能喘过气了，又似乎更加喘不过气，几乎要溺死在这令她无措的陌生的感觉里。

越之恒知道耽误了这片刻，湛云葳难受，便一直纵着她。可这只赤蝶又实在没用，他若不帮着她，她又没力气，他若稍微用了点儿力，她没一会儿受不住又开始落泪。

夜色被裁碎，衣衫掉落一地。

他被她身上的雨水打湿，索性抱她起来，扫落桌上的宣纸和毛笔。

她眼前的光影颤着起伏，喉间溢出来的声音几乎不受自己控制。风雨从窗口飘进来，白净宣纸沾上点点雨水。他不让她咬唇，在她耳边低笑了一声："不必忍，没人听见，怎样都没关系。"

掉落在地上的书籍一页页地翻开，在狂风中似不停歇。

赤蝶占据意识的时刻勉强过去，她在泪眼蒙眬中，被潮水一波又一波地淹没。灯烛的影子在她面前不断晃动，她几乎无法捕捉住。畏惧这一刻极其陌生的感觉，她几乎想退开，可是退无可退，腰肢被人捉住。

那人紧紧地扣住她的手指，此时终于显出几分霸道性子来，不容她逃避，让那花一遍遍为他盛开。

夜如此漫长，到了最后她几乎无法自控，想要推开他，他细碎的吻却不住落下，似无声引诱安抚她："再等等，好吗？"

良久云销雨霁，宣纸已然被打湿，花朵虽然颤巍巍的，但也总算在雨夜中活了过来。

意缠绵效力渐渐过去，湛云葳的识海也逐渐清明。

然而当她看清上方的脸，感受到体内的火热温度，本就因为急促呼吸带着浅浅粉色的脸几乎红得滴血。

越之恒第一时间发现了她的变化。

原本柔软似水地包容他的人变得僵硬起来，连破碎动听的声音都被她咬唇咽了回去。

他停下动作，垂眸对上她的眼睛。

湛云葳不得不哑声开口："我好了，你那个……能不能，拿出去？"

她也知道说这样的话似乎有些不合适。她确实是好了，可越之恒明显就不是要结束的样子。但他们若继续下去，明显会更奇怪，两个人怎样都不像是能彼此清醒着做这种事的关系。

272

她僵着，几乎不敢动。

体内赤蝶彻底安静，证明越之恒已经成了白玉蝶的宿主。她虽然才清醒不久，可也知道他似乎不算不情愿。难道白玉蝶也会对人有影响？她看过去，发现越之恒眼中确实有不清明之意。

至少湛云葳从没见过越之恒有这样的眼神，沉溺如斯，欲念横生。

雨已经停了一小会儿，因着夜里安静，两个人什么声音都能听得清清楚楚。

越之恒垂下眼眸，平复了片刻，抽身退了出去。

这过程磨人又缓慢，湛云葳几乎要将唇咬出血来，才没发出任何尴尬的声音。

她坐起来，发现更令人羞恼的是眼前并非什么卧房，而是越之恒的书房。

她默默并紧了腿，不敢去看越之恒现在的状态，然而目之所及遍地狼藉，不管她看哪里，似乎都好不到哪里去。

两个人几乎一丝不挂。越之恒知道她是什么状态，也没有故意在这种时候出声。他先将她的罗裙递过来，以灵力过了一遍，裙子上便没了雨水。

湛云葳接过罗裙，低声道谢，手软腿软地往身上套着。

等她穿好衣服，越之恒也早就整理好自己的衣着。

他嗓音略哑，神色却渐渐如常，眼神也恢复清明，恢复了她先前熟悉的样子，出声问她："可要回去沐浴？"

湛云葳点头。整个书房都充斥着一股如兰似麝的气息，令人遐想，她日后恐怕很难再面色如常地踏进此处。

越之恒看出她在想什么："一会儿我来收拾。"

湛云葳就算想帮忙也有心无力，单跳下书桌这个动作都是越之恒搭了把手，才不至于出糗。

她走了几步，面色变得僵硬。

越之恒抬眸看向她，知道她是怎么回事。

"我先送你回去。"他俯身轻松抱起她。

湛云葳迟疑了一下,最后倒也没拒绝。不说她现在实在没力气,每走一步就有什么东西流出的感觉更令人无措。

好在越之恒什么都没问,让院子里的人打水来给她沐浴,自己则回书房收拾那一片狼藉了。

湛云葳泡在水中,明显感觉到越之恒的态度比起先前好似有了些变化。

昨夜他还会冷漠嘲讽地问她虚假的"粉色"香囊,今晚约莫知道她尴尬赧然,一时半会儿缓不过来,给她留了独处的空间。

湛云葳试图回想这混乱的经历,发现除了对刚开始出哑女的院子,以及两个人结束的情景有些印象,其余之事分外模糊,隐约能记起的,也只有那种眼前一片白茫茫,身不由己的感觉。

她说不上这种感觉好还是坏,总归十分陌生。

她在热水里发了好一会儿呆,后知后觉地想起还有一件要紧事。虽然这是第一次,她一知半解,但华夫人先前叮嘱过的,不能怀孕,还教过她如何避子。

湛云葳总不能真留在越之恒身边同他做夫妻。

灵域的修士本就子息单薄,两个灵修成婚,数百年没有孩子的大有人在,导致求子的丹药千金难求。可御灵师不同,之所以每个家族的人都想要御灵师做道侣,很大原因就是御灵师的体质更易受孕。

与男御灵师结合的女灵修更容易怀孕,同样,女御灵师与男灵修也如此。

湛云葳硬着头皮,清理着越之恒留下的东西,虽然有些亡羊补牢,也不知用处能有多大,但若不这样做,她怕未来很长一段时间自己会不安。

意缠绵已经是个意外,这是为了保命的无奈之举,她万不可以再有孩子。

明日她还得找找丹药才行。

只不过灵域里这种丹药极其稀少,毕竟几乎没有成婚的御灵师会这样做，灵修就更不担心了，能有孩子才是万中无一的事。

越之恒整理完书房，沐浴更衣回来，发现湛云葳还在沐浴。

他不知道她是在后悔难过，还是泡昏迷了过去，这都快一个时辰了。

听到里面偶尔的水声，他垂下眉眼：所以她是前者？

可就算后悔，她现在折腾有什么用？他见不得她自欺欺人，开口道："湛小姐这是要蒸熟自己？"

里面传来湛云葳的声音："就好了。"

听她的声音没有什么低落痛苦的情绪，他神色平缓下来，到一旁等她。

谈话避免不了，这事她到底是怎么想的，他们总得说清楚。

越之恒能接受她半路叫停，但不能接受她有半点儿后悔之意。

湛云葳换好寝衣出来，见越之恒坐在桌案边，这次没有看书，而是摆了一个棋局。

她走过去，越之恒抬眸问她："要白子还是黑子？"

天都快亮了，这会儿虽然身体累，但估计谁也睡不着。湛云葳听到他问话，心中有几分惊讶。灵域中人大多觉得御灵师弱势，这样的偏见存在于方方面面，就算是下棋，灵修往往也是直接将黑子推给御灵师，甚至有人还会傲慢地说让他们一子。

正因如此，湛云葳每次赢学宫里的灵修师兄都轻而易举。

她也和裴玉京下过棋，或许因为想着谦让，裴玉京也下意识地递给湛云葳黑子。

这还是第一次有人问她，她想选哪个。

湛云葳说："白子。"

越之恒抬眸看了她一眼，神色并不诧异，将白子的棋奁递给了她。

他先行，提醒湛云葳道："我棋艺不差，你谨慎些。"

很快湛云葳就发现他口中的不差何止是"不差"。她自诩棋艺高超，连学宫传授技艺的师傅也自愧不如，可越之恒的水平几乎和她旗鼓相当，甚至她不太看得清他的深浅，得他提醒，她走得谨慎才没吃亏。

他走法不同于常人，风格又实在多变，几乎不像是同一个人走出来的，时而谨慎，时而又有种玉石俱焚的诡谲果断感。

因着醒来时眼前是那样亲密的场面，湛云葳面对他时总有几分不自然。可很快这样的情绪散去，她发现自己再不认真就要输了。她斟酌着落子，连羞愤的情绪也渐渐散去。

她举棋不定的时候，越之恒便抬眸看她。

夜明珠的光柔和，他对面的少女撑着下巴，白皙的手指执着一枚白玉般的棋子。因为哭过，她眼尾还带着浅浅红晕，隐约能让人看出几分先前动情和娇憨的样子。

但她总算没那么紧张，也没有再刻意躲闪他的视线，取而代之的是认真的神色。

湛云葳终于想好怎么走，落下了白子。

越之恒拿起一枚黑子，垂眸观察着棋局。两个人又各自走了几步棋，越之恒开口："明日我让医修来给你看看？"

湛云葳知道他指的是什么，尽管他可能很小心，可到底是第一次，她那里还是隐约有些肿。

疼倒不是特别疼，她只是不适应。

她拨弄着棋奁中的白子，既然不该发生的事已经发生，这种事也没法逃避，湛云葳便轻轻应了一声。

"越大人，白玉蝶在你体内吗？"

"嗯。"

湛云葳发现越之恒这会儿落子的风格很和缓，两个人之间的氛围也没有最开始那般冷。不管怎样，她得多谢今日越之恒及时找到她并且救了她。

她再三违背承诺，那白玉蝶也不是什么灵物。湛云葳这几日了解过，如果没有及时解了意缠绵，白玉蝶也有副作用，第一次是掉修

276

为，第二次会掉天赋，第三次也逃不过殒命的结局。

这种损人不利己的东西，可能也只有初代彻天府掌司能养出来。

湛云葳过了自己心里的那道坎儿，终于想起来顺带安慰他道："越大人放心，七月秘境就开启了，我们一定能拿到解药，将意缠绵解开。这种事……尽量不再发生。"

越之恒没说什么，头也没抬地吃了她的一枚棋子。

"……"湛云葳只得看他拿走那枚白棋，向他确认道，"越大人届时会和我一起去秘境吧？"

越之恒沉默了好半晌，语气也淡了些，说道："当然，谁会喜欢不甘不愿？"

湛云葳眼见另一枚棋子危险，不得不抽空去救，并琢磨对越之恒掐头吃子。

不过这事既然说开，她便顺带问越之恒："越大人，你知道王朝何处有避子丹药吗？"

他冷笑了一声。

湛云葳眨了一下眼，抬眸看向他。他神色难辨，甚至扯了扯嘴角："所以湛小姐方才洗一个时辰，就是在做这种无聊的事？"

她略睁大眼，没想到越之恒还能猜到这个。

转瞬她又觉得越大人见多识广，猜到这事似乎也不稀奇。这话题实在尴尬，她也没法点头，只觉得两个人之间的气氛有些僵硬，柔和的感觉不复存在，又回到了先前的状态。

他垂眸："你放心，你不想要，那就不会有，明日我会去寻丹药。"

得到越之恒肯定的回答，湛云葳松了一口气，可是又觉得他看上去冷淡了许多。

越之恒的风格开始杀伐果决，湛云葳的一大片棋子被陆陆续续吞吃，他自己的棋子却也没好到哪儿去。

这盘棋按原本和缓的风格走，是和棋也说不定，可他这样诡谲的走法，每一步都令她意想不到，到最后，湛云葳落子越来越犹豫。

越之恒眼也没抬:"怕什么?总归你也不会输。"

话是这样说没错,湛云葳说道:"可你这样的走法,我没见过。"

"所以湛小姐是觉得稀奇才反复观看?"

"不是。"湛云葳憋了半晌,才说,"只是在想,你一开始也没露出颓势,何时开始输的?"

越之恒似乎无言以对,看她一眼:"你觉得呢?"

那么多步棋,她哪里记得?

天亮之前,这局棋总算有了结果——湛云葳险胜。她眉眼间带着笑意,因着两件挂心的事情都解决了,倦意总算后知后觉地涌了上来。

越之恒还要等到几日后才休沐,今日还得去王城。

他收了棋局,发现湛云葳已经爬到榻上,困得快要睡着。

他没什么情绪,换了外衫就要出门。

越之恒快要走到门口时,那少女才迷迷糊糊地开口:"越大人,谢谢你昨日及时找到我。"她那时候真的以为自己会死。

他步子顿了顿,半晌还是应了她一声。

算了,这样总比她事后不情不愿、寻死觅活要好,总归她没有伤心,也没有后悔之意。

第十章　冷硬之下

湛云葳原本还在担心这事发生以后如何和越之恒相处，谁知从这一日到七月初，越之恒都没回来。

倒也不是杳无音信，他让彻天府府卫带了话，说近来有要事去办，她若有急事给府臣说。

他连沉晔都带走了，想必确实是有要事。

其间医修来过一趟，还是那个白胡子老头。他算是越之恒比较信任的人，几次把越之恒从生死关头救回来，身上有些真本事。

医修留下了涂抹的药和避子的丹药。

一回生二回熟，总归什么尴尬的事都被这医修撞见过，湛云葳的脸已经丢得差不多了，她自然地收下药。

医修叮嘱说："少夫人，避子的丹药不必日日服用，一月服用一枚即可，这是我师尊的秘方，对身体并无损伤。"

"……"湛云葳绷着脸点头。什么叫日日服用？本来一月也顶多有那一回。

等到意缠绵下次发作，已是七月末，说不定那时候意缠绵早就解了。

等医修离开后，湛云葳数了数瓷瓶里的小药丸，发现有十二枚。在灵域这丹药不好找，老头恐怕把压箱底的存货都拿出来了。

她吃了一枚避子丹药，味道像不那么甜的糖丸。

湛云葳抽空去探望了一回哑女，哑女身上的异变症状已经消失，她看到湛云葳时还是有些不自然。

哑女一直深居简出，就是怕自己"发病"吓到别人。

她眼中带着苦涩之意，比画：只有我是这样，阿恒不是的，他是个正常的灵修，你别误会他。

湛云葳和她相处久了，已经能看懂她想表达的意思，点了点头，表示自己不会误会的。

湛云葳也终于可以问自己一直想问的问题："清落姐，你方便和我说说你们的身世和过往吗？"

没有人比哑女更了解越之恒。

湛云葳一直在思考越之恒背叛王朝的动机。若说他幡然醒悟想当个好人，可他分明豢养了那么多可怕的阴兵，又打破了灵域的结界，几乎颠覆了整个灵域。

此举残忍至极，令灵域中人唾骂他数年。

还有人说，他勾结了邪祟。

湛云葳之前便对这种言论有所怀疑，如今更是不信这说法。越之恒自己便是邪祟之乱的受害者，怎么可能去勾结邪祟？

哑女仓皇地看了湛云葳一眼，颇为犹豫。越之恒交代过，有的事不可以对外人说。

可弟妹不是外人。

哑女性子单纯，又常年孤孤单单，其实藏不住话，只是很少有人耐心看一个哑巴比画什么。

湛云葳一问，哑女就把有记忆以来的事都说了。

湛云葳思忖，发现事情和自己猜测的差不多，宣夫人确实是那一批被抓走的御灵师之一。

令她意外的是越之恒十六岁那年发生的事。

也就是这一年,越老爷子双腿瘫痪,召来宗族长老,将越之恒的名字写上了族谱。

越家的态度实在古怪,最初越家是想要囚禁他们姐弟俩到死的,到底是什么事让越老爷子改变了主意,将禁地里的少年放出来培养?

湛云葳又问到越之恒身上的悯生莲纹,这次哑女摇头,表示不知道那是什么。

从哑女这里离开后,湛云葳做了一个前世不曾做的决定:她要去一趟器阁,拜访越老爷子。

说起来,这位长辈连长琊山山主也得叫一声世伯。

不过走到器阁之前,湛云葳就被人拦住了。她没法用灵力,拦住她的人并非彻天府府卫,而是器阁的守卫。

"器阁乃重地,少夫人请回。"

湛云葳抬眸望着那高阁,知道这恐怕是越老爷子自己的意思。

越老爷子虽然瘫痪,年轻时候却也是呼风唤雨的人物,她踏进器阁的范围之时,想必老爷子就知道她来了。

就这样不明不白地离开,湛云葳多少有些不甘心。

她站着没动,朗声说道:"越老先生,就算不得见,可否指点一二?"

良久,就在她以为器阁里不会有人回答她的时候,阁中传来了一个苍老的声音。

"小女娃,老朽知道你想问什么。不过老朽早已不是越家的主事人,你被迫嫁给恒儿,心也不在越家,既然早晚要离开,何必管旁人家的闲事?"

器阁之上,越老爷子也一直在打量她。他没想到长琊山的小女娃已经长大,还出落得这么美丽。

但她现在还在府里,越之恒既没伤她,也没兑现承诺放她走,这已经打乱了老爷子的计划。

虽然老爷子知道越之恒得给灵帝办事,但以那小子如今的手段,越之恒真想放湛云葳走,不是完全没办法。

他和这个孙子不亲,看不透那副皮囊之下,越之恒是真的一时半会儿找不到机会,还是生出了几分私心。

就算越之恒有了私心,这事也怪不得湛云葳。

越家本来也没打算将他培养成一个正直无私的人。

旁的世家公子寻师,要求先生品行清正端方,越老爷子当年给越之恒找先生,却刻意找了许多深沉、做过奸恶之事的能者。

老爷子注视着湛云葳,心里怜惜地叹了一口气,出口却是冷冰冰的话语。

"有机会就回你的仙山去,别再被那小子抓回来。"

说罢,他也不等湛云葳再问什么,拂了拂袖子,湛云葳便被一股灵力推出老远,只能透过阵法结界看见器阁中的梧桐树。

她站了一会儿,只得无奈地离开。

不过这次她倒也不是完全没收获,老爷子对她的态度不算差,但他明显不希望她留在越家。

为什么?

后来越之恒叛离王朝,老爷子到底知情吗?

闯器阁之前,湛云葳就已经做好了心理准备——越之恒会很快知晓此事。

果然,下午的时候,彻天府府卫就面无表情地出现在她面前。

"掌司大人说,少夫人要实在是闲,要不要去淬灵阁跟着二夫人的族人一起打铁?"

湛云葳几乎能想象,越之恒说这话时的语气。

两个人上次下棋的氛围就不算太好,这脆弱的平和局面,本来就建立在她不搞事的前提下。

不过现在和越之恒相处久了,她知道他的底线在哪里,闻言说道:"好啊,你问问越大人,他同意我就去淬灵阁。"

府卫:"……"

淬灵阁她自然是去不成的,越之恒也没再让人带话回来,只不过器阁结界被加强,器阁不对湛云葳开放。

都这样了越之恒还是没回来,湛云葳知道他恐怕真的在做要事。

七月是灵域一年最热的月份,虫鸣声渐渐高昂。

坊间陆陆续续有传闻说,人间紫气东来,是祥瑞的征兆。

石斛带来这个消息时,湛云葳忍不住抬眼看去:"你说什么?"

"奴婢也不知真假,现在到处都在说,指不定人间今年有个好收成。"

湛云葳原本在做香囊,闻言险些扎了手。

石斛和灵域的百姓不清楚,湛云葳却记得这件事,这并非什么祥瑞之兆,而是神器成功认主的异象!

她发现很多东西确实和前世不一样。前世也有紫气东来这回事,不过是在一个月后,这次这件事竟然提前了一个月发生。

这证明裴玉京提前出关了。

这是因为她成功放走了湛殊镜他们吗?

这事恐怕瞒不了多久,平和的日子眼看就要结束了。灵帝如果意识到上古神器认主,更加不会放过裴玉京和仙门中人。

她知道后来灵帝甚至已经丧心病狂到下令杀仙门御灵师的地步。

过了几日,哑女在去越家后山采药时,捡到了一只濒死的兔子。

她心善想要救治兔子,来向湛云葳求药。

湛云葳一打量,却在兔子身上发现了湛殊镜留下的印记。

湛云葳心怦怦直跳,那印记用草汁涂抹,又是他们幼时的暗号,难怪彻天府府卫没看出来。也还好越之恒不在,不然越大人拥有那么敏锐的洞察力,这事肯定瞒不过他的眼睛。

想必为了将这只普通的兔子送进来,仙门花了不少心思,上面的暗号只有一个时间——七月初七。

湛云葳怔了怔,发现时间竟然恰巧是七夕那日。

人间,玉楼小筑。

金色的光晕散开,稳重的长老们眼里都浮现喜色:"成了!神器认主,我仙门复兴指日可待,拯救灵域百姓指日可待啊!"

裴夫人眼里也满是欣慰和惊喜之色。

她的孩子果然是天生的剑仙。

唯有明绣脸色难看。她看了一眼旁边养好伤的小鬼元琮，还有那个面色讥嘲的湛殊镜，心里只有一个念头，那就是仙门眼睁睁地看着王朝将湛云葳嫁给彻天府掌司一事瞒不住了！

清风拂过树梢，石门缓缓打开，有一人从洞府中走了出来。

五岁的别有恙欢呼一声，朝着那人跑了过去："师兄！"

裴玉京也没想到出关以后，第一个看见的人是被抓走的师弟。他以为师门应立下承诺，在自己闭关这段时日有所作为，心里松了一口气，接住别有恙："小师弟，可安好？"

别有恙用力点头："师兄，你也太厉害了，我听他们说，日后你就是神剑之主。"

裴玉京谦和一笑。

他以目光在人群中搜寻，看见湛殊镜时，下意识地看了一眼湛殊镜的身边，却没有看见湛云葳的影子。

又见湛殊镜神色不对，裴玉京下意识地感到不妙。

恰好在这时，别有恙开口："师兄，你出关就太好了，赶紧去救嫂嫂吧。她救下我们，却被那个大坏蛋抓回去了。"

裴玉京眼中笑意不再。他冷下神色："你说什么？"

其余仙门中人脸色各异，神情复杂。

明绣上前一步："裴师兄，你听我解释……"

裴玉京却不看她，反而看着别有恙："你告诉师兄，湛师姐怎么了？"

别有恙虽然说得颠三倒四，却好歹将这几个月的事说清楚了。

"师兄，他们还说王朝赐婚，什么是王朝赐婚？"孩子的话最为天真，也显得残忍，"湛师姐不是师兄的道侣吗？王朝为什么会把她给一个坏蛋？"

裴玉京的脸色越发苍白。

他脸色冰冷，抬起头看着裴夫人等人："你们骗了我？"

裴夫人咬牙，还想狡辩，一旁的几个长老却都愧疚地低下了头："玉京，这事我们对不住你，可大义面前，儿女情长不过小事……"

湛殊镜讥讽出声："对，我们湛家的小姐被扣在王朝，确实是小事。裴玉京闭关，你们一动不动贪生怕死，不敢去救人，连自家的小辈都是我妹妹救出来的，这才是大事。"

裴玉京久久没说话。

裴夫人刚要呵斥湛殊镜不知礼节，却见别有恙惊呼一声："裴师兄！"

众人定睛看去，一丝鲜血从裴玉京的嘴角溢出。

这下就算是明绣都知道怎么回事了："你为了提前出关，竟然让神器强行认主！"

裴玉京身子晃了晃，别有恙连忙扶住他，连湛殊镜也皱眉看了他一眼。

裴玉京没有否认。是，可他们合起伙来骗他，他做的一切就并没有意义。

他收起神剑，往玉楼小筑外走去。

裴夫人怒斥："你去哪里？"

那白衣剑仙头也没回，冷着声音说道："去接我妻回来。"

裴夫人一听这话，心里冷笑：湛云葳哪里还是你的妻，都嫁与那越之恒两个月了，现在去接回来有什么用？

但她也知道裴玉京的脾气，不敢说这样的话，否则裴玉京真会和她离了心。

蓬莱尊者叹了一口气，规劝道："玉京，就算要救人，那也得从长计议。你只身前去，若出了什么事，岂非毁了整个仙门的希望？"

裴玉京只觉得可笑。

"师尊言重，我若连自己的未婚妻都护不住，又谈何护天下人？"

裴夫人见他连一向最敬重的师父都顶撞，不由得在心里骂一句湛云葳小妖女。她儿子明明修无情剑修得好好的，遇见湛云葳之后简直被迷得神魂颠倒。

湛殊镜被救出来，养了这么久的伤以后，一度被这些蓬莱的门人恶心得够呛，今日总算在裴玉京口中听到了一句人话。

仙门败落并非没有理由。蓬莱明明实力最强，这次大战裴玉京以一己之力也保全了众多的蓬莱弟子，但或许就是将所有希望都押在了裴玉京身上，蓬莱年轻一辈还好，还有几分血气，这些做决策的长老偏偏畏首畏尾，令人生厌。

小宗门都不至于如此，天下人才济济，多的是不怕战死的仙门之人。

大战之时，长琊山连洒扫的小弟子都执着剑不曾后退半步。

湛殊镜早就想离开，奈何一来伤重，二来长琊山山主杳无音信，人间之大，湛殊镜不知去何处寻，第三则是等裴玉京表态。

湛殊镜清楚自己没法把湛云葳带回来，越之恒那狗贼实在可恨，九重灵脉能打能扛，下手还无比狠辣。除了湛云葳，王朝还羁押了许多仙门的御灵师，仙门得将那些人都带回来。

要救回这么多人，仙门必须倾巢出动才行，湛殊镜无法调动仙门的人，只能看看裴玉京的态度。湛殊镜都打算好了，要是裴玉京也像其余蓬莱老头那般拖拖拉拉，他七夕就自己去救人。

他救不回别人，也得把湛云葳带回来！

同样是男子，大家想什么谁不知道？他可不信那狗贼是什么正人君子。

如今明白了裴玉京的态度，湛殊镜开口："我和你一起去，先前我已经设法往王朝送了信。"

裴玉京颔首。

蓬莱有些小弟子也早就忍不住了："师兄，我们也和你一起去救人。"

那些养好伤的仙门弟子同样说道："裴师兄，也算我们一个。湛小姐救了我们，就算舍了这条命，我们也在所不惜。"

连五岁大的别有恙也说："我也要去救湛师姐。"

裴玉京摸了摸他的头："这才是我仙门中人应有的样子。师兄会把他们都带回来。"

虽然他没明说，话中之意却令蓬莱几个长老面露尴尬之色。

他以往最是谦和有礼，也是长辈们看着长大的，还是第一次说这样的话，可见他心中对这些长辈有多失望和愤怒。

许是明白他的决心，蓬莱尊者这次也没再阻止他。

自这一日起，仙门开始制订计划。

往王朝去的信，陆陆续续收到了回音。

比起把兔子送进越府，送信到其余地方就简单多了。令湛殊镜无言以对的是，有几个御灵师竟然不走了。

当初和湛云葳被关在一起的少年御灵师说："我的夫人对我甚好，我离开也帮不到仙门什么，你们还是去救其他同门吧。"

还有人支支吾吾地说："要不我留下给仙门当间谍？"

湛殊镜冷笑：当个狗屁间谍，风一吹就倒，刀子一架在脖子上就哭，有几斤几两重自己不清楚吗？

令他忧虑的是，他一直没有收到湛云葳的回信。

他也不敢再次送信去越府，彻天府府卫又不是死的。

好在这一日下午，玉楼小筑风铃声清脆，那只兔子伤好一些后，终于带回了音信——身上被用草汁画了一个小小的圈。

湛殊镜松了一口气。

他展开王朝的舆图，分析道："贸然救人，抑或硬碰硬都不可取。御灵师太多，一旦有突发情况，我们很容易被要挟。你怎么想的？"

裴玉京注视着那只兔子，脸色仍旧苍白，但神色已经冷静下来。

"有办法。"

湛殊镜看着他，裴玉京说："我们以其人之道还治其人之身。"

七月初三，湛云葳和哑女把兔子治好，放归山林。

要是这兔子是她放走的，它绝对离不开越府后山半步，好在彻天府府卫并不防着哑女。

湛云葳努力不让自己露出异色，筹备着府中即将到来的七夕和中元节祭祀之事。

二夫人近来开始频繁活动,制作玉牌也勤勉。

许是即将到来的七夕令她突然想到一双儿女的婚事至今还没着落,她开始张罗越家两个小辈的婚事,每个帖子都仔细相看,千挑万选,从人品到家世细细考量,最好还要仙门、王朝两不沾。

一时间府里很是热闹。

越无咎被救回来没几日,就和越怀乐再次亲自上门道歉,越怀乐躲在兄长身后,小心翼翼地看着湛云葳。

越无咎硬着头皮说:"嫂嫂,我娘说,过几日等兄长回来,我们在院子里设宴,请你和兄长赏脸过去用膳,答谢救命之恩。还有……当初阵法一事是我做错,我不知如何补偿,但今后若嫂嫂有命,无咎必当听从。"

湛云葳乍然又被叫嫂嫂,心里古怪又不适应。怎么谁都爱叫她嫂嫂?别有恙是这样,越无咎也是这样。

她如今已经不生越无咎的气了,越无咎刷够了恭桶,更险些为那些可怜少女丧命。湛云葳说:"过几日越大人回来,我会向他转告。"

然而过了两日,越之恒还是没有回来。脱壳的蝉飞上了树干,夏日愈热,月亮即将变为上弦月。

近来不曾下雨,石斛发呆脸红的时间却多了,院子里一直有个小管事对她献殷勤。

以前石斛家里落魄的时候,小管事就常常帮她。湛云葳明白,月俸上去以后,石斛不用再操心家里的事,一颗少女心渐渐被打动。

一切似乎都在朝着好的方向发展,日子平稳得无波无澜。

就在湛云葳以为要这样直到七夕顺利出逃之时,初五的夜晚,她刚沐浴完,越之恒回来了。

这两日湛云葳日子过得惬意,眼看还能离开越府去找自己的爹爹,心情也晴朗万分。

衣衫被她落在外间,石斛去拿晚上给她做的糕点了,听见推门的声音,湛云葳以为石斛回来了:"我不小心将衣衫落在外间了,你帮我递一下。"

越之恒在解身上的披风。他本来是有一笔账要和湛云葳算的,他在开阳秘境里九死一生这几日,湛小姐在府中不仅频频套哑女的话,还去闯府中禁地祖父的器阁,更呛声要去淬灵阁打铁。

湛小姐怎么不上天呢?

她有没有意识到,她不仅不怕他了,还在越界?

可他没想到,账还没开始算,刚回来就碰见她在沐浴。

湛云葳不知道为什么石斛没动静。眼见水要凉了,她不好光着身子出去,只好又催促了一次。

越之恒放下披风。石斛不知道去做什么了,还没回来。他沉默了一瞬间,绕过外间,果然在屏风后看见了少女的叠得整齐的寝衣,上面还有一件藕色的精巧小衣。

视线在小衣上顿了顿,他几乎能想起它从指尖上滑落的触感。越之恒拿起衣服,越过屏风递了过去。

湛云葳刚要道谢,却发现那人的袖子并非石斛的淡青色袖子,而是束紧的玄色短打的袖子。

她贴身的藕色小衣,被那人平静地混着里衣捏着递了过来。

安逸的日子过久了,骤然被吓一跳,她险险才将喉间的声音咽下去。

"越大人?"

"嗯。"

湛云葳飞快接过他手中的衣衫,解释道:"我以为是石斛。"如果知道外面的人是越之恒,她宁愿湿着身体自己去拿衣服。

"我知道。"越之恒回答了一句。他的视线里,一截白皙的手臂伸了出来,将衣衫取走。

少女还在沐浴,粉臂无遮无挡,白得似雪,一室香气。

越之恒移开视线走了出去。他交了差就从王城回来了,风尘仆仆,还没洗漱过,索性拿了换的衣衫,去府上的冷泉沐浴,留给湛云葳穿衣裳的时间。

夏日炎热，冷泉虽然四季结冰，倒也不会太凉。

天上是一轮快要圆满的月，器魂还没被他收回识海，冷泉灵力涌动，器魂快活地钻进了冷泉中。它跟着越之恒在开阳秘境中这几日成长得很快。

越之恒不吝啬，有什么好东西都喂给它，虽然器魂心智还是没长，但修为高了不少，底子打得不错。

器魂在冷泉里玩了一圈，又困惑地去嗅越之恒身上的气息。

真奇怪，器魂想，主人和湛小姐在一起时的气息跟平时的完全不一样。

在秘境这几日它都没见他这样，和曲小姐在一起时他也很正常。

越之恒眯眼，面色冷淡，把它塞进识海里关着。

他回去的时候，湛云葳已经把衣衫穿好，正坐在桌案边看这几日整理的事宜。

见越之恒进来，她清了清嗓子："越大人你来看看，中元节事宜这样安排可好？"

越家祖上也出过不少英烈，不说越之恒如何，这些英烈也值得湛云葳认真准备祭祀事宜。

越之恒在她身边坐下，垂眸扫视了一番。他其实并不懂这些，但也能看出湛云葳的用心。

他能感觉到，越府在越来越好。

就连仆从脸上都多了笑容，看见他时，除了畏惧，还有一分明显的敬意——尽管越之恒不需要这些。

原本离中元节还早，湛云葳大可不必现在问越之恒这些事。可她怕气氛尴尬，总不能今晚再和越之恒下一整晚的棋。

见越之恒没意见，湛云葳又转告了二房一家的邀请："二夫人也邀请了清落姐，她愿意去。你去吗，越大人？"

越之恒见她没话找话，便顺着她的意思说："若是休沐，可以去看看。"

湛云葳并不知道，如果他和阿姊真去了，这是第一次与其余越家人坐在一起吃饭。

他没把这些人当作家人，心里觉得可笑，但哑女在意。

就算阿姊从没表达过，可越之恒知道，她心里对家人还有期盼。

她明明有一颗千疮百孔的心，心中漏出来的仍旧是纯善之情。

但他唯独不会嘲笑哑女，无数个险些熬不过来的冬日里，是哑女把破袄子全裹在他的身上，让他活下来的。

既然哑女想去，越之恒就不会扫她的兴。

"越大人，你邪气入体了？"

越之恒抬眸看她。他知道湛云葳作为御灵师厉害，但没想到她会有这么强的感知力。

按理说被锁了灵力的御灵师根本不可能感知到邪气。

越之恒没有否认："在开阳秘境里待了几日。"

"和渡厄城相连的开阳秘境？"那个据说人去了没法完好回来，动辄缺胳膊少腿，还有妖兽镇压的开阳秘境？

"嗯。"越之恒解释道，"方家修补渡厄城结界，需要用到的材料只有开阳秘境里有。"

于公于私，他都得去一趟。

"方大人也与你一起去了？"

越之恒顿了顿，想到方淮一副要死不活的样子回来，若非他未婚妻扶住他，及时给他清除邪气，方淮现在就不是方淮，是邪祟了。

以方淮的资质，他还是不能变成魑王的那种邪祟。

湛云葳心念一动，问："越大人你用不用祛除邪气啊？我可以……"

越之恒好笑地看她一眼："给你解开困灵镯？"

湛云葳克制地点了点头。

越之恒说："恐怕要让你失望了，我体质特殊，身上的邪气不会久存，今夜睡一觉，明日邪气就散去了。"

湛云葳希望落空，忍不住想越之恒这到底是什么体质——冰莲血，不容邪气。他才是什么正道圣体吧！

难怪越之恒不喜欢御灵师，他也确实不需要御灵师道侣为他清除邪气。

不对啊。

湛云葳想到什么："你既然不惧邪气，那先前在暗河中……你是故意的？"

越之恒对上她栗色的眼睛："你不必这样看我，我既然告诉你这件事，就没打算否认。湛小姐，在这世上你兴许有许多信任之人，但我没有。我若是和你一样的心肠，莫说走出渡厄城，还在地宫里就死了。更何况，你觉得除了阿姊，谁会真心待我？"

明明应该她兴师问罪，偏偏对上他淡墨色的眼睛，湛云葳张了张嘴，发现自己无言以对。

他似乎在等着她反驳他的话。

"……"湛云葳强作镇定地提议，"还下棋吗越大人？"

他轻轻哂笑了一声："改日吧，我累了。"

说罢，他朝床榻走去。

湛云葳默默注视着他，越之恒说："别看了湛小姐，仙玉有益，我也得养伤。你到底过不过来，要不要睡？"

湛云葳没有纠结太久。本来不该发生的事都已经发生了，她现在再坚持让越之恒睡地上也显得奇怪。

若非意缠绵发作，越之恒和她也不会发生什么事。前世他们不就一直好好的？现在两个人都没什么事，理当没问题。

见她点头，越之恒让开，让她先躺到榻上去。

上一次两个人共枕，还是湛云葳放跑湛殊镜之前。

湛云葳方才还不觉得，待越之恒躺下，挥手熄了明珠的光，她才发现好像哪里和以前有些不一样。

哪里不一样，她也说不清楚。

纵然闭着眼，她似乎都能感觉到身侧传来的热度，那是独属于男子的体温。

怪就怪那日她清醒得实在不是时候,要是一切彻底结束了再清醒也还好,她总归不记得。

可她偏偏隐约记得一些片段,就算只是零星的记忆,在这样两个人单独相处的夜晚,这些片段也显得有几分灼人。

汾河郡的萤火虫早已消失不见,取而代之的是夜里清脆细弱的虫鸣声。

她坐起来,试图越过越之恒下床。刚有动静,越之恒出声:"你做什么?"

湛云葳没想到他也还醒着,犹豫着要不要跨过去:"我去石斛房中睡。"

她刚要膝行过去,手腕却被人握住了。

湛云葳抬眸,发现不知何时越之恒也坐起来了,腕上那只手温度火热,令她下意识地想要缩回手来。

但她没挣开。

"你很介意先前的事?"

湛云葳只得说:"也不是介意,就是觉得怪怪的。"

越之恒问:"哪里怪?"

黑夜里看不清他的神色,湛云葳也分析不出他是用什么样的语气问的这话。她纠结了一会儿,这让她怎么回答?

湛云葳发现如何斟酌用词都不对,只好问他:"你没觉得很不自在吗?"

夏夜燥热,她腕间的温度更是仙玉床也降不下去的程度。半响,他的声音传来:"湛小姐,意缠绵下月还会发作,若没找到解药,届时你是不是得羞愤欲死?"

"不可能吧,你不是说坤元秘境会开启吗?"

越之恒没回答。

湛云葳也知道这话问得很没道理,越之恒就算厉害,也不能保证事事能做到,自己进入秘境找花蜜也得运气好才行。

如果倒霉一点儿……她颇有几分遭晴天霹雳的感觉。

越之恒看着她，陈述道："湛小姐，我不想掉修为，你遇事就逃避的毛病能不能改改？"

比起她没有灵力什么都看不见，黑夜几乎对越之恒没什么影响。

湛云葳知道他这话是什么意思。她也不想死啊，于是反驳道："我并非遇事就逃避，其余的事我能解决，可你告诉我，这样的事我如何泰然处之？"

"你真要我告诉你？"

她的手腕上的手用了点儿力，几乎不费吹灰之力，她就被越之恒拉到了他面前。

两个人本来就靠得近，如今她抬眼就是越之恒的胸膛。

现在的氛围很奇怪，越之恒的话她也不能随便回答。

她如果真的回答了"是"，他会做什么？

她脑子里乱糟糟的，莫名其妙地想起那日越之恒无意中夸她的几句话。

从某些方面来说，越大人兴许真的不介意和她发生点儿什么事。

她仔细回忆，发现越之恒好像真的不太介意这件事。他那日甚至……挺投入的。

可他明明说过不喜欢御灵师。

是因为王朝靡靡之风盛行，他就算不好这些东西，也兴许不在意对象是谁？否则她不能理解，他和不喜欢的人也能这般做吗？

她纠结了一会儿："你是不是……感觉挺好的？"

越之恒以为依着湛云葳的性子，她又会说些什么转移话题，谁知道她会问这样大胆的问题。

他顿了顿，一如既往地坦然："嗯。"

湛云葳不由得问："你以前也这样吗？"他和别的女子也这样？

越之恒终于懂她是什么意思，讽刺地笑了一声："没有以前。"

在她愣怔诧异的神色中，越之恒松开手，冷冷地躺了回去，连同那点儿本就不该生出的可笑念头，一并被他压了下去。

湛云葳后知后觉自己的问题挺伤人。

其实灵域的风气算不得十分开放。灵修们对自己的道侣往往也很忠贞，若是谁娶了两个夫人，或者有两个夫君，都是为人不齿的。

只是王朝贵胄作风靡烂，大多是三皇子这样的存在，连宴席都以美人作陪，久而久之，这样的风气蔓延，反而成了大家炫耀之事。

湛云葳第一次意识到自己确实对越之恒有偏见，如果他是仙门中人，她都不会那样想他。

意识到这件事是自己做错，她一直想要道歉或是补偿，只是一直没找到机会。

七月初六，哑女的药用完了。

清晨彻天府府卫来报的时候，越之恒只说："知道了。"

他烧了手中的密信。

下午湛云葳发现，哑女惴惴不安地来到院子门口，等着越之恒带她去王城。

每每只有药用完这一日，哑女才会出一次府门。

她的药配制方法，需要以她的血熔炼，药引还是佛衣珈蓝。这味药引，整个灵域中如今只有灵帝手中才有。

这一日，往往也是越之恒这柄刀向灵帝证明自己忠诚的日子，他亲自将自己的软肋交到灵帝手中。

湛云葳起初不知道哑女要去做什么。

她上辈子就见过越之恒带越清落去王城，只不过那时候不关心他们。这次哑女站在门口，见到湛云葳就忍不住露出一个笑容，旋即想到什么，冲越之恒招了招手。

越之恒走过去，因为视线被挡住，湛云葳看不清哑女比画了什么。

哑女比画：阿恒，你将弟妹一同带上吧？

她眼神殷切：这是弟妹与你成婚的第一年，明日就是七夕，我听说道侣都是一起过的。王城还有烟花和花灯，你带弟妹去看，她一定喜欢。

越之恒不为所动，语气淡然地问："你讨好她做什么？"

总归湛小姐也不见得领情。她又并不喜欢王朝的花灯，只喜欢仙山的一切。

哑女困惑：你们吵架了？

怎么他脾气不太好？

越之恒没应，只说道："走吧。"

哑女不理他。在这件事上，她异常固执，总觉得自己和越之恒能打动湛云葳。她径自走到湛云葳面前，牵起湛云葳的手：弟妹，我们去看花灯。

湛云葳忍不住看了越之恒一眼。他靠在门边，对上她的视线，神情冷淡。

最后三个人还是坐上了玄乌鸾车。

哑女不会说话，另外两个人也沉默着。湛云葳有心道歉，但这事又不好当着越清落的面说。

直到玄乌鸾车一个颠簸，哑女还好，坐在最好的位置，只晃了晃，湛云葳就比较倒霉了，车子刚好朝她这边倾斜。

她以为自己要被摔出去的时候，却被人护住，跌在越之恒怀里。

还没等她扶着越之恒稳住身体，他已经拎住她的后领，把她放在一旁。

"……"

哑女诧异地看他们一眼，旋即唇边浮现笑意。

外面是几个异变的邪祟，无须越之恒下去处理，随行的彻天府府卫已经处置好。

到王城以后，湛云葳才知道哑女是要去配药。湛云葳注视着哑女走进王朝丹阁，这也是越之恒为王朝效忠的原因之一？

现在只剩两个人待在玄乌鸾车中。哑女明日才出来，今晚他们得住在彻天府里。

"越大人，是我说错了话，对你心怀偏见，我向你道歉。还有，谢谢你方才救我。"

296

她见他神色淡然，只能将怀里的东西也拿出来。这香囊几日前就做好了，本来她也想着离开前给越之恒的。

七夕她就得离开了，再不给越之恒，恐怕就没机会了。

"给你的中元节礼物我也做好了，你看看可有什么需要修改的地方？"

如她所说，这是一个十分漂亮的冰蓝色香囊。

上面的器魂图案简直惟妙惟肖，越之恒看了一眼，还没说话，器魂已经兴高采烈地从他腰间的玉带里飞出，卷起香囊看来看去。

湛云葳望着器魂。器魂都喜欢，所以越大人也喜欢的对吧？

器魂将香囊放到越之恒的手中，他注视那香囊良久，开口道："不必改了。"

其实本来他也没必要为这种事有情绪。

明明初见的时候他不会这样，多年后他们再次相见，在三皇子府第一眼看见湛云葳，他也不会因为她的狼狈样子而有情绪波动。

短短两个月而已，越界的何止是湛云葳？心里淡淡的厌恨之意涌出，他握住了那香囊。

湛小姐，这也是你的道歉吗？为这一次，还是下一次呢？

七夕夜晚甚是热闹，哑女还没回来。

不断有天灯掉落，但彻天府如同铜墙铁壁，一个天灯都进不来。

湛云葳仰头看着，近一些的天灯上面几乎都是百姓的祝愿之语。

她注意到一个兰花天灯，灯上面的内容和百姓写的别无二致，只是最简单的诗句，却偏偏是她最熟悉的字。她心怦怦跳：裴玉京竟然也来了。

"那天灯上有什么？"

身后的人冷不丁地问道，湛云葳心跳几乎漏了一拍，回过头去，也不知是不是巧合，越之恒的视线刚好也落在裴玉京所书的那盏天灯上。

湛云葳一瞬间感觉头皮发麻。

她本身就忌惮越之恒的洞察力,见他神色没有异样,这才松了一口气。

她其实不必紧张,无论如何,越之恒也不应认识裴玉京的字。

"普通诗词而已。越大人忙完了?"

从今早开始,越之恒就在画炼器图纸,他似乎很久没有画图了。

"嗯。"越之恒也收回视线,"你看了许久,要出去走走吗?"

湛云葳都做好今夜待在彻天府里的准备了,没想到越之恒会主动问她要不要出去。

如果她能出去那当然好,彻天府毕竟是越之恒的地盘,双方真打起来,仙门并不占优势。

她迟疑了一瞬间,点了点头。

越之恒看她一眼,没说什么,带着她一起出去。

一路上气氛十分热闹,这日子特殊,彻天府府卫没有跟上来。四处都是卖糖人的、杂耍的人,甚至有不少御灵师。

王朝的御灵师自由有限,有的贵族灵修认为他们待在后宅里被珍藏才最安全,兴许也只有这一日,出来活动的御灵师最多。

他们手中大多拎着花灯。

湛云葳忍不住四处巡睃。她知道裴师兄和仙门的人肯定就在附近,可看谁都像,又看谁都不是。

一盏玉兔灯被递到她面前,做得极为精巧可爱。

她拎着灯,忍不住看了越之恒一眼。

他说:"阿姊让我带你逛逛,还有没有想要的东西?"

她收回心神摇了摇头,河边不少人在放河灯,一眼看过去,河上仿佛星光点点,美不胜收。

街上的人越来越多,拿着风车的孩子好几次险些撞在湛云葳身上。

越之恒解下自己的披风披在她身上。那披风并非凡物,而是一件法器,她穿在身上不仅不热,还有丝丝凉意,至少能护着她不被冲撞。

298

湛云葳越想越觉得他今日怪怪的。

其实从出门的时候她就发现了,越之恒早该在她为失言道歉时就不生她的气了,可偏偏他心中像是有一股暗火无声无息地燃烧着。

可她再看过去时,越之恒神色平静,一切仿佛是她的错觉。

四处还有卖糕点的商贩,越之恒也买了一包糕点递给她,湛云葳心不在焉地咬了一口。

如果她没看错的话,那卖糕点的人也多看了她一眼?

最要命的就是这样的情况,她抬眸,觉得那杂耍的人也在看自己。

哪个是裴玉京?哪个是湛殊镜?

若他们真用了改颜丹,她也看不出来。

两个人来到河边,湛云葳甚至觉得那画舫上的船夫也怪怪的。她还要再看,下巴微微一疼。

湛云葳对上越之恒一双冷淡的眼。昔日那双眼睛是浅浅的墨色,如今颜色却有些深。

"湛小姐,我方才说什么,你在听吗?"

"……"完了,他说什么了吗?

越之恒垂眸,平静地重复了一遍:"我说,你的嘴角沾了糕点屑。"

你心不在焉地找了这么久,找到你的裴师兄了吗?

她低头想拿锦帕,唇边却被手指蹭过。她顿住,忍不住抬眼。

"前日你问我如何才能泰然处之,你还记得吗?"

湛云葳自然忘不了这个"罪魁祸首"的话题,又没法说不记得了,只觉得越之恒放在她的唇上轻轻摩挲的手指怪怪的。

就算他看不惯要擦糕点屑,也应该擦完了才对。

她一想到附近说不定有同门,几乎要原地蒸发,忍不住握住他的手腕:"越大人,我其实不是很想知道了。"

此处偏僻,又被杨柳树挡住,若非有人刻意注意他们,几乎不会看到他们在做什么。

后颈被一只手轻轻握住时,湛云葳几乎立刻猜到了他的用意。

她睫毛颤了颤，睁大眼，越之恒低下头。

两个人看起来挨得近，实际上他的唇却没印在她的唇上，他仿佛只是想看她震惊的神色而已："都逛这么久了，湛小姐看清楚那些仙门杂碎在哪儿了吗？"

他默默等着，心想也不是没有算了的方式，只要她好好说。

可越之恒掌下的湛云葳已经知道中计，越之恒恐怕真的昨日就知道了仙门的计划，她只能让救她的人提防："你们……"

越之恒注视着她。她只知在彻天府打起来仙门弱势，想过他若败了的下场吗？在她心里，他是不是本就该死？

她的话止在喉间，一句没说完，已经被越之恒堵了回去。他死死捂住她的唇，笑道："你知道吗湛云葳？我有时候真想掐死你一了百了。"

不过短短一瞬间，一道剑气划来。

越之恒头也没抬，冰凌飞出，破开了这一击。

那人终于不再藏头露尾了？

越之恒抬眸，看着那站在高台上的白衣剑客。两个人视线相对，都从对方眼中看见了浓烈的杀意。

对面那白色剑魂凝出了实体。

冰蓝色器魂也冲了出来，身形瞬间暴长。

卖面具的老板揭了面具，画舫上的船夫竹竿化剑，就连杂耍的人，掌中烈火散去，也变成了透明符纸，要出手对付越之恒。

湛云葳这才明白之前的感觉不是错觉，四处都蛰伏了仙门的人。

越之恒巡睃了一圈，淡笑道："既然人来齐了，那今日就别回去了。"

话音刚落，以他们两个人脚下的地方为阵眼，金色的八卦阵在湛云葳脚下显现。

越之恒说："看好她。"

方淮也不知从哪里出来的，应声道："放心。"

灯影幢幢中，那些影子渐渐变为实体，仙门的人这才看清这哪里是什么影子,而是无数戴着面具的彻天府府卫,甚至还有灵帝的黑甲卫。

青面鬼鹤从空中飞来,个个目光锐利残忍,蓄势待发。连水中也频频亮起杀阵。

仙门的人从哪处撤退似乎都没活路。

蓬莱大师兄心情沉重:"师弟,我们中那狗贼的奸计了,他早设下圈套,在这里等着我们。"

裴玉京没说话,身后的巨剑早已消失不见,取而代之的是一柄细长朴实的剑。

剑身轻盈,然而剑一祭出,纯正的金色剑光明亮无瑕。

方淮踏进阵中,忍不住提醒道:"越兄,小心他手中的剑,那是上古神器。"

他们也没想到,裴玉京竟然真的令神剑认主了。

湛云葳上前几步,法阵却如铜墙将她困在其中。

"方大人!"

方淮摸了摸鼻子,说道:"湛小姐勿怪,方某也是受人所托。"

方淮家世代都是王朝臣子,湛云葳也没抱希望他会将自己放出。她收回视线,焦灼地去看战况。

百姓发觉不对,早就四散逃离。

方淮作为一个阵修,还是第一次看两个九重灵脉的修士打起来,更可怕的是,这两个人的状态明显就不正常。

按理来说,往往修为越高的人对战之时越谨慎,若不出杀招,双方能耗着打上几天几夜。

可眼下不管是裴玉京还是越之恒,明显出手都是杀招。

裴玉京的神剑本身神性温和,此刻却杀气暴涨,剑光直指越之恒的项上人头。

越之恒那条冰蓝色的鞭子方淮也见过,可劈山断海,二十四截冰凌齐出的时候,完全就是奔着给对方分尸去的。

金色剑光与冰蓝色光芒相接之处,树木瞬间枯萎,花灯炸开,连河水都咆哮着上了岸。

方淮连忙抬袖遮挡,免得自己和湛云葳被淋一身水。

待他放下袖子,法阵也移开些许,湛云葳终于看清场上情况如何了。

两个人身上都带了伤,脸上、身上都有血,一时间她竟然看不出谁伤得更重。

然而这里是王朝的地盘,哪怕如今裴玉京因着神剑还隐占上风,拖延下去局势只会对越之恒有利。

裴玉京显然也知道这点,没打算和越之恒耗。

再一次寻着空当,裴玉京拼着身上被冰凌刺出一道伤,数十道剑气朝着方淮袭去。

方淮本就是个不善于打斗的阵修,脚下也不是什么防御的法阵,裴玉京拼着肩上受一道鞭伤也要直取他的性命,那一瞬间方淮简直头皮发麻。

好在一条鞭子及时过来卷在他的腰上,将他拖开,剑气落空。

金色的剑光却虚晃一枪,找到乾门,破了湛云葳身前的阵。

方淮懊恼极了,却来不及补阵。

湛云葳知道得趁机赶紧往仙门的人那边去,刚走了两步,器魂却仿佛知道主人的心意,拼着被剑魂生生斩去一截的痛苦,瞬移到湛云葳身边将她裹住,送至越之恒身边。

脖子上掐上来一只手,湛云葳被人反手扣在了怀里。

器魂受重伤,主人也会受重伤,她忍不住喊道:"越之恒,你疯了!"

器魂一旦受损,或许一辈子都精进不了半分。

就算是这样,越之恒也不放她离开,也要杀了裴玉京吗?王朝灵帝的命令当真就这样重要?

听她骂他疯了,她身后的人却没有应答。他的手冰凉异常,湛云葳无法回头看他的表情,只能嗅到他身上的血气,冰莲香浓烈得几乎令她眩晕。

"你错了,我清醒得很。"越之恒笑道,手紧了紧,迫使她抬起下巴。

"退后,裴玉京。"越之恒声音冰冷地说道,"你若再往前一步……"

他的手顿了顿。

湛云葳忍不住想:会如何?越之恒会杀了她吗?

她第一次摸不准越之恒的心思,也不知他会不会动手。

裴玉京皱眉,握紧了神剑,双方一时僵持起来。

方淮走到越之恒身边。他清楚今日不能让裴玉京就这样离开,王朝的黑甲卫在这里,哑女也还在丹阁里。

灵帝清楚越之恒的实力,正因为清楚,还分了黑甲卫给越之恒,便是要裴玉京的命。

若真让仙门的人走了,他和越之恒恐怕都得受重罚。

更可怕的是哑女怎么办?以灵帝的脾气,他就算不要哑女的命,也不会让哑女完整地走出丹阁。

湛云葳溺在冰莲香气中,几乎喘不过气来。

她咳嗽了两声,脖子上的手顿了顿。裴玉京忍不住上前两步:"泱泱!"

那只手再次一紧,这回越之恒的声音更冷,他对裴玉京说道:"我说后退,你聋了?"

二十四截冰凌无声升起,每一截都指着湛云葳的脑袋。

越之恒神色冷漠,一眼也没看她。

裴玉京沉默着后退了两步。

"神剑扔了。"

湛云葳用力去掰越之恒的手,简直要气死了:"别……"

越之恒本就狡诈,裴玉京如果真的舍了神剑,今日仙门的人都别想走了,裴玉京的下场还是个死。

越之恒把她往怀里带了带,不许她出声。

裴玉京却也知道不能扔剑,场上一时形成剑拔弩张的对峙之势。

就在这时，远处出现一艘云舟，湛殊镜赶来了。

湛殊镜挑眉："看来我来得正是时候。"

他看了一眼被禁锢的湛云葳，对越之恒说道："越大人，放开她，否则你们就等着给你们王朝的大皇子收尸。"

方淮忍不住抬头看去，心里有种不祥的预感，果然就见云舟里，仙门的长老将一个被五花大绑的男子推了出来。

那不是大皇子又是谁？

许是还嫌不够，仙门的长老又将另一个女子推了出来，女子是王朝的大皇子妃。

两个人衣衫都不怎么整齐，想来今日原本是七夕，大皇子和皇子妃大概率是在床上被拎起来的。方淮觉得脑仁一阵作痛。

没想到有朝一日，仙门的人也会如此卑鄙。

越之恒这里不好下手，仙门的人对付不设防的大皇子明显简单多了。

湛殊镜说："大皇子和皇子妃死，还是你们放了我们仙门之人，将他们换回去，你们做个选择吧。"

一路上他们用大皇子的命威胁了不少王朝贵胄放走家里被俘获的仙门御灵师。

如今所有人已经在云舟之上，他们只差带湛云葳离开了。

湛殊镜可没什么风度，将剑架在大皇子妃的脖子上。大皇子妃脸色苍白，楚楚可怜地看了大皇子一眼。

大皇子脸色难看，但着了道也没办法。这一路上不知丢人丢了多少次，但性命面前，面子也是小事，何况他本就还算疼爱大皇子妃，不可能看着自己的发妻出事。

他只得说："越掌司，我命令你放人。"

方淮忍不住去看越之恒的脸色，果然，越之恒神色冷得可怕。

眼看就要成功抓到裴玉京，谁想救这拖后腿的皇子？

但方淮也知道，三皇子已经没了，大皇子不能再出事。他低咳了一声，凑上去劝道："越大人，算了吧，如今这情况，先把大皇子换回来。"

越之恒冷笑道："改颜丹唾手可得，大皇子身份不明，恕难从命。"

大皇子听见越之恒这样说，想到前几日这人还张狂地抓了自己的人，怕越之恒真的不顾自己死活，于是铁青着脸说道："我身上有玉牌为证。黑甲卫都可以做证，我和皇子妃平安回去，定替你和方大人向父皇求情，说明今日之事并非你失职。"

想到昨日自己让门客去了丹阁一趟，他不得不说："我昨日让人往你府里那哑女的药中放了东西，你救我，我把解药给你。"

方淮心里咒骂了一声这歹毒的玩意儿。

湛云葳皱眉：也就是说，如果没有今日之事，大皇子后面还是想用哑女要挟越之恒的。

越之恒缄默不言。

"放开我吧越大人。"这次湛云葳掰开越之恒的手，他没再强求。

或许是因为器魂受重伤，越之恒手背上的皮肤十分苍白。

越之恒抬眼，看着湛云葳朝裴玉京和湛殊镜走去。

天空中传来一声响动，天幕上盛放五彩的烟花，原本王朝为七夕准备的烟花，在此刻姗姗来迟。

天幕绚烂而美丽。

湛云葳脚步顿了顿，回头看向越之恒。

他注视她，久久不语。

大皇子和皇子妃被放了回去，湛云葳也登上了云舟。她不知舍命救自己的越之恒是真的他，还是今日要挟她、会杀了她的人是真的他。

但这么多次，越之恒不曾真的杀她，却真切地救过她好几次。她想，他们路途不同，身不由己，此去一别，好好保重，越大人。

她也要去找长琊山山主和追寻自己想过的生活了。

比起不曾发生的事，湛云葳更相信自己感觉到的情况。就算裴玉京今日不放下剑，越之恒也不会真的杀她。

等她找到花蜜，引出赤蝶以后，她会托灵鸟将花蜜给他送过去。她能离开，越之恒也不会因此受罚，这大抵已是最好的局面。

大皇子也知道自己坏了事，却拉不下脸来，对着越之恒说道："我会向父皇说，记你一功的。何况我们也没什么损失。"

越之恒冷冷地看着他，器魂对着大皇子愤怒地吼了吼。

大皇子没想到这玩意儿受了伤还这么可怕，脸色不悦地退回了黑甲卫中间。

方淮看了越之恒一眼，说："回去吧。"

他们也没什么办法，总不能再追上去。越之恒以往比他更懂得审时度势，如今再追上去，就不是弱势，而是送命了。

更何况如今越之恒伤得这么重，器魂也需要好好调养。

两个人回去的路上，方淮没问越之恒方才是不是真会对湛云葳下手，问这样的问题没有任何意义。

总归谁都清楚，裴玉京没死，湛云葳不会再回来了。

王朝的热闹气氛与他们格格不入，哑女还在丹阁里需要他们去接。

七夕还没过去，不少小贩在沿街叫卖，有的卖胭脂，有的卖玉簪，却没人敢叫住他们。

越之恒身上几乎都是血和伤，其中有他的血，也有裴玉京的。

一个东西从越之恒的怀里掉了出来，他步子顿了顿。

方淮回头，发现那是一个冰蓝色的香囊。

香囊上面沾了灰，却出奇地没有半点儿血迹。

方淮愣了愣。若非一直被好好放在怀里，香囊不会是这个样子。

越之恒垂眸看了半晌，却没有将香囊捡起来，而是抬脚离开。方淮说："不要了吗？"

和九重灵脉修士打斗都没舍得弄坏的东西，越之恒现在真要舍弃？

"没意义。"

总归，他们也没有以后了。

第十一章　离光重逢

人间阴历七月，没有灵域炎热，已经有了几分初秋的意味。

玉楼小筑外四处都是盛开的凤仙花和秋葵，不少推崇农术的修士在料理田间的灵植和灵果。

玉楼小筑是仙门祖辈留下的隐世之所。

仙门的人清点了一下伤亡情况，又将受伤的仙门弟子拉去救治，好在该救的人都被救回来了，除了少数不愿离开的御灵师。

医修谷的弟子这两日四处诊治，忙得脚不沾地。这些人中，伤得最重的还数裴玉京。

他肋骨断了六根，鞭伤带着腐蚀效果，以灵修强悍的体质伤口都无法愈合，被腐蚀的部分只得剜去。

他自己一声不吭，倒让人看不出他伤得多重。

寻常弟子不敢贸然为他治伤，只得请医修谷的谷主明同煦来。

明谷主是明绣的爹，性子傲慢，医术却举世无双，以前仙门尚未没落的时候，他只看心情救人，人人说他是怪医。

湛云葳站在外面等着，她腕间的困灵镯已经被解开。湛殊镜站在她身边，面色不悦道："你还披着这晦气的披风做什么？一身那狗贼的味道，还不赶紧扔了。"

她身上的披风，还是前两日在灵域越之恒给她披上的。

湛云葳其实也不介意穿不穿披风，但不喜欢湛殊镜的臭脾气。

于是她说道："我身上穿的全是越府的东西，照你这样说，是不是都得立刻脱下扔了？"

湛殊镜噎住，片刻后羞恼道："湛云葳，这是你一个女子能说的话吗？"

"是你无理取闹在先。"湛云葳看了他一眼，"阿兄，要说什么就好好同我说。"

"都说了别乱叫，谁是你阿兄？"

湛云葳笑了笑。她就是故意这样叫的，谁让湛殊镜说话不中听？

少女眼里含着笑意，映着身后的栾树，说不出地动人，湛殊镜有什么火气都发不出来了。

湛殊镜张了张嘴，神色纠结，难以启齿："你实话告诉我，你……"

湛云葳等了半晌，发现他没了后文："你到底想问什么？"

湛殊镜烦躁道："算了，没什么想问的。"

他问不出口，总不能真的问湛云葳那狗贼有没有对她做什么。

湛云葳看了他一眼，还没琢磨出湛殊镜在想些什么，门从里面被推开，明谷主出来了。

明谷主穿着一身灰色道袍，宽额长须，显得仙风道骨，但目光倨傲，神色不善，冷冷地打量了湛云葳一眼。

湛云葳知道，明谷主目中无人，性子狂傲，唯独疼爱明绣这个女儿。

从小到大，不管明绣要什么，明谷主都会替她寻来，这才导致明绣无法无天。

湛云葳抬眸，目光无波无澜，也没有敬重之意，冷淡地看着明谷主。

明谷主不把她当小辈，她何必将他当长辈？

明谷主目光锐利："小友既然身中意缠绵，何必回来？当真不顾性命？"

湛殊镜听不懂这老东西在说什么，不知道"意缠绵"是何物，但莫名其妙地有种不妙的预感。

他感觉到明谷主的敌意，挡在了湛云葳身前："谷主慎言。"

湛云葳并不意外明谷主会看出来她中了意缠绵，他到底是天下最好的医修，甚至医毒双修，但她厌恶明谷主这份歹毒心思。

换个御灵师，若是介意这些事的，恐怕难堪至极。世人本就对御灵师施以枷锁，久而久之，御灵师们也把名节看得比什么都重要。

数年前，还有御灵师因此自戕。

湛云葳说："我不肯做阶下囚，自然会回来。至于我是死是活，用不着明谷主操心。倒是谷主为了女儿与小辈过不去，是半点儿脸面也不要了？"

明谷主哼笑道："好个伶牙俐齿的女娃。"

他眼中略有深意："唯愿你下月还能好好地待在这里，至于此事，你自己和裴贤侄解释吧。"

湛云葳神色平静，并没有他以为的仓皇样子。

就算她不说话，眼中的嘲讽之色也很明显——你这样品性的人，也配做医修？

明谷主心中薄怒，拂袖离开。

风吹得栾树"沙沙"作响，湛云葳走进房间去探望时，裴玉京刚打坐完毕。

他抬眸看向她，玉冠墨发，剑修的气质干净无瑕，神色并无半分异样："泱泱。"

湛云葳在他身侧坐下，低声问："裴师兄，你伤势可还好？"

"无碍，我很快就能恢复。"裴玉京顿了顿，又说道，"过几日我就陪你去找长琊山山主，你别担心。"

两个人面对面，湛云葳有些恍惚，依稀又记起了他们初见的情景。

如今的场景和当初何其相似？

那时候裴玉京修炼的便是无情剑，偏偏这样一个人周身冰雪，眼中却含着融融暖意。

彼时少年剑修笑望着身前的少女，明知她年岁小不识得无情剑，却泰然自若地答谢她的救命之恩。

而今也是，若非方才明谷主有意刁难，她或许以为裴玉京什么都不知道。

若她还是从前的湛云葳，不管多难，都会朝着裴玉京走过去，兴许也会将错就错，不去拆穿他。但如今，她必须与他说清楚。

"裴师兄，我有话和你说。"

裴玉京注视着她，突然说道："别说，我不想听。"

他扶着她的肩膀，脸色苍白地笑了笑。

"你要说什么呢？若是王朝赐婚，那我告诉你，我不认，仙门也没人会认。若是灵丹上的道侣印，也不是没有办法解，找一枚命缘丹化去即可。"

他顿了顿，又说："我了解你，就算他待你再好，可你不会心悦一个囚禁你、给不了你自由、与你心中大义相悖之人。困灵镯在一日，你反而不会留在他身边。"

裴玉京冷笑："至于意缠绵？"他说，"我知晓此事以后确实恨不得杀了越之恒。可若要我因此放弃你，我只觉得可笑。就算发生了什么，那又如何？你若愿意，我们现在也可以……"

湛云葳不敢相信这是裴玉京会说出来的话，像从没认识过他一样打量着他。眼见他越说越古怪，她不得不羞恼地打断他的话："裴玉京！"

她咬牙说道："我不是要说这个。"

裴玉京沉默了一下，望着她："好，那你说。"

"……"湛云葳整理了一下心情，"我想要退婚，是经过深思熟虑的，与王朝无关，与越之恒无关，只是我自己的心意而已。"

"你怪我来迟？"裴玉京神色苍凉，"可是泱泱，你可以惩罚我，可以气恼,唯独不要说这样的话,这对我不公平。"

她听出他话中的涩意,心里也不好受。

一念错,百憾生。

可她已经试过一次,早已心死。裴玉京是能割舍对她有意见的蓬莱,还是令她委屈万分的裴夫人?

困住她,让她不对任何人动心的,不只是王朝的一个困灵镯,还有裴玉京割舍不下的一切。

"裴玉京,"湛云葳没再叫他师兄,认真地说,"你有你的道,我亦有我想追寻的东西。天下御灵师的归所大多是灵修的后宅,可这些东西都不是我想要的。"

她的心早已不复少时那般懵懂,她也不会再在月下等着那身负巨剑的少年。

后来数年,湛云葳所有的愿望,已经变成要做自由的风,要做斩杀邪祟的剑,要做推翻灵帝的基石,唯独没有要做被一个男子养在笼中的御灵师。

她也不要再为任何人失去自己的天赋和灵丹,爱意早已随着死亡一并消散。

就像今日,她已经不愿为了裴玉京与明家父女争斗。

她试图推开裴玉京放在自己肩上的手,裴玉京却不动。

他垂眸说道:"这说服不了我,我也不同意退婚。我从来没有因此禁锢你,泱泱,你想做什么事可以去做,唯独……别这样轻易放弃我。"

湛云葳注视着他,突然说:"可是师兄,这不是轻易放弃。我曾朝着你走了很远的路,精疲力竭,满身伤痕,至死方休。"

裴玉京蹙眉看着她。

湛云葳笑了笑:"所以,这就是我如今的决定。"

裴玉京缓缓松开了她。

就在湛云葳以为裴玉京终于听劝的时候,他闭上眼,准备调息:"我听清楚你的话了,但做不到。过段日子坤元秘境会开,届时我助你去找意缠绵的解药。泱泱,也有很多事是你不曾知道的。"

她永远不会知道,从年少到如今——

他的无情剑道已经破碎成了什么样,每一次为了见她,他需要多努力。

裴玉京想,云葳,对于情爱一事,你从幼时开始就太懵懂迟钝,看到的不及冰川一角。

但身上的鞭伤、越之恒宁肯器魂受重伤也不让她离开,让裴玉京第一次感谢湛云葳对感情迟钝。

至少,鹿死谁手还是未知数,他不会提醒她,那王朝鹰犬最好永远将感情藏得那般深。

灵域近来少雨,王朝杂役光清洗河畔的鲜血就花了好几日。

今日难得下雨,彻天府内,哑女坐在廊下发着呆,雨声淅淅沥沥,杂乱无章,一如她的心绪。

府卫们看不懂她比画,医修来了一趟又一趟。这几日阿弟都在调息养伤,做得最多的事就是一刻不停地画炼器图纸。

他们没再回过越府。

起初哑女还会问越之恒弟妹呢,但目光触及越之恒的神色,她便再没问过。

越之恒的状态更令她担心,她鼓起勇气捉住来彻天府的方准,问方大人:谁将阿恒打伤,把葳葳带走了?

哑女知道越之恒的实力,王朝除了灵帝,越之恒几乎无敌手。他灵体强悍,可神剑之伤亦无法轻易自愈。

她忍不住担心越之恒之后还有危险。

还好方大人有耐心,琢磨数次看懂她在表达什么以后,叹了一口气说道:"还能有谁?仙门的人和裴玉京呗。"

哑女第一次听说这个名字,十分困惑:这个裴玉京很厉害吗?

"自然厉害,神剑之主,天生剑骨。"

哑女比画:阿恒也打不过他?

否则阿恒怎么会让他把湛云葳带走？就算哑女摸不透越之恒的心意，可了解他的狂傲性子，若非没有办法，他不会愿意将湛云葳放走。

方淮琢磨了一下，说："那日打起来不分胜负，不过……"

他心想，越之恒的底牌悯生莲纹还没开呢，若越之恒真开了悯生莲纹，结果可不好说。毕竟真正令越之恒放手的东西太过沉重，结果已经不是谁输谁赢能左右的。这些事方淮也不好告知哑女。

裴玉京看样子也被什么反噬了，否则手握神剑的剑仙，剑气应该更纯净，当日却隐带杂乱之意。

反正两个九重灵脉的灵修，一个都没落着好。

不过裴玉京受伤，好歹将人带走了。越之恒受伤，都没人敢在他面前提当日之事。

大皇子的门客全被越之恒杀了。

这几日大皇子连府邸都不敢出，和大皇子妃像两只鹌鹑。

马上就到中元节了，每每这一日都是越之恒最忙的时候。

方淮心里有愧，说到底，那日自己也拖了后腿。

咯……

若非他学艺不精，越之恒不用分出心神来救他，器魂也不会伤重至此。器魂现在都还在越之恒识海里调养，身形小了一圈。

告别哑女，方淮找到在房内画图的越之恒，晃了晃手中的东西。

"全是我爹珍藏的灵药，你好好养身子。"方淮也不敢提他那日悄悄回去捡了香囊，现在甚至不敢将其还给越之恒。

越大人也是真的决绝，说不要便真的不要了。

越之恒神色平静："多谢，放下吧。"

"中元节快到了，到时王朝邪祟横行，我想过了，那一日我和我堂弟替你去诛杀邪祟吧。"

反正他戴上面具，谁也看不出他是谁。

越之恒抬头看了他一眼："你能杀魑王？"

方淮尴尬地说道:"遇见了就跑嘛。"

不过他跑了,其他跑不了的人就得死了。他自己也觉得这提议不靠谱。

越之恒嗤笑了一声。

不过这样的越大人似乎正常多了。七夕已经过去数日,方淮不知道他是真的已经不在意,还是将心思藏得更深了,但清楚不能哪壶不开提哪壶,最好转移话题。

方淮凑过去看图纸,发现越之恒在做给器魂养伤的法器,看来器魂伤得确实很重。

方淮突然说:"七月二十二,坤元秘境就要开了,我爹让我去历练看看。"

他心里苦:就算坤元秘境再平和,那到底也是秘境,多少有危险,他一个阵修心里发虚。他没抱希望越之恒会陪他去,只是抱怨几句,纯属没话找话。

谁知话音刚落,越之恒的朱砂笔顿了顿,图纸上多了一点殷红痕迹。

方淮看过去:坤元秘境怎么了吗?

越之恒换了一支笔,垂眸语气淡然地说道:"届时我同你一起去。"

方淮惊讶:"你去做什么?"

九重灵脉的越之恒不需要秘境历练了吧?据他所知,灵帝近来也没给越之恒什么任务。

越之恒头也没抬,半晌才冷淡地出声。

"断干净。"

去坤元秘境前,湛云葳得先把救出来的族人安顿好。

如今华夫人、湛雪吟乃至白蕊都在,湛云葳一直放在身上的洞世之镜也有了用武之地。没了困灵镯的束缚,她自己就能启动洞世之镜。

待波纹散去,镜面中浮现的景象,令华夫人十分惊讶。

"这是何处?"

镜中,长琊山山主在竹屋中打坐,外面隐约是金色的天幕。

湛云葳顿了顿,说:"大抵是须弥谷。"

湛殊镜问道:"山主竟然没在人间,怎么会去须弥谷?"

难怪这几个月山主杳无音信。

传闻中,须弥谷独立于三界之外,是除人间、灵域、渡厄城外的第四界,以月华为钥开启,只容纳无魂之身和无躯体之残魂。

无人知晓它到底在什么地方。

华夫人到底年长百岁,沉思片刻,说:"我倒是听过一种说法,须弥谷乃上古神族所居之地,能遇见便是难得的机缘,以山主如今的情况,这应当不是坏事。"

湛云葳颔首。前世长琊山长老曾向她提起过这件事,说父亲有机缘进入须弥谷,后来得以修复好破损的灵丹,想必就是这段时间的事。

她松了一口气,此事没有变动就好,算算时日,一年后父亲就会平安回来。

湛云葳最后看了一眼镜中的父亲,收回了灵力。

洞世之镜看得越远,越消耗持镜人的灵力,能成功追踪到须弥谷,已是意外之喜。

中元节那日,湛云葳坐在山亭中,天地浩浩,清风盈袖。

百姓忌惮"百鬼夜行"的传说,今晚往往不会出门。

湛殊镜找到她时,发现她并非在葬花赏月,而是在牵引月光修行控灵术。

觉察到他来,湛云葳才收回法术。

湛殊镜登上山亭,看着月色下明眸皓齿的少女,再次觉得她半点儿也不像御灵师。

谁家的御灵师修行这样勤奋,还专门修习禁术?

他记得少时在学宫学艺时,自己因着脾气暴躁,人缘非常不好,有段时间却有许多人往他身边凑。

这些人送奇书、送丹药，张口闭口便是："湛公子你家妹妹喜欢什么？"

"近来得了一本棋谱，能带给你妹妹吗？"

"山主有没有说，打算什么时候给湛小姐定亲？"

湛殊镜一度想将这些人连带湛云葳全部掐死，让他们滚远些。他娘是青阳宗掌门，就他一个孩子，他才没有妹妹！

后来这些人因为得知湛云葳修习控灵术，总算安分不少。

仙门和王朝大战之前，湛殊镜和湛云葳关系一度不好。

他觉得她是个气死人的麻烦精，湛云葳看他是无理取闹的白眼狼。

但似乎自那次牢里相见，湛云葳对他莫名其妙地温和了不少，湛殊镜却仍旧不知如何与她相处。

湛云葳问："你怎么来了？"

湛殊镜这几日心情起起伏伏，堪称大喜大悲。得知湛云葳要退婚的时候，他觉得她总算有点儿眼光了。

裴玉京有什么好喜欢的？这人修习一个不讨喜的无情剑道，蓬莱的老头子们讨人厌，他那个娘更是一肚子坏水。

虽然裴玉京长得确实不错，实力没话说，但湛殊镜还是觉得谁嫁给裴玉京谁倒霉。

湛殊镜这几日在暗中了解意缠绵是什么，得知答案以后险些气晕过去。

但她能完好地回来，已是不幸中的万幸。

比起性命，旁的东西确实微不足道。

这种事情也没什么大不了的，她顶多就是被那疯狗咬了一口，想想觉得晦气而已。

对上湛云葳的目光，湛殊镜说："睡不着走走。往年这一日本来也是仙门诛杀邪祟的日子。"

所有弟子都会忙上一整夜，不让邪祟逃到人间祸害凡人。

他这样一说，湛云葳心想，今年没了仙门插手，诛杀邪祟的任务全在彻天府身上了。

只有今日,天下人唯愿他们尽心尽力,个个平安。

她不免想到自己给越大人做的香囊,希望香囊能派上用场。

湛殊镜也想起什么,眯了眯眼:"你那镜子借我一用。"

"你想做什么?"

湛殊镜说:"看看灵域中的情况,今夜到底是中元节。"

湛云葳便将镜子递给了他。

洞世之镜晃了晃,湛云葳也凑过去看,一开始以为兄长要看昔日长琊山下的百姓,结果画面渐渐清晰以后,一个戴着鬼面獠牙面具、身着银纹墨袍的男子出现在镜面里。

"……"她几乎要气笑了,湛殊镜其实就是想看越之恒今晚死没死?

镜中,二十四截冰凌从漫天黑气中穿行而过,所到之处,邪祟惨叫消散。

最后冰凌汇聚到那墨袍男子手中,形成一条冰蓝色的鞭子。

他身上沾了邪祟血迹的地方显得十分暗淡。

如今已是二更,想必越之恒已经杀了不少邪祟。待到那鞭子再次被挥出,他突然捂住胸口,动作顿了顿。

湛云葳看得眉头一蹙。

湛殊镜扬了扬眉:看来王朝的灵帝也没将这狗贼当人看,裴玉京还养着伤呢,越之恒却依旧得带着他的人行走在灵域的暗夜中。

也不知越之恒是不是感觉到有人在窥视,突然抬起头来,目光近乎精准锐利地对上了湛云葳的视线。

他明明戴着面具,让人看不清神色,只能看见露在面具外那双淡墨色的眼眸,湛云葳却莫名其妙地心跳漏了一拍。

湛云葳反手盖住洞世之镜,打断了湛殊镜的法术。她有些懊恼,不由得瞪了湛殊镜一眼。

叫他乱看!

洞世之镜本就不该用来窥视任何人,若是越之恒真的意识到了什

317

么……她几乎尴尬得想找个坑把自己埋了。

越之恒会怎么想？

王朝这头，方淮气喘吁吁地追上来："没事吧越兄？"

越之恒收回视线，语气淡然地应道："没事。"

"你方才在看什么？"

越之恒垂眸，收起鞭子，没有吭声，意外地有些出神。

方淮看他的样子，也学着他的样子看了看那虚空，除了邪祟的余烬，什么都看不见。

因着越之恒戴着面具，方淮也看不出他是什么表情。方淮累得够呛，纵然今晚把方家能叫上的人都带来帮忙了，也颇有种应接不暇的感觉。

这彻天府掌司，还真不是常人能干的。

一直坚持到天明，一行人才有惊无险地回去。这一晚，折了八名彻天府府卫。

哑女迎上来，果然发现越之恒伤口崩裂了。她心疼不已，眼泪都快流出来。

越之恒取下面具，轻轻推开她，平静地说道："没事，过两日就好了。"

他虽然面色苍白，眼中却莫名其妙地有几分奇异之色，整个人看上去倒是比前几日要好些。哑女看出了这点儿细微的改变，不由得有些困惑。

今晚发生了什么？

此后几日，越之恒倒是得以好好休息养伤，到了七月二十二，坤元秘境终于开启。

因着越之恒要去，方淮安全感暴增，越之恒却冷淡地泼他凉水。

"坤元秘境是仅剩的几个上古秘境之一，和开阳秘境的危险程度不同，坤元秘境中有妖物存在。"

灵域发展至今，天地间已经没有妖，唯独最古老的几个秘境中，因着一年就开一回，其中大妖虽然会死去，可是也有新的妖物在不断诞生。

尽管妖物无法离开坤元秘境，可妖的存在本身就是危险的。

若非过两年就要接手家业，如今实力不济护不住家里，必须历练，方淮实在不想去坤元秘境。

但危机有时候也意味着奇遇，他唯愿自己运气好一点儿！

出发的时候，沉晔在外面等着，方淮万没想到的是，曲揽月竟然也在。

方淮震惊地问："你也去？"

曲揽月掩唇一笑："奴家也想去长长见识呀，何况越大人如今已没了道侣，长夜漫漫，总需要有个知冷知热的人暖……"

越之恒看了她一眼。

她笑了笑，闭上嘴，停止胡说八道：凶什么，活该那个可爱的美人不要你。

这是她的人物设定嘛，她好歹得维持一下。

方淮神情一言难尽："曲姑娘，秘境危险，你还是回去吧，若发生什么事，我们不一定护得住你。"

曲揽月转了转身后的伞，但笑不语。

越之恒对方淮说："管好你自己，你死了她都不一定死。"

方淮惊讶不已。

他这时候仿佛才后知后觉地意识到，曲揽月也是个灵修。

她又是几重灵脉？

曲揽月唇边噙着笑意，心想：可比你厉害多了，方大人。

仙门这边，进坤元秘境的人也不少。

以往仙山还在的时候，历练本就是常事，虽然很少有人敢选择坤元秘境这种有妖物存在的地方。

如今眼见仙门将倾，所有人都知道自己需要成长，还有什么比上古秘境更能历练人？

若是谁有幸得到传承，脱胎换骨也就在一夕之间。

出发前，明谷主说："老夫把女儿拜托给裴少主，还望裴少主护她平安归来。"

裴玉京看了明绣一眼，蹙眉道："谷主言重，秘境危险，我不敢托大，也不会承诺任何事。明小姐回去吧。"

明绣咬了咬唇："若出了事，我不怨任何人，我一力承担！我不跟着你就是，我和医修谷的弟子同去。"

裴玉京神色冷了冷，抿唇不语。

蓬莱大师兄看一眼脸色难看的明谷主，忍不住扯了扯裴玉京的袖子。裴玉京抽回袖子，不为所动。

作为剑修，他自然御剑去。

就像少时他能径自走到湛云葳的玄鸟鸾车旁，如今他亦对湛云葳伸出手："泱泱，来。"

金色的神剑在光下温润剔透，明绣气得半死。

湛云葳看了裴玉京一眼，摇了摇头："不必，多谢裴师兄，我和阿兄同去便好。"

湛殊镜这回没反驳，赞许地看了她一眼。

算你没以前讨厌，长大了总算眼神好使了。

裴玉京被当众拒绝，蓬莱大师兄忍不住看了一眼师弟，怕他有难堪之色。谁知裴玉京神情平静，甚至温和地笑了笑："好。"

大师兄突然发现，自己好像也不是那般了解裴师弟。这已经不是性子好能解释的了，师弟的心性远比自己想象的坚韧可怕。

从小到大，裴玉京只执着过两件事：十八岁之前只有练剑，十八岁之后，多了一个湛云葳。

他多年苦修追寻剑道，于是神剑与之呼应。湛师妹美丽不可方物，也如他愿成了他的未婚妻。

而今，湛云葳的态度有了变化……大师兄心里惴惴，竟有些开始担心师弟。

进入秘境后,感觉一阵眩晕,湛云葳放下了挡住眼睛的袖子。

她眼前是一座古宅,宅子恢宏精致,绿瓦覆顶,雕梁画栋。红色木门上竟然不是铜锁,而是两把金锁。

地上铺着厚厚一层白雪,冷得令人颤抖。

湛云葳站在漫天大雪中,秘境中与外界不同,竟是寒冷的冬日。

此地只有湛云葳一个人。

她垂眸看了一眼腰间的牵缘铃铛,心里冷冷一笑。原本牵缘铃是用来保证一同进入秘境的人不被分开的,但她腰间的铃铛显然没起到半点儿作用,想也知道是谁动了手脚。

他们出发前,仙门统一分发了牵缘铃。如今仙门以蓬莱为首,裴夫人还真是煞费苦心地要她死。

兴许在裴夫人看来,一个御灵师在秘境中没了灵修保护,必死无疑。

湛云葳扔了腰间的铃铛,从袖子中重新掏出了一个。

都知道裴夫人是什么样的人了,她早有防备。现在这个牵缘铃,只绑定了湛殊镜。

她也想借此机会让裴玉京看清一切并放弃。

他们不适合就是不适合。

湛云葳摇了摇自己的铃铛,果然,不远处有了回应,声音却是从宅子里面传来的。

湛云葳不免有些头疼,抬眸看着眼前一看就有问题的宅子。她突然想起湛殊镜从小到大,是有点儿霉运在身上的。

还不等她想办法进去,那门已经无风自开。

一个红衣少年倚靠在门口,竟然是一张湛云葳熟悉的脸。

他含情脉脉地望着湛云葳,嗔怪道:"娘子怎么来得这般晚?今日可是我们的好日子,误了吉时可是不吉利的。"

这张脸分明是封兰因师兄的,可封师兄不会这样讲话。

湛云葳知道宅子古怪,一时没动,也不敢胡乱接话。

那少年轻轻地"呀"了一声,咕哝道:"你不喜欢我这张脸吗?

不会呀，我觉得挺好看的。"

这张脸美得雌雄莫辨，他们最喜欢这样的脸啦。

但小娘子不喜欢，他换一换又何妨？他转身捯饬了一阵，在脸上捏了捏，再转回头时，脸竟然变成了湛殊镜的。

"这样呢？咦，还是不喜欢吗？"

过了一会儿，红衣男子又变出了越之恒的脸，站在门口冲她笑："你喜欢这个人吗？"

湛云葳："……"

"还不行呀，方才那个人明明很好哄。"男子有些恼了，又换了一张脸，这次是裴玉京的。

他满意地点了点头："这个也不错，你认识的男子个个都有顶好的样貌。"

他抬眸间，神色却变得阴沉："可在我们的九忘雾中，怎么唯独你还能保持清醒呢？"

湛云葳心往下沉，天地间不知何时已泛起紫色的雾。

红烛纱帐之中紫雾笼罩，湛殊镜抬眸，眼中只有面前的少女。

少女跨坐在他身上，慢慢褪去了外面的纱衣。

圆润的肩膀下是鱼戏莲叶图案的兜肚。她轻轻咬唇，凝望着身下的人："公子说说看，我美吗？"

湛殊镜作为七重灵脉的修者，其实已经意识到不对劲了。可九忘雾中，人只会听凭欲望行事，几乎没有任何理智可言。

他目光迷离，只保持最后的底线还记得自己是谁，记得面前的人是谁。

不……不可以……

少女轻笑："有什么不可以？你做你想做的事便是。我们便在此白头到老再不出去，没人会知道。"

她笑意盈盈地歪了歪头："你的元阳既然还在，给我好不好？"

见他神色挣扎，动作却不是这么回事，女子弯了弯唇。她慢条斯理地解开了湛殊镜的腰带，垂涎欲滴。

作为一只千面狐狸,她已经好久没有见过精气如此纯净的男子。

这男子年轻俊美,血气方刚,又对她这张脸的主人暗藏情愫,她几乎都舍不得事后吃了他。

她哄着他多采补几次,倒未尝不可,只是不知道外面等着的小狐狸们肯不肯让出这块肥肉。

湛殊镜仅剩的一点儿理智告诉他这样不对,然而不听使唤的身体令他面红耳赤。

当腰带被解开,听到面前少女的轻笑声,他只觉得血气直冲脑门,就像自以为藏得很好的东西猝不及防地暴露在人前。

少女俯下身,要碰到他的时候,目光突然发直。湛殊镜艰难地抬头,脸上"啪"的一声落下一记耳光。

湛殊镜:"……"

混沌的脑子终于清醒不少,他咬牙转过视线,发现眼前的人哪里是什么少女,分明是个上了年纪、脸上有深深褶子的妇人。

她身后还有五条晃动的尾巴。湛殊镜一脚踹开她,沉着脸将自己的衣带打了个死结,心里一阵恶心。

狐妖目光呆滞,竟丝毫没有反抗,木讷出声:"主人让我唤醒你,带你出去。"

半响,她站起来指了指外面,要给他带路。

白色的纯净灵力不知何时覆盖了整座宅子,紫雾散去,湛殊镜被引到宅子外的时候,一眼就看见雪地里站了一个少女。

她身上披着墨绿色的斗篷御寒,漫天的大雪中,她一手撑着伞,一手微微抬起,白色的灵力从她的指尖涌出,宅子里的每一只狐狸都似她掌中的傀儡,被她用丝线般的灵力牵引着。

湛云葳方才没有进去。她不善长近战,进去宅子会吃亏。控灵术本就针对意志力薄弱之人,千面狐狸这种妖,哪里谈得上有什么意志力?她很容易就控制了这些狐狸,让他们把湛殊镜唤醒带出来。

只是湛云葳没想到狐妖的唤醒方式是在湛殊镜的脸上打一耳光。

"……"她问湛殊镜,"没事吧?"

湛殊镜哪里计较得上那个耳光，或者说打得正好。他现在看见她就有几分不自然："没事。"

湛云葳没进去，自然不知道里面的景象，好奇地问湛殊镜："你何时有心上人了？"

不然为何他这般容易上当？看来作为妹妹，她对湛殊镜的关心远远不够。

湛殊镜咬牙，瞪了她一眼。

湛云葳不明所以，念及他父母双亡，又一向与自己不和，这辈子本来就决定对他好一些，于是提议说："若你真有心上人，那位姑娘也心悦你的话，你没必要不好意思。待寻到爹爹，你同他说说，让他替你去提亲。"

湛殊镜脑子发疼，看了她一眼："好主意，行。"

湛云葳觉得他阴阳怪气的。

两个人谈话间，古朴的大宅不知何时消失了，看来是狐狸们知道碰上硬茬，逃之夭夭了。

宅子消失后，露出一条铺着雪的小径。

湛殊镜也意识到不对劲，这里竟然只有他和湛云葳两个人，不见其他弟子的影子。

想到出发前湛云葳给自己换掉的牵缘铃，他眯了眯眼，冷着声音问道："老妖婆做了手脚？"

湛云葳有时候觉得他这张嘴挺解气的，会骂就多骂几句。她点头："不和他们一起也好，我们自己也能找到花蜜。"

秘境中的雪越来越小。

两个人在雪中穿行，湛云葳说道："我曾看过古籍上关于坤元秘境的记载，不同于外界，秘境中三日为一季，冬日看样子就要过去，春日马上就要到了。"

意缠绵的解药虽然称作"花蜜"，但湛云葳没见过，只能推测。

若花蜜真是妖蜂酿造，妖蜂在冬日冬眠，现在他们肯定找不到，至少得等秘境的"春日"到来才行。

夜间下起了雨,这雨水怪异,一旦落在身上,人的灵力就会散去一分。

不得已,湛云葳和湛殊镜只得找个山洞躲雨。进去之前,湛殊镜警惕地抬眼,没过去,一掌挥出,地上的杀阵无声地亮了亮。

山洞里面传来一个纳闷的声音。

"咦,我的杀阵这般明显吗?"

湛云葳只觉得这声音耳熟,过了片刻,山洞里面走出来一个人影,来人竟然是方淮。

方淮看见他们,也十分惊讶。

湛云葳顿觉不好,方大人在这里,那里面……?

湛殊镜也知道情况不妙,纵然里面的人没有释放威压,可他能感觉到里面还有强者。

里面那人除了那狗贼还能是谁?越之恒可比秘境中的其他妖物还要危险。湛殊镜当机立断,顾不上这场会让灵力流失的雨:"湛云葳,走。"

湛云葳结印做了个结界罩住自己和湛殊镜,抿了抿唇,转身离开。

方淮纳闷地看了山洞一眼,他们这是避如蛇蝎?

山洞里燃着一堆篝火,火光跳跃,将火堆前的男子的面庞映得半明半暗。

曲揽月拨弄了一下火堆,见他神色冷淡,不由得调笑道:"怎么不出去?她淋雨你不心疼?"

越之恒语调平静地开口:"关我何事?"

曲揽月一时不知道他说的是真的假的,但越之恒感知能力必定比方淮敏锐得多,想必早就发现了湛云葳他们。

越之恒发现了她,却没有动静,难不成真的毫不在意?

其实现在的越之恒才像曲揽月认识的越掌司。这场婚事,若一开始非灵帝下令要抓裴玉京,越之恒不见得会允。

如今灵帝没有下死命令让越之恒抓着湛云葳不放了，怎么做事，就全凭越之恒的心意了。

曲揽月只猜测越之恒多多少少有些动心，不说旁的，越府这几个月变化多明显，越大人的院子里再没出现过以次充好糊弄他的东西。

越之恒以前不爱回越府，后来哪怕王朝下雨，他都会在宵禁之前出王城，回到夜色温柔的汾河郡。

但曲揽月不曾见过他们相处，看不透越之恒这点儿恻隐之情有多深，又到了何种程度。

方淮进来坐下，抖了抖袖子上的雨水，看了越之恒一眼，莫名其妙地说了一句："他们没有和裴玉京在一起。"

也不知道裴玉京干什么吃的，竟然让湛小姐和湛殊镜那个不靠谱的人在一起。

越之恒往火堆里扔了根柴，没有说话。

湛殊镜觉得自己还是挺靠谱的，虽然第一个山洞没法进去，很快也找到了第二个栖身之所。

雪在融化，秘境中的冷意仿佛要穿透骨头，无法用灵力抵挡，他看看坐在角落的湛云葳："你等等，我捡些柴火回来。"

湛云葳拉住他："别去了，凑合一晚吧。"

他现在出去消耗灵力不划算，再说，雨这么大，若非提前准备，柴火必定是湿的，要烘干也要耗费一番工夫。

她低头从怀里翻找出一颗温润的珠子，让湛殊镜抱着。

她手里也有一颗珠子，触手生温。

湛殊镜忍不住看她一眼：够了啊湛云葳，你有没有做御灵师的自觉？到底是谁在照顾谁？！

他觉得挫败郁闷，虽然很不想承认，但是这一路都是湛云葳比较有先见之明。

因着身份桎梏，湛云葳其实鲜少有历练的机会，但湛殊镜第一次发现，不知何时她长大了，比他们所有人想象的都要出色。

就算今日他不在这里，她一个人也能在风雨中穿行，说不定也能找到她想要的东西。

湛殊镜心里五味杂陈，难怪她也不要装玉京。

看样子，湛云葳早就做好了独自往前走的准备。他沉默片刻，默默坐直，坐在靠近洞口的地方，好歹替她挡着风。

天明前，雨总算停了下来，天空明净如洗。

就像湛云葳预计的，秘境一夜之间完成了从寒冬到春日的转变。

湛云葳收起了斗篷。

湛殊镜看了她一眼："你连斗篷也带了？"

"这倒不是。"湛云葳眨了眨眼，坦白道，"这是先前打劫狐妖的。"

"……"别提狐妖了。

湛殊镜下定决心要从此刻变得有用些，至少得比裴玉京有用。

他从怀里拿出一个青色的香炉状法器，法器只有指甲盖大小，被递到湛云葳眼前："试试这个，心里想所求之物。"

湛云葳看了那东西一眼，是照川阁的法器。

照川阁是王朝的炼器世家，早年也不乏惊才绝艳之作，后来被越之恒的淬灵阁打压了下去。

因着越家投靠王朝，仙门已经许久没有出色的器修世家了。

从湛殊镜宁愿用照川阁的东西也不买越家的法器，就能看出他对越家的意见有多大。

湛云葳接过法器，心里默念着意缠绵的花蜜，一缕轻烟从香炉中飘出，朝着一个方向飞去。

湛殊镜说："跟上。"

眼下也没有更好的办法，湛云葳只能跟上那缕轻烟。

冰雪融化后，溪流开始流淌。

他们清晨出发，到了傍晚，轻烟触及一方石碑方停下。

湛云葳抬眸看去，碑上书：

村舍外,古城旁。杖藜徐步转斜阳。

殷勤昨夜三更雨,又得浮生一日凉。

这首诗竟颇有自得其乐的闲适之意,仿佛为了映衬这点,他们眼前缓缓出现一条路,隐约能看见桃花开遍,彩蝶飞舞。

碑上诗文淡去,渐渐变成了三个字——桃源村。

湛殊镜皱起了眉,秘境中的桃源能是什么好地方吗?

往往越是平静安宁的地方,越是危险。

但他们有所求,便明知危险也得进去一探究竟。湛云葳顿了顿说:"走吧。"

眼前只有一条路,他们刚走了没几步,湛云葳再回头看去,果然,身后一片杂草,他们来时的路变成了巍峨青山,已经没了出路。

当下他们只能走一步看一步,看看这村子有何古怪之处。

湛云葳几乎已经做好里面全是妖物的准备,然而村里只有十余间屋舍,四处开着花,村民在地里,借着昨夜的雨春耕。

湛云葳两个人走进来,这些人却无动于衷,仿佛看不见他们。

若非眼前的一切会动,湛云葳几乎以为自己在一幅画中,画中人不被惊扰。

湛殊镜与湛云葳对视了一眼,开口道:"老丈,请问村长家怎么去?"

话音刚落,田地里的所有人仿佛被惊醒,齐刷刷地抬起头望着他们,目光迟缓而麻木,旋即又缓缓变得生动起来。

有人说道:"许久不见外乡人了,你们去村长家?我带你们去吧。"

说完,他挽起裤腿上来,一副朴实好客的模样。

湛云葳的心沉了沉。她在这些村民身上没有感知到妖气,然而越是如此,越是古怪。

村民抬头看了一眼天色,说:"贵客们,天要黑了,你们可得在天黑前找到落脚之地啊,否则……"

他诡异地停了一下，似笑，又似在期待什么。

村长家很快到了，村长是个白胡子老头，慈眉善目，打量了他们一眼，笑道："你们是来买桃花酿的吧？我们村的桃花酿最为出名。"

"村长。"湛云葳问，"除了桃花酿，村里还有花蜜卖吗？"

村长抬头看了她一眼，开口道："当然有，不过，你们要花蜜恐怕还得等几日，我们还没开始酿蜜呢。"

"要等几日？去何处买？"

这次村长没有回答，只说："天色已晚，我不便留你们，你们快走吧。"

湛云葳抬头一看，天果然不知什么时候黑了。想起村民的警告，她拿出一支簪子，说："能收留我们一晚吗？"

谁知村长变了脸色，驱赶她道："走走走，赶紧走。村里夜晚不许收留外人。"

这就奇怪了，村里无人愿意收留他们，夜里却又危险。

湛殊镜皱眉，也知道不能再掰扯，拉着湛云葳一家家试。

结果不出意外，白日好客的村民夜里全部拒绝了他们。

月亮出来了。

湛云葳抬头，刚想和湛殊镜商量找个地方躲躲，谁知一回头，发现身边哪里还有湛殊镜？

她身后出现了那个白日里热情带路的村民，他漠然道："姑娘，我说过天黑了不能在外面，你找到栖身之所了吗？没有的话，你既然付过钱了，便来我家吧。"

可她何时付过钱？湛云葳后退一步，刚要使出控灵术，却发现法术失灵了。这地方到了夜晚，竟然无法使用灵力？

那村民对她诡异地咧嘴一笑，湛云葳抿唇，掉头就跑。

她跑到了巷子里，前方却没有路，后面的脚步声越来越近。

旁边一扇门被打开，一只手臂揽住她的腰，将她半抱了进去。

她大惊，那人捂住了她的唇不让她出声，她下意识地要张口咬他，迫他放手。

觉察到她的唇齿碰到手指，他顿了顿，捏住她的下巴，语气冷淡地说道："松口。"

听出越之恒的声音，湛云葳第一反应就是，越掌司追到这里来了？

上一次离去，两个人剑拔弩张，他掐她的脖子用来威胁裴玉京，她离开得也毫不犹豫。

此次猝不及防地再见，湛云葳一时竟不知该如何面对越掌司。

她腰间的手臂十分有力，然而捏住她不许她咬下去的手也显得毫不留情。一墙之隔，妖物就在外面，越掌司可怕还是妖物可怕？

他似乎明白她心里所想，低声冷笑道："看来在湛小姐心里，屋子里外差不多。越某并非不识趣之人，这就将你送出去。"

湛云葳："……"

别啊，她连忙松口，识趣又坚定地摇头。

屋子里外还是很不一样的，她方才迟疑那片刻，只是怕好不容易跑掉又被他抓回去。

"多谢越大人相救。"

越之恒垂眸看她一眼，几乎冷漠地将她从怀里推了出去。

湛云葳意识到，越之恒兴许也是来找花蜜的。

他早就说过，不想掉修为。

越之恒本就不是坐以待毙的性子，亲自来找花蜜也在情理之中。

湛云葳的视线在房中不动声色地扫了一圈。

屋子简陋，像是村民勉强收拾出来的客房，方寸之地中只有一张很小的木板床。

地上杂乱地堆着农具，桌上点着半支红烛。

她被推出去以后，腰抵着木桌，抬头就能看见越之恒。

越之恒显然比湛殊镜有经验得多，秘境中雪刚化，春寒料峭，他披着墨青大氅，像个华贵又目中无人的世家贵族。他居高临下地打量她时，神色淡漠，说是看陌生人也不为过。

七夕那日以后，两个人薄弱的关系被彻底撕破，湛云葳如今既不是他的道侣,也不是他的阶下囚。

现在他们只是回归了两个人最初的身份。

他是彻天府掌司,人人畏惧的王朝鹰犬,而她是在外逃亡等着复兴仙门的山主之女。

湛云葳抬眸,轻声问:"越大人还抓我吗?"

借着微弱的烛光,湛云葳看清了他神色中淡淡的嘲讽之色:"没兴致。"

湛云葳松了一口气,看来若非灵帝的死命令,他对拿她邀功没什么兴趣。

或者说,她的存在对越之恒来说本来就是个麻烦。

既然他不抓她,就算不得敌人,桃源村如此怪异,湛殊镜不知所终,如今她有个盟友也是好事。

湛云葳注意到越之恒也是一个人:"方大人呢?"昨日方淮明明还和越之恒在一起。

越之恒看她一眼:"你不知道?"

她栗色的眼眸中浮现一丝讶然之色:"我怎么会知道?"

越之恒靠在墙边,垂眸看着她,语气听不出喜怒:"所以仙门那小子不是被你当作'房钱'付给村里的。"

这句话信息量太大,湛云葳忍不住瞪大了眼睛看着他。

什么意思?越之恒是说,现在湛殊镜被当作了"房钱"?

先前的古怪之处总算有了解释,难怪村民让她天黑之前得找到住所,村长不收她的簪子,却又有人说,她已经付过"房钱"了。

听出越之恒话里的另外一层意思,湛云葳神色古怪:"你把方大人当作'房钱'付给村里了?"

越之恒语气淡淡地应道:"嗯。"

"……"看样子,越之恒还是主动"付账"的,湛云葳一时竟然语塞。

但她知道,越之恒这样做不可能没有理由:"你怎么发现村里只收活人做房钱的?"

这事说来话长。

原来越之恒他们正午就到达了村里,因着比湛云葳他们早到一个下午,他们几乎把桃源村的地形摸了个遍。

桃源村总共有十七户人家,诡异的是,村里没有女子,家家户户都由男子组成。

村民日出而作,日落而息,这里像是一个安然隐秘的村落。

桃源村被桃花环绕,屋舍俨然,美如画卷,据村长所说,他们靠卖桃花酿为生。

天黑之前,越之恒他们留宿也被拒绝了。

既然桃源村有完整的运转模式,甚至刻意模仿了人间习惯,那就不可能没有破解之法。夜晚来临前,所有人都明白必须找到留宿之法。

于是他们尝试了交换。

方淮拿出了灵石、法器、符咒、阵法箓一一尝试,村长只是一味地赶他们,看也不看这些东西。曲揽月眼珠转了转,若有所思。

在方大人急得恨不得打村长一顿的时候,越之恒冷不丁地开口:"我做房费,如何?"

村长骤然抬起头,唇边露出一丝诡异的笑意,这下不赶他们了,而是摇了摇头:"贵客不太符合。"

越之恒目光淡淡一转,落在了方淮身上。

方淮几乎要抱头,这是什么变态的思维?他能拒绝吗?

方淮期待着村长拒绝——他不是越之恒,不想去啊。没想到村长微微一笑,收下了方淮:"不过这只够你一人的房费,其他人仍旧不得留宿。"

曲揽月提出自己做房费,发现村长也不收,房费换成沉晔,村长这才点头。

天黑之前,村长分别给他们指了一处住所。

月亮出来那一瞬间,所有人法术失灵,同时方淮和沉晔无声消失。

湛云葳听了事情的来龙去脉以后，一时不知道该说什么。

什么样的诡异思路，才能让越之恒想出把自己或者同伴当房钱付了？

同时她也很好奇："为什么村里不收你和曲姑娘？"

越之恒看了她一眼："你觉得呢？"

如果先前他还只是揣测，如今看见湛云葳在这里，他觉得那个猜测八九不离十。

湛云葳说："我不太能理解……"

说到底，她也是被精心培养出来的仙门御灵师。哪个正常人能明白这些诡异的东西？

越之恒看她一眼，平静地说道："村里只收元阳之身。"

湛云葳愣了好半晌，耳朵发烫。

她不免懊悔，就不该多问这一句。早知道越之恒有问必答，她就应该少展露好奇心。

"越掌司现在有何打算？"

越之恒说："天明之后，自有分晓。"

湛云葳沉默片刻，知道现在担心也没用，上古秘境都有禁制。

他们进入桃源村后夜晚无法使用灵力，活人凭空消失，甚至没法反抗，这样高等级的禁制一定也伴随着对桃源村的约束。

在规则之内，消失的几个人必定暂时不会有事。

两个人坐在桌前，谁也没有睡觉的打算。越之恒神色淡然地在把玩一个法器，兴许只是不想看到她而已。

桃源村的夜晚，他的法器也无法使用。

算算日子，两个人已有半个月没见，湛云葳也不知道是不是自己的错觉，总觉得这段时日越之恒清减了一分。

他以往冷峻的面孔，如今显得越发阴沉，狭长眼眸下那颗令他看上去冷心冷情的红色泪痣，平添了几分凉薄之意。

七夕分别的时候，湛云葳就没将越之恒当作敌人。

事实上，重活一世的湛云葳自然看得清，这两辈子不管越之恒名声多坏,他始终不曾伤害过她。若非他相护,她一开始兴许就被赐婚给下流又残暴的三皇子了。

"越大人,你的伤好些了吗?"

烛火跳动,照亮越之恒的面庞,他顿了顿,缓缓抬眸看向她。

桃源村的夜晚很安静,只有草丛中栖息着几只不会说话的蝶。

湛云葳问这话的时候,其实不觉得有什么。可是对上越之恒的视线,她莫名其妙地觉得氛围怪怪的,似乎缓和了不少。

"已经无碍。"他沉默半晌,喉结轻轻滚了滚,"中元节那日,你是不是……?"

湛云葳心想,果然怕什么来什么。她就说湛殊镜不该乱看,现在越之恒果然同她秋后算账了。

平心而论,没人喜欢被窥视。

她手指轻轻缠绕着垂下去的衣带,解释道:"你别误会,我不曾用洞世之镜行小人之举,也不是故意窥视你。是我阿兄想看看中元节那日百姓是否安好,邪祟是否已被祓除。"

也是奇怪,湛云葳发现自己说完这句话,焦灼的氛围莫名其妙地消失。

越之恒看她一眼,语气冷淡地应道:"好。"

湛云葳不知道他怎么了,像是不悦,仔细一看又看不出来什么,气氛只是重归平静。

天亮以后,两个人离开了屋舍。

越之恒似乎已不将昨夜的谈话放在心上,天亮之后拿出一个香炉。这个香炉和昨日湛殊镜递给她的照川阁那个很像,只是颜色是银白的,乃淬灵阁锻造。

同类法器,照川阁在做,淬灵阁也有不少。

湛云葳知道越之恒在找方淮他们,两个人在路上遇见了曲揽月。曲揽月撑着伞,闲适地走过来时,看见湛云葳后轻轻扬了扬眉。

"看来昨晚发生了许多我不知晓的事。"她意味深长地看了越之恒一眼，难怪越大人不与她待在一个屋子里，一点儿同伴的样子都没有。

"曲姑娘，你也来了？"

曲揽月笑眯眯地看湛云葳一眼，回道："是呀，秘境历练的机会可遇不可求。"

她这次没再说什么"越大人带我来"之类的话，已经看出越之恒不需要她添堵，她也不会多此一举。

湛云葳忍不住多看曲揽月一眼。湛云葳一直以为曲姑娘是个娇滴滴的女子，事实上曲揽月对外确实如此。

但曲揽月能在桃源村待一夜面不改色，神情闲适，湛云葳已经猜到了什么。

她不由得看了看越之恒：越大人果然有很多秘密。

曲揽月注视着湛云葳的眼眸水汪汪的，一路上她除了看桃源村风景，就是忍不住看湛云葳。

越之恒冷冷地看了曲揽月一眼，她才收敛一点儿。

湛云葳没想到曲揽月似乎还挺喜欢自己的，本来也对曲揽月十分好奇，两个人又同为女子，于是凑过去同曲揽月说话。

有的人了解后才发现和认知中的不一样，曲姑娘风趣幽默，实在是个妙人，湛云葳一路上被逗笑了好几次。

曲揽月好几次想伸手去捏捏湛云葳的脸蛋。这御灵师真是可爱又长得美，笑起来就更好看了，真是便宜了越大人这个冷冰冰的炼器师！

若非越之恒就在前面，曲揽月已经动手了。

三个人没走多远，就遇上了昨晚那个追湛云葳的村民。

湛云葳步子顿了顿。仙门中人往往不对凡人使用法术，但桃源村实在奇怪，这些人身上透着凡人的气息，却根本不像凡人。

她动了动手指，控灵术施展出去，那村民却依旧扛着锄头往前走去。

湛云葳不由得凝目。

连百年狐妖和六重灵脉修士都能轻易操控的控灵术,对村民竟然没有用,他们仿佛不是活物?

越之恒看她的神色就明白是怎么回事。他更直接,从袖中拿出一把匕首,村民经过的时候,他干脆利落地抹了村民的脖子。

只见那村民睁着眼倒地,几乎只在一息之后,竟又若无其事地站了起来。这一幕虽然在意料之中,可是所有人都不由得有些沉默。

无人惊扰村民的情况下,他就像看不见湛云葳等人似的,喃喃自语道:"天色不早了,还得赶春耕去。"

这下连曲揽月都忍不住愕然:"这些东西竟然不死不灭?!"

湛云葳感觉有几分毛骨悚然。

也就是说,如果他们夜晚没有交上"房费",又被村民们抓到,纵然村民们表现得像个凡人,他们下场会有多惨也可想而知。

夜里他们在禁制之下无法使用灵力,会死,这些村民却不会死。

双方真要打起来,不死不灭的一个群体根本不可能会输。

所有人现在都不由得在想一个问题:花蜜如今还没酿出来,"房钱"们被送去了哪里,又到底要被关几日?

官方微博：@悦读纪

官方微信：yuedugirlbook

扫描关注悦读纪官方微博、微信，就有机会获得悦家最新畅销书。

上架建议：畅销·小说

ISBN 978-7-5736-3247-0

定价：49.80元